ALÉM DA PORTA SUSSURRANTE

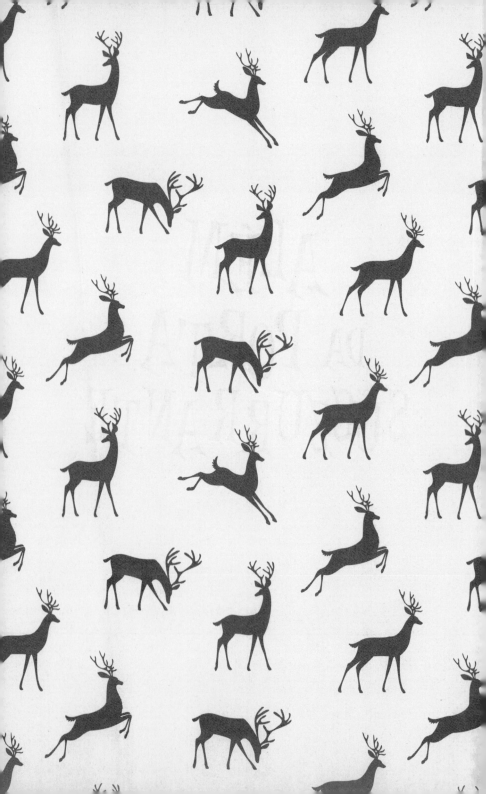

TJ KLUNE

ALÉM DA PORTA SUSSURRANTE

Tradução
Petê Rissatti

Copyright: Under the Whispering Door © 2021 por TJ Klune
Publicado em comum acordo com o autor e The Knight Agency, através de Yañez, parte da International Editors' Co. S.L. Literary Agency.

Título original: Under the whispering door

Direção editorial: Victor Gomes
Coordenação editorial: Aline Graça
Acompanhamento editorial: Lui Navarro e Thiago Bio
Tradução: Petê Rissatti
Preparação: Bonie Santos
Revisão: Thiago Fraga
Capa original: Red Nose Studio
Adaptação de capa, projeto gráfico e diagramação: Valquíria Chagas
Imagens de miolo: © Shutterstock e © Freepik

Esta é uma obra de ficção. Nomes, personagens, lugares, organizações e situações são produtos da imaginação do autor ou usados como ficção. Qualquer semelhança com fatos reais é mera coincidência.

Todos os direitos reservados. Proibida a reprodução, no todo ou em partes, através de quaisquer meios. Os direitos morais do autor foram contemplados.

Dados Internacionais de Catalogação na Publicação (CIP)

K66a Klune, TJ
Além da porta sussurrante / TJ Klune ; Tradução: Petê Rissatti — São Paulo : Morro Branco, 2023.
400 p. ; 14 x 21 cm.

ISBN: 978-65-86015-82-9

1. Literatura americana — Romance. 2. Ficção americana. I. Rissatti, Petê. II. Título.
CDD 813

Todos os direitos desta edição reservados à:
EDITORA MORRO BRANCO
Alameda Santos, 1357, 8º andar
01419-908 – São Paulo, SP – Brasil
Telefone (11) 3373-8168
www.editoramorrobranco.com.br

Impresso no Brasil
2023

Para Eric.
Espero que você tenha acordado em um lugar estranho.

NOTA DO AUTOR

Esta história explora a vida e o amor, bem como a perda e o luto.

Há discussões sobre a morte de diferentes formas — silenciosa, inesperada e morte por suicídio.

Por favor, leia com cuidado.

CAPÍTULO 1

Patricia estava chorando.
Wallace Price odiava quando as pessoas choravam.
Lágrimas pequenas, lágrimas grandes, soluços que fazem o corpo inteiro tremer, não importava. As lágrimas eram inúteis, e ela estava apenas adiando o inevitável.
— Como você sabia? — perguntou ela com as bochechas molhadas enquanto pegava a caixa de lenços de papel na mesa dele. Ela não o viu fazendo careta. Provavelmente foi melhor assim.
— Como poderia não saber? — retrucou. Cruzou as mãos sobre a mesa de carvalho, a cadeira Arper Aston rangendo conforme se acomodava para o que tinha certeza de que seria um caso de comédia infeliz, tudo isso enquanto tentava não fazer caretas por causa do fedor de água sanitária e de limpador de vidro Windex. Um dos funcionários da noite devia ter derramado alguma coisa em seu escritório, pois havia um cheiro forte e enjoativo. Ele fez uma nota mental para enviar um memorando e lembrar a todos que tinha um nariz sensível e que não deveria trabalhar em tais condições. Sem dúvida, uma barbaridade.
As persianas das janelas do escritório estavam fechadas para segurar o sol da tarde, e o ar-condicionado estava forte, mantendo-o alerta. Três anos antes, alguém havia perguntado se poderiam aumentar o ar para 21 graus. Ele rira. O calor levava à preguiça. Quando se estava com frio, todo mundo se movimentava.
Fora do seu escritório, a empresa se movia como uma máquina bem lubrificada, ocupada e autossuficiente, sem a necessidade de estímulos significativos, tal qual Wallace gostava. Não teria chegado

tão longe se tivesse que microgerenciar todos os funcionários. Claro, ainda mantinha um olhar atento, aqueles sob seu comando sabiam que precisavam trabalhar como se suas vidas dependessem disso. Os clientes eram as pessoas mais importantes do mundo. Quando ele falava para pularem, esperava que aqueles ao alcance da voz fizessem exatamente isso sem perguntas inconsequentes como *a que altura?*

O que o levava de volta para Patricia. A máquina havia quebrado e, embora ninguém fosse infalível, Wallace precisava trocar a peça por uma nova. Ele havia trabalhado muito para deixá-la falhar agora. O ano anterior tinha sido o mais lucrativo da história da empresa. Aquele ano tinha tudo para ser ainda melhor. Não importava em que condições o mundo estivesse, alguém sempre precisava ser processado.

Patricia assoou o nariz.

— Não achei que se importasse.

Ele a encarou.

— Por que raios você acharia isso?

Patricia deu um sorriso amarelo.

— Você não é bem desse tipo.

Wallace ficou eriçado. Como ela se atrevia a dizer aquilo, ainda mais ao chefe? Ele deveria ter percebido dez anos antes, quando a entrevistara para o cargo de paralegal, que Patricia se voltaria contra ele. Ela costumava ser animada, algo que Wallace acreditava que diminuiria com o tempo, já que um escritório de advocacia não era lugar para alegria. Como estivera errado!

— Claro que eu...

— É que as coisas têm sido tão *difíceis* ultimamente — falou Patricia, como se Wallace não tivesse dito nada. — Tentei manter sob controle, mas deveria saber que, de qualquer modo, você enxergaria.

— Exatamente — respondeu ele, tentando conduzir a conversa de volta ao eixo. Quanto mais rápido passasse por aquilo, melhor seria para ambos. No fim das contas, Patricia entenderia. — Eu enxerguei. Agora, se você pudesse...

— E você se importa, *sim* — falou ela. — Sei que sim. Soube no momento em que me deu um arranjo de flores no meu aniversário mês passado. Foi gentil da sua parte. Mesmo que não tivesse um cartão nem nada, eu sabia o que estava tentando dizer. O senhor se importa comigo. E também me importo muito com o senhor, sr. Price.

Ele não sabia do que diabos ela estava falando. Não tinha dado nada a ela. Devia ter sido sua assistente administrativa. Ele teria que dar uma palavrinha com ela. Não havia necessidade de flores. Para quê? Eram bonitas no começo, mas depois morriam, folhas e pétalas murchando e apodrecendo, fazendo uma bagunça que poderia ter sido evitada se não tivessem sido enviadas, para começo de conversa. Com isso em mente, ele pegou sua caneta Montblanc ridiculamente cara e fez uma anotação (IDEIA PARA MEMORANDO: PLANTAS SÃO TERRÍVEIS E NINGUÉM DEVE TÊ-LAS). Sem olhar para cima, falou:

— Eu não estava tentando...

— Kyle foi demitido há dois meses — comentou, e ele levou mais tempo do que gostaria de admitir para descobrir de quem Patricia estava falando. Kyle era o marido dela. Wallace o conhecera em um evento da empresa. O homem estava bêbado, obviamente apreciando o champanhe que Moore, Price, Hernandez & Worthington haviam fornecido depois de mais um ano de sucesso. Com o rosto corado, Kyle havia presenteado a festa com uma história detalhada com que Wallace não conseguiu se importar, em especial porque Kyle, pelo visto, acreditava que volume e embelezamento eram imprescindíveis ao se contar uma história.

— Lamento ouvir isso — afirmou ele incomodado, colocando o telefone sobre a mesa. — Mas acho que devemos nos concentrar no assunto...

— Ele está tendo problemas para encontrar trabalho — continuou Patricia, amassando o lenço de papel antes de pegar outro. Ela enxugou os olhos, a maquiagem ficando borrada. — E isso não poderia vir em pior hora. Nosso filho vai se casar neste verão, e precisamos pagar metade do casamento. Não sei como vamos conseguir, mas daremos um jeito. Sempre damos. É só uma pedra no caminho.

— *Mazel tov* — disse Wallace. Nem sabia que a mulher tinha filhos. Não era de fuçar a vida pessoal dos funcionários. Crianças eram uma distração, uma de qual nunca gostou. Faziam com que os pais, os funcionários dele, pedissem folga para coisas como apresentações de teatro e doenças, deixando os outros ralando para compensar. E, como o Departamento de Recursos Humanos havia aconselhado, ele não podia pedir aos funcionários que evitassem formar famílias ("Não pode lhes dizer para simplesmente comprarem um *cachorro*, sr. Price!"), ele tinha que lidar com mães e pais que precisavam da tarde de folga para verem os filhos vomitando ou cantando, desafinados, sobre formas, nuvens ou outras bobagens.

Patricia voltou a assoar o nariz ruidosamente no lenço de papel, um terrível e longo barulho úmido que fez a pele dele arrepiar.

— E tem nossa filha. Achei que ela estivesse sem rumo e que fosse acabar colecionando furões, mas então a empresa graciosamente lhe deu uma bolsa de estudos, e ela enfim encontrou o próprio caminho. Faculdade de Administração, por incrível que pareça. Não é maravilhoso?

Ele estreitou os olhos para a mulher. Teria que falar com os sócios. Não sabia que ofereciam bolsas de estudo. Sim, faziam doações para instituições de caridade, mas os incentivos fiscais mais do que compensavam. Não sabia que tipo de retorno veriam em dar dinheiro para algo tão ridículo quanto uma faculdade de *Administração*, mesmo que também pudesse ser cancelada. A filha provavelmente ia querer fazer algo tão estúpido quanto abrir um restaurante ou iniciar uma organização sem fins lucrativos.

— Acho que você e eu temos uma definição diferente de maravilhoso.

Patricia assentiu, mas ele não achou que ela estivesse o escutando.

— Este trabalho é muito importante para mim, agora mais do que nunca. As pessoas aqui são como uma família. Todos nos apoiamos, e não sei como teria chegado tão longe sem eles. E ver que o senhor sentiu que algo estava errado e me pediu para vir aqui, permitindo que eu possa desabafar, significa muito mais para mim do que possa imaginar. Não me importo com o que os outros dizem, sr. Price. O senhor é um bom homem.

O que *aquilo* queria dizer?

— O que todo mundo está dizendo sobre mim?

Ela empalideceu.

— Ah, nada de ruim. Sabe como é. O senhor começou esta empresa. Seu nome está no papel timbrado. É... intimidante.

Wallace relaxou. Sentiu-se melhor.

— Sim, bem, acredito que isso é...

— Quer dizer, *sim*, as pessoas falam sobre como o senhor pode ser frio e calculista e, se algo não for feito no momento que deseja, eleva a voz a níveis assustadores, mas eles não o veem como eu. Sei que é uma fachada para o homem atencioso que existe por baixo dos ternos caros.

— Uma fachada — repetiu ele, embora estivesse satisfeito por ela admirar sua noção de estilo. Seus ternos *eram* luxuosos. Só os melhores, afinal. Era por isso que parte do pacote de boas-vindas aos novatos na empresa descrevia detalhadamente quais eram os trajes aceitáveis. Embora não exigisse grifes para todos (especialmente porque ele podia apreciar dívidas estudantis), se alguém usasse algo nitidamente comprado em uma liquidação, era chamado para uma conversa séria sobre ter orgulho da própria aparência.

— O senhor é duro por fora, mas por dentro é como maria-mole — afirmou ela.

Ele nunca tinha escutado tamanha ofensa na vida.

— Sra. Ryan...

— Patricia, por favor. Já lhe disse diversas vezes.

E tinha dito mesmo.

— Sra. Ryan — repetiu ele com firmeza. — Embora eu aprecie seu entusiasmo, acredito que temos outros assuntos para discutir.

— Certo — respondeu ela, apressadamente. — É claro. Sei que o senhor não gosta quando as pessoas o elogiam. Prometo que não vai acontecer de novo. Afinal, não estamos aqui para falar do senhor.

Ele ficou aliviado.

— De fato.

O lábio dela tremeu.

— Estamos aqui para falar sobre mim e como as coisas ficaram difíceis ultimamente. Foi por isso que me chamou depois de me encontrar chorando na salinha de suprimentos.

Wallace pensou que ela estivesse fazendo um inventário e que a poeira houvesse provocado uma alergia.

— Acho que precisamos focar...

— Kyle não me toca — sussurrou ela. — Faz anos desde que senti as mãos dele em mim. Disse a mim mesma que é o que acontece quando um casal está junto há tanto tempo, mas não posso deixar de pensar que é mais que isso.

Ele se encolheu.

— Não sei se isso é adequado, especialmente quando você...

13

— Eu *sei*! — exclamou ela. — Quão inadequado ele pode ser? Sei que tenho trabalhado setenta horas por semana, mas é pedir demais que meu marido cumpra seus deveres matrimoniais? Fizemos essa promessa em nossos *votos*.

Que horrível esse casamento devia ser. Provavelmente haviam feito a recepção em um Holiday Inn. Não, pior. Um Holiday Inn *Express*. Ele estremeceu com o pensamento. Com certeza devia ter tido karaokê também. Pelo que se lembrava de Kyle (que era muito pouco), era bem provável que tivesse cantado um *medley* de Journey e Whitesnake ao beber o que carinhosamente chamava de cervisque.

— Mas não me importo com a jornada longa — continuou ela. — Faz parte do trabalho. Eu sabia disso quando fui contratada.

A-há! Uma abertura!

— Por falar em contratação...

— Minha filha furou o septo — falou Patricia, desconsolada. — Está parecendo um touro. Minha garotinha, querendo um toureiro para persegui-la e enfiar coisas nela.

— Jesus Cristo — murmurou Wallace, esfregando o rosto com a mão. Não tinha tempo para aquilo. Tinha uma reunião em meia hora para a qual precisava se preparar.

— Eu sei! — exclamou Patricia. — Kyle disse que faz parte de crescer. Que precisamos deixá-la abrir as asas e cometer os próprios erros. Eu não sabia que isso significava vê-la colocando um maldito *anel* no nariz! E nem me faça falar do meu filho.

— Tudo bem — concordou Wallace. — Não faço.

— Ele quer um bufê do Applebee's no casamento! *Applebee's*.

Wallace ficou boquiaberto de horror. Não sabia que o planejamento terrível de casamentos era genético.

Patricia assentiu com a cabeça furiosamente.

— Como se pudéssemos pagar por isso. Dinheiro não dá em árvore! Fizemos o possível para incutir em nossos filhos uma noção de finanças, mas, quando você é jovem, nem sempre tem uma compreensão firme disso. E agora que a noiva dele está grávida, ele espera que ajudemos. — Ela suspirou de um jeito dramático. — A única razão pela qual consigo me levantar de manhã é saber que posso vir para cá e... fugir de tudo.

Ele sentiu um estranho aperto no peito. Esfregou o esterno. Talvez fosse azia. Deveria ter pulado o chili.

— Fico feliz por podermos ser um refúgio de sua existência, mas não foi por isso que pedi esta reunião.

Ela fungou.

— Hein? — Ela sorriu de novo. Mais abertamente dessa vez. — Então, o que aconteceu, sr. Price?

Ele disse:

— Você está demitida.

Ela piscou.

Ele esperou. Com certeza agora ela entenderia, e ele poderia voltar ao trabalho.

Ela olhou ao redor, um sorriso confuso no rosto.

— Esse é um daqueles *reality shows*? — Ela riu, um fantasma de sua exuberância anterior que ele pensava ter sido banido muito tempo antes. — O senhor está me filmando? Alguém vai pular e gritar *"surpresa"*? Qual o nome desse *reality*? *Você está demitida, mas não de verdade*?

— Duvido muito — respondeu Wallace. — Não dei autorização para ser filmado. — Ele olhou para a bolsa no colo dela. — *Ou* gravado.

O sorriso dela desvaneceu-se um pouco.

— Então, não estou entendendo. O que o senhor quer dizer?

— Não sei como deixar isso mais claro, sra. Ryan. A partir de hoje, a senhora não é mais funcionária da Moore, Price, Hernandez & Worthington. Quando sair daqui, a segurança permitirá que reúna seus pertences e, em seguida, será escoltada para fora do prédio. O Departamento de Recursos Humanos entrará em contato em breve sobre qualquer papelada que for necessária, caso precise se inscrever para... hum, como é que chama? — Ele folheou os documentos sobre a mesa. — Ah, sim. O seguro-desemprego. Porque, pelo visto, mesmo se a senhora estiver desempregada, ainda pode mamar nas tetas do governo através dos meus impostos. — Ele balançou a cabeça. — Então, de certa forma, é como se eu ainda estivesse pagando a senhora. Só que não tanto. Ou enquanto trabalha aqui. Porque a senhora não trabalha mais.

Ela não estava mais sorrindo.

— Eu... *o quê*?

— A senhora está demitida — disse ele devagar. Não sabia o que havia de tão difícil para ela entender.

— Por quê? — exigiu ela.

Agora estavam conversando. O *porquê* das coisas era a especialidade de Wallace. Nada além dos fatos.

— Por causa da petição do *amicus curiae* no caso Cortaro. Você enviou duas horas depois do prazo. A única razão pela qual foi entregue foi porque o juiz Smith me devia um favor e, *mesmo assim*, quase não funcionou. Tive que lembrá-lo de quando o vi com a babá que virou amante no... não importa. Você poderia ter custado milhares de dólares à empresa, e isso nem sequer daria para começar a cobrir o dano que teria causado ao nosso cliente. Esse tipo de erro não será tolerado. Agradeço pelos anos de dedicação à Moore, Price, Hernandez & Worthington, mas sinto dizer que seus serviços não são mais necessários.

Ela se levantou abruptamente, a cadeira raspando no chão de madeira.

— Não enviei depois do prazo.

— Enviou — afirmou Wallace de um jeito monótono. — Tenho o carimbo de data/hora do gabinete do escrevente, se quiser vê-lo.

Ele bateu os dedos na pasta sobre a mesa.

Os olhos de Patricia se estreitaram. Pelo menos ela não estava mais chorando. Wallace conseguia lidar com a raiva. Em seu primeiro dia na faculdade de Direito, disseram que os advogados, embora fossem necessários para uma sociedade funcional, sempre seriam o foco da ira.

— Mesmo que eu *tenha* enviado depois do prazo, nunca fiz nada assim antes. Foi uma única vez.

— E pode ficar tranquila, sabendo que não vai fazer nada parecido de novo — disse Wallace. — Porque a senhora não trabalha mais aqui.

— Mas... mas meu *esposo*. E meu *filho*. E minha *filha*!

— Certo — respondeu Wallace. — Estou feliz que tenha trazido isso à tona. Obviamente, se sua filha estava recebendo algum tipo de bolsa nossa, agora está cancelada. — Ele apertou um botão no telefone em sua mesa. — Shirley? Você pode, por favor, anotar para o RH que a filha da sra. Ryan não tem mais uma bolsa de estudos pela empresa? Não sei o que isso implica, mas tenho certeza de que há algum formulário que precisam preencher e que eu preciso assinar. Cuide disso imediatamente.

A voz da assistente estalou no alto-falante.

— Sim, sr. Price.

Ele olhou para sua ex-paralegal.

— Pronto. Está vendo? Tudo resolvido. Agora, antes de ir, peço que se lembre de que somos profissionais. Não há necessidade de gritar, arremessar coisas ou fazer ameaças que sem dúvida serão consideradas um crime. E, se puder, por favor, garanta que, ao limpar sua mesa, não leve nada que pertença à empresa. Sua substituta começará na segunda-feira, e eu odiaria pensar em como seria para ela se estivesse faltando um grampeador ou um porta-fita adesiva. Qualquer tranqueira que a senhora tenha acumulado é sua, evidentemente.

Ele pegou a bolinha antiestresse na mesa com o logotipo da empresa.

— Elas são maravilhosas, não são? Parece que me lembro de a senhora ter ganhado uma para comemorar seus sete anos na empresa. Aceite, com meu desejo de felicidades. Tenho a sensação de que será útil.

— O senhor está falando sério? — sussurrou ela.

— Como um ataque do coração — respondeu ele. — Agora, se me der licença, tenho que...

— O senhor... o senhor... é um *monstro*! — gritou ela. — Exijo um pedido de desculpas!

Claro que ela exigiria.

— Um pedido de desculpas implicaria eu ter feito alguma coisa errada. E não fiz. Pensando bem, a senhora é que deveria pedir desculpas.

O berro de resposta dela não continha um pedido de desculpas.

Wallace manteve a calma enquanto apertava o botão do telefone de novo.

— Shirley? A segurança chegou?

— Sim, sr. Price.

— Ótimo. Mande-os aqui antes que algo seja arremessado na minha cabeça.

A última vez que Wallace Price viu Patricia Ryan foi quando um homem grande chamado Geraldo arrastou a mulher — que dava gritos e chutava — para fora, aparentemente ignorando o aviso de Wallace sobre ameaças criminosas. Relutante, ele ficou impressionado com a dedicação da sra. Ryan em querer meter o que chamava de *atiçador de brasa* na garganta dele até que — nas palavras dela — perfurasse suas regiões inferiores e causasse extrema agonia.

— Você vai se recuperar! — Ele falou alto da porta do escritório, sabendo que o andar inteiro estava ouvindo. Quis assegurar que todos soubessem como ele se importava. — Uma porta se fecha, uma janela se abre e tudo mais.

As portas do elevador se fecharam, cortando a indignação da mulher.

— Ah — falou Wallace. — Assim é bem melhor. De volta ao trabalho, todo mundo. Só porque é sexta-feira não quer dizer que podem relaxar.

Todos começaram a se movimentar de imediato.

Perfeito. A máquina voltara a funcionar normalmente.

Ele voltou para seu escritório, fechando a porta.

Pensou em Patricia apenas mais uma vez naquela tarde, quando recebeu um e-mail da chefe de Recursos Humanos informando que ela cuidaria da bolsa. Aquela pontada no peito voltou, mas estava tudo bem. Pararia para comprar um antiácido a caminho de casa. Não pensou mais nisso — ou em Patricia Ryan. *Sempre em frente*, disse a si mesmo enquanto movia o e-mail para uma pasta marcada com os dizeres QUEIXAS DOS FUNCIONÁRIOS.

Sempre em frente.

Ele se sentiu melhor. Pelo menos agora estava quieto.

Na semana seguinte, sua nova paralegal começaria, e ele garantiria que a nova funcionária soubesse que ele não toleraria erros. Era melhor causar o medo logo do que lidar com a incompetência no futuro.

Ele nunca teve a chance.

Em vez disso, dois dias depois, Wallace Price morreu.

CAPÍTULO 2

Poucas pessoas compareceram ao funeral. Wallace não gostou daquilo. Não conseguia nem ter certeza de como tinha chegado ali. Em um momento, estava olhando para seu corpo. Então piscou e, de alguma forma, se viu parado na frente de uma igreja, as portas abertas, os sinos tocando. Sem dúvida não ajudou quando viu a placa proeminente na frente, na qual se lia: UMA CELEBRAÇÃO DA VIDA DE WALLACE PRICE. Para ser bem sincero consigo mesmo, não gostou da placa. Não, não gostou nem um pouco. Talvez alguém lá dentro pudesse lhe dizer que merda estava acontecendo.

Ele se sentou em um banco na parte de trás. A igreja em si era tudo o que ele odiava: ostentação, com grandes vitrais e diversas versões de Jesus em várias poses de dor e sofrimento, mãos pregadas em uma cruz que parecia ser feita de pedra. Wallace ficou consternado com o modo como ninguém parecia se importar que a figura proeminente exibida em toda a igreja fosse retratada nas agonias da morte. Nunca entenderia a religião.

Esperou que mais pessoas entrassem. A placa na frente dizia que seu funeral deveria começar às nove em ponto. Eram cinco para as nove, segundo o relógio decorativo na parede (outro Jesus, com os braços nos ponteiros do relógio, aparentemente um lembrete de que o único filho de Deus era contorcionista), e havia apenas seis pessoas na igreja.

Ele conhecia cinco delas.

A primeira era sua ex-mulher. O divórcio tinha sido amargo, cheio de acusações infundadas de ambos os lados, os advogados mal conseguiam evitar que gritassem um com o outro do outro lado da mesa. Ela teve que pegar um voo, já que se mudara para o outro lado do país para ficar longe dele. Ele não a culpava.

Na maior parte das vezes.

Ela não estava chorando. Wallace ficou aborrecido por razões que não conseguia explicar. Ela não deveria estar chorando?

A segunda, a terceira e a quarta pessoas que conhecia eram os sócios do escritório de advocacia Moore, Price, Hernandez & Worthington. Ele esperou que outros da empresa se juntassem, já que a MPH&W havia começado em uma garagem vinte anos antes e se transformado em uma das empresas mais poderosas do Estado. No mínimo, esperava que sua assistente, Shirley, estivesse lá, com a maquiagem borrada, um lenço nas mãos ao lamentar que não sabia como continuaria sem ele.

Shirley não estava lá. Wallace se concentrou o máximo possível, desejando que ela aparecesse, lamentando que não era justo, que *precisava* de um chefe como Wallace para mantê-la no caminho certo. Ele franziu a testa quando nada aconteceu, uma onda de inquietação tremulando no fundo de sua mente.

Os sócios reuniram-se na parte de trás da igreja, perto do banco de Wallace, falando em voz baixa. Wallace desistiu de fazê-los perceber que ele ainda estava ali, sentado bem à frente deles. Não podiam vê-lo. Não podiam ouvi-lo.

— Dia triste — disse Moore.

— Muito triste — concordou Hernandez.

— Apenas o pior — lamentou Worthington. — Pobre Shirley, encontrar o corpo dele assim.

Os sócios pararam, olhando para a frente da igreja, curvando a cabeça respeitosamente quando Naomi os observou. Ela lançou um olhar de escárnio para os sócios antes de se virar para a frente.

Então:

— Faz a gente pensar — disse Moore.

— Realmente faz — concordou Hernandez.

— Totalmente — lamentou Worthington. — Faz a gente pensar em muitas coisas.

— Você nunca teve um pensamento original na vida — disse Wallace a ele.

Ficaram quietos por um instante, e Wallace teve certeza de que estavam imersos em suas lembranças favoritas dele. Em um momento, começariam a relembrar com carinho, contando uma historinha sobre o homem que conheciam por metade de suas vidas e o efeito que ele tivera sobre cada um.

Talvez até derramassem uma lágrima ou duas. Ele esperava que sim.

— Era um babaca — disse Moore finalmente.

— Um grande babaca — concordou Hernandez.

— O maior deles — afirmou Worthington.

Todos riram, embora tentassem abafar para evitar que o som ecoasse. Wallace ficou chocado com duas coisas específicas. Primeiro, não sabia que se podia rir na igreja, ainda mais quando se estava em um funeral. Pensava que, de alguma forma, deveria ser ilegal. Era verdade que não entrava em uma igreja havia décadas, então era possível que as regras tivessem mudado. Segundo, quando haviam começado a chamá-lo de babaca? Ficou desapontado quando os sócios não foram atingidos por um raio no mesmo instante.

— Acabe com todos! — gritou Wallace, olhando para o teto. — Destrua-os agora... agora...

Ele parou. Por que sua voz não ecoava?

Moore, aparentemente tendo decidido que sua dor havia passado, disse:

— Vocês assistiram ao jogo ontem à noite? Cara, o Rodriguez estava em forma de verdade. Não acredito que eles jogaram naquela formação.

Então, foram embora, falando sobre esportes como se o ex-sócio não estivesse deitado em um sólido caixão de cerejeira vermelha de sete mil dólares em frente ao altar da igreja, de braços cruzados sobre o peito, pele pálida, olhos fechados.

Wallace virou-se de maneira resoluta para a frente com o maxilar cerrado. Tinham estudado juntos na faculdade de Direito e decidido abrir o escritório logo após a formatura, para o horror dos pais. Ele e os sócios haviam começado como amigos, cada um jovem e idealista. Mas, com o passar dos anos, haviam se tornado *mais* que amigos: colegas de trabalho, o que, para Wallace, era muito mais importante. Não tinha tempo para amigos. Não precisava deles. Tinha seu emprego no trigésimo andar do maior arranha-céu da cidade, sua mobília de escritório importada e um apartamento muito grande em que raramente ficava por muito tempo. Tinha tudo isso, e agora...

Bem...

Pelo menos seu caixão era caro, embora estivesse evitando olhar para ele desde que chegara.

A quinta pessoa na igreja era alguém que Wallace não reconhecia. Uma jovem de cabelo preto bagunçado cortado bem curto. Seus olhos eram escuros, tinha um nariz fino e arrebitado, e lábios pálidos e finos. Tinha as orelhas furadas, pequenos brincos que brilhavam à luz do sol que entrava pelas janelas. Estava vestida com um elegante terno preto de risca-de-giz e gravata de um vermelho vivo. Uma típica gravata de poder, de verdade. Wallace aprovou. Todos as suas gravatas eram gravatas de poder. Não, justamente naquele momento ele não estava usando uma gravata de poder. Pelo visto, quando a pessoa morria, continuava a usar a última coisa que estivera vestindo antes de bater as botas. Era uma pena, na verdade, já que aparentemente ele havia morrido no escritório, em um domingo. Tinha ido até lá se preparar para a semana seguinte e vestia moletom, uma camiseta velha dos Rolling Stones e chinelos, sabendo que o escritório estaria vazio.

E, para seu desânimo, era o que se via vestindo agora.

A mulher olhou em sua direção, como se o tivesse ouvido. Ele não a conhecia, mas supôs que, se ela estava ali, houvesse tocado a vida dela em algum momento. Talvez tivesse sido uma cliente que lhe fora grata em alguma ocasião. Todos começavam a se misturar depois de um tempo, então podia ser isso também. Provavelmente, ele processara uma grande empresa em nome dela por causa de um café quente demais, assédio ou *alguma coisa assim*, e ela conseguira um acordo enorme com o processo. Claro que estaria grata. Quem não estaria?

Moore, Hernandez e Worthington pareceram decidir de bom grado que sua louca conversa sobre o evento esportivo podia ser adiada, passando por Wallace sem sequer olhar na sua direção e avançando rumo à frente da igreja, cada um com uma expressão solene no rosto. Ignoraram a jovem de terno, parando perto de Naomi, inclinando-se um por um para oferecer suas condolências. Ela assentiu com a cabeça. Wallace esperou pelas lágrimas, certo de que era uma represa prestes a estourar.

Cada um dos sócios ficou um momento diante do caixão, de cabeça baixa. Aquela sensação de desconforto que enchera Wallace desde que piscara na frente da igreja ficou mais forte, contraditória e terrível. Ali estava ele, sentado na parte de trás da capela, olhando para si mesmo na *frente* do altar, deitado em um caixão. Wallace não tinha a impressão de que era um homem bonito. Era alto demais, desengonçado demais, as maçãs do rosto perversamente pontudas, deixando o rosto pálido em um estado de magreza perpétua. Certa vez, em uma festa de Halloween da empresa, um grupo de crianças tinha ficado encantado com sua fantasia e um adolescente ousado dissera que ele dava um ótimo Anjo da Morte. Ele não estava fantasiado.

Do banco, examinou-se, vislumbrando seu corpo enquanto os sócios arrastavam os pés ao seu redor, a terrível sensação de que algo ameaçava tomá-lo. O corpo estava vestido com um de seus ternos mais bonitos, um de duas peças acetinado da Tom Ford. Caía bem em seu corpo magro e fazia os olhos verdes sobressaírem. Para ser sincero, não ficava tão bom agora, já que seus olhos estavam fechados e as bochechas cobertas com blush suficiente para fazê-lo parecer uma cortesã em vez de um advogado de alto nível. A testa estava estranhamente pálida, os cabelos escuros curtos penteados para trás e brilhando molhados às luzes do teto.

Por fim, os sócios se sentaram no banco oposto ao de Naomi, com os rostos secos.

Uma porta se abriu, e Wallace se virou e viu um padre (mais alguém que não reconhecia, e sentiu a contradição de novo como um peso no peito, algo deslocado, algo *errado*) andar pelo vestíbulo, vestindo uma túnica tão ridícula quanto a igreja ao redor deles. O padre piscou algumas vezes, como se não pudesse acreditar em quão vazia a capela estava. Puxou a manga da batina para olhar o relógio e balançou a cabeça antes de fixar um sorriso tranquilo no rosto. Passou direto por Wallace sem perceber que estava ali.

— Tudo bem — gritou Wallace para o padre. — Tenho certeza de que você se acha importante. Não é de admirar que as religiões estejam do jeito como estão.

O padre parou ao lado de Naomi, tomando sua mão, falando banalidades suaves, dizendo-lhe como estava triste por sua perda, que o Senhor trabalhava de maneiras misteriosas e, embora nem sempre entendamos Seu plano, tenha certeza de que havia um, e isso era parte dele.

Naomi disse:

— É, não duvido disso, padre. Mas vamos pular todas as bobagens e acabar com esta cena toda. Ele deve ser enterrado em duas horas, e tenho um voo para embarcar ainda esta tarde.

Wallace revirou os olhos.

— Cristo, Naomi. Vamos mostrar um pouco de respeito? Você está na *igreja*. — E *eu estou morto*, quis acrescentar, mas não o fez, porque isso tornava o fato real, e nada daquilo podia ser real. Não podia.

O padre assentiu com a cabeça.

— É claro. — Ele deu um tapinha nas costas da mão dela antes de ir até os bancos opostos, onde os sócios estavam sentados.

— Sinto muito pela sua perda. O Senhor trabalha de maneiras misteriosas...

— Claro que sim — disse Moore.

— Muito misteriosas — concordou Hernandez.

— O cara lá de cima com Seus planos — afirmou Worthington.

A mulher — a estranha que ele não reconhecia — bufou, balançando a cabeça.

Wallace olhou para ela com raiva.

O padre seguiu em frente e parou diante do caixão, de cabeça baixa.

Antes, havia uma dor no braço de Wallace, uma sensação de queimação no peito, um revirar um tanto selvagem de náusea no estômago. Por um momento, quase se convencera de que tinha sido o resto de chili que havia comido na noite anterior. Mas então ele estava no chão do escritório, deitado no tapete persa importado com que gastara uma quantia exorbitante, ouvindo a fonte no saguão borbulhar enquanto tentava recuperar o fôlego.

— Maldito chili. — Conseguiu ofegar, suas últimas palavras antes que se visse de pé *acima* do próprio corpo, sentindo como se estivesse em dois lugares ao mesmo tempo, olhando para o teto à medida que também olhava para si mesmo. Levou um momento antes de a divisão diminuir, deixando-o boquiaberto, o único som que saía de sua garganta um chiado fino de balão desinflando.

E estava *tudo bem*, porque só tinha desmaiado! Era apenas isso. Nada mais que azia e a necessidade de tirar uma soneca no chão. Acontecia com todo mundo em um momento ou outro. Estivera trabalhando pesado ultimamente. Claro que por fim isso havia cobrado um preço.

Com isso decidido, sentiu-se um pouco melhor em usar moletom, chinelos e uma camiseta velha na igreja em seu funeral. Nem sequer gostava dos Rolling Stones. Não tinha ideia de onde a camiseta tinha vindo.

O padre pigarreou ao olhar as poucas pessoas reunidas. Ele disse:
— Está escrito no Evangelho que...
— Ai, pelo amor de Deus — murmurou Wallace.
A estranha se engasgou.
Wallace ergueu a cabeça enquanto o padre falava.
A mulher tinha a mão sobre a boca como se estivesse tentando abafar o riso. Wallace ficou furioso. Se ela achava a morte dele tão engraçada, por que raios estava ali?
A não ser que...
Não, não poderia ser, certo?
Ele a encarou, tentando se lembrar dela.
E se *fosse* uma cliente?
E se ele tivesse conseguido um resultado que não fosse favorável para ela?
Uma ação coletiva, talvez. Uma que não tivesse rendido tanto quanto a cliente esperava. Ele fazia promessas sempre que conseguia um novo cliente, grandes promessas de justiça e compensação financeira extraordinária. Se antes talvez pudesse ter moderado expectativas, a cada julgamento a seu favor ficava mais confiante. Seu nome era sussurrado com grande reverência nos salões sagrados dos tribunais. Era um tubarão implacável, e qualquer um que ficasse em seu caminho geralmente acabava caído, de barriga para cima, se perguntando o que havia acontecido.
Mas talvez fosse mais que isso.
O que havia começado como uma relação profissional advogado-cliente se transformara em algo mais sombrio? Talvez aquela mulher tivesse ficado obcecada por ele, apaixonada por seus ternos caros e pelo domínio do tribunal. Ela dissera a si mesma que teria Wallace Price, ou ninguém mais teria. Ela o perseguira, de pé na frente de sua janela à noite, observando-o dormir (seu apartamento no décimo quinto andar não o dissuadiu da ideia; pelo que ele sabia, ela escalara a lateral do prédio até a varanda). E, quando ele estava no trabalho, ela entrava e se deitava em seu travesseiro, respirando seu cheiro, sonhando com o dia em que poderia se tornar a sra. Wallace Price. Então, talvez ele a tenha rejeitado sem saber, e o amor que ela sentia se transformou em uma raiva obscura.
Era isso.

O que explicava tudo. Afinal, havia precedentes, certo? Porque era provável que Patricia Ryan *também* estivesse obcecada por ele, dada sua reação infeliz quando ele a demitiu. Por tudo que sabia, elas podiam estar em conluio uma com a outra, e quando Wallace fez o que fez, elas... o quê? Uniram forças para... espere aí. Tudo bem. A linha do tempo estava um pouco confusa para aquilo funcionar, mas *ainda assim*.

— ... e agora, gostaria de convidar alguém que deseje dizer algumas palavras sobre nosso querido Wallace a se apresentar e fazê-lo neste momento. — O padre sorriu serenamente. O sorriso desapareceu um pouco quando ninguém se moveu. — Qualquer um.

Os sócios baixaram a cabeça.

Naomi suspirou.

Obviamente, todos estavam arrasados, incapazes de encontrar as palavras certas para expressar a síntese de uma vida bem vivida. Wallace não os culpava por isso. Como alguém conseguiria resumir tudo o que ele era? Bem-sucedido, inteligente, trabalhador obsessivo e muito mais. *Claro* que estavam reticentes.

— Levantem-se — murmurou ele, encarando aqueles que estavam diante do altar. — Levantem-se e digam coisas boas sobre mim. Agora. Estou *mandando*.

Ele gemeu quando Naomi se levantou.

— Funcionou! — sussurrou ele com fervor. — Isso. *Isso*.

O padre acenou com a cabeça para ela ao se mover para o lado. Naomi fitou o corpo de Wallace por um longo instante, e ele ficou surpreso ao ver o rosto da ex-esposa se contorcer como se estivesse prestes a chorar. Finalmente. *Finalmente* alguém mostraria algum tipo de emoção. Ele se perguntou se ela se jogaria sobre o caixão, exigindo saber por que, por que, *por que* a vida tinha que ser tão injusta, e Wallace, sempre amei você, mesmo quando estava dormindo com o jardineiro. Sabe, aquele que parecia avesso a usar camisa enquanto trabalhava, o sol brilhando em seus ombros largos, o suor escorrendo pelos músculos abdominais esculpidos como se ele fosse uma estátua grega desgraçada que você fingia não olhar também, mas nós dois sabemos que isso é uma bobagem, já que tínhamos o mesmo gosto para homens.

Ela não chorou.

Em vez disso, espirrou.

— Desculpe — pediu ela, enxugando o nariz. — Já estava vindo fazia um tempo.

Wallace afundou-se mais no banco. Não tinha um bom pressentimento.

Ela moveu-se na frente da igreja, parando no altar ao lado do padre e disse:

— Wallace Price era... certamente vivo. E agora não é mais. Pela minha vida, não posso dizer que seja uma coisa terrível. Ele não era uma boa pessoa.

— Ai, minha nossa — falou o padre.

Naomi o ignorou.

— Era obstinado, impulsivo e só se importava consigo mesmo. Eu poderia ter me casado com Bill Nicholson, mas, em vez disso, entrei no Expresso Wallace Price, com destino a jantares perdidos, aniversários e comemorações esquecidos e o hábito nojento de deixar unhas cortadas no chão do banheiro. Vamos lá, faça-me o favor. A lixeira é *logo ali*. Como alguém sente falta de uma coisa dessas?

— Terrível — disse Moore.

— Exatamente — concordou Hernandez.

— Pôr as unhas no lixo — afirmou Worthington. — Não é tão difícil.

— Espere — falou Wallace em voz alta. — Não é isso que você deveria estar fazendo. Precisa estar *triste* e, enquanto enxuga as lágrimas, falar sobre tudo de que vai sentir falta sem mim. Que tipo de funeral é este?

Mas Naomi não ouvia. E, de verdade, quando tinha ouvido?

— Desde que recebi a notícia, passei os últimos dias tentando encontrar uma única lembrança de nosso tempo juntos que não me enchesse de arrependimento, apatia ou uma fúria ardente que me fazia sentir como se estivesse pisando no sol. Demorou, mas encontrei uma. Uma vez, Wallace me trouxe um prato de sopa quando eu estava doente. Agradeci. Então ele foi trabalhar, e não o vi por seis dias.

— É *isso*? — exclamou Wallace. — Você está *brincando* comigo?

A expressão de Naomi se enrijeceu.

— Sei que devemos agir e nos sentir de um certo jeito quando alguém morre, mas estou aqui para dizer a vocês para não acreditarem nessa merda. Desculpe, padre.

O padre balançou a cabeça.

— Está tudo bem, minha filha. Desabafe. O Senhor não...

— E nem me fale sobre o fato de que ele se importava mais com o trabalho do que com constituir uma família. Marquei meu ciclo de ovulação no calendário de trabalho dele. Sabe o que ele fez? Me mandou um cartão que dizia "parabéns, está formada".

— Ainda guardando isso, né? — Wallace perguntou em voz alta.

— Como vai a terapia, Naomi? Parece que seria melhor pegar seu dinheiro de volta.

— Caramba — falou a mulher no banco.

Wallace olhou feio para ela.

— Gostaria de acrescentar alguma coisa? Sei que sou um bom partido, mas só porque não vou te amar, isso não te dá o direito de me matar!

O som que ele fez quando a mulher o encarou é melhor deixar para a imaginação, especialmente quando ela disse bem alto:

— Não! Você não é bem meu tipo, e assassinato é ruim, sabe?

Wallace praticamente caiu do banco conforme Naomi continuava a caluniá-lo na casa de Deus como se a mulher estranha não tivesse falado nada. Conseguiu agarrar a parte de trás do banco, as unhas cravadas na madeira. Olhou por cima do encosto, olhos esbugalhados ao encarar a mulher.

Ela sorriu e arqueou uma sobrancelha.

Wallace lutou para encontrar a voz.

— Você... você consegue me ver?

Ela assentiu ao se virar no próprio banco, apoiando o cotovelo no encosto.

— Consigo.

Wallace começou a tremer, as mãos agarrando o banco com tanta força que ele pensou que seus dedos se partiriam.

— Como? O quê? Eu não... *o quê?*

— Sei que está confuso, Wallace, e as coisas podem ser...

— Nunca te falei meu nome! — berrou ele com estridência, incapaz de impedir que a voz falhasse.

Ela bufou.

— Tem uma placa com sua foto abaixo do seu nome, na frente da igreja.

— Isso não é... — O quê? O que não era *exatamente*? Ele se levantou. As pernas não funcionavam como ele queria. — Esqueça a maldita placa. Como isso está acontecendo? O que raios está acontecendo? A mulher sorriu.

— Você está morto.

Ele desatou a rir. Sim, ele podia ver o próprio corpo em um caixão, mas isso não significava nada. Devia haver algum engano. Parou de rir quando percebeu que a mulher não estava rindo junto.

— O quê? — perguntou ele sem rodeios.

— Morto, Wallace. — O rosto dela se contraiu. — Espera aí. Estou tentando lembrar qual foi a causa. É a minha primeira vez, e estou um pouco nervosa. — Seu rosto se iluminou. — Ah, isso mesmo! Ataque cardíaco.

E foi assim que ele soube que aquilo não era real. Um ataque cardíaco? Besteira. Ele nunca havia fumado, se alimentava o melhor que podia e se exercitava quando se lembrava. Seu último check-up havia terminado com o médico lhe dizendo que, embora sua pressão arterial estivesse um pouco alta, todo o restante parecia estar bem. Ele não podia ter morrido de ataque cardíaco. Não era possível. Ele disse à mulher, certo de que seria o fim de tudo aquilo.

— Ceeeerto — repetiu ela lentamente, como se *ele* fosse idiota. — Odeio ser chata, cara, mas foi o que aconteceu.

— Não — falou ele, fazendo que não com a cabeça. — Eu saberia se eu... eu teria sentido...

Sentido o quê? Dor no braço? A palpitação no peito? A maneira como não conseguia recuperar o fôlego, não importava o quanto tentasse?

Ela deu de ombros.

— Acho que é uma dessas coisas.

Ele se encolheu quando ela se levantou do banco, percorrendo o caminho em sua direção. A mulher era mais baixa do que ele esperava, com o topo da cabeça provavelmente chegando ao queixo dele. Wallace se afastou o máximo que pôde, mas não chegou muito longe.

Naomi estava reclamando de uma viagem a Poconos que, aparentemente, haviam feito ("Ele ficou no quarto do hotel o tempo todo em reuniões online! Era nossa lua de mel!") enquanto a mulher se sentava no mesmo banco que ele, mantendo um pouco de distância. Ela parecia ainda mais jovem do que Wallace pensara no início — talvez vinte e poucos anos —, o que de alguma forma piorava as coisas. A pele dela era um pouco mais escura que a dele, os lábios puxados para trás sobre os dentes pequenos que sugeriam um sorriso. Ela bateu os dedos no encosto do banco antes de olhar para ele.

— Wallace Price — disse ela. — Meu nome é Meiying, mas pode me chamar de Mei, como a palavra meio, mas sem a letra O. Estou aqui para levá-lo para casa.

Ele a encarou, incapaz de falar.

— Hum. Não sabia que isso calaria você. Devia ter começado desse jeito.

— Não vou a lugar nenhum com você — afirmou ele, com os dentes cerrados. — Não te conheço.

— Eu esperava que não mesmo — assegurou Mei. — Se conhecesse, seria muito estranho. — Ela fez uma pausa, refletindo. — *Mais* estranho, pelo menos. — Acenou com a cabeça em direção à frente da igreja. — Aliás, belo caixão. Não parece barato.

Ele se empertigou.

— Não é. Apenas o melhor para...

— Ah, tenho certeza — interrompeu ela. — Ainda assim. Bem chato, né? Olhar para o próprio corpo desse jeito. Mas não é um corpo ruim. Um pouco magro pro meu gosto, mas cada um tem o seu.

Ele se empertigou outra vez.

— Saiba você que me saí muito *bem* com minha magreza... não. Não vou me distrair! Exijo que me diga o que está acontecendo *neste exato segundo*.

— Ok — disse ela com calma. — Isso posso fazer. Sei que pode ser difícil de entender, mas seu coração falhou, e você morreu. Houve uma autópsia e descobriram que você tinha bloqueios nas artérias coronárias. Posso mostrar a incisão em Y, se quiser, embora eu desaconselhe. É bem nojento. Sabia que, uma vez que realizam a autópsia, às vezes colocam os órgãos de volta em uma bolsa junto com serragem antes de fechar a pessoa? — O rosto dela ficou animado. — Ah, e eu sou a sua Ceifadora, estou aqui para levá-lo para o seu lugar. — E, então, como se o momento não fosse estranho o suficiente, ela estendeu os braços e sacudiu as mãos. — Ta-dá!

— Ceifadora — repetiu ele em transe. — O que é... isso?

— Eu — respondeu ela, aproximando-se. — Sou uma Ceifadora. Quando alguém morre, há confusão. A pessoa não sabe de verdade o que está acontecendo e fica assustada.

— Não estou assustado! — Era uma mentira. Ele nunca estivera mais assustado em toda a vida.

— Ok — falou ela. — Então, você não está assustado. É uma coisa boa. Independentemente disso, é um momento difícil para qualquer um. Você precisa de ajuda para fazer a transição. É aí que eu entro. Estou aqui para garantir que a transição seja a mais suave possível. — Ela fez uma pausa. — É isso. Acho que me lembrei de dizer tudo. Tive que memorizar *muita coisa* para conseguir este emprego, e posso ter esquecido um detalhe aqui e ali, mas essa é a essência da coisa no geral.

Ele olhou boquiaberto para ela. Mal ouvia Naomi gritando ao fundo, chamando-o de desgraçado egoísta sem noção.

— Transição.

Mei assentiu com a cabeça.

Ele não estava gostando do tom daquilo.

— Para *o quê?*

Ela sorriu.

— Ai, cara. Espera só.

Ela levantou a mão para ele, virando a palma para cima. Apertou o polegar e o dedo médio juntos e estalou.

O sol fresco da primavera brilhou no rosto dele.

Ele deu um passo trôpego para trás, olhando ao redor violentamente. Cemitério. Estavam em um cemitério.

— Desculpe por isso — falou Mei, aparecendo ao lado dele. — Ainda estou pegando o jeito. — Ela franziu a testa. — Sou meio nova nisso.

— O que está acontecendo? — berrou ele.

— Você está sendo enterrado — respondeu ela, com alegria. — Vamos lá. Você tem que ver isso. Vai ajudar a dissipar qualquer dúvida que possa ter restado.

Ela o agarrou pelo braço e o puxou. Ele tropeçou nos próprios pés, mas conseguiu ficar de pé. Os chinelos dele batiam nos calcanhares à medida que lutava para acompanhá-la. Os dois desviavam das lápides, indo para lá e para cá, os sons do tráfego movimentado os cercando enquanto taxistas impacientes buzinavam e gritavam palavrões pelas janelas abertas. Ele tentou se afastar de Mei, mas o aperto dela era firme. Ela era mais forte do que parecia.

— Chegamos — afirmou ela, estacando. — Bem na hora.

Wallace olhou por sobre o ombro dela. Naomi estava lá, assim como os sócios, todos de pé ao redor de um buraco retangular recém-cavado. O caro caixão estava sendo baixado na terra. Ninguém chorava. Worthington continuava olhando para o relógio e suspirando de um jeito dramático. Naomi digitava no celular.

De todas as coisas em que Wallace poderia se concentrar, ele ficou perplexo porque não havia lápide.

— Onde está a lápide? Meu nome. Data de nascimento. Uma mensagem inspiradora dizendo que vivi a vida ao máximo.

— Foi isso o que você fez? — perguntou Mei. Ela não parecia estar zombando dele, apenas curiosa.

Ele afastou a mão dela e cruzou os braços, ficando na defensiva.

— Foi.

— Incrível. E as lápides em geral vêm depois do enterro. Eles ainda precisam esculpir e tudo o mais. Tem todo esse processo. Não se preocupe com isso. Olha. Lá vai você. Dá um tchauzinho!

Ele não deu.

Mas Mei acenou, balançando os dedos.

— Como chegamos até aqui? — questionou ele. — Estávamos na igreja.

— Tão observador. Isso é muito bom, Wallace. Nós *estávamos* na igreja. Estou orgulhosa de você. Digamos que pulei algumas partes. Temos que nos mexer. — Ela estremeceu. — E isso é minha culpa, cara. Tipo, sério, não leve a mal, porque realmente não foi de propósito, mas cheguei um *pouquinho* tarde para buscar você. Esta é a minha primeira vez levando alguém por conta própria, e estraguei tudo. Fui para o lugar errado por acidente. — Ela sorriu com alegria. — Estamos de boa?

— *Não* — rosnou ele. — Não estamos *de boa*.

— Ai. Isso é péssimo. Desculpa. Prometo que não vai acontecer de novo. Curva de aprendizagem e tudo mais. Espero que ainda dê nota dez ao meu serviço quando receber a pesquisa. Significaria muito para mim.

Ele não tinha ideia do que ela estava falando. Quase podia se convencer de que *ela* era a louca, e nada mais que uma invenção de sua imaginação.

— Já se passaram três dias!
Ela abriu um sorriso para ele.
— Exatamente! Isso facilita muito meu trabalho. Hugo vai ficar tão satisfeito comigo! Mal posso esperar para contar a ele.
— Quem é...
— Calma aí. Essa é uma das minhas partes favoritas.
Ele olhou para onde Mei apontava. Os sócios estavam em fila, com Naomi atrás. Ele observou enquanto todos se inclinavam, um por um, pegando um punhado de terra e jogando na cova. O som da terra batendo na tampa do caixão fez as mãos de Wallace tremerem. Naomi estava com seu punhado de terra sobre a cova aberta e, antes que ela o deixasse cair, uma expressão estranha cintilou em seu rosto, e logo se foi. Ela balançou a cabeça, largou a terra e, então, se virou. A última coisa que ele viu de sua ex-esposa foi a luz do sol no cabelo dela ao se apressar em direção ao táxi que a aguardava.
— Isso meio que completa tudo — falou Mei. — Ciclo completo. Da terra viemos e para a terra voltamos. Bonito, se pensar bem.
— O que está acontecendo? — sussurrou ele.
Mei tocou as costas da mão de Wallace. A pele dela era fria, mas não de um jeito desagradável.
— Precisa de um abraço? Posso te dar um abraço se quiser.
Ele puxou o braço.
— Não quero um abraço.
Ela assentiu com a cabeça.
— Limites. Legal. Respeito isso. Prometo que não vou te abraçar sem sua permissão.
Certa vez, quando Wallace tinha sete anos, seus pais o levaram para a praia. Ele ficou na beira d'água, observando a areia correr entre os dedos dos pés. Houve uma sensação estranha que subiu pelas pernas até a boca do estômago. Ele estava afundando, embora a combinação do redemoinho de areia e espuma branca da água tenha feito parecer muito mais. A coisa o apavorou, e ele se recusou a voltar para a água do mar, não importava o quanto os pais implorassem.
Era essa sensação que Wallace Price sentia agora. Talvez fosse o som da terra no caixão. Talvez fosse o fato de que sua foto estava apoiada ao lado da sepultura aberta, uma coroa de flores presa abaixo dela. Na foto, ele exibia um sorriso tenso. O cabelo estava perfeita-

mente penteado, repartido à direita. Os olhos brilhavam. Naomi disse uma vez que ele a lembrava do espantalho de Oz.

— Se ao menos tivesse um cérebro — disse ela. Isso foi durante um dos processos do divórcio, então ele desconsiderou como nada além de uma tentativa de magoá-lo.

Ele se sentou com tudo no chão, os dedos dos pés afundando na grama sobre a ponta dos chinelos. Mei acomodou-se ao lado dele, sobre os joelhos, pegando um pequeno dente-de-leão. Ela o arrancou do chão e o segurou perto da boca de Wallace.

— Faça um desejo — disse ela.

Ele não fez um desejo.

Mei suspirou e soprou ela mesma a penugem do dente-de-leão, que explodiu em uma nuvem branca, as sementes pegando uma brisa e girando ao redor da cova aberta.

— É muito para absorver, eu sei.

— Sabe? — murmurou ele com o rosto afundado nas mãos.

— Não de verdade — admitiu ela. — Mas tenho uma boa ideia.

Ele a fitou, os olhos apertados.

— Você disse que era sua primeira vez.

— E é. Sozinha, é. Mas passei pelo treinamento e fui muito bem. Você precisa de empatia? Posso te dar. Quer socar alguma coisa porque está com raiva? Posso te ajudar também. Mas não vai me socar. Talvez uma parede. — Ela deu de ombros. — Ou podemos nos sentar aqui e ver como, no fim, eles vêm com uma pequena escavadeira e jogam toda a terra em cima de seu antigo corpo, cimentando assim o fato de que está tudo acabado. Ao gosto do cliente.

Ele a encarou.

Ela assentiu com a cabeça.

— Certo. Eu poderia ter formulado isso melhor. Desculpe. Ainda estou pegando o jeito das coisas.

— O quê...? — Ele tentou engolir o nó na garganta. — O que está acontecendo?

Ela explicou:

— O que está acontecendo é que você viveu sua vida. Você fez o que fez, e agora acabou. Pelo menos essa parte. E quando estiver pronto para sair daqui, levarei você até o Hugo. Ele vai explicar o restante.

— Sair daqui — murmurou ele. — Com Hugo.

Ela meneou a cabeça antes de parar.
— Bem, de certa forma. Ele é um barqueiro.
— Um o quê?
— Barqueiro — repetiu ela. — Aquele que vai ajudá-lo a atravessar.
A mente de Wallace estava acelerada. Não conseguia se concentrar em uma única coisa. Tudo parecia grandioso demais para compreender.
— Mas achei que você deveria...
— Ah. Você gosta de mim. Que fofura. — Ela riu. — Mas sou apenas a Ceifadora, Wallace. Meu trabalho é garantir que você chegue ao barqueiro. Ele vai cuidar do resto. Você vai ver. Assim que chegarmos a ele, será como a chuva. Hugo tende a ter esse efeito nas pessoas. Ele vai explicar tudo antes de você atravessar, responder a qualquer uma dessas perguntas irritantes e persistentes.
— Atravessar — repetiu Wallace embotado. — Para... onde?
Mei inclinou a cabeça.
— Ora, para o que vem a seguir, é claro.
— Paraíso? — Ele empalideceu, um pensamento terrível atravessando toda aquela confusão. — Inferno?
Ela deu de ombros.
— Claro.
— Isso não explica absolutamente nada.
Ela riu.
— Eu sei, tá? É divertido. Estou me divertindo. Você não está?
Não, ele realmente não estava.

Ela não o apressou. Eles permaneceram ali mesmo quando o céu começou a ficar listrado de rosa e laranja, o sol de março se pondo no horizonte. Permaneceram até quando o trator prometido chegou, a mulher operando-o habilmente com um cigarro enfiado entre os lábios, a fumaça saindo do nariz. A cova encheu mais rápido do que Wallace esperava. As primeiras estrelas começavam a aparecer quando ela terminou, embora estivessem fracas devido à poluição luminosa da cidade.

E foi isso.

Tudo o que restava de Wallace Price era um monte de terra e um corpo que viraria comida de verme. Foi uma experiência profundamente devastadora. Ele não tinha percebido que seria. *Estranho*, pensou consigo mesmo. *Que estranho*.

Ele olhou para Mei.

Ela sorriu para ele.

Ele disse:

— Eu... — Ele não sabia como terminar a frase.

Ela tocou as costas da mão dele.

— Sim, Wallace. É real.

E Mei perguntou:

— Quer conhecer Hugo?

Não. Ele não queria. Queria correr. Queria gritar. Queria erguer os punhos em direção às estrelas e reclamar e se enfurecer com a injustiça de tudo aquilo. Ele tinha planos. Tinha objetivos. Ainda tinha tanto a fazer, e agora nunca... nunca poderia...

Ele se assustou quando uma lágrima escorreu por sua bochecha.

— Tenho escolha?

— Em vida? Sempre.

— E na morte?

Ela deu de ombros.

— É um pouco mais... organizado. Mas é para o seu próprio bem. Juro — adicionou ela rapidamente. — Existem razões por que essas coisas acontecem do jeito que acontecem. Hugo vai explicar tudo. É um cara ótimo. Você vai ver.

Isso não fez com que ele se sentisse melhor.

Mas, ainda assim, quando ela parou em pé acima dele, estendendo a mão, Wallace apenas a olhou por um momento ou dois antes de estender o braço, permitindo que ela o puxasse para se levantar.

Ele virou o rosto para o céu. Respirou fundo.

Mei disse:

— Provavelmente você vai se sentir um pouco estranho agora. Mas é uma distância grande, então é de se esperar. Vai acabar antes que você perceba.

E, antes que ele pudesse reagir, Mei estalou de novo os dedos, e tudo explodiu.

CAPÍTULO 3

Wallace estava gritando quando pousaram em uma estrada pavimentada no meio de uma floresta. O ar estava frio, mas, mesmo enquanto gritava, nenhuma nuvem de respiração se formou na frente dele. Não fazia sentido. Como podia sentir frio quando estava morto? Estava realmente respirando, ou... Não. Não. Foco. Concentre-se no aqui. Concentre-se no agora. Uma coisa de cada vez.

— Terminou? — perguntou Mei.

Ele percebeu que ainda estava gritando. Fechou a boca de uma vez, e a dor foi incandescente quando ele mordeu a língua. O que, é claro, o incomodou de novo: caramba, como ele conseguia sentir *dor*?

— Não — murmurou ele, afastando-se de Mei, os pensamentos confusos em um nó infinito. — Você não pode só...

Então ele foi atropelado por um carro.

Espere aí.

Ele *deveria* ter sido atropelado por um carro. O veículo se aproximou, os faróis brilhando. Ele conseguiu levantar as mãos a tempo de proteger o rosto, apenas para que o carro o *atravessasse*. De soslaio, viu o rosto do motorista passar a centímetros do seu. E não sentiu nada.

O carro continuou pela estrada, as lanternas traseiras piscando uma vez antes de virar uma esquina e desaparecer por completo.

Ele estava morrendo de frio, com as mãos estendidas à frente, uma perna levantada, a coxa apertada contra a barriga.

Mei riu alto.

— Ai, cara! Você devia ver seu rosto. Ai, meu Deus! Está *incrível*.

Aos poucos, ele abaixou a perna, meio convencido de que atravessaria direto o chão. Não caiu. O chão era sólido sob seus pés. Ele não conseguia parar de tremer.

— Como... O quê... Por quê? O quê... *O quê?*
Ela enxugou os olhos, ainda rindo.
— Foi mal. Eu deveria ter avisado que isso poderia acontecer. — Ela balançou a cabeça. — Mas está tudo bem, certo? Quer dizer, não é bom não poder mais ser atropelado por carros?
— Foi a *essa* conclusão que você chegou? — perguntou ele, incrédulo.
— É uma coisa muito importante, pensando bem.
— Eu *não quero* pensar nisso — disparou ele. — Não quero pensar em nada disso!
Inexplicavelmente, ela falou:
— Se querer fosse sempre poder, não haveria ser ou não ser.
Ele encarou-a enquanto ela começava a caminhar pela estrada.
— Isso não explica *nada*!
— Só porque está sendo teimoso. Fique acalmo, cara.
Ele a seguiu, pois não queria ficar sozinho no meio do nada. Ao longe, podia ver as luzes do que parecia ser uma pequena vila. Não reconhecia nada dos arredores, ela estava falando a mil por hora, e ele não conseguia dizer uma palavra.
— Ele não faz cerimônia nem nada, então não se preocupe com isso. Não o chame de sr. Freeman, porque ele odeia. Ele é Hugo para todos, ok? E, talvez, pare de franzir tanto a testa. Ou não, depende de você. Não vou te dizer como ser. Ele sabe que você... — Ela tossiu, sem jeito. — Bem, ele sabe como essas coisas podem ser complicadas, então não se preocupe. Faça todas as perguntas de que precisar. É para isso que estamos aqui. — E então... — Já está vendo?
Wallace começou a perguntar do que Mei estava falando, mas então ela acenou com a cabeça em direção ao peito dele. Ele olhou para baixo, uma carranca se formando.
A resposta concisa na ponta de sua língua foi substituída por um grito de horror.
Ali, saindo de seu peito, havia um pedaço de metal curvo, quase como um anzol do tamanho de sua mão. De cor prateada, brilhava na pouca luz. Não doía, mas talvez *devesse* doer, já que a ponta afiada parecia enfiada em seu esterno. Preso à outra extremidade do gan-

cho havia um... cabo? Uma faixa fina que se assemelhava a plástico brilhava com uma luz fraca. O cabo se estendia pela estrada à frente deles, levando para longe. Ele bateu contra o peito, tentando soltar o gancho, mas suas mãos passaram direto pela coisa. A luz do cabo se intensificou, e o gancho vibrou calorosamente, enchendo-o de uma estranha sensação de alívio que ele não esperava, já que havia sido espetado. Esse sentimento foi, é claro, temperado pelo fato de que ele *havia sido* espetado.

— O que é isso? — gritou ele, ainda batendo no peito. — Tire, tire isto *daqui*!

— Não... — disse Mei, estendendo a mão e pegando as dele. — Realmente não queremos fazer isso. Confie em mim quando digo que está te ajudando. Você precisa dele. Não vai te machucar. Não consigo enxergar, mas, a julgar pela sua reação, é igual a todos os outros. Não se preocupe. Hugo vai explicar, prometo.

— O que é isto? — questionou ele novamente, a pele formigando. Wallace olhou para o cabo que se estendia ao longo da estrada à sua frente.

— Uma conexão. — Ela bateu no ombro dele. — Mantém você aterrado. E o cabo leva a Hugo. Ele sabe que estamos perto. Vamos lá. Mal posso esperar para você conhecê-lo.

A vila estava quieta. Parecia haver apenas uma única rua principal que passava pelo centro. Sem sinais de trânsito, sem a confusão de pessoas nas calçadas. Alguns carros passaram (Wallace pulando fora do caminho, pois não queria reviver *aquela* experiência novamente), mas, fora isso, havia apenas o silêncio. As lojas dos dois lados da rua já haviam encerrado o expediente, suas janelas escurecidas, placas penduradas nas portas prometendo estar de volta na primeira hora da manhã. Os toldos estendiam-se sobre a calçada, todos em tons vibrantes de vermelho, verde, azul e laranja.

Havia postes de luz alinhados em ambos os lados da rua, com luzes quentes e suaves. A estrada era de paralelepípedos, e Wallace saiu do caminho quando um grupo de crianças em bicicletas passou por ele. Não perceberam nem ele nem Mei. O grupo ria e gritava, com cartões presos aos raios das rodas com prendedores de roupa, a respiração fluindo de cada um como pequenas marias-fumaças. Wallace se incomodou um pouco com o pensamento. Elas estavam livres, livres de uma maneira que ele não estava há muito tempo. Ele lutou com aquela sensação, incapaz de moldá-la em algo reconhecível. Então a sensação se foi, deixando-o vazio e trêmulo.

— Este lugar é real? — perguntou ele, sentindo o gancho no peito ficar mais quente. O cabo não afrouxou como ele esperava que faria, conforme andavam. Pensou que estaria tropeçando nele agora. Em vez disso, permanecia tão tenso como estava desde que o notara pela primeira vez.

Mei o observou.

— Como assim?

Ele não sabia muito bem.

— Elas estão... todos aqui estão mortos?

— *Ah*. É, não. Entendo. Sim, este lugar é real. Não, nem todo mundo está morto. Aqui é como em qualquer outro lugar, acredito. Tivemos que viajar para muito longe, mas não é nenhum lugar aonde você não pudesse ter ido por conta própria se tivesse decidido sair da cidade. Não parece que você saía muito.

— Estava ocupado demais — murmurou ele.

— Agora você tem todo o tempo do mundo — disse Mei, e o *assustou* quão acurado aquilo era. Seu peito se apertou, e ele piscou ao sentir a ardência repentina nos olhos. Mei caminhava preguiçosamente pela calçada, olhando para trás, garantindo que ele a estivesse seguindo.

Ele seguia, mas apenas porque não queria ser deixado para trás em um lugar desconhecido. Os prédios, que pareciam quase pitorescos, agora se erguiam ao seu redor de forma ameaçadora, as janelas escuras como olhos mortos. Ele olhou para os pés, concentrando-se em colocar um na frente do outro. Sua visão começou a se estreitar, a pele latejava. Aquele gancho no peito ficava mais insistente.

Nunca estivera tão assustado em toda a vida.

— Ei, ei. — Ele ouviu Mei chamar, e, quando abriu os olhos, viu-se agachado no chão, os braços em volta da barriga, dedos cavados na pele com força suficiente para deixar hematomas. Se *pudesse* ter hematomas. — Está tudo bem, Wallace. Estou aqui.

— Porque *isso* deveria me fazer sentir melhor — arfou ele.

— É muita coisa para qualquer um. Podemos nos sentar aqui por um momento, se é o que precisa. Não vou apressar você, Wallace.

Ele não sabia de que precisava. Não conseguia pensar com clareza. Tentou manter o controle, tentou encontrar alguma coisa à qual se agarrar. E, quando encontrou, ela vinha de dentro dele, uma lembrança esquecida surgindo como um fantasma.

Ele tinha nove anos, e seu pai lhe pediu para entrar na sala. Tinha acabado de chegar da escola e estava na cozinha fazendo um sanduíche de manteiga de amendoim e banana. Congelou ao pedido do pai, tentando pensar no que poderia ter feito para se meter em encrenca. Tinha fumado um cigarro atrás das arquibancadas, mas aquilo tinha sido semanas antes, e não havia como seus pais saberem, a menos que alguém tivesse lhes contado.

Deixou o sanduíche no balcão, já inventando desculpas na cabeça, formando promessas de *eu nunca mais vou fazer isso, juro, foi só uma vez.*

Os dois estavam sentados no sofá, e ele parou quando viu a mãe chorando, embora parecesse estar tentando segurar. As bochechas dela estavam manchadas, o lenço de papel apertado em uma pequena bola na mão. O nariz estava escorrendo e, embora ela tivesse tentado sorrir quando o viu, os lábios tremeram e se retorceram para baixo à medida que os ombros tremiam. A única vez que ele a tinha visto chorar antes havia sido por causa de um filme aleatório em que um cachorro superava a adversidade (espinhos de porco-espinho) para se reunir com seu dono.

— O que foi? — perguntou ele, sem saber o que deveria fazer. Entendia a ideia de consolar alguém, mas nunca a havia colocado em prática. Não eram uma família livre em relação a afetos. Na melhor das hipóteses, seu pai apertava sua mão e sua mãe apertava seu ombro sempre que estavam satisfeitos com ele. Para ele, estava tudo bem. As coisas eram assim.

O pai disse:

— Seu avô faleceu.

— Ah — suspirou Wallace, de repente sentindo coceira por todo o corpo.

— Você entende o que é a morte?

Não, não, ele não entendia. Sabia o que era, sabia o que a palavra significava, mas era uma coisa nebulosa, um evento que ocorria para outras pessoas muito, muito distantes. Nunca havia passado pela cabeça de Wallace que alguém que *ele* conhecesse pudesse morrer. Vovô morava a quatro horas de distância, e sua casa sempre cheirava a leite azedo. Ele gostava de fazer artesanato com latas de cerveja descartadas: aviões com hélices que realmente se moviam, gatinhos pendurados em cordas no teto da varanda.

E, como Wallace era uma criança lidando com um conceito muito maior do que ele, as palavras que saíram de sua boca em seguida foram:

— Alguém o matou?

Vovô gostava de dizer como havia lutado na guerra (qual guerra, exatamente, Wallace não sabia; nunca havia sido capaz de fazer uma pergunta para saber), o que geralmente era seguido por palavras que faziam a mãe de Wallace gritar com o pai dela enquanto ela cobria os ouvidos de Wallace e, mais tarde, ela diria a seu único filho para *nunca* repetir o que tinha ouvido porque era grosseiramente racista. Ele entenderia se alguém tivesse assassinado seu avô. Na verdade, fazia muito sentido.

— Não, Wallace. — A mãe se engasgou. — Não foi assim. Era câncer. Ele ficou doente e não aguentou mais. Acabou... acabou.

Aquele foi o momento em que Wallace Price decidiu — como as crianças costumam fazer, de forma absoluta e destemida — nunca deixar aquilo acontecer com ele. O avô estava vivo, e depois já não estava. Seus pais ficaram chateados com a perda. Wallace não gostava de ficar chateado. Então, suprimiu a chateação, enfiando-a em uma caixa e trancando-a bem.

Ele piscou devagar, tomando consciência dos arredores. Ainda na vila. Ainda com a mulher.

Mei agachou-se diante dele, a gravata pendurada entre as pernas.

— Tudo bem?

Ele não confiava em si mesmo para falar, então assentiu com a cabeça, embora estivesse muito longe de *estar bem*.

— É normal — disse ela, batendo os dedos no joelho. — Acontece com todo mundo depois que fazem a passagem. E não se surpreenda se acontecer mais algumas vezes. É muito para absorver.

— Como você saberia? — murmurou ele. — Você disse que fui o seu primeiro.

— Primeiro *sozinha* — corrigiu ela. — Fiz mais de cem horas de treinamento antes de poder sair sozinha, então já vi isso antes. Acha que consegue ficar em pé?

Não, ele não conseguia. Mas, ainda assim, ficou. Os pés estavam um pouco instáveis, no entanto ele conseguiu se levantar por pura força de vontade. O gancho ainda estava lá no peito, o cabo ainda piscando fracamente. Por um momento, pensou ter sentido um puxão suave, mas não tinha certeza.

— Lá vamos nós — falou Mei, dando-lhe um tapinha no peito. — Você está indo bem, Wallace.

Ele a observou com raiva.

— Não sou criança.

— Ah, eu sei. É mais fácil com crianças, acredita? Os adultos são os que geralmente dão problema.

Ele não sabia o que dizer sobre aquilo, então não disse nada.

— Vamos — chamou ela. — Hugo está esperando por nós.

Chegaram ao fim da vila pouco tempo depois. Os prédios desapareceram, e a estrada que se estendia adiante serpenteava pela floresta de coníferas, o cheiro de pinheiro lembrando Wallace do Natal, uma época em que o mundo todo parecia respirar e esquecer — mesmo que por pouco tempo — como a vida podia ser dura.

Ele estava prestes a perguntar quanto ainda teriam que andar quando chegaram a uma estrada de terra fora da vila. Havia uma placa de madeira ao lado da estrada. Ele não conseguia distinguir as palavras no escuro, não até chegar mais perto.

As letras tinham sido esculpidas na madeira com o maior cuidado.

TRAVESSIA DE CARONTE
CHÁS E COMIDINHAS

— Car-o-quê? — perguntou ele. Nunca tinha ouvido tal palavra.

— Ca-ron-te — respondeu Mei, pronunciando devagar. — É meio que uma piada. Hugo é engraçado assim.

— Não entendi.

Mei suspirou.

— Claro que não. Não se preocupe. Assim que chegarmos à casa de chá, ele vai...

— Casa de chá — repetiu Wallace, olhando a placa com desdém.

Mei fez uma pausa.

— Uau. Você tem algo contra chá, cara? Não vai dar certo.

— Não tenho nada contra... pensei que íamos encontrar Deus. Por que ele...

Mei começou a rir.

— *O quê?*

— Hugo — repetiu ele, confuso. — Ou quem quer que seja.

— Ai, cara, mal posso *esperar* pra dizer a ele o que você disse. Caramba. Isso vai subir à cabeça. — Ela franziu a testa. — Talvez seja melhor eu não contar.

— Não vejo o que há de tão engraçado.

— Eu sei — falou ela. — Por isso é tão engraçado. Hugo não é Deus, Wallace. Ele é um barqueiro. Eu falei. Deus é... a ideia de Deus é humana. É um pouco mais complicado que isso.

— O quê? — perguntou Wallace, baixinho. Ele se questionava se era possível ter um segundo ataque cardíaco, mesmo já estando morto. Então se lembrou de que não conseguia mais *sentir* o coração batendo, e o desejo de se encolher em uma bolinha mais uma vez começou a tomar conta. Agnóstico ou não, Wallace não havia esperado ouvir algo tão grandioso dito com tanta facilidade.

— Ah, não — falou Mei, agarrando a mão dele para ter certeza de que ele ficaria em pé. — Não vamos nos deitar aqui. Já estamos bem perto. Vai ser mais confortável lá dentro.

Ele se deixou ser arrastado pela estrada. As árvores eram pinheiros grossos e velhos que se estendiam para o céu estrelado como dedos saindo da terra. Ele não conseguia se lembrar da última vez que estivera em uma floresta, muito menos à noite. Preferia aço e buzinas, os sons de uma cidade que nunca dormia. Barulho significava que não estava sozinho, não importava onde estivesse. Ali, o silêncio consumia tudo, sufocava.

Ao virarem uma esquina, ele conseguiu ver luzes quentes através das árvores como um farol chamando, chamando, chamando por ele. Mal sentia os pés no chão. Pensou que poderia estar flutuando, mas não conseguiu olhar para baixo para ver.

Quanto mais se aproximavam, mais o gancho puxava seu peito. Não era exatamente irritante, mas também não conseguia ignorar. O cabo continuava a cruzar a estrada.

Estava prestes a perguntar a Mei sobre isso quando algo se moveu na estrada à frente. Ele se encolheu, e sua mente criou uma criatura terrível rastejando da floresta sombria com presas afiadas e olhos brilhantes. Em vez disso, uma mulher surgiu correndo pela estrada. Quanto mais perto ela chegava, mais detalhes eram preenchidos. Parecia de meia-idade, a boca, uma linha fina, e ela apertava o casaco ao redor do corpo. Tinha bolsas sob os olhos, olheiras que pareciam ter sido tatuadas no rosto. Wallace não sabia por que estava esperando algum tipo de reconhecimento, mas ela passou por eles sem sequer olhar em sua direção, cabelos loiros voando atrás de si enquanto se movia rapidamente pela estrada.

Mei tinha um olhar tenso no rosto, mas balançou a cabeça e a expressão desapareceu.

— Vamos. Não quero deixá-lo esperando mais do que já deixamos.

Ele não sabia o que esperar depois de ler a placa. Nunca tinha entrado em um lugar que se chamasse *casa de chá*. Wallace pegava o café da manhã no carrinho em frente ao prédio comercial. Não era um hipster. Não tinha um coque ou um senso irônico de moda, sua roupa atual que se danasse. Os óculos que costumava usar durante a leitura eram, embora caros, úteis. Ele não pertencia a um lugar que pudesse ser descrito como *casa de chá*. Que ideia absurda.

Foi por isso que ficou surpreso quando chegaram à loja e ele viu que parecia uma casa. Embora fosse verdade que era diferente de qualquer casa que já tivesse visto, mas, de qualquer jeito, era uma casa. Uma varanda de madeira em volta da entrada, grandes janelas em ambos os lados de uma porta verde brilhante, a luz tremeluzindo de dentro como se velas tivessem sido acesas. Havia uma chaminé de tijolos no telhado com uma pequena onda de fumaça saindo do topo.

Mas era aí que terminava a semelhança com qualquer casa que Wallace já tivesse visto. Parte disso tinha a ver com o cabo que se estendia do gancho em seu peito e subia as escadas, desaparecendo na porta fechada. *Através* da porta fechada.

A casa em si parecia ter começado de um jeito e, no meio do caminho, os construtores decidiram seguir em outra direção. A melhor maneira que Wallace conseguiu pensar para descrevê-la era que parecia uma criança empilhando bloco após bloco, um em cima do outro, formando uma torre precária. Parecia que até a menor brisa poderia derrubá-la. A chaminé não era torta, mas mais *torcida*, a alvenaria projetando-se em ângulos impossíveis. O andar de baixo da casa parecia robusto, mas o segundo andar pendia para um lado, o terceiro andar para o lado oposto, o *quarto* andar ficava bem no meio, formando uma torre com cortinas puxadas por várias janelas. Wallace pensou ter visto uma das cortinas se mover, como se alguém estivesse espiando, mas podia ter sido um truque da luz.

A parte externa da casa havia sido construída com placas de madeira. Mas também tijolo.

E... adobe?

Um lado parecia ter sido construído com troncos, como se tivesse sido uma cabana em algum momento. Parecia algo saído de um conto de fadas, uma casa incomum escondida na floresta. Talvez houvesse um lenhador gentil lá dentro, ou uma bruxa que quisesse cozinhar Wallace no forno, com sua pele rachando ao enegrecer. Wallace não sabia o que era pior. Tinha ouvido muitas histórias sobre coisas terríveis acontecendo em tais casas, tudo em nome de ensinar uma Lição Muito Valiosa. Aquilo não fazia com que ele se sentisse melhor.

— O que é este lugar? — perguntou Wallace quando pararam perto da varanda. Uma pequena scooter verde estava ao lado de um canteiro de flores, as selvagens flores amarelas, verdes, vermelhas e brancas, mas opacas no escuro.

— Incrível, não é? — disse Mei. — É ainda mais louco por dentro. As pessoas vêm de todos os lugares para ver. É bastante famosa, por razões óbvias.

Wallace puxou o braço de Mei quando ela tentou caminhar em direção à varanda.
— Não vou entrar.
Ela olhou para trás.
— Por que não?
Ele apontou para a casa.
— Não parece segura. Obviamente não está de acordo com a legislação. Vai desmoronar a qualquer momento.
— Como sabe disso?
Ele a encarou.
— Estamos vendo a mesma coisa, certo? Não vou ficar preso lá dentro quando desabar. É um processo judicial esperando para acontecer. E eu *conheço* processos.
— Hum — disse Mei, olhando de novo para a casa. Ela inclinou a cabeça para trás o máximo que pôde. — Mas...
— Mas?
— Você está morto — afirmou ela. — Mesmo que desmoronasse, não importaria.
— Isso é... — Ele não sabia o que era.
— Além disso, tem sido assim desde que moro aqui. Ainda não caiu. E também não acho que hoje será este dia.
Ele ficou boquiaberto.
— Você *mora* aqui?
— Moro — respondeu ela. — É a nossa casa, então talvez você possa ter algum respeito? E não se preocupe com a casa. Se nos preocuparmos com as pequenas coisas o tempo todo, corremos o risco de perder as maiores.
— Alguém já disse que você parece um biscoito da sorte? — murmurou Wallace.
— Não — respondeu Mei. — Porque isso é meio racista, já que sou asiática e tudo mais.
Wallace empalideceu.
— Eu... não é que... não quis dizer...
Ela o encarou por um longo momento, deixando-o gaguejar antes de dizer:
— Ok. Então, não foi o que você quis dizer. Fico feliz em saber. Sei que tudo é novo para você, mas é bom pensar antes de falar,

certo? Especialmente porque sou uma das poucas pessoas que podem te ver.

Ela subiu os degraus da varanda de dois em dois, parando em frente à porta. Vasos de plantas pendiam do teto, longas trepadeiras caindo. Havia uma placa na janela na qual se lia FECHADO PARA EVENTO PRIVADO. A própria porta tinha uma velha aldrava de metal em forma de folha. Mei levantou a aldrava, batendo três vezes na porta verde.

— Por que está batendo na porta? — perguntou. — Você não mora aqui?

Mei o fitou.

— Ah, sim, mas esta noite é diferente. É assim que as coisas são. Pronto?

— Talvez devêssemos voltar mais tarde.

Ela sorriu como se estivesse se divertindo, e, ele jurava pela própria vida, Wallace não conseguia ver o que havia de tão engraçado.

— Agora é uma hora tão boa quanto qualquer outra. Tudo se resume ao primeiro passo, Wallace. Você consegue. Sei que a fé é difícil, ainda mais diante do desconhecido. Mas tenho fé em você. Talvez pudesse ter um pouco em mim?

— Eu nem conheço você.

Ela cantarolou um pouco, baixinho.

— Claro que não. Mas só há uma maneira de consertar isso, certo?

Ele a fitou com irritação.

— Realmente trabalhando para tirar nota dez, não é?

Ela riu.

— Sempre. — Ela pousou a mão na maçaneta. — Vamos?

Wallace olhou para trás, para a estrada. Estava totalmente escura. O céu era um campo de estrelas, mais do que ele já tinha visto em toda a vida. Ele se sentiu pequeno, insignificante. E perdido. Ah, estava perdido.

— Primeiro passo — sussurrou para si mesmo.

Voltou-se para a casa. Respirou fundo e estufou o peito. Ignorou o estalo ridículo que seus chinelos faziam à medida que subia os degraus da varanda. Ele podia fazer isso. Era Wallace Phineas Price. As pessoas se encolhiam ao som de seu nome. Paravam diante dele com *admiração*. Ele era frio e calculista. Era um tubarão na água, sempre circulando. Ele estava...

... tropeçando quando o degrau mais alto cedeu, fazendo-o cambalear para a frente.

— É — disse Mei. — Preste atenção no último. Sinto muito. Estou para dizer ao Hugo para consertar. Não queria interromper seu momento ou o que quer que estivesse acontecendo. Parecia importante.

— Odeio tudo isso — praguejou Wallace com os dentes cerrados.

Mei abriu a porta da Travessia de Caronte Chás e Comidinhas. As dobradiças rangeram, e uma luz quente se derramou, seguida pelo cheiro forte de especiarias e ervas: gengibre e canela, hortelã e cardamomo. Ele não sabia como era capaz de distingui-los, mas ali era tudo igual. Não era como o escritório, um lugar mais familiar até que sua casa, fedendo a fluidos de limpeza e ar artificial, todo de aço e sem capricho, e, embora odiasse aquele fedor, estava acostumado. Significava segurança. Realidade. Era o que ele conhecia. Percebeu com desânimo que era *tudo* o que conhecia. O que isso dizia sobre ele?

O cabo preso ao gancho vibrou mais uma vez, parecendo atraí-lo para a frente.

Ele quis correr o mais longe que seus pés pudessem levá-lo.

Em vez disso, sem nada a perder, Wallace seguiu Mei porta adentro.

CAPÍTULO 4

Ele esperava que o interior da casa se parecesse com o exterior, uma mistura de atrocidades arquitetônicas mais adequadas para demolição do que para habitação.

Não se decepcionou.

A luz estava baixa, vindo de arandelas incompatíveis presas nas paredes e de uma vela grosseiramente grande em uma mesinha perto da porta. Plantas pendiam do teto abobadado em cestas de vime e, embora nenhuma delas estivesse florescendo, o cheiro delas era quase irresistível, misturando-se com o cheiro forte de especiarias que parecia impregnado nas paredes. As trepadeiras seguiam em direção ao chão, balançando suavemente com a brisa através da janela aberta na parede oposta. Ele começou se aproximar de uma, de repente desesperado para sentir as folhas contra a pele, mas puxou a mão no último momento. Conseguia sentir o cheiro, então sabia que elas estavam lá, mesmo que seus olhos estivessem lhe pregando peças. E Mei podia tocá-lo — na verdade, ele ainda podia sentir o fantasma dos dedos dela em sua pele —, mas e se fosse apenas isso? Wallace nunca havia sido um homem de muitos hobbies, que trocava a agitação pelo lazer. Dúvida, então, dúvida subindo sobre ele, deslizando sobre seus ombros e empurrando-o para baixo, dedos como garras, cavando.

Uma dúzia de mesas ficava no meio da grande sala, com tampos brilhando como se tivessem sido limpos recentemente. As cadeiras debaixo eram velhas e gastas, embora não surradas. Elas também não combinavam, algumas com assentos e encostos de madeira, outras com almofadas grossas e desbotadas. Ele até viu uma poltrona tipo *papasan* em um canto. Não via uma daquelas desde que era criança.

Mal ouviu Mei fechar a porta logo atrás. Estava distraído pelas paredes da sala, com os pés movendo-o em direção a elas por vontade própria. Estavam cobertas de fotos e pôsteres, alguns emoldurados, outros presos por tachinhas. Contavam uma história, pensou, mas uma que ele não conseguia acompanhar. Havia a foto de uma cachoeira, o borrifo captando a luz do sol em fractais de arco-íris. A foto de uma ilha em um mar cerúleo, as árvores tão densas que ele não conseguia ver o chão. Um gigantesco mural das pirâmides, desenhado com mão hábil, mas inexperiente. A fotografia de um castelo em um penhasco, a pedra desmoronando e sendo coberta por musgo. Também o pôster emoldurado de um vulcão se erguendo acima das nuvens, com lava explodindo em arcos quentes. A pintura de uma cidade no auge do inverno, as luzes brilhantes, quase cintilantes, refletindo em uma camada de neve não marcada. Estranhamente, todas causavam um nó na garganta de Wallace. Ele nunca tivera tempo para aqueles lugares, e agora, nunca teria.

Balançando a cabeça, Wallace seguiu em frente, olhando para uma lareira que compunha metade da parede à sua direita, a madeira se movendo conforme as brasas faiscavam. Era feita de pedra branca, a cornija, de carvalho. Sobre a cornija havia pequenas bugigangas: um lobo esculpido em pedra, uma pinha, uma rosa seca, uma cesta de pedras brancas. Acima da lareira, um relógio, mas parecia estar quebrado. O ponteiro dos segundos tiquetaqueava, mas nunca avançava. Uma cadeira de espaldar alto ficava na frente da lareira com um cobertor pesado pendurado no braço. Parecia... acolhedor.

Wallace olhou para a esquerda e viu um balcão com uma caixa registradora e uma vitrine vazia e escura com pequenas placas escritas à mão coladas no vidro, anunciando uma dúzia de tipos diferentes de doces. Frascos alinhados nas paredes atrás do balcão. Alguns preenchidos com folhas finas, outros com pó em vários tons. Pequenos rótulos manuscritos estavam na frente de cada um, descrevendo ainda mais variedades de chá.

Havia uma grande lousa pendurada na parede acima dos potes, ao lado de um par de portas de vaivém com janelinhas. Alguém havia desenhado pequenos cervos, esquilos e pássaros na lousa com giz verde e azul, cercando um cardápio que parecia não ter fim. Chá verde e chá de ervas, chá preto e *oolong*. Chá branco, chá amarelo, chá fermentado. *Senchá*, rosa, mate, sene, *rooibos*, chá de chaga, camomila. Hibisco, *essiac*, *matchá*, acácia-branca, *pu-erh*, urtiga, chá de dente-de-leão... E lembrou-se do cemitério onde Mei havia arrancado o dente-de-leão do chão e soprado, os pequenos tufos brancos flutuando para longe.

Estavam todos impressos em torno de uma mensagem no centro da lousa. As palavras, escritas em letras pontiagudas e inclinadas, diziam:

Na primeira vez que compartilha o chá, você é um estranho.
Na segunda vez que compartilha o chá, você é um convidado de honra.
Na terceira vez que compartilha o chá, você se torna da família.

Todo o lugar parecia um sonho delirante. Não podia ser real. Era muito... algo, algo que Wallace não conseguia identificar. Ele parou na frente da vitrine, encarando a mensagem na lousa, incapaz de desviar o olhar.

Quer dizer, incapaz até que um cachorro saiu correndo de uma parede.

Ele gritou enquanto cambaleava para trás, não acreditando nos próprios olhos. O cachorro, um grande vira-lata preto com uma mancha branca no peito que quase parecia uma estrela, correu em direção a ele, latindo a plenos pulmões como um idiota. A cauda balançava furiosamente, ele circulou Mei, com o traseiro balançando ao se esfregar nela.

— Quem é um bom garoto? — murmurou Mei em um tom de voz que Wallace desprezava. — Quem é o melhor garoto do mundo todo? É *você*? Eu acho que é *você*.

O cachorro, aparentemente concordando que era o melhor garoto do mundo inteiro, latiu com alegria. Suas orelhas eram grandes e pontudas, embora a esquerda fosse caída. Ele se jogou na frente de Mei, rolando de barriga para cima, as pernas chutando quando Mei caiu de joelhos — parecendo ignorar o fato de que estava vestindo um terno, para grande consternação de Wallace — esfregando as mãos ao longo da barriga do bicho. A língua dele pendia para fora da boca enquanto ele olhava para Wallace. Ele rolou para trás e ficou de pé, sacudindo-se de um lado para o outro.

E então pulou em Wallace.

Ele mal levantou as mãos a tempo antes de o animal se chocar contra ele, derrubando-o.

Wallace caiu de costas, tentando proteger o rosto da língua frenética e molhada que lambia toda a pele exposta que conseguia encontrar.

— Socorro! — gritou ele. — Está tentando me matar!

— Ahã — concordou Mei. — Isso não é bem o que ele está fazendo. Apollo não mata. Ele ama. — Ela franziu a testa. — Bastante, aparentemente. Apollo, não! Nós não trepamos nas pessoas.

E então Wallace ouviu uma risada seca e enferrujada, seguida por uma voz profunda e rouca.

— Em geral, não o vejo tão animado. Imagino o porquê...

Antes que Wallace pudesse se concentrar *nisso*, o cachorro pulou de cima dele e partiu em direção às portas duplas fechadas atrás do balcão. Mas, em vez de empurrar as portas, *passou* por elas, que nem se moveram. Wallace sentou-se a tempo de ver a ponta da cauda desaparecer. O cabo de seu peito se enrolou no balcão, e ele não conseguia ver aonde levava.

— O que raios foi aquilo? — exigiu saber, ouvindo o cachorro latir em algum lugar da casa.

— Aquele é o Apollo — respondeu Mei.

— Mas... ele... ele *atravessou* as paredes.

Mei deu de ombros.

— Bem, claro. Ele está morto, como você.

— *O quê?*

— Conseguiu um rapidinho — afirmou aquela voz rouca, e Wallace virou a cabeça em direção à lareira. Ele gritou ao ver um velho espiando pela lateral da cadeira de espaldar alto. O homem parecia velho, com pele marrom-escura fortemente enrugada. Ele sorriu, seus dentes fortes refletindo a luz do fogo. As sobrancelhas eram grandes e espessas, o cabelo afro branco assentado na cabeça como uma nuvem fina. Ele estalou os lábios ao rir mais uma vez.

— Muito bom, Mei. Sabia que conseguiria.

Mei corou, arrastando os pés.

— Obrigada. Tive um pequeno problema lá no começo, mas consegui resolver tudo. — Wallace mal a ouviu enquanto continuava a mencionar cães fantasmas sexualmente agressivos e velhos aparecendo do nada. — Eu acho.

O homem se levantou da cadeira. Era baixo e um pouco curvado. Seria uma surpresa para Wallace se tivesse mais de um metro e meio. Usava pijama de flanela e um par de chinelos velhos. Uma bengala estava encostada na lateral da cadeira. O velho agarrou-a e arrastou-se para a frente. Parou ao lado de Mei, olhando para Wallace no chão. Bateu a ponta da bengala no tornozelo de Wallace.

— Ah! — disse ele. — Entendo.

Wallace não queria saber o que o homem tinha entendido. Nunca deveria ter seguido Mei para dentro da casa de chá.

O homem falou:

— Um pouco esquisito, não é? — Ele bateu em Wallace com a bengala novamente.

Wallace a empurrou.

— Poderia parar com isso?!

O homem não parou. Na verdade, bateu mais uma vez.

— Tentando enfatizar uma coisa.

— O que você está... — E então Wallace soube. Aquele tinha de ser Hugo, o homem que Mei o levara para ver. O homem que não era Deus, mas algo que ela chamava de barqueiro. Wallace não sabia o que estivera esperando: talvez um homem de túnica branca e uma longa barba esvoaçante, cercado por uma luz resplandecente, um cajado de madeira em vez de uma bengala. Esse homem parecia ter pelo menos mil anos de idade. Havia uma presença, algo que Wallace não conseguia identificar. Era... tranquilizante? Ou tão perto disso que não importava. Talvez fosse parte do processo, o que Mei havia chamado de *transição*. Wallace não tinha certeza do *porquê* de precisar ser espancado com uma bengala, mas, se Hugo julgava necessário, então quem era Wallace para dizer o contrário?

O homem puxou a bengala para trás.

— Entende agora?

Não, ele realmente não entendia.

— Acho que sim.

Hugo assentiu.

— Bom. Levante, levante. Não pode ficar no chão frio. Não quer pegar sua morte. — Ele gargalhou como se fosse a coisa mais engraçada do mundo.

Wallace riu também, embora tenha sido bem forçado.

— Haha, sim. Isso é... histérico. Entendi. Piadas. Você conta piadas.
Os olhos de Hugo brilharam com indisfarçável alegria.
— Rir ajuda, mesmo quando você não sente vontade de rir. Não dá para ficar triste quando se está rindo. Na maioria das vezes.
Wallace levantou-se devagar, olhando os dois à sua frente com cautela. Ele se limpou, ciente de quão ridículo parecia. Ergueu o corpo por completo, endireitando os ombros. Em vida, tinha sido um homem intimidador. Só porque estava morto não significava que seria jogado de um lado para o outro.
Ele disse:
— Meu nome é Wallace...
O homem falou:
— Cara alto, hein?
Wallace piscou.
— Hum... sim?
O homem concordou com a cabeça.
— Caso você não saiba. Como está o tempo aí em cima?
Wallace o fitou.
— O quê?
Mei cobriu a boca com a mão, mas Wallace conseguiu ver o sorriso dela se abrindo.
O homem (Hugo? Deus?) se arrastou para a frente, batendo a bengala contra a perna de Wallace de novo enquanto circulava ao redor dele.
— Ahã. Ok. Entendo. Então. Certo. Podemos trabalhar com isso, eu acho. — Ele estendeu a mão e beliscou o flanco de Wallace, que gritou, afastando a mão do homem. Hugo balançou a cabeça ao completar o círculo, parando mais uma vez ao lado de Mei, apoiado na bengala. — Um baita primeiro caso, hein, Mei.
— Não é? Mas acho que estou conseguindo alcançá-lo. — Ela olhou para Wallace com uma carranca. — Talvez.
— Você não fez *nada* — retrucou Wallace.
Hugo assentiu.
— Este vai nos dar problemas. Espere para ver. — Ele sorriu, as linhas ao redor dos olhos ficando fundas. — Gosto dos que causam problemas.
Wallace se irritou.

— Meu nome é Wallace Price. Sou um advogado de...
Hugo o ignorou, olhando para Mei e sorrindo.
— Como foi a viagem, querida? Você se perdeu um pouco, não foi?
— Sim — respondeu Mei. — O mundo é maior do que eu me lembrava, ainda mais indo sozinha.
— Geralmente é — falou Hugo. — É aí que mora a beleza. Mas você está em casa agora, então, não se preocupe. Espero que não seja enviada de novo tão cedo.
Mei assentiu enquanto esticava os braços acima da cabeça, as costas estalando ruidosamente.
— Não há lugar como o lar.
Wallace tentou de novo.
— Disseram que morri de ataque cardíaco. Gostaria de apresentar uma reclamação formal, já que...
— Ele está levando muito bem o fato de estar morto — afirmou Hugo, olhando Wallace de cima a baixo. — Em geral temos gritos, berros e ameaças. Gosto quando ameaçam.
— Ah, ele teve seus momentos — esclareceu Mei. — Mas, no todo, não é tão ruim. Adivinha onde o encontrei?
Hugo analisou Wallace de cima a baixo. Então...
— Onde ele morreu. Não, espere aí. Em casa, tentando descobrir por que não conseguia fazer nada funcionar.
— No funeral dele — respondeu Mei, e Wallace ficou ofendido com o quanto ela parecia feliz.
— Não — arfou Hugo. — Sério?
— Sentado em um banco e tudo.
— Uau — disse Hugo. — Que embaraçoso.
— Estou bem aqui — ralhou Wallace.
— Claro que está — falou Hugo sem ser indelicado. — Mas obrigado por avisar.
— Olha, Hugo, Mei explicou que você poderia me ajudar, que ela tinha de me trazer até você porque você é o barqueiro, e que deveria fazer... alguma coisa. Confesso que não prestei muita atenção a essa parte, mas *isso não vem ao caso*. Não sei que tipo de espelunca você dirige aqui, e não sei quem o colocou nisso, mas eu preferiria mesmo não estar morto, se possível. Tenho muito trabalho a fazer, e isso tem sido uma inconveniência terrível. Tenho *clientes*. E um prazo de

entrega até o fim da semana que não pode ser adiado! — Ele gemeu, a mente a mil. — E eu precisava estar no tribunal na sexta-feira para uma audiência que não posso perder. Você sabe quem eu sou? Porque se você *sabe*, então também sabe que não tenho tempo para essas coisas. Tenho responsabilidades, sim, responsabilidades *extremamente* importantes que não podem ser ignoradas.

— É claro que sei quem você é — afirmou Hugo secamente. — Você é Wallace.

Um alívio como ele nunca havia experimentado tomou conta. Ele havia ido até a pessoa certa. Mei, independentemente de quem *ou o que* ela fosse, parecia ser uma subordinada. Uma operária. Hugo estava na posição de poder. Sempre, sempre fale com o gerente para conseguir o que deseja.

— Ótimo. Acho que entende que isso não vai rolar mesmo. Então, se puder fazer o que for necessário para consertar a situação, eu ficaria muito agradecido. — E, só porque não era possível ter certeza de que aquele homem não era Deus, acrescentou: — Por favor. Obrigado. Senhor.

— Hum — falou Hugo. — Mas que salada você fez com essas palavras.

— Ele tende a fazer isso — afirmou Mei num sussurro alto. — Provavelmente porque era advogado.

O velho olhou Wallace de cima a baixo.

— Ele me chamou de Hugo. Você ouviu isso?

— Ouvi — respondeu Mei. — Talvez devêssemos...

— Hugo Freeman, ao seu dispor. — Ele se curvou o mais baixo que pôde.

Mei suspirou.

— Ou podemos fazer assim.

Hugo bufou.

— Aprenda a se divertir um pouco. Nem sempre tem de ser desgraça e melancolia. Agora, onde estávamos? Ah, sim. Sou Hugo, e você está chateado por estar morto, mas não por causa de amigos ou familiares ou qualquer outra bobagem, e sim porque tem trabalho a fazer, e estar morto é uma inconveniência. — Ele fez uma pausa, pensando. — Uma *horrível* inconveniência.

Wallace ficou aliviado. Esperava mais resistência. Estava satisfeito por não precisar recorrer a ameaças de processos judiciais.

— Exatamente. É exatamente isso.
Hugo deu de ombros.
— Tudo bem.
— Sério? — Ele poderia estar de volta ao escritório no máximo amanhã à tarde, talvez no dia seguinte, dependendo de quanto tempo levasse para chegar em casa. Teria que exigir que Mei o levasse de volta, pois estava sem a carteira. Se a situação apertasse, ele telefonaria para a empresa e pediria a sua assistente que lhe comprasse uma passagem de avião. Claro, estava sem carteira de motorista, mas algo tão trivial não impediria Wallace Price. Como último recurso, poderia pegar o ônibus, mas queria evitá-lo se pudesse. Tinha quase uma semana de trabalho para recuperar o atraso, mas era um preço pequeno a pagar. Teria que encontrar uma maneira de explicar toda a coisa do funeral/caixão aberto, mas daria um jeito. Naomi ficaria decepcionada por não receber nada de seus bens, mas ela que se danasse. Tinha sido má no funeral.

— Ok — afirmou Wallace. — Estou pronto. Como vamos fazer isso? Você... canta ou algo assim? Sacrifica uma cabra? — Ele fez uma careta. — Espero mesmo não ter de sacrificar uma cabra. Fico enjoado com sangue.

— Você está com sorte — disse Hugo. — Estamos sem cabras.

Wallace respirou fundo.

— Excelente. Estou pronto para estar vivo novamente. Aprendi minha lição. Prometo ser mais gentil com as pessoas e blá-blá-blá.

— A alegria que sinto não tem limites — declarou Hugo. — Levante os braços acima da cabeça.

Wallace obedeceu.

— Agora dê vários pulos.

Wallace pulou, o cabo subindo e descendo do chão.

— Repita depois de mim: "Quero estar vivo".

— Quero estar vivo.

Hugo suspirou.

— Você tem de dizer com vontade. De verdade, quero ouvir a verdade. Faça com que eu *acredite*.

— Quero estar vivo! — gritou Wallace conforme pulava, os braços acima da cabeça. — Quero estar vivo! Quero estar vivo!

— Aí está! — Hugo exclamou. — Posso sentir algo acontecendo. Está enfim acontecendo. Continue! Salte em círculos!

— Quero estar vivo! — Wallace gritou enquanto pulava em círculos. — Quero estar vivo! Quero estar vivo!

— E *pare*. O que quer que aconteça, *não se mova*.

Wallace congelou, os braços acima da cabeça, uma perna levantada, o chinelo pendurado no pé. Conseguia sentir que estava funcionando. Não sabia como, mas sentia. Em breve, tudo aquilo acabaria, e ele voltaria a viver.

Os olhos de Hugo se arregalaram.

— Fique assim até eu avisar. Nem mesmo *pisque*.

Wallace não piscou. Ficou exatamente como estava. Faria qualquer coisa para consertar a bagunça.

Hugo assentiu com a cabeça.

— Bom. Agora, quero que você repita comigo: "Sou um idiota".

— Sou um idiota.

— E estou morto.

— E estou morto.

— E não há como voltar à vida porque não é assim que funciona.

— E não há... o quê?

Hugo se curvou, soltando uma risada rouca.

— Ah. Ah, minha nossa. Você devia ver sua cara. Impagável!

A pálpebra inferior do olho direito de Wallace se contraiu quando ele abaixou os braços devagar, colocando o pé de volta no chão.

— O quê?

— Você está *morto* — exclamou Hugo. — Não pode ser levado de volta à vida. Não é assim que nada funciona. Francamente. — Ele deu uma cotovelada de leve na lateral do corpo de Mei. — Está vendo isso? Que bobagem. Gosto dele. Vai ser uma pena vê-lo partir. Ele é divertido.

Mei olhou para as portas duplas.

— Você vai nos colocar em apuros, Nelson.

— Que nada. A morte não precisa ser sempre triste. Precisamos aprender a rir de nós mesmos antes de...

— Nelson — repetiu Wallace lentamente.

O homem olhou para ele.

— Sim?

— Ela o chamou de Nelson.

— Chamou, porque é meu nome.

— Não, é Hugo.

Nelson acenou com a mão.

— Hugo é meu neto. — Ele estreitou os olhos. — E, se você sabe o que é bom para você, não vai dizer a ele o que fizemos.

Wallace ficou boquiaberto.

— Você... você está falando *sério*?

— Como um ataque cardíaco — afirmou Nelson enquanto Mei se engasgava. — Opa. Cedo demais?

Wallace deu um passo trêmulo em direção ao homem — para fazer o quê, ele não sabia. Não conseguia pensar, não conseguia formar uma única palavra. Tropeçou nos próprios pés, caindo para a frente em direção a Nelson, os olhos arregalados, um som como uma porta rangendo escapando da garganta.

Mas não caiu em cima de Nelson, porque Nelson desapareceu, fazendo com que Wallace aterrissasse no chão, de bruços.

Ele levantou a cabeça a tempo de ver Nelson piscar de volta à existência a poucos metros de distância, perto da lareira. Ele balançou os dedos para Wallace dando um tchauzinho.

Wallace rolou de costas, encarando o teto. Seu peito arfava (coisa irritante, já que seus pulmões não eram exatamente necessários nesse momento), e sua pele vibrava.

— Você está morto.

— Como um prego — declarou Nelson. — Foi um alívio, de verdade. Este velho corpo estava desgastado e, por mais que tentasse, eu não conseguia mais fazê-lo funcionar como eu queria. Às vezes, a morte é uma bênção, mesmo que não percebamos de imediato.

Então, ouviu-se outra voz, profunda e quente, as palavras soando como se tivessem peso, e houve um puxão poderoso no gancho no peito de Wallace. Devia ter doído. Não doeu.

Quase pareceu um alívio.

— Vovô, você está causando problemas de novo?

Wallace virou a cabeça para a voz.

Um homem apareceu pelas portas duplas.

Wallace piscou devagar.

O homem sorriu sem emitir nenhum som. Seus dentes tinham um brilho chocante. Os dois da frente eram um pouco tortos e estranhamente charmosos. Era, talvez, um ou dois centímetros mais baixo que

Wallace, com braços e pernas finos. Usava jeans e uma camisa de colarinho aberto sob um avental com as palavras "Travessia de Caronte" costuradas na frente. A frente do avental se projetava levemente contra a curva suave da barriga. A pele era de um marrom profundo, os olhos quase castanhos com rajadas de verde através deles. O cabelo era parecido com o do velho, cachos apertados em um afro curto, embora o de Hugo fosse preto. Parecia jovem; não tão jovem quanto Mei, mas certamente mais jovem que Wallace. As tábuas do assoalho rangiam a cada passo que ele dava.

Ele deixou no balcão a bandeja que carregava, um bule de chá tilintando contra as xícaras enormes. Tinha cheiro de hortelã. Então deu a volta no balcão. Wallace viu o cachorro — Apollo — ziguezagueando e então passando *através* das pernas do homem. O homem riu do cachorro.

— Já sei. Curioso, certo?

O cachorro latiu, concordando.

Wallace observou o homem se aproximar. Não sabia por que se concentrava nas mãos dele, nos dedos estranhamente delicados, nas palmas mais pálidas que o dorso, nas unhas como luas crescentes. O homem esfregou as mãos antes de se agachar perto de Wallace, mantendo alguma distância dele como se pensasse que Wallace era arisco. Foi só então que Wallace notou que o cabo preso ao peito se estendia até o homem, embora não parecesse haver um gancho. O cabo desaparecia em sua caixa torácica, exatamente onde deveria estar o coração.

— Olá — cumprimentou o homem. — Wallace, certo? Wallace Price?

Wallace assentiu, incapaz de falar qualquer coisa.

O sorriso do homem alargou-se, e o gancho no peito de Wallace parecia estar queimando.

— Meu nome é Hugo Freeman. Sou barqueiro. Tenho certeza de que você tem perguntas. Farei o possível para responder a todas. Mas vamos começar do começo. Aceita uma xícara de chá?

CAPÍTULO 5

Wallace nunca foi fã de chá. Se pressionado, diria que nunca havia visto motivo para a comoção. Eram folhas secas em água quente.

E talvez não ajudasse o fato de ainda estar encarando o homem conhecido como Hugo Freeman. Ele se movia com graça, cada ação deliberada, quase como se estivesse dançando. Não estendeu a mão para ajudar Wallace a se levantar, mas fez sinal para que ele se erguesse do chão. Wallace obedeceu, embora mantivesse distância. Se houvesse um deus, seria este homem, não importava o que Mei havia dito. Até onde sabia, era outro truque, um teste para ver como ele agiria. E precisava ser cuidadoso aqui, especialmente se fosse insistir para que aquele homem lhe devolvesse a vida. O pior era que o cabo parecia conectar os dois, esticando e encolhendo dependendo do quanto estavam perto um do outro.

Apollo sentou-se aos pés de Hugo perto do balcão, olhando-o com adoração, a cauda batendo silenciosamente contra o chão. Mei ajudou Nelson a chegar ao balcão, embora ele estivesse resmungando que poderia fazer isso sozinho.

Wallace observou Hugo pegar o bule de estanho fumegante da bandeja. Ele levantou o bule em direção ao rosto, inalando profundamente. Assentiu com a cabeça e falou:

— Já deu o tempo da infusão. Deve estar pronto. — Ele olhou para Wallace quase se desculpando. — É folha solta orgânica, que não parecia se encaixar no que sei de você, mas tenho um histórico muito bom para essas coisas. Pelo que sei, tudo de que você gosta é orgânico. E hortelã.

— Não gosto de nada orgânico — Wallace murmurou.

— Tudo bem — disse Hugo, servindo o chá. — Acho que vai gostar deste. — Havia quatro xícaras, cada uma com um desenho floral diferente. Ele fez sinal para Wallace pegar a xícara com as flores que se erguiam nas laterais e no interior da xícara.

— Estou morto — declarou Wallace.

Hugo abriu um sorriso para ele.

— Sim. Sim, está.

Wallace cerrou os dentes.

— Não é o que... deixa pra lá. Inferno, como vou pegar a xícara?

Hugo riu. Era um som baixo e estrondoso que começava no peito e saía da boca.

— Ah, entendo. E, em qualquer outro lugar, talvez você tivesse razão. Mas não aqui. Não com essas. Tente. Prometo que não ficará desapontado.

Ninguém podia prometer aquilo com certeza. A única coisa que ele havia conseguido tocar tinha sido Mei e o chão sob seus pés. E Apollo, mas quanto menos falasse sobre isso, melhor. Parecia um teste, e ele não confiava nesse homem tanto quanto podia se impressionar com ele. Wallace nunca tinha se impressionado com um homem antes, e não queria começar agora.

Ele suspirou e pegou a xícara, esperando que a mão a atravessasse, pronto para encarar Hugo como se dissesse *"Viu?"*.

Mas então sentiu o calor do chá e arfou quando seus dedos tocaram a superfície da xícara. Era sólida.

Era sólida.

Ele assobiou quando puxou a mão, derramando chá na lateral da xícara e nos dedos. Houve uma breve explosão de calor, mas depois passou. Ele olhou para os dedos. Estavam pálidos como sempre, a pele imaculada.

— Essas xícaras são especiais — explicou Hugo. — Para pessoas como você.

— Pessoas como eu — repetiu Wallace sem graça, ainda olhando para os dedos.

— Sim — afirmou Hugo. Ele terminou de servir o chá nas xícaras restantes e colocou o bule de volta na bandeja. — Aquelas que deixaram uma vida em preparação para outra. Foram um presente quando me tornei o que sou agora.

— Um barqueiro — disse Wallace.

Hugo concordou com a cabeça.

— Sim. — Ele bateu nas letras costuradas em seu peito. Não parecia notar o cabo, seus dedos desaparecendo através dele. — Você conhece Caronte?

— Não.

— Era o barqueiro grego que carregava almas para o Hades pelos rios Estige e Aqueronte, que dividiam o mundo entre os vivos e os mortos. — Hugo riu. — Falta sutileza, eu sei, mas eu era mais jovem quando dei o nome a este lugar.

— Mais jovem — repetiu Wallace. — Você é jovem. — Então, sem saber se estava insultando um tipo de divindade que aparentemente estava encarregada de... alguma coisa, ele logo acrescentou: — Pelo menos parece ser. Quer dizer, não sei como isso funciona, e...

— Obrigado — agradeceu Hugo, abrindo um leve sorriso, como se achasse divertido o desconforto de Wallace.

— Minha nossa — resmungou Nelson, pegando sua xícara de chá e sorvendo pela borda. — Ele é um homem velho agora. Talvez não tão velho quanto eu, mas está chegando lá.

— Tenho trinta anos — falou Hugo secamente. Gesticulou em direção à xícara na mesa diante de Wallace. — Beba. É melhor quando está quente.

Wallace olhou para o chá. Havia pedaços de *algo* flutuando na superfície. Ele não tinha certeza se queria beber, mas Hugo o observava com atenção. Não parecia estar fazendo mal a Mei ou a Nelson, então Wallace pegou a xícara com cuidado, levando-a para perto do rosto. O cheiro de hortelã era forte, e os olhos de Wallace se fecharam involuntariamente. Ele conseguiu ouvir Apollo bocejando como os cachorros fazem, e a casa se acomodando aos estalos, mas o chão e as paredes caíram, o telhado se ergueu em direção ao céu, e ele estava, ele estava, *ele estava...*

Ele abriu os olhos.

Estava em casa.

Não em sua casa *atual*, o apartamento com pé-direito alto, os móveis importados, a parede vermelha que ele pensava em pintar e as janelas panorâmicas que se abriam para uma cidade de metal e vidro.

Não, era a casa de sua *infância*, aquela com escadas que rangiam e o aquecedor que nunca tinha água quente suficiente. Ele estava à porta da cozinha, e Bing Crosby cantava no rádio antigo, dizendo a todos que pudessem ouvir que tivessem um feliz Natal.

— Até lá — cantou sua mãe, girando pela cozinha —, nós teremos que batalhar muito de algum jeito.

Nevava lá fora, e guirlandas se estendiam ao longo do topo das portas e nos peitoris das janelas. A mãe riu sozinha enquanto o forno apitava. Ela pegou no balcão uma luva de forno com o desenho de um boneco de neve. Abriu a porta do forno, as dobradiças rangendo, e tirou uma folha de bengalinhas natalinas caseiras. Sua especialidade de Natal, uma receita que aprendera com sua mãe, uma polonesa corpulenta que chamava Wallace de *pociecha*. O cheiro de menta preencheu a sala.

A mãe o olhou de pé na porta, e ele tinha *dez* e *quarenta* anos ao mesmo tempo, de moletom e chinelos, mas também de pijama de flanela, cabelo bagunçado, pés descalços no chão frio.

— Olha — disse ela, mostrando-lhe as bengalinhas. — Acho que é o melhor lote até agora. *Mamusia* ficaria orgulhosa, eu acho.

Wallace duvidava. Sua avó tinha sido uma mulher assustadora com uma língua afiada e insultos contundentes. Morrera em um asilo. Wallace tinha ficado triste e aliviado ao mesmo tempo, embora tivesse guardado esse pensamento para si.

Ele deu um passo em direção à mãe e, ao mesmo tempo, sentiu a flor quente do chá descer pela garganta e se acomodar no estômago. Tinha o gosto do cheiro das bengalinhas, e era demais, chocante demais, porque não podia ser real. No entanto, ele podia provar as bengalinhas doces como se a mãe estivesse realmente lá, e ele disse:

— Mãe?

Mas ela não respondeu; em vez disso, cantarolava conforme Bing Crosby dava voz a *Ol' Blue Eyes*.

Ele piscou devagar.

Estava na casa de chá.

Piscou novamente.

Estava na cozinha de sua casa de infância.

Ele disse:

— Mãe, eu... — E sentiu uma pontada no coração, uma pontada afiada que o fez grunhir. Sua mãe havia morrido. Em um minuto ela estava lá e, no seguinte, havia partido, seu pai falando rispidamente ao telefone, dizendo-lhe que tinha sido rápido, que, quando descobriram, já era tarde demais. Metástase, um de seus primos lhe dissera mais tarde, nos pulmões. Ela não queria que Wallace soubesse, ainda mais porque não se falavam havia quase um ano. Ele tinha ficado tão bravo com ela por isso. Por tudo.

Esse era o sabor do chá. Lembranças. Casa. Juventude. Traição. Agridoce e quente.

Wallace piscou e se viu ainda na casa de chá, a xícara tremendo nas mãos. Colocou-a de volta no balcão antes que derramasse mais.

Hugo falou:

— Você tem perguntas.

Com voz trêmula, Wallace declarou:

— Possivelmente, esse é o maior eufemismo já pronunciado pela língua humana.

— Ele tende a ser hiperbólico — disse Mei a Hugo, como se isso explicasse tudo.

Hugo ergueu a própria xícara de chá e tomou um gole. Sua testa se franziu por um momento antes de se suavizar.

— Vou responder a elas da melhor maneira possível, mas não sei tudo.

— Não sabe?

Hugo balançou a cabeça.

— Claro que não. Como poderia?

Frustrado, Wallace retrucou:

— Então, vou simplificar ao máximo. Por que estou aqui? Qual é o sentido de tudo isso?

Mei riu.

— *Isso* é o que você chama de simplificar? Vai lá, cara. Estou impressionada.

— Você está aqui porque morreu — explicou Hugo. — Quanto à outra pergunta, não sei se posso responder, pelo menos não na grandeza que você deseja. Acho que ninguém pode, não de fato.

— Então qual é a de *vocês*? — perguntou ele.

Hugo assentiu com a cabeça.

— Isso posso responder. Sou um barqueiro.

— Eu expliquei para ele — sussurrou Mei para Nelson.

— É difícil reter informações logo no início — sussurrou Nelson de volta. — Vamos dar um pouco mais de tempo.

— E o que faz um barqueiro? — perguntou Wallace. — Você é o único?

Hugo fez que não com a cabeça.

— Há muitos de nós. Pessoas que... bem. Pessoas que receberam um trabalho. Para ajudar outras pessoas como você. Para dar sentido ao que você está sentindo no momento.

— Já tenho um terapeuta — retrucou Wallace. — Ele faz o que eu pago para ele fazer, e não tenho queixas.

— Sério? — indagou Mei. — Sem queixas. Nenhuma.

— Mei — repreendeu Hugo de novo.

— Está bem, está bem — murmurou ela. Bebeu do próprio chá. Seus olhos arregalaram-se um pouco antes que ela bebesse o resto em três grandes goles. — Caramba, isso é bom. — Ela olhou para Wallace. — Hum. Não esperava isso de você. Parabéns.

Wallace não sabia do que ela estava falando e não se importou em perguntar. Aquele gancho no peito parecia mais pesado e, embora puxasse de um jeito agradável, ele estava ficando irritado com a sensação.

— Estou nas montanhas.

— Sim, está — concordou Hugo.

— Não tem montanhas perto da cidade.

— Não tem.

— O que significa que percorremos um longo caminho.

— Percorreram.

— Mesmo que você não seja o único barqueiro para todos — disse Wallace —, como isso funciona? As pessoas morrem o tempo todo. Centenas. Milhares. Deve haver mais aqui. Por que não há uma fila na porta?

— A maioria das pessoas na cidade vai até a barqueira *da cidade* — explicou Hugo, e Wallace ficou nervoso com o cuidado com que ele parecia escolher as palavras. — Às vezes, elas são enviadas para mim.

— O excedente.

— Algo assim — disse Hugo. — Para ser honesto, nem sempre sei por que pessoas como você são trazidas até mim. Mas não é meu trabalho questionar o *porquê*. Você está aqui, e isso é tudo o que importa.

Wallace ficou olhando para ele, boquiaberto.

— Você não questiona o *porquê*? Por que não, caramba?

O *porquê* das coisas era a especialidade de Wallace, o que o levava a verdades que alguns tentavam manter escondidas. Ele olhou para

Mei, que sorriu para ele. Não o ajudaria. Mas Nelson, sim. Nelson estava no mesmo barco que ele. Talvez pudesse ser de alguma utilidade.

— Nelson, você está...

— Ah, não — falou Nelson, olhando para o pulso nu. — Olha a hora. Acredito que eu devia estar sentado na minha cadeira em frente ao fogo. — Então arrastou-se em direção à lareira, apoiando-se na bengala. Apollo o seguiu, embora olhasse para Hugo como se quisesse ter certeza de que ficaria exatamente onde estava.

É nítido que isso não fez Wallace se sentir melhor.

— É melhor alguém me dar algumas respostas antes que eu... — Ele não sabia como terminar a frase.

Hugo estendeu a mão e coçou a nuca.

— Olha, Wallace... posso chamá-lo de Wallace? — Então, sem esperar uma resposta, continuou: — Wallace, a morte é... complicada. Não consigo nem começar a imaginar o que está passando pela sua cabeça agora. É diferente para cada um. Não há duas pessoas iguais, na vida ou na morte. Você quer reclamar, xingar e ameaçar. Entendo. Você quer barganhar, fazer um acordo. Entendo também. E, se faz você se sentir melhor, pode dizer o que quiser aqui. Ninguém vai julgar.

— Pelo menos não em voz alta — afirmou Nelson de sua cadeira.

— Você teve um ataque cardíaco — falou Hugo, com calma. — Foi repentino. Não havia nada que você pudesse ter feito para impedir. Não foi sua culpa.

— Sei disso — retrucou Wallace. — Eu não *fiz* nada. — Ele fez uma pausa. — Espere, como você sabe como eu... — Ele não conseguiu terminar.

— Sei das coisas — esclareceu Hugo. — Ou melhor, me mostram coisas. Às vezes é... vago. Um esboço. Outras vezes, é claro como cristal, embora sejam raras. Você foi claro para mim.

— Acho que sim — falou Wallace de um jeito tenso. — O que deixa as coisas mais fáceis, porque não sei quão mais claro posso ser. Quero que me envie de volta.

— Não posso fazer isso.

— Então encontre alguém que possa.

— Também não posso fazer isso. Não é assim que funciona, Wallace. Um rio só se move em uma direção.

Wallace assentiu com a cabeça, a mente acelerada. Obviamente não estava sendo ouvido. Não encontraria nenhuma ajuda ali.

— Então, eu lhe desejo um bom dia e peço que eu seja devolvido à cidade. Se não pode me ajudar, vou resolver sozinho. — Ele não sabia *como*, exatamente, mas qualquer coisa seria melhor do que estar ali e não ouvir nada além desses três idiotas falando sem chegar a lugar nenhum.

Hugo balançou a cabeça.

— Você não pode ir embora.

Wallace estreitou os olhos.

— Você está dizendo que estou preso aqui? Que está me mantendo aqui contra a minha vontade? Isso é sequestro. Vou providenciar para que todos vocês sejam processados, não pense que não vou.

Hugo falou:

— Você está de pé.

— O quê?

Hugo acenou com a cabeça em direção ao chão.

— Você consegue sentir o chão embaixo dos pés?

Wallace flexionou os dedos dos pés. Através dos chinelos finos e baratos, conseguia sentir a pressão do piso de madeira contra a sola dos pés.

— Sim.

Hugo tirou uma colher da bandeja e a colocou no balcão.

— Pegue esta colher.

— Por quê?

— Porque eu pedi. Por favor.

Wallace não queria. Não conseguia ver a razão. Mas, em vez de discutir, voltou para o balcão. Olhou para a colher. Era tão pequena. Flores haviam sido esculpidas no cabo. Ele se abaixou para pegá-la. As mãos tremiam quando seu dedo se curvou ao redor do cabo e ele a ergueu.

— Bom — declarou Hugo. — Agora coloque-a de volta.

Resmungando baixinho, ele fez o que lhe foi dito.

— O que agora?

Hugo olhou para ele.

— Você é um fantasma, Wallace. Está morto. Pegue-a de novo.

Revirando os olhos, ele tentou fazer exatamente isso. Só que dessa vez sua mão passou direto pela colher. Não só isso, a mão *entrou* na bancada. Houve uma estranha sensação de zumbido na pele, e ele arfou ao puxar a mão de volta como se estivesse queimada. Todos os dedos ainda estavam grudados à mão, e o zumbido já estava desaparecendo. Ele tentou mais uma vez. E outra. E de novo. A cada vez, sua mão passava pela colher e entrava no balcão.

Hugo a estendeu para tocar a de Wallace, mas parou acima dela, pairando, sem se aproximar.

— Você foi capaz de fazer isso da primeira vez porque sempre foi capaz. Esperava isso porque sempre foi assim que funcionou para você. Mas então lembrei que você morreu e não podia mais tocá-la. Suas expectativas mudaram. Você devia ter *in*esperado isso. — Ele bateu com o dedo na lateral da cabeça. — É tudo sobre sua mente e como você a concentra.

Wallace começou a entrar em pânico, a garganta se fechando, as mãos tremendo.

— Não faz o menor sentido!

— Porque você foi condicionado durante toda a vida a pensar de uma maneira. As coisas são diferentes agora.

— Isso é o que *você* diz. — Ele estendeu a mão para a colher de novo, mas puxou o braço para cima quando a atravessou mais uma vez. A mão bateu na xícara de chá, derrubando-a. O chá se derramou sobre o balcão. Ele cambaleou para trás, os olhos arregalados, os dentes rangendo.

— Eu... não posso ficar aqui. Quero ir para casa. Quero que me leve para casa.

Hugo franziu a testa enquanto dava a volta no balcão.

— Wallace, você precisa se acalmar, ok? Respire.

— Não me diga para me acalmar! — exclamou Wallace. — E se estou morto, por que está me dizendo para respirar? Isso é *impossível*.

— Ele tem razão — interveio Mei enquanto terminava a segunda xícara de chá.

A cada passo que Hugo dava em sua direção, Wallace dava um passo para trás em resposta. Nelson espiava pela beirada da cadeira, uma das mãos descansando no topo da cabeça de Apollo. O rabo do cachorro batia, marcando o tempo como um metrônomo silencioso.

— Fique longe — rosnou Wallace para Hugo.

Hugo ergueu as mãos de forma apaziguadora.

— Não vou machucar você.

— Não acredito nisso. Não chegue perto de mim. Vou embora, e não há nada que você possa fazer para me impedir.

— Ah, não — arfou Mei. Ela pousou a xícara de chá e olhou para Wallace. — Definitivamente não é uma boa ideia. Wallace, você não pode...

— Não me diga o que não posso fazer! — gritou para ela, e a lâmpada em uma das arandelas chiou e estalou antes que o vidro se estilhaçasse. Wallace virou a cabeça em direção à lâmpada.

— Ixi — sussurrou Nelson.

Wallace se virou e correu.

CAPÍTULO 6

O primeiro obstáculo foi a porta.
Ele tentou agarrar a maçaneta.
Sua mão passou direto.
Com um grito abafado, ele pulou na porta. *Através* da porta. Abriu os olhos e se viu na varanda da casa de chá. Olhou para baixo. Todos os seus membros ainda pareciam estar presos, embora o gancho e o cabo ainda estivessem lá, este último estendendo-se de volta para a casa. Algo pesado se moveu estrondosamente em direção à porta, e ele saltou da varanda, caindo no cascalho. As estrelas tremeluziam no céu acima, as árvores estavam mais sinistras do que quando chegara. Pareciam se curvar e balançar como se estivessem acenando para ele. Wallace tropeçou quando pensou ter visto um movimento nas árvores à esquerda, uma grande fera observando-o, uma coroa de chifres no topo da cabeça, mas tinha de ser um truque das sombras, porque, quando piscou, tudo o que viu foram galhos.
Ele partiu pela estrada, voltando pelo mesmo caminho pelo qual tinha chegado com Mei. Se chegasse à vila, poderia encontrar alguém para ajudá-lo. Ele lhes contaria sobre as pessoas loucas na casa de chá no meio da floresta.
O gancho em seu peito puxou bruscamente, o cabo ficando tenso ao se enrolar ao seu lado. Wallace quase caiu de joelhos. Conseguiu se manter de pé, chinelos batendo contra a sola dos pés. Por que raios tinha pensado que chinelos eram uma boa ideia?
Ele olhou para trás na direção da casa de chá a tempo de ver Mei e Hugo irromperem na varanda, gritando para ele. Mei disse:

— De todas as idiotices...
Assim como Hugo disse:
— Wallace, *Wallace*, você não pode, você não sabe o que há lá fora...
Mas Wallace fez a curva, correndo o mais rápido que podia.
Nunca tinha sido um grande corredor, na verdade nem mesmo um corredor de qualquer tipo. Tinha uma esteira no escritório, muitas vezes caminhava longas distâncias nela durante as reuniões online. Tinha tempo para poucas outras atividades, mas pelo menos aquilo era alguma coisa.
Ficou surpreso, então, ao descobrir que sua respiração não ficava presa no peito, que não sentia nenhuma pontada no flanco. Mesmo estar de chinelos não parecia atrasá-lo muito. O ar estava estranhamente estagnado, espesso e opressivo, mas ele estava *correndo*, correndo mais rápido do que nunca. Olhou em choque para as próprias pernas. Eram quase um borrão conforme seus pés encontravam o asfalto da estrada que levava à vila. Ele riu mesmo sem querer, uma gargalhada selvagem que nunca tinha escutado, soando como se estivesse meio louco.
Olhou para trás de novo.
Nada ali, ninguém correndo atrás dele, ninguém gritando seu nome, apenas a estrada vazia e escura que levava a destinos desconhecidos.
Ele deveria ter se sentido melhor.
Não aconteceu.
Ele correu o mais rápido que pôde em direção a um posto de gasolina à frente, as luzes do arco de vapor de sódio acesas como um farol, mariposas esvoaçando ao redor delas. Uma van velha estava estacionada ao lado de uma das bombas, e ele conseguia ver pessoas se movendo dentro do posto. Correu em direção ao local, só parando quando chegou às portas automáticas.
Elas não se abriram.
Ele pulou na frente delas, sacudindo os braços.
Nada.
Ele gritou:
— Abram as portas!
O homem atrás do balcão ainda parecia entediado, mexendo no celular.

Uma mulher nos fundos da loja estava na frente de uma geladeira de bebidas, coçando o queixo enquanto bocejava.

Ele rosnou baixinho antes de estender a mão para forçar a abertura das portas. Suas mãos passaram direto por elas.

— Ah, certo — afirmou ele. — Morto. Droga.

Ele atravessou as portas.

Assim que entrou, as luzes fluorescentes da loja acima dele brilharam e zumbiram. O homem atrás do balcão — um garoto com sobrancelhas enormes e um rosto pontilhado com dezenas de sardas — franziu a testa ao olhar para o alto. Deu de ombros antes de voltar para o celular.

Wallace arrancou-o das mãos dele.

Pelo menos tentou.

Não funcionou.

Também tentou agarrar o homem pelo rosto com a mesma quantidade de sucesso. Wallace recuou quando seu polegar entrou no *olho* do rapaz.

— Isso é tão estúpido — murmurou ele.

Virou-se para a mulher lá atrás, ainda olhando para as geladeiras. Foi até ela sem muita esperança. Ela não o ouviu. Não o viu. Em vez disso, escolheu dois litros de refrigerante Mountain Dew.

— Isso é nojento — disse ele. — Deveria se sentir envergonhada. A senhora ao menos sabe o que tem aí?

Mas sua opinião passou despercebida.

As portas automáticas se abriram, e Wallace se abaixou quando o funcionário disse:

— Oi, Hugo. Você na rua a esta hora?

— Não consegui dormir — falou Hugo. — Pensei em pegar algumas coisas.

Wallace tentou se apoiar em uma prateleira de batatas fritas. Xingou quando caiu para trás através delas, piscando rapidamente enquanto estava *dentro* da prateleira. Saltou para a frente, pronto para fugir, quando as portas se abriram novamente. Ficou paralisado assim que o homem atrás do balcão disse:

— E aí, Mei? Também não conseguiu dormir?

— Sabe como é — falou Mei. — O chefe está de pé, então significa que estou de pé também.

O homem conseguia vê-la.

Ele conseguia *vê-la*.

Significava que...

Wallace não tinha ideia do que isso significava.

Antes mesmo que pudesse começar a processar essa nova informação, uma coisa curiosa aconteceu: fragmentos de poeira flutuaram ao seu redor.

Ele franziu a testa para a poeira, observando-a se erguer diante de seu rosto, indo em direção ao teto. As partículas tinham uma cor estranha, quase cor de carne. Ele estendeu a mão para tocar um floco bastante grande, mas sua mão congelou quando viu de onde vinha a poeira.

De seus braços.

Sua pele estava descamando, pouco a pouco, a camada superior da pele flutuando para cima, afastando-se.

Ele gritou esfregando os braços furiosamente.

— Peguei você — falou Mei, aparecendo ao lado dele. E então: — Ai, merda. Wallace, temos que levar você...

Ele saltou para a frente em direção às geladeiras.

Através das geladeiras.

Gritou de forma incoerente passando por uma fileira de refrigerantes e depois por uma parede de cimento. Estava do lado de fora mais uma vez, ao lado da loja. Passou as mãos pelos braços conforme a pele continuava a descamar. O gancho em seu peito retorcia-se com raiva, o cabo correndo de volta para a parede que ele tinha acabado de transpassar. Ele correu pelos fundos da loja. Um campo vazio se estendia atrás de si sob um céu noturno que parecia infinito. Do outro lado havia outro bairro, as casas próximas umas das outras, algumas com luzes acesas, outras escuras e agourentas. Partiu em direção a elas, ainda esfregando os braços freneticamente.

Atravessou o campo e passou entre duas residências. Música soava da casa à sua direita; a casa à sua esquerda estava silenciosa e escura. Ele irrompeu pela parede da casa da direita diretamente no quarto onde uma mulher em um collant de couro vermelho batia um chicote contra a palma da mão, sua atenção em um homem de pijama que dizia:

— Isso vai ser tão *maravilhoso*.

— Ai, Deus — resmungou Wallace antes de sair da casa devagar. Virou-se para a rua em frente às casas.

Fez uma pausa quando seus pés encontraram o pavimento. Não tinha certeza para onde ir, e agora a pele das pernas descamava através do moletom e do peito dos pés. Seus ouvidos zumbiam, e o mundo assumiu um brilho nebuloso, as cores se misturando. O cabo piscou com violência, o gancho tremendo.

Ele correu pela calçada, ansiando chegar o mais longe que pudesse. Mas era como se a sola dos chinelos tivesse derretido, grudando no concreto. Cada passo era mais difícil que o anterior, como se estivesse se movendo debaixo d'água. Grunhiu com o esforço. O zumbido em seus ouvidos ficou mais alto, e ele não conseguia se concentrar. Cerrou os dentes tentando afastá-lo. A unha do dedo mindinho da mão direita se soltou do dedo e se desintegrou.

Ele fechou a mão em punho olhando para cima. Ali, parado no meio da rua, estava um homem.

Mas ele estava errado, de alguma forma, de maneiras que deixaram a pele de Wallace congelada. O homem estava curvado, de costas para Wallace, o torso sem camisa coberto por uma pele cinzenta e doentia, a coluna bem saliente. Os ombros tremiam como se ele estivesse arfando. As calças estavam baixas nos quadris. Os tênis gastos e sujos. Os braços pendiam desossados ao lado do corpo.

Um calafrio percorreu a espinha de Wallace conforme dava outro passo, tudo nele gritando para recuar, correr antes que o homem se virasse. Não queria ver como era o rosto do homem, com certeza seria tão terrível quanto o restante dele. Todos os sons pareciam abafados, como se seus ouvidos estivessem cheios de algodão. Quando falou, parecia que o som vinha de outra pessoa, a voz falhando:

— Olá? Você está... você consegue me ouvir?

A cabeça do homem se ergueu quando seus braços se contraíram. Em cada punho, vergões raivosos subiam pelo comprimento dos antebraços, formando um T.

O homem se virou lentamente.

Wallace Price era clínico em um grau quase desumano. Os detalhes eram seu trabalho, as pequenas coisas que outros poderiam ter perdido, algo dito de passagem em um depoimento ou durante entrevistas de admissão. E foi esse atributo que o levou a catalogar cada pedacinho do homem à frente: o cabelo sem vida, a boca aberta com dentes escurecidos, a expressão horrível e apática nos olhos. A coisa era *moldada* como um humano, mas parecia feroz, perigosa, e se Wallace sentira medo antes, não era nada comparado ao que rugia dentro de si agora. Um erro. Ele havia cometido um erro. Nunca deveria ter tentado falar com aquela... aquela coisa, seja lá o que fosse. Mesmo enquanto sua pele continuava a se erguer ao redor dele, Wallace tentou dar um passo para trás.

Suas pernas não funcionaram.

As estrelas se apagaram até que tudo que Wallace via era a escuridão da noite, sombras se estendendo ao seu redor, aumentando, aumentando.

O homem moveu-se em direção a Wallace, mas foi estranho, como se as articulações dos joelhos estivessem congeladas. Balançava de um lado para o outro a cada passo. Levantou um braço, todos os dedos apontados para o chão, exceto um que apontava para Wallace. Ele abriu a boca de novo, mas nenhuma palavra saiu, apenas um grunhido baixo e animalesco. A mente de Wallace empalideceu de terror, e ele sabia, *sabia* que, quando o homem o tocasse, sua pele estaria fina como papel, seca e catastrófica. E embora lhe tivessem dito que Deus não existia, Wallace rezou, pela primeira vez em anos, um suspiro moribundo de um pensamento que lhe passou pela cabeça como uma estrela cadente: AJUDE-ME, AH, POR FAVOR, FAÇA ISSO PARAR!!!

Então, um movimento, repentino e rápido, quando Hugo apareceu entre eles, de costas para Wallace. Um alívio como Wallace nunca havia sentido antes o atravessou, atingindo com violência suas costelas. O cabo encolheu para apenas meio metro, estendendo-se de Wallace até o peito de Hugo, que disse:

— Cameron, não. Você não pode. Ele não é seu.

Seguiu-se um estalido surdo e, embora Wallace não pudesse ver o homem, sabia que o barulho vinha dele rangendo os dentes.

— Eu sei — falou Hugo, com calma. — Mas ele não é para você. Nunca foi.

Wallace virou a cabeça quando Mei apareceu ao lado. Ela franzia a testa ao ficar na ponta dos pés, olhando por cima do ombro de Hugo.

— Merda. — Ela abaixou os calcanhares antes de levantar as mãos até perto do peito, a palma esquerda voltada para o céu. Bateu os dedos da mão direita contra a palma esquerda em uma batida em *staccato*.

Uma pequena explosão de luz veio de sua mão, e ela a estendeu, agarrando Wallace pelo braço.

— Leve-o para casa — disse Hugo.

— E você? — perguntou ela, já puxando Wallace para longe. Ela fez uma careta quando a pele do punho dele transpassou de seu aperto.

— Vou em seguida — falou Hugo, encarando o homem à sua frente. — Preciso garantir que Cameron fique onde está.

Mei suspirou.

— Não faça nada idiota. Já passamos pelo suficiente por um dia.

Pouco antes de Mei o puxar pela esquina, Wallace olhou para trás uma vez. Cameron havia inclinado a cabeça para o céu, a boca aberta, a língua branca para fora como se estivesse tentando pegar neve. Mais tarde, Wallace entenderia que não foram flocos de neve que caíam na língua de Cameron.

Ele não falou durante todo o caminho de volta.

Já Mei murmurou baixinho que era *claro* que sua primeira tarefa seria um pé no saco, ela estava sendo testada, mas, por Deus, ela a acompanharia até o fim, mesmo que fosse a última coisa que fizesse.

A mente de Wallace girava. Ele notou com grande admiração que, quanto mais se aproximavam da casa de chá, menos sua pele se desintegrava. Descamava cada vez menos até chegarem à estrada de terra que levava à Travessia de Caronte, onde a descamação cessou por completo. Analisou os braços e viu que estavam como sempre, apesar de os pelos estarem arrepiados. O gancho e o cabo ainda estavam presos a ele, embora o próprio cabo agora levasse para o lugar de onde tinham acabado de vir.

Mei o arrastou pelas escadas da varanda e o empurrou pela porta.

— Fique aqui — pediu ela antes de bater a porta na cara dele. Ele foi até a janela e olhou para fora. Ela estava na varanda, contorcendo as mãos enquanto olhava para a escuridão.

— Que porcaria foi essa? — sussurrou Wallace.

— Viu um, não foi?

Ele se virou. Nelson, sentado em sua cadeira em frente à lareira. O fogo era quase só brasa agora, o tronco carbonizado remanescente brilhando em vermelho e laranja. Apollo estava deitado na frente da cadeira de barriga para cima, suas pernas chutando o ar. Bufou quando caiu para o lado, as mandíbulas se abrindo em um bocejo antes de fechar os olhos.

Wallace balançou a cabeça.

— Eu... não sei o que vi.

Nelson resmungou conforme se levantava da cadeira, usando a bengala para se sustentar. Wallace não sabia por que não havia notado antes, mas os chinelos do homem eram coelhinhos de feltro, com orelhas caídas e puídas. Ele olhou para trás pela janela. Mei andava de um lado a outro, a estrada em frente à casa de chá escura e vazia.

Nelson estalou os lábios se aproximando. Ele olhou Wallace de cima a baixo antes de espiar pela janela.

— Ainda intacto, pelo que vejo. Deveria agradecer a sua estrela da sorte.

Wallace não tinha certeza de quanto estava intacto. Era como se sua mente tivesse sido levada pelo vento com os outros pedaços dele. Não conseguia se concentrar e sentia frio.

— O que aconteceu comigo? O... homem. Cameron.

Nelson suspirou.

— Pobre alma. Imaginei que ele ainda estivesse à espreita lá fora.

— O que há de errado com ele?

— Está morto — respondeu Nelson. — Há alguns anos, ou mais ou menos. O tempo... é meio estranho por aqui. Às vezes, rasteja até parar, depois avança, salta. Faz parte de viver com um barqueiro. Olha, sr. Price, você precisa...

— Wallace.

Nelson piscou como uma coruja. Então continuou:

— Wallace, você precisa manter o foco em si mesmo. Cameron não tem nada a ver com você. Não há nada que possa fazer por ele. Até onde você chegou antes de acontecer com você?

Wallace considerou fingir que não tinha ideia do que Nelson estava falando. Em vez disso, respondeu:

— Ao posto de gasolina.

Nelson assobiou baixinho.

— Mais do que eu esperava, confesso. — Ele hesitou. — Aquele mundo é para os vivos. Não pertence mais àqueles de nós que já fizeram a passagem. E aqueles que tentam fazer isso se perdem. Chame de insanidade, chame de outra forma de morte. De qualquer maneira, quando você sai por essas portas, a coisa começa a puxá-lo. E, quanto mais você fica lá fora, pior fica.

Horrorizado, Wallace falou:

— Eu fiquei lá fora. Por *dias*. Mei só apareceu no meu funeral.

— O processo acelerou quando você pisou na Travessia de Caronte. E, se tentar sair, vai acontecer com você a mesma coisa que aconteceu com Cameron.

Wallace recuou.

— Estou preso aqui.

Nelson suspirou.

— Isso não é...

— É, *sim*. Você está me dizendo que não posso ir embora. Mei me sequestrou e me trouxe para cá, e eu sou um maldito prisioneiro!

— Bobagem — disse Nelson. — Tem uma escada na parte de trás da casa. Vai levá-lo para o quarto andar. No quarto andar tem uma porta. Você pode passar por aquela porta, e tudo isso, *tudo* vai desaparecer. Você deixará este lugar para trás e conhecerá apenas a paz.

Ocorreu a Wallace, então, algo que ele nem havia considerado. Ele não sabia por que não tinha enxergado isso antes. Era claro como o dia.

— Você ainda está aqui.

Nelson olhou-o com cautela.

— Estou.

— E você está morto.

— Nada te escapa, não é mesmo?

— Você não fez a travessia. — A voz de Wallace começou a se elevar. — O que significa que tudo o que está dizendo é besteira.

Nelson colocou a mão no braço de Wallace, apertando mais forte do que Wallace esperava.

— Não é. Eu não mentiria para você, não sobre isso. Se sair deste lugar, vai acabar como Cameron.

— Mas você não acabou.

— Não — falou Nelson devagar. — Porque nunca saí.

— Há quanto tempo você está...

Nelson fungou.

— É grosseiro perguntar sobre a morte de outra pessoa.

Wallace empalideceu, estranhamente perturbado.

— Eu não quis...

Nelson riu.

— Estou brincando com a sua cara, garoto. Preciso me divertir onde posso conseguir. Estou morto faz alguns anos.

Wallace cambaleou. *Anos.*

— Mas você ainda está aqui — disse ele, baixinho.

— Estou. E tenho minhas razões, mas não importa quais são elas. Fico aqui porque escolhi ficar. Conheço os riscos. Sei o que significa. Tentaram me fazer seguir em frente, mas soltei os cachorros neles. — Ele balançou a cabeça. — Mas você não pode deixar que isso afete o que Hugo precisa fazer por você. Leve o tempo que precisar, Wallace. Não tenha pressa, desde que você perceba que este é o último lugar em que estará antes de fazer a travessia, se souber o que é bom para você. Se puder aceitar, então estaremos mais do que certos. Olha. Lá vem ele.

Wallace se voltou para a janela. Hugo vinha andando pela estrada, as mãos nos bolsos do avental, a cabeça baixa.

— Um menino tão bom — disse Nelson com carinho. — Empático quase ao extremo, desde que era um moleque. Faz com que carregue o peso do mundo nas costas. Faria bem para você ouvi-lo e aprender com ele. Não sei se você poderia estar em melhores mãos. Lembre-se disso antes de começar a lançar acusações.

Mei esperou por Hugo na varanda. Ele olhou para ela, abrindo um sorriso cansado. Quando falaram, suas vozes estavam abafadas, mas claras.

— Está tudo bem — declarou ele. — Cameron está... bem. É Cameron. E Wallace?

— Lá dentro — disse Mei. — Então, acha que isso vai trazer o Gerente?

Hugo fez que não com a cabeça.

— Provavelmente não. Mas coisas mais estranhas aconteceram. Vamos explicar se ele vier.

— O Gerente? — sussurrou Wallace.

— Ah, nem queira saber — murmurou Nelson, pegando a bengala ao se arrastar de volta para sua cadeira. — Confie em mim. O chefe de Mei e Hugo. Sujeito desagradável. Reze para que você nunca tenha que conhecê-lo. Se acontecer, sugiro que faça seja lá o que ele diga.

Ele passou a mão nas costas de Apollo enquanto o cachorro se levantava. Apollo latiu alegremente andando de um lado para o outro diante da porta. Ele recuou quando ela se abriu, Mei falando a mil por hora e Hugo seguindo atrás dela. Apollo circulou ao redor dos dois. Hugo estendeu a mão. O cachorro cheirou os dedos e tentou lambê--los, mas sua língua atravessou a mão de Hugo.

— Tudo bem? — perguntou Hugo, Mei olhava para Wallace com irritação.

Não, Wallace não estava bem. Nada sobre aquilo tudo estava bem.

— Por que não me disse que sou um prisioneiro?

Hugo suspirou.

— Vovô.

— O quê? — indagou Nelson. — Tive que dar um susto nele de verdade. — Ele fez uma pausa, refletindo. — Algo que você provavelmente não entende nem um pouco, não é mesmo? Por causa de toda a coisa gay...

— Vovô.

— Sou velho. Estou autorizado a dizer o que eu quiser. Você sabe disso.

— Pé no saco — murmurou Hugo, mas Wallace podia ver o sorriso tranquilo em seu rosto. O gancho puxou suavemente em seu peito, quente e macio. O sorriso de Hugo desapareceu ao olhar para Wallace.

— Venha comigo.

— Não quero passar pela porta — soltou Wallace. — Não estou preparado.

— A porta — repetiu Hugo.

— No topo da escada.

— *Vovô*.

— Hã? — falou Nelson, cobrindo a orelha com a mão em forma de concha. — Não consigo ouvir você. Devo estar ficando surdo. Ai de mim. Como se minha vida já não fosse difícil o suficiente. Ninguém deve falar comigo pelo resto da noite para que eu possa me recompor.

Hugo balançou a cabeça.

— Você vai ter a sua, velhote.

Nelson bufou.

— Mostre o que você sabe.

Hugo olhou para Wallace.

— Não vou levar você até a porta. Não até que esteja pronto. Prometo.

Wallace não sabia por que, mas acreditava nele.

— Aonde estamos indo?

— Quero mostrar uma coisa. Não vai demorar muito.

Mei ainda olhava para ele com raiva.

— Tente correr de novo que vou arrastá-lo de volta pelo cabelo.

Wallace já havia sido ameaçado antes — muitas vezes, na verdade; tal era a vida de um advogado —, mas aquela foi uma das primeiras vezes em que ele realmente acreditou na ameaça. Para alguém tão pequena, sem dúvida ela era aterrorizante.

Antes que ele pudesse falar, Hugo disse:

— Mei, você poderia terminar o trabalho de preparação para amanhã? Não deve faltar muito. Fiz a maior parte antes de você voltar.

Ela murmurou mais ameaças ao passar por Hugo e pelas portas duplas atrás do balcão. Conforme as portas balançaram para a frente e para trás, Wallace conseguiu ver o que parecia ser uma grande cozinha, os eletrodomésticos de aço, o chão coberto de ladrilhos.

Hugo acenou com a cabeça em direção a um corredor no fundo do salão.

— Vamos. Você vai gostar disso, eu acho.

Wallace duvidava muito.

CAPÍTULO 7

Apollo parecia saber aonde estavam indo, saltitando pelo corredor, abanando o rabo. Ele olhava para trás de vez em quando para garantir que Hugo o estivesse seguindo.

Hugo passou por outra entrada sem olhar para trás, para ver se Wallace o acompanharia. As paredes estavam cobertas por papel de parede, velho, mas limpo: pequenas flores impressas que pareciam desabrochar conforme andavam, embora Wallace tenha pensado que poderia ter sido um truque de luz. Uma porta à direita levava a um pequeno escritório, uma mesa lá dentro coberta de papéis ao lado de um computador antigo.

Uma porta à esquerda estava fechada, mas parecia ser outra entrada para a cozinha. Ele podia ouvir Mei se movendo lá dentro e o barulho de pratos com ela cantando a plenos pulmões um rock que certamente era mais velho que ela. Mas, como Wallace não tinha certeza de quantos anos Mei tinha (ou, sendo sincero consigo mesmo, o *que ela era*), ele decidiu deixar passar sem comentários.

Outra porta à direita levava a um lavabo com uma placa pendurada: AMIGOS, AMIGAS E AMIGUES NÃO BINÁRIES. Além dela havia um lance de escadas, e, se Wallace ainda tivesse batimentos cardíacos, com certeza estaria com o coração acelerado.

Mas Hugo não prestou atenção, passando as escadas e dirigindo-se a uma porta ao final do corredor. Apollo não esperou que ele abrisse; em vez disso a atravessou. Wallace descobriu então que ainda não estava acostumado a essas coisas e, embora tivesse certeza de que poderia fazer o mesmo, esperou que Hugo abrisse a porta.

Ela levava para fora e para a escuridão.

Wallace hesitou até que Hugo fez sinal para ele passar.

— Está tudo bem. É apenas o quintal. Nada vai acontecer com você lá fora.

O ar estava ainda mais frio. Wallace estremeceu e se perguntou novamente *por que* estava tremendo. Ele podia distinguir o rabo de Apollo no pátio, mas levou tempo para seus olhos se ajustarem. Ele soltou uma exclamação baixinha quando Hugo acionou um interruptor perto da porta.

Fios de luz que pendiam no alto ganharam vida. Estavam em uma espécie de deque. Havia mais mesas, as cadeiras viradas e colocadas sobre elas. As luzes tinham sido penduradas ao redor do parapeito do deque e nos beirais acima. Mais plantas pendiam, flores brilhantes que haviam se fechado em si por conta da noite.

— Aqui — disse Hugo. — Veja. — Ele foi até a beirada do deque perto de um lance de escadas. Apertou outro interruptor contra um suporte de madeira, e mais luzes se acenderam abaixo da varanda, revelando solo seco e arenoso e fileira após fileira de...

— Ervas de chá — comentou Hugo antes que Wallace pudesse perguntar. — Tento cultivar o máximo que posso, importando apenas folhas que não sobreviveriam ao clima. Não há nada como uma xícara de chá de folhas que você mesmo tenha cultivado.

Wallace observou Apollo trotar para cima e para baixo nas fileiras de plantas, parando apenas brevemente para cheirar as folhas. Wallace se perguntou se ele realmente conseguia sentir algum cheiro. Wallace conseguia, um cheiro profundo e terroso que o prendia mais do que esperava.

— Não sabia que cresciam do chão — admitiu Wallace.

— De onde achava que vinham? — perguntou Hugo, parecendo se divertir.

— Eu... nunca pensei nisso, acho. Não tenho tempo para essas coisas. — Assim que as palavras saíram de sua boca, percebeu como soavam. Normalmente, não teria pensado nisso duas vezes, mas aqueles eram dias estranhos. — Não que seja uma coisa *ruim*, mas...

— A vida se afasta de você — disse Hugo simplesmente.

— Sim — murmurou Wallace. — Tipo isso. Então, por que chá?

Ele seguiu Hugo escada abaixo. As plantas eram altas, as maiores e mais maduras batendo na cintura de Wallace. Ao passar, quase no fundo da mente, ele observou o cabo esticado entre ele e Hugo.

Ele parou quando Hugo se agachou, estendendo a mão para tocar as folhas de uma das plantas mais altas. As próprias folhas eram pequenas, achatadas e verdes. Ele tocou uma brevemente, seus dedos correndo ao longo da ponta.

— Adivinhe quantos anos esta planta tem.
— Não sei. — Ele olhou em volta para as outras plantas. — Seis meses? Um ano?

Hugo riu.

— Um pouco mais velha que isso. Esta foi uma das minhas primeiras. Faz dez anos na semana que vem.

Wallace piscou.

— Quê?

— Cultivar chá não é para todos — afirmou Hugo. — A maioria das plantas de chá só amadurece com cerca de três ou quatro anos. Você pode colher as folhas antes, mas algo vai faltar no sabor e no aroma. É preciso de tempo e ter paciência. Se colher cedo demais, corre o risco de matar a planta e ter de começar tudo de novo.

— Este é um daqueles momentos em que estamos falando sobre uma coisa, mas você quer dizer outra coisa completamente diferente?

Hugo deu de ombros.

— Estou falando de plantas de chá, Wallace. Está pensando em algo?

Wallace não tinha certeza se acreditava nele.

— Estou pensando em muitas coisas.

Hugo disse:

— No outono, algumas das plantas florescem, essas coisinhas com o miolinho amarelo e pétalas brancas. O cheiro é indescritível. Mistura-se com o cheiro da floresta, e não há nada parecido em todo o mundo. É minha época favorita do ano. Qual é a sua?

— Por que se importa?

— É só uma pergunta, Wallace.

Wallace o fitou.

Hugo ignorou.

— Às vezes, converso com as plantas. Parece estranho, eu sei, mas foram realizados estudos mostrando que as plantas respondem ao estímulo. Não é decisivo, e não são necessariamente as palavras, mas as vibrações da voz. Estou pensando em instalar alto-falantes em breve para tocar música e as plantas ouvirem. Você já conversou com uma planta?

— Não — respondeu Wallace, distraído pelas fileiras de verde, o solo escuro segurando-as no lugar. Elas estavam plantadas com cerca de um metro e meio de distância entre si, as folhas eram brilhantes à luz das estrelas, e o aroma, pungente, tanto que fez Wallace torcer o nariz. Não que fosse um cheiro ruim (muito pelo contrário, na verdade), apenas avassalador. — Isso é idiota.

Hugo sorriu.

— Um pouco. Mas faço de qualquer jeito. Não dói, certo? — Ele olhou de volta para a planta diante de si. — É preciso ter cuidado ao colher as folhas. Se for muito grosseiro, pode acabar matando a planta. Levei muito tempo para acertar. Nem te falo quantas tive que tirar e jogar fora por causa da minha pressa.

— Plantas são coisas vivas — disse Wallace.

— São. Não como você e eu, mas à sua maneira.

— Existem plantas fantasmas?

Hugo o olhou, boquiaberto.

Wallace fez uma careta para ele.

— Não me olhe desse jeito. Você me disse para fazer perguntas.

Hugo fechou a boca enquanto balançava a cabeça.

— Não, não é... nunca pensei nisso dessa maneira. Curioso. — Ele olhou para Wallace. — Gosto de onde sua mente vai.

Wallace desviou o olhar.

— Não — disse Hugo. — Não acho que existam plantas fantasmas, mas seria maravilhoso se existissem. Elas estão vivas, sim. E talvez respondam ao incentivo. Ou talvez não respondam, e seja uma historinha que gostamos de contar a nós mesmos para fazer o mundo parecer mais misterioso do que realmente é. Mas elas não têm alma, pelo menos não que eu saiba. Essa é a diferença entre nós e elas. Elas morrem e é isso. Nós morremos e...

— Acabamos em uma casa de chá no meio do nada contra a nossa vontade — declarou Wallace amargamente.

Hugo suspirou.

— Vamos tentar outra coisa. Você gostava de estar vivo?

Surpreso, Wallace respondeu:

— Claro que sim. — Sua expressão ficou séria. — Gostava. Claro que gostava. — Soou falso até mesmo para os próprios ouvidos.

Hugo limpou as mãos no avental enquanto se levantava devagar.

— Do que gostava sobre estar vivo? — Ele continuou caminhando pela fileira de plantas.

Contrariando seu bom senso, Wallace o seguiu.

— Todo mundo não gosta de estar vivo?

— A maioria das pessoas, eu acho — disse Hugo. — Não posso falar por todos. Mas você não é a maioria das pessoas, e ninguém mais está aqui, e é por isso que estou perguntando a você.

— Do que *você* gosta sobre estar vivo? — perguntou Wallace, jogando a pergunta de volta para ele. Ele estava nervoso, a irritação crescendo.

— Muitas coisas — respondeu Hugo facilmente. — As plantas, por exemplo. A terra embaixo dos meus pés. Este lugar. Aqui é diferente, e não apenas por causa do que sou ou do que faço. Por muito tempo, eu não conseguia respirar. Eu me sentia... sufocado. Esmagado. Como se tivesse esse peso nos meus ombros e eu não soubesse como tirá-lo. — Ele olhou para Wallace. — Você sabe como é isso?

Ele sabia, mas não admitiria isso ali. Não agora. Nem nunca.

— Você não é meu terapeuta.

Hugo fez que não com a cabeça.

— Não, não sou. Não sou exatamente qualificado para algo assim, embora eu desempenhe esse papel de vez em quando. Tudo faz parte do trabalho.

— O trabalho — repetiu Wallace.

— Vender chá — explicou Hugo. — As pessoas chegam, e algumas não têm a menor ideia do que estão procurando. Tento conhecê-las, descobrir em que estão envolvidas antes de decidir que tipo de chá seria o mais adequado. É um processo de descoberta. Geralmente acerto, embora nem sempre.

— Hortelã — disse Wallace.

— Hortelã — concordou Hugo. — Acertei essa?

— Você ainda nem tinha me conhecido.

Ele deu de ombros.

— Às vezes, tenho um *feeling*.

— Um *feeling*. — Wallace não fez nada para segurar o desprezo que escorria de suas palavras. — Você tem que saber como soa essa palavra.

— Eu sei. Mas é só chá. Nada para ficar tão animado.

Wallace queria gritar.

— Você teve um *feeling* que lhe disse hortelã.

— Foi. — Ele parou na frente de outra planta, agachando-se e pegando folhas mortas do chão. Colocou-as no bolso do avental com o maior cuidado, como se estivesse preocupado em não as esmagar.

— Estava errado?

— Não — respondeu Wallace a contragosto. — Não estava errado. — Ele pensou que Hugo lhe pediria para explicar o que a hortelã significava.

Ele não pediu.

— Bom. Gosto de pensar que sou muito certeiro, mas, como eu disse, nem sempre funciona. Tento ter cuidado com isso. Você não quer acabar ignorando o que há de importante porque ficou preocupado com bobagens.

Wallace não tinha ideia do que aquilo significava. Tudo estava de pernas para o ar, e o gancho em seu peito puxava novamente. Queria arrancá-lo, que se danassem as consequências.

— Eu gostava de estar vivo. Quero estar vivo de novo.

— Kübler-Ross.

— O quê?

— Havia uma mulher chamada Elisabeth Kübler-Ross. Já ouviu falar dela?

— Não.

— Era uma psiquiatra...

— Ai, Deus.

— Uma psiquiatra que estudou a morte e as experiências de quase morte. Sabe, você está subindo acima de seu corpo em direção a uma brilhante luz branca, embora eu acredite que seja um pouco mais complicado que isso. Muito disso pode ser difícil de entender. — Ele esfregou o queixo. — Kübler-Ross falou sobre coisas como transcendência do ego e limites espaço-temporais. É complexo. E, de verdade, eu não sou.

— Você não é? — perguntou Wallace incrédulo.

— Cuidado, Wallace — disse Hugo, os lábios se apertando. — Isso quase pareceu um elogio.

— *Não foi.*

Hugo o ignorou.

— Ela ficou conhecida por muitas coisas, mas acho que sua maior conquista foi o modelo Kübler-Ross. Sabe o que é?

Wallace fez que não com a cabeça.

— Provavelmente sabe, embora não conheça por esse nome. E, claro, algumas das pesquisas desde então não corroboram com as descobertas dela, mas acho que é um bom lugar para começar. São os cinco estágios do luto.

Wallace queria voltar para dentro. Hugo mais uma vez se levantou, virando-se para encará-lo. Ele não se aproximou, mas Wallace não conseguia se mexer, a boca quase doendo de tão seca. Ele era uma planta de chá, enraizada no lugar, ainda não madura o suficiente para ser colhida. O cabo zumbiu entre eles.

Hugo disse:

— Já fiz isso por tempo suficiente para ver como ela estava certa. Negação. Raiva. Barganha. Depressão. Aceitação. Nem sempre é nessa ordem, e nem sempre são todos os passos. Veja você, por exemplo. Pareceu ter pulado direto a negação. Chegou na parte da raiva com um pouco de barganha misturada. Talvez mais do que um pouco.

Wallace ficou tenso.

— Não parece uma coisa para os mortos. É para as pessoas que ficam. Não posso sofrer por mim mesmo.

Hugo balançou a cabeça lentamente.

— Claro que pode. Fazemos isso o tempo todo, não importa se estamos vivos ou não, por causa das pequenas e das grandes coisas. Todo mundo está um pouco triste o tempo todo. Sim, Kübler-Ross estava falando sobre os vivos, mas também serve para pessoas como você. Talvez ainda mais que para as outras. Muitas vezes me perguntei como foi para ela depois que ela faleceu. Se ela passou por tudo sozinha ou se ainda havia surpresas para encontrar. O que você acha?

— Não tenho ideia do que você está falando.

— Tudo bem — disse Hugo.

— Tudo bem?

— Claro. Você gosta das plantas?

Wallace olhou para ele irritado.

— São plantas.

— Silêncio — disse Hugo. — Não deixe que elas ouçam você dizer isso. São muito sensíveis.

— Você está maluco.

— Prefiro pensar em mim mesmo como excêntrico. — O sorriso voltou. — Pelo menos é o que as pessoas da cidade acham de mim.

Alguns até acreditam que este lugar é assombrado. — Ele riu para si mesmo. Wallace nunca foi de reparar em como as pessoas eram quando riam, mas havia uma primeira vez para tudo. Era algo que envolvia o corpo inteiro em Hugo, um som baixo e grave.

— Não incomoda você?

Hugo inclinou a cabeça.

— Não. Por que incomodaria? É verdade. Você é um fantasma. Meu avô e Apollo também. E você não é o primeiro nem será o último. A Travessia de Caronte é sempre assombrada, embora não como a maioria das pessoas pensa. Não temos ninguém balançando correntes ou causando tumulto. — Ele franziu a testa. — Bem, na maioria das vezes não. Meu avô pode ficar um pouco mal-humorado quando o inspetor da vigilância sanitária aparece, mas em geral tendemos a evitar as armadilhas de uma casa mal-assombrada. Seria ruim para os negócios.

— Eles ainda estão aqui — afirmou Wallace. — Nelson. Apollo.

Hugo desviou dele, voltando para a casa. Roçou os dedos ao longo do topo das plantas mais altas. Elas se curvaram ao seu toque antes de voltarem à posição vertical.

— Estão.

Wallace o seguiu.

— Por quê?

— Não posso falar pelo meu avô — declarou Hugo. — Você vai ter que perguntar a ele.

— Eu perguntei.

Hugo olhou para trás, uma expressão de surpresa no rosto.

— O que ele disse?

— Que não era da minha conta.

— Imaginei. Ele é teimoso assim.

— E Apollo?

O cachorro latiu ao som de seu nome, gutural e agudo. Veio saltitando por uma das fileiras à esquerda. Nenhuma poeira ou sujeira subia quando as patas atingiam o chão. Ele parou perto do deque, as costas arqueadas, o nariz e os bigodes se contorcendo ao olhar a floresta escura. Wallace não conseguia ver muito longe e percebeu como a noite era diferente ali em comparação à cidade, as sombras quase vivas, conscientes.

— Também não sei se posso responder a isso — disse Hugo. Antes que Wallace pudesse reagir, ele continuou: — Não porque eu não queira, mas porque não sei exatamente. Os cães não... não são como nós. Eles são... puros de uma forma que nós não somos. Nunca tive outro cachorro aqui, precisando de ajuda para atravessar. Já ouvi histórias de barqueiros e barqueiras cujo trabalho é lidar com certos animais, mas não é isso que eu faço. Mas eu adoraria. Os animais não são tão complicados quanto as pessoas.

— Mas por que ele... — Wallace parou. Então entendeu. — Ele era seu.

Hugo parou ao pé da escada. Apollo olhava para ele com adoração, um sorriso bobo no rosto, o que quer que tivesse capturado sua atenção nas árvores já esquecido. Hugo estendeu a mão para o focinho do cachorro, cheirou os dedos dele.

— Era — disse Hugo com tranquilidade. — É. Era um cão de serviço. Ou pelo menos tentou ser. Falhou na maior parte do treinamento, mas tudo bem. Ainda o amo do mesmo jeito.

— Cão de serviço? — perguntou Wallace. — Tipo... — Ele não sabia como terminar.

— Ah, provavelmente não do jeito que você está pensando — respondeu Hugo. — Não sou veterano. Não tenho transtorno de estresse pós-traumático. — Ele deu de ombros. — Quando eu era mais jovem, as coisas eram difíceis. Havia dias em que eu mal conseguia me levantar da cama. Depressão, ansiedade, toda uma questão de diagnósticos com os quais eu não sabia lidar. Havia médicos e remédios e "Faça isso, Hugo, faça aquilo, Hugo, você vai se sentir melhor se apenas se *permitir* sentir melhor, Hugo". — Ele riu. — Eu era uma pessoa diferente naquela época. Não sabia o que sei agora, embora sempre vá ser parte de mim. — Ele acenou para Apollo. — Um dia, ouvi um latidinho do lado de fora da minha janela. Estava chovendo, e parecia que chovia havia semanas. Quase ignorei o som que ouvi, querendo puxar as cobertas sobre a cabeça e desligar tudo ao meu redor. Mas alguma coisa me fez levantar e sair. Encontrei esse cachorro tremendo debaixo de um arbusto ao lado da minha casa, tão magro que dava para contar as costelas embaixo da pele. Eu o peguei e o levei para dentro. Sequei-o e o alimentei. E ele nunca foi embora. Engraçado, não é?

— Não sei.

— Tudo bem não saber — falou Hugo. — Não sabemos a maioria das coisas, e nunca saberemos. Não sei como Apollo veio parar aqui ou de onde veio. Achei que ele poderia ser um bom cão de serviço. Parecia bem inteligente. E ele era... é. Mas, de verdade, não deu certo. Ele era distraído demais com quase tudo, mas quem podia culpá-lo? Não eu, claro, porque ele dava o seu melhor, e isso é tudo o que importa. Acontece que ele era essa... essa parte que eu não sabia que estava faltando. Ele não foi a resposta para tudo, mas foi um começo. Viveu uma boa vida. Não tanto quanto eu gostaria, mas ainda assim boa.

— Mas ele está aqui.

— Está — concordou Hugo.

— Preso aqui — constatou Wallace, as mãos se fechando em punhos.

Hugo balançou a cabeça.

— Não. Ele tem escolha. Tentei levá-lo até a porta no topo da escada umas duas vezes. Disse a ele que não havia problema em seguir em frente. Que eu nunca o esqueceria e que sempre seria grato pelo tempo que passamos juntos. Mas ele fez a escolha dele. Assim como meu avô também fez. — Ele olhou para Wallace. — Você também tem uma escolha, Wallace.

— Escolha? — soltou Wallace. — Se eu sair, me transformo em uma daquelas... daquelas *coisas*. Se pisar fora deste lugar, me transformo em pó. E nem vou começar a falar dessa coisa ridícula no meu peito. — Ele olhou para o cabo que se estendia entre eles, que piscou uma vez. — O que é isto?

— Mei chama de fio vermelho do destino.

Wallace piscou.

— Não é vermelho. Nem um fio.

— Eu sei — afirmou Hugo. — Mas acho que é adequado. Mei disse... como ela falou? Ah, certo. No mito chinês, os deuses antigos amarram um fio vermelho nos tornozelos daqueles que estão destinados a se encontrar, que devem ajudar uns aos outros. É um pensamento bonito, não é?

— Não — respondeu Wallace sem rodeios. — É uma algema. Uma corrente.

— Ou é uma corda — explicou Hugo, sem ser indelicado. — Embora eu saiba que não parece uma corda para você agora. Ele mantém você com os pés no chão enquanto está aqui. E me ajuda a encontrá-lo se você estiver perdido.

O que certamente não o fez se sentir melhor.

— O que acontece se eu arrancar esse negócio?

Hugo olhou para ele de um jeito sombrio.

— Você vai flutuar para longe.

Wallace ficou boquiaberto.

— O quê?

— Se tentar arrancá-lo enquanto estiver no terreno da casa de chá, você vai... flutuar. E não sei se vai parar. Mas, se você o remover *fora* do terreno, começa a perder sua humanidade, descamando até que tudo o que restará será uma concha.

Wallace balbuciou.

— Isso... não faz nenhum sentido! Caramba, quem é que faz essas regras?

Hugo deu de ombros.

— O universo, eu acho. Não é uma coisa ruim, Wallace. É algo que me ajuda a ajudar você. E, enquanto estiver aqui, tudo o que posso fazer é mostrar suas opções, as escolhas que estão à sua frente. Para ter certeza de que entende que não há mais nada a temer.

Os olhos de Wallace ardiam. Ele piscou rapidamente, incapaz de encontrar o olhar de Hugo.

— Você não pode dizer isso. Não sabe como é. Não é justo.

— O que não é justo?

— Isso! — gritou Wallace, agitando os braços de modo energético. — Tudo isso. Tudo. Eu não pedi isso. Eu não *quero* isso. Tenho coisas a fazer. Tenho responsabilidades. Tenho uma *vida*. Como você pode dizer que tenho uma escolha quando se trata de ficar como Cameron ou passar por aquela sua porta desgraçada?

— Acho que a negação estava aí o tempo todo.

Wallace o encarou com raiva.

— Não gosto de você.

Era petulante e cruel, mas Wallace não conseguia ligar.

Hugo não mordeu a isca.

— Tudo bem. Vamos chegar lá. Não vou forçá-lo a nada que não queira fazer. Estou aqui para guiá-lo. Tudo que peço é que você me deixe tentar.

Wallace engoliu o nó na garganta.

— Por que se importa tanto? Por que faz o que faz? *Como* você faz o que faz? Qual é o sentido de tudo isso?

Hugo sorriu.

— Isso é um começo. Ainda pode haver esperança para você.

E, com isso, ele subiu as escadas da varanda, Apollo pulando ao lado dele. Ele parou na porta, olhando para Wallace ainda de pé entre as folhas de chá.

— Você vem?

Wallace abaixou a cabeça e subiu as escadas.

Hugo bocejou enquanto fechava a porta atrás deles. Piscou, sonolento, coçando o queixo. Wallace conseguia ouvir o relógio à frente, tique-taque, tique-taque, tique-taque. Antes de fugir da casa de chá, os segundos pareciam perdidos, engasgando-se e parando, engasgando-se e parando. Agora parecia ter se suavizado. Estava normal de novo. Wallace não sabia o que aquilo significava.

— Está tarde — disse Hugo. — Nossos dias começam cedo aqui. Os doces precisam ser assados e o chá precisa de tempo para ficar em infusão.

Wallace se sentiu estranho, inseguro. Não sabia o que devia acontecer a seguir.

— Ótimo. Se puder me mostrar meu quarto, deixo você em paz.

— Seu quarto?

Wallace cerrou os dentes.

— Ou me dê um cobertor e posso dormir no chão.

— Você não precisa dormir.

Wallace se encolheu.

— O quê?

Hugo o observou com curiosidade.

— Você dormiu desde que morreu?

Bem... não. Não tinha dormido. Mas não tinha tido tempo. Estivera muito ocupado tentando entender toda aquela bobagem. A própria ideia de dormir nem havia passado pela sua cabeça, mesmo quando as coisas ficaram um pouco nebulosas e ele se viu no próprio funeral. Então Mei apareceu e o arrastou para aquele lugar. Então, não. Não tinha dormido.

— Eu tinha coisas para fazer.

— Claro que tinha. Você está cansado?

Ele não estava, o que era estranho. Deveria estar exausto. Com tudo o que havia acontecido, ele esperava estar esgotado e se movendo devagar. Mas não estava. Nunca havia se sentido mais acordado antes.

— Não — murmurou em resposta. — Isso não faz sentido.

— Você está morto — lembrou-o Hugo. — Acho que vai descobrir que dormir é a menor de suas preocupações daqui em diante. Em todos os meus anos como barqueiro, nunca encontrei um fantasma que dormisse. Seria uma novidade. Acho que você poderia tentar. Depois, me conte como funciona.

— Então, o que devo fazer? — questionou Wallace. — Ficar aqui e esperar você acordar?

— Você poderia — falou Hugo. — Mas há lugares mais confortáveis para você esperar.

Wallace fez uma careta para ele.

— Você não é engraçado.

— Um pouco — disse Hugo. — Pode fazer o que quiser, desde que não saia do terreno da casa de chá. Prefiro não ter que correr atrás de você de novo.

— O que eu quiser?

— Claro.

Pela primeira vez desde que chegara à casa de chá, Wallace sorriu.

— Mei.

— Vá embora.

— Mei.

— Que horas são?

— Mei. Mei. *Mei.*

Ela se sentou na cama, os cobertores caindo ao redor da cintura. Ela usava uma camiseta enorme com o rosto de Friedrich Nietzsche estampado. Balançou a cabeça para a frente e para trás antes de se fixar em Wallace, de pé no canto de seu quarto.

— Quê? O que foi? Aconteceu alguma coisa? Estamos sob ataque?
— Não — respondeu Wallace. — O que você está fazendo?
Ela o encarou.
— Estou *tentando* dormir.
— Ah, sério? E está conseguindo?
Ela começou a franzir a testa.
— Não muito.
— Sabia que nunca mais vou conseguir dormir?
— Sim — afirmou ela devagar.
Ele assentiu com a cabeça.
— Ótimo.
Ele se virou e atravessou a parede do quarto dela.

— Buuuuuu! — gemeu ele o mais alto que pôde. — Buuuuuuuu! — Ele andava de um lado para o outro no corredor do andar de baixo, um pouco perturbado por não conseguir bater os pés, não importava o quanto tentasse. Wallace bateu as mãos nas paredes, mas continuou quase as atravessando. Foi por isso que se viu berrando todos os ruídos de fantasmas que já ouvira em filmes de terror. Estava decepcionado por não ter correntes para tilintar. — Estou mortooo. *Mooooooorto!* Ai de miiiiiim.
— Você podia calar a *boca*? — gritou Mei de seu quarto.
— Vem calar! — gritou ele de volta e, então, redobrou os esforços.

Wallace continuou por mais dezesseis minutos antes de levar uma bengala na cabeça.
— *Ai!* — gritou, esfregando a parte de trás da cabeça. Ele se virou para ver Nelson parado diante dele, com a testa franzida. — Pra que isso?
— Você vai se comportar? Se não, posso fazer de novo.
Ele esticou a mão para a bengala de Nelson, com a intenção de tirá-la dele e jogá-la fora, mas não encontrou nada, dando um passo cambaleante para a frente onde Nelson estivera antes de desaparecer no ar.

Os olhos de Wallace se arregalaram quando ele olhou descontroladamente ao redor da loja de chá vazia.

— Hum — falou. — Olá? Aonde... aonde você foi?

— Buu — sussurrou uma voz em seu ouvido.

Wallace não gritou: guinchou. Quase caiu quando se virou. Nelson estava logo atrás, arqueando a espessa sobrancelha branca.

— Como você fez isso?

— Sou um fantasma — falou Nelson sem rodeios. — Posso fazer quase tudo. — Ele ergueu a bengala como se fosse bater em Wallace de novo, que recuou. — Assim é melhor. Chega dessa bobagem. Você pode não gostar de estar aqui, mas não significa que pode fazer o restante de nós sofrer por causa disso. Ou fique de boca fechada ou venha comigo.

— Por que eu iria a *qualquer lugar* com você?

— Ah, não sei — falou Nelson. — Talvez porque eu seja o único outro fantasma humano aqui além de você? Talvez porque eu esteja morto há muito mais tempo e, portanto, saiba muito mais do que você? Ou talvez, só talvez, porque eu também não durmo e seria bom ter alguém com quem ficar acordado? Escolha uma opção, garoto, ou não escolha nada, contanto que pare com a algazarra infernal antes que eu lhe mostre a força da minha bengala de novo.

— Por que você quer me ajudar?

As sobrancelhas de Nelson se ergueram.

— Você acha que tem a ver com você? — zombou. — Não tem. Estou ajudando meu neto. E não se esqueça disso. — Ele empurrou Wallace e se arrastou pelo corredor em direção à frente da casa, as orelhinhas nos chinelos de coelho balançando no ar. — Ajudar você — murmurou ele. — Ora essa.

Wallace ficou olhando para ele. Pensou em continuar de onde havia parado, mas a ameaça da bengala não era agradável. Correu atrás do velho.

Nelson voltou para a cadeira em frente ao fogo, grunhindo ao se sentar. Apollo estava deitado de lado em frente ao fogo, o peito subindo e descendo com lentidão. Alguém havia limpado o vidro da lâmpada que havia quebrado mais cedo, e as luzes das arandelas estavam apagadas.

— Puxe uma cadeira — disse Nelson, sem olhar para ele.

Wallace suspirou, mas fez o que lhe foi pedido.

Pelo menos tentou.

Foi até a mesa mais próxima e pegou uma das cadeiras viradas. E franziu a testa quando a mão passou pela perna da cadeira. Ele respirou pesadamente pelo nariz ao tentar de novo com os mesmos resultados. E de novo. E de novo. E *de novo*.

Wallace ouviu Nelson rindo, mas o ignorou. Se Nelson podia se sentar em uma cadeira, era algo que Wallace também podia fazer. Só precisava descobrir como.

Ele ficou ainda mais frustrado alguns momentos depois, quando ainda não conseguia tocar a cadeira.

— Aceitação.

— O quê?

— Você aceitou que está morto — falou Nelson. — Pelo menos um pouco. Acha que não pode interagir com o mundo corpóreo por causa disso. Sua mente está pregando peças em você.

Wallace zombou.

— Não era isso que todos vocês queriam que eu fizesse? Aceitar que estou morto?

Ele não gostou do sorriso que cresceu no rosto de Nelson.

— Venha cá.

Wallace foi.

Nelson fez sinal para que ele se sentasse no chão diante dele. Wallace suspirou, mas não teve outra escolha. Abaixou-se até o chão, cruzando as pernas, as mãos se contorcendo sobre os joelhos. Apollo levantou a cabeça e o olhou. O rabo bateu no chão. Ele se virou para Wallace, rolando de costas, as pernas chutando o ar. Quando Wallace não aceitou o convite óbvio para coçar a barriga dele, o cachorro ganiu com tristeza.

— Não — disse Wallace. — Cachorro mau.

Apollo peidou em resposta, um barulho longo e alto.

— Ai, meu Deus — murmurou Wallace, sem saber como encontraria forças para passar a noite.

— Quem é um bom menino? — arrulhou Nelson. Apollo quase derrubou Wallace ao se contorcer com o elogio.

— Vai me ajudar ou não?

— Peça com gentileza — disse Nelson, recostando-se na cadeira. — Só porque estamos mortos não significa que não temos que ter modos.

— Por favor — completou Wallace, rangendo os dentes.

— Por favor o quê?

Wallace desejou que os dois estivessem vivos para poder matar Nelson.

— Por favor, me ajude.

— Assim está melhor — afirmou Nelson. — Como está o chão? Confortável?

— Não.

— Mas você está sentado nele. Você espera estar assim. O chão está sempre lá. Você não pensa nele. Exceto agora, que você está pensando, não é?

Ele estava. Estava pensando bastante no chão.

Foi por isso que, de repente, se viu afundando *através* do chão.

Lutou para se apoiar, tentando alcançar algo que o impedisse de afundar ainda mais. Estava até o peito quando Nelson estendeu a bengala, gargalhando. Wallace agarrou-a como se fosse uma tábua de salvação e se ergueu de volta, apenas para começar a afundar de novo quase de imediato.

— Pare de pensar no chão — falou Nelson.

— Não *consigo*!

Na verdade, era tudo em que conseguia pensar. E, pior ainda, imaginou o que aconteceria se ele afundasse completamente no chão, apenas para atingir a terra abaixo e depois passar *através dela*.

Mas, antes que ele afundasse até o centro da Terra para perecer (possivelmente) no núcleo derretido, Nelson disse:

— Doeu quando você morreu?

Ele piscou, segurando a bengala com força.

— Como?

— Quando você morreu — repetiu Nelson. — Doeu?

— Eu... um pouco. Foi rápido. Em um momento eu estava lá, e então eu não estava. Não sabia o que estava acontecendo. Não entendo o que isso tem a ver com...

— E quando você estava lá e depois não estava, qual foi a primeira coisa que passou pela sua cabeça?

— Que não podia ser real. Que só podia ser um engano. Talvez até mesmo um sonho horrível.

Nelson assentiu com a cabeça como se essa fosse a resposta que esperava.

— O que o fez perceber que não estava sonhando?

Ele hesitou, apertando a bengala com mais força.

— Algo de que me lembrei. Tinha ouvido ou lido. Que não era possível ver seu próprio rosto em um sonho com nenhuma clareza real.

— Ah — disse Nelson. — E ficou claro para você.

— Como água — disse Wallace. — Eu podia ver as marcas dos óculos de leitura no meu nariz, a barba por fazer no queixo e nas bochechas. Foi quando comecei a pensar que talvez não fosse um sonho. — Um pensamento fugaz, um que ele afastara com o máximo de força. — E então... — Ele engoliu em seco. — No enterro. Mei estava... eu nunca a tinha visto.

— Exatamente — afirmou Nelson. — A mente é uma coisa engraçada. Quando sonhamos, nosso subconsciente não é capaz de construir novos rostos do nada. Qualquer um que vemos em sonhos é alguém que já vimos antes, mesmo que apenas de passagem. E, quando estamos acordados, tudo é claro porque vemos com nossos olhos. Ou ouvimos com os ouvidos, cheiramos com o nariz. Não é assim quando você está morto. Você tem de começar do zero. Precisa aprender a se enganar para acreditar no inesperado. E olha só para isso. Você conseguiu. É um começo.

Wallace abaixou o olhar. Estava mais uma vez sentado no chão. Parecia sólido debaixo de si. Antes que pudesse pensar em cair mais uma vez, falou:

— Você me distraiu.

— Funcionou, não foi? — Ele puxou a bengala de volta e a apoiou na cadeira. — Você tem muita sorte de ter a mim.

— Tenho? — Na melhor das hipóteses, ele desconfiou da informação.

— Com certeza — disse Nelson. — Quando morri, tive que aprender tudo isso sozinho. Hugo não ficou satisfeito comigo, mas manteve seus protestos ao mínimo. Afinal, não se deve falar mal dos mortos. Levou um tempo. Foi como aprender a andar de novo. — Ele riu. — Tive alguns tropeços aqui e ali. Quebrei algumas xícaras, para desgosto de Hugo. Ele ama aquelas xícaras de chá.

— Hugo parece ter um fascínio doentio por chás — murmurou Wallace.

— Ele puxou isso de mim — disse Nelson, e Wallace quase se sentiu mal. Quase. — Ensinei-lhe tudo o que sabe. Ele precisava de foco, e o cultivo de plantas de chá deu isso a ele.

— Por que está me ajudando?

Nelson inclinou a cabeça.

— Por que não ajudaria? É a coisa certa a fazer.

Wallace ficou confuso.

— Mas não estou te dando nada em troca. Não consigo. Não assim.

Nelson suspirou.

— Essa é uma maneira estranha de ver as coisas. Não estou ajudando porque espero que me dê algo em troca. Sinceramente, Wallace. Quando foi a última vez que fez algo sem esperar nada em troca?

Dois mil e seis. Wallace tinha moedas no bolso que o incomodavam. Um sem-teto estava pedindo esmola na esquina da rua perto do escritório. Ele deixou cair o troco no copo do homem. Totalizava 74 centavos. O homem agradeceu. Dez minutos depois, Wallace tinha esquecido que o homem existia. Até aquele momento.

Respondeu:

— Não sei.

— Ah — disse Nelson. — Isso com certeza é... o que é. Você já tem uma vantagem sobre mim em um aspecto.

— Tenho?

Nelson apontou para as arandelas na parede.

— Queimou aquela lâmpada. Quebrou o vidro. Levei muito tempo para reunir essa quantidade de energia.

— Não foi de propósito — admitiu Wallace. — Eu não estava... eu estava com raiva.

— É, percebi. — Sua testa se franziu de novo. — Se possível, melhor você evitar a raiva. Pode causar todos os tipos de situações que devem ser evitadas.

Wallace fechou os olhos.

— Tenho a sensação de que é mais fácil falar do que fazer.

— É — disse Nelson. — Mas você chega lá. Pelo menos vai chegar se não decidir passar por aquela porta.

Os olhos de Wallace se abriram.

— Não quero...

Nelson ergueu as mãos.

— Você vai saber quando for a hora certa. Digo que é bom ter alguém com quem conversar tão tarde da noite. Ajuda a passar o tempo.

— Anos — disse Wallace. — Você disse que está morto há alguns anos.

— Isso mesmo.

O estômago de Wallace se retorceu estranhamente. Não era diferente do gancho no peito, embora queimasse mais.

— Você ficou aqui todas as noites sozinho?

— A maioria das noites — corrigiu Nelson gentilmente. — De vez em quando, alguém como você aparece, embora não tendam a ficar muito tempo. É transitório. Um pé em um mundo e outro no próximo.

Wallace se virou para o fogo. Estava quase apagando.

— Não quero mais falar sobre isso.

— Ah. Claro que não. Sobre o que você gostaria de falar?

Mas Wallace não respondeu. Deitou-se no chão e se encolheu, os braços em volta do peito, os joelhos contra o estômago. O gancho no peito vibrou, e ele odiou a sensação. Então, fechou os olhos e desejou poder voltar ao tempo em que tudo fazia sentido. Doía mais do que ele esperava.

— Tudo bem — falou Nelson com calma. — Também podemos fazer isso. Leve o tempo que precisar, Wallace. Vamos estar aqui quando estiver pronto. Não é, Apollo?

Apollo latiu, o rabo batendo silenciosamente no chão.

CAPÍTULO 8

Ele reabriu os olhos quando ouviu um despertador tocar em algum lugar no andar de cima. Ainda estava escuro lá fora, e o relógio acima da lareira mostrava que eram quatro e meia da manhã.

Ele não tinha dormido. Por mais que tentasse, não conseguia relaxar. O fato de não estar nem remotamente cansado não ajudou. Ele desligou, sem cochilar por completo. Repassou, várias vezes na mente, o momento logo antes de sua morte, imaginando se poderia ter feito alguma coisa diferente. Não conseguia pensar em nada, o que só fazia com que se sentisse pior.

Os canos nas paredes gemeram e estalaram quando alguém ligou o chuveiro no andar de cima. O som da água lhe trouxe uma nova onda de agonia. Ele nunca tomaria banho de novo.

Mei foi a primeira a descer as escadas. Apollo a cumprimentou, abanando o rabo. Ela bocejou, a mandíbula estalando enquanto acariciava entre as orelhas do cachorro. Não estava vestindo um terno, como no dia anterior. Em vez disso, usava uma calça preta e uma camisa branca de colarinho sob um avental como o que Hugo havia usado na noite anterior.

Nelson havia desaparecido da cadeira. Wallace nem o tinha ouvido sair.

— Por que você está deitado no chão? — perguntou Mei.

— Por que fazemos o que fazemos? — retrucou Wallace, de um jeito rude. — Não tem sentido nenhum.

— Ai, cara — disse Mei. — É muito cedo para sua angústia existencial. Pelo menos me deixe acordar direito antes de ter que lidar com essa chatice.

Ele fechou os olhos de novo.

E os abriu quando sentiu alguém acima dele.

Hugo estava ali, o observando, vestido como estivera no dia anterior. A única diferença era a bandana rosa brilhante em volta da cabeça. Wallace nem o ouvira se aproximar. Ele olhou para o cabo que os conectava.

Hugo sorriu.

— O que é isso?

— Como você pode ser tão silencioso? — perguntou Wallace.

— Prática — respondeu Hugo com uma risada enquanto dava um tapinha na curva da barriga. — Ou talvez você não estivesse prestando atenção. Vamos lá, levante.

— Por quê? — Ele abraçou as pernas com mais força.

— Porque quero mostrar a cozinha a você.

— É uma cozinha — disse Wallace. — Quem viu uma, viu todas.

— Faça esse favor para mim.

— Duvido muito que eu queira fazer isso.

Hugo assentiu.

— Como quiser. Apollo.

Wallace ganiu quando o cachorro atravessou a parede mais próxima. Ele circundou Hugo, farejando seus pés e pernas. Assim que terminou a inspeção, sentou-se ao lado de Hugo com a orelha caída.

— Bom garoto — elogiou Hugo. Ele acenou para Wallace. — Lambe.

Wallace falou:

— *O quê?* Espere, não! Sem lamber! Não...

Apollo lambeu furiosamente. Sua língua babou o rosto de Wallace e depois os braços quando ele tentou se proteger do que certamente equivalia a um ataque canino. Ele tentou empurrar o cachorro para que saísse de cima, mas Apollo era pesado. O hálito era terrível e, por um breve momento, Wallace se perguntou sobre o *próprio* hálito, porque não escovava os dentes havia dias. Mas, então, essa linha de pensamento descarrilou de um jeito extraordinário ao abrir a boca para gritar e viu a língua do cachorro roçando a sua.

— Credo! Não! Por quê? *Por quê?*

— Apollo — chamou Hugo suavemente.

De imediato, Apollo recuou, sentou-se de novo ao lado de Hugo e olhou para Wallace como se *ele* fosse o idiota naquela situação.

— Cozinha? — perguntou Hugo.

— Vou destruir tudo o que você ama — ameaçou Wallace.

— Isso funciona com alguém? — Hugo parecia curioso mesmo.

— *Sim*. O tempo todo. — Na verdade, ele não havia usado aquelas *exatas* palavras antes, mas as pessoas haviam aprendido a temê-lo. Os que estavam a seu serviço, os que *não* estavam a seu serviço. Colegas. Juízes. Algumas crianças, mas quanto menos se falasse sobre isso, melhor.

— Ah — disse Hugo. — Bem. Antes de fazer isso, você deveria vir ver meus cookies. Estou orgulhoso deles.

— *Seus cookies*? — gritou Mei da cozinha. — Como você ousa?

Hugo riu.

— Vê com o que tenho de lidar? Levante, Wallace. Você não vai querer estar aí quando abrirmos. As pessoas vão passar por cima de você, e ninguém quer isso. Você menos ainda.

Ele deu meia-volta e entrou atrás do balcão antes de passar pelas portas duplas, Apollo seguindo-o.

Com seriedade, Wallace pensou em ficar exatamente onde estava.

No fim, se levantou.

Mas só porque quis.

A cozinha era muito maior do que ele pensava que seria. Era comprida: de um lado havia dois fornos de tamanho industrial e um fogão com oito bocas metálicas diferentes, quase todas em uso. Do outro havia uma pia e a maior geladeira que Wallace já vira. Na parte de trás do cômodo havia uma pequena copa com uma mesa perto das janelas que davam para o jardim de chás.

Mei tinha farinha na testa enquanto se movia de um lado para o outro da cozinha, franzindo o cenho para as panelas borbulhantes no fogão antes de murmurar:

— É assim mesmo? — Ela deu de ombros e se inclinou para olhar cada forno.

Havia um rádio em cima de um armário, e Wallace ficou chocado com a música *heavy metal* saindo dos alto-falantes, estrondosa e horrível e em… alemão? Mei piorou as coisas cantando junto com uma voz gutural desanimadora. Parecia que estava tentando invocar Satanás. Wallace não se surpreendeu por vê-la fazendo aquilo. E, ah, *esse fato* iniciou uma linha de pensamento que ele não queria nem considerar.

Ele se assustou quando viu Nelson sentado em uma das cadeiras à mesa, as mãos apoiadas na bengala. Ele... havia trocado de roupa? Haviam sumido o pijama e as pantufas de coelho. Agora usava um suéter azul grosso sobre calças bege e sapatos com tiras de velcro. E também estava grunhindo com a música como se conhecesse cada palavra.

— Como você fez isso? — questionou Wallace.

Todos pararam e o fitaram, Hugo no processo de amarrar o avental.

— Fez o quê? — perguntou Mei, estendendo a mão para diminuir o volume do rádio.

— Não estou falando com... Nelson, como você fez isso?

Nelson olhou em volta como se houvesse algum outro Nelson na cozinha. Quando viu que não havia, disse:

— É comigo?

Talvez afundar no chão não fosse uma má ideia.

— Sim, com *você*. Você trocou de roupa!

Nelson olhou para si mesmo.

— Por que eu não trocaria? Pijamas são para a noite. Não sabia?

— Mas... é que... estamos *mortos*.

— Aceitação — disse Mei. — Legal.

Ela começou a mexer furiosamente as panelas de novo, uma após a outra.

— E? — disse Nelson. — Só porque estou morto não significa que não gosto de estar no meu melhor estilo. — Ele ergueu os sapatos, balançando os pés. — Você gosta deles? São de velcro, porque cadarços são para otários.

Não, Wallace não gostava deles.

— Como você fez isso?

— Ah! — exclamou Nelson, alegre. — Bom, é a coisa inesperada de que estávamos falando ontem à noite depois que você afundou no chão.

— Depois do quê? — perguntou Hugo, as sobrancelhas se erguendo na testa.

Wallace o ignorou.

— Posso fazer isso?

Nelson deu de ombros.

— Não sei. Você pode? — Ele levantou a bengala e a bateu no chão. Então, estava vestindo um terno listrado, não muito diferente de um que Wallace tinha pendurado em seu guarda-roupa. Bateu a bengala de novo, e vestia jeans e um casaco de inverno pesado. Bateu *de novo*, e estava de smoking, a cartola inclinada de um jeito divertido na cabeça. A bengala bateu no chão mais uma vez, e ele estava com sua roupa original, sapatos de velcro e todo o restante.

Wallace o encarou boquiaberto.

Nelson se empertigou.

— Sou muito bom na maioria das coisas.

— Vovô — avisou Hugo.

Nelson revirou os olhos.

— Fique quieto, você. Deixe que eu me divirta. Wallace, venha cá.

Wallace foi. Parou na frente de Nelson, que o olhou de cima a baixo de um jeito crítico.

— Aham. Sim. Bem. Entendo. É... lamentável. — Ele olhou para os pés de Wallace. — Chinelos. Eu mesmo nunca usei desses aí. Minhas unhas são muito compridas.

Wallace fez uma careta.

— Isso não parece algo que deva ser compartilhado.

Nelson deu de ombros.

— Não temos segredos aqui.

— Deveríamos ter — murmurou Hugo, puxando uma bandeja de cookies de um dos fornos. Eram grossos e fofos, com pedaços de chocolate escorrendo. Wallace podia ter pensado mais neles se não estivesse completamente distraído pelo fato de que ele podia *trocar de roupa à vontade*.

— Como funciona? — perguntou.

Nelson franziu o rosto.

— Você tem de querer com bastante força.

Wallace queria aquilo mais que tudo. *Quase* tudo.

— Feito. O que mais?

— É isso.

— Você está brincando comigo?

— Eu nem sonharia com isso — garantiu Nelson. — Pense no que gostaria de usar, como ficaria na sua pele, no seu corpo. Feche os olhos.

Wallace obedeceu, sentindo-se um pouco estranho. A última vez que Nelson lhe dissera para fazer algo, ele tinha ficado pulando em círculos. A música terminou e outra começou, esta aparentemente com ainda mais gritos.

— Agora, imagine uma roupa. Comece com algo simples. Calça e uma camisa. Não tente sobreposições, pelo menos não ainda. Você vai chegar lá.

— Tudo bem — sussurrou Wallace. — Calça e uma camisa. Calça e camisa. Entendi.

— Você consegue se ver?

Ele conseguia. Estava no quarto em seu apartamento em frente ao espelho pendurado atrás da porta. O guarda-roupa estava aberto. Nas ruas abaixo, buzinas soavam, homens e mulheres com capacetes de construção gritando e rindo. Um artista de rua tocava um violoncelo na esquina da rua.

— Sim. Consigo ver.

— Agora, faça acontecer.

Wallace abriu um olho de um jeito sinistro.

— Acho que vou precisar de um pouco mais do que isso.

Ele gritou quando levou uma bengalada na canela.

— Você não está se concentrando.

Wallace fechou os olhos de novo e respirou fundo, soltando o ar bem devagar.

— Certo. Concentrando. Calça e uma camisa de botão. Calça e uma camisa de botão.

A coisa mais estranha aconteceu.

Ele sentiu a pele formigando como se uma baixa corrente elétrica começasse a percorrê-lo. Iniciava nos dedos dos pés, subia pelas pernas e entrava no peito. O gancho — sempre lá, e Wallace já estava se acostumando com isso, para seu desgosto — retorceu-se um pouco.

— Minha nossa! — exclamou Nelson quando Mei começou a se engasgar.

Wallace abriu os olhos.

— O quê? Funcionou?

— Hum — falou Nelson. Ele pigarreou. — Eu... acho que sim? Você costuma usar isso? Sem julgamento, claro. O que você faz no seu tempo livre é problema seu. Só não sei se é apropriado para a casa de chá.

— O quê... — Wallace olhou para baixo.

Ele havia trocado de roupa. A calça de moletom, a camiseta e os chinelos tinham sumido.

Fez um barulho estrangulado quando viu que agora usava um biquíni listrado que cobria pouca coisa. E não era só a parte de *baixo* do biquíni, não. Também tinha a parte de cima, com as alças amarradas no pescoço, as pontas penduradas nas costas. Ele estava descalço, mas esse era o menor dos problemas.

— O que é isto?! — gritou ele. — O que você fez comigo?!

Nelson bufou.

— Não tem nada a ver comigo. Foi tudo você. — Ele apertou os olhos para Wallace. — Era isso que você usava no seu tempo livre? Parece um pouco... justinho. De novo, sem julgamento. — Ele estava mentindo, era óbvio. Sua voz carregava um bom tanto de julgamento.

Foi mais ou menos aí que Wallace lamentou que os humanos tivessem evoluído com apenas duas mãos. Tentou cobrir a virilha com uma das mãos enquanto pressionava a outra inutilmente contra o peito como se fosse realmente adiantar.

Mei assobiou baixinho.

— Você veste isso melhor do que eu pensava. Na verdade, estou com um pouco de inveja. Você tem uma bundinha fofa.

Ele se virou, as mãos agora cobrindo o traseiro. Olhou para Mei com raiva. Ela sorriu para ele com doçura.

— Vovô — disse Hugo.

Nelson fez uma careta.

— Não fui eu. Sinceramente, não esperava que funcionasse. Levei meses para descobrir como mudar de roupa. Como eu poderia saber que ele seria capaz de fazer na primeira tentativa? Ele é muito bom nessa coisa de ser fantasma. — Fez uma careta enquanto olhava para Wallace. — Talvez um pouco bom demais.

Wallace se perguntou o que o fato de que ele havia ido parar em uma cozinha em uma casa torta no meio do nada vestindo apenas um biquíni dizia sobre sua vida (e sua morte).

— Está tudo bem — falou Hugo com tranquilidade enquanto Wallace procurava algo para se cobrir, apenas para lembrar que não conseguia *tocar* em nada. — Nem sempre funciona na primeira vez. Você só falhou um pouco.

— Falhei — disse Wallace com um rosnado. — Está entrando na minha... como faço para consertar isso?

— Não sei se você consegue — explicou Nelson com seriedade. — Talvez fique desse jeito pelo resto do seu tempo aqui. E além.

Hugo suspirou.

— Não vai, não. Vovô está sacaneando você. Deveria ter visto a primeira vez que ele conseguiu trocar de roupa. Acabou com uma fantasia completa de coelho da Páscoa.

— Tinha até uma cesta com ovinhos de plástico — concordou Nelson. — Foi estranho. Os ovos estavam cheios de couve-flor, o que, claro, é nojento.

— Você *sabia* que isso aconteceria — retrucou Wallace.

— Claro que não — respondeu Nelson. — Pensei que você ficaria ali, retorcendo o rosto por uns bons trinta minutos antes de desistir. — Ele riu. — Isso é muito mais divertido. Estou muito feliz por você ter vindo, porque certamente sabe como deixar este lugar vivo. — Ele sorriu. — Sabe? Vivo? É engraçado porque você não está vivo. Ah, jogo de palavras, como eu adoro você.

Wallace teve que se lembrar de que, do ponto de vista legal, atacar idosos era reprovável (e contra a lei), mesmo que eles merecessem.

— Bote minha roupa de volta!

Mas antes que Nelson pudesse abrir a boca — e, sem dúvida, piorar as coisas, pensou Wallace —, Hugo disse:

— Wallace, olhe para mim.

Ele olhou. Achou quase impossível não olhar. O cabo zumbiu entre os dois.

Hugo assentiu com a cabeça.

— Está tudo bem. Um pequeno percalço. Acontece. Não há nada com que se aborrecer.

— Não é você que está usando biquíni — lembrou-o Wallace.

Hugo sorriu.

— Não, acho que não estou. Mas não é tão ruim. Você tem as pernas para isso.

Wallace gemeu quando Mei começou a suprimir a risada de novo.

Hugo levantou a mão em direção ao peito de Wallace, os dedos e a palma a poucos centímetros da pele de Wallace. O gancho vibrou com suavidade. Wallace respirou fundo. A raiva estava desaparecendo com a humilhação. Ele não se sentia *bem*, não exatamente, mas estava ficando mais calmo.

— O que está fazendo?

— Ajudando — respondeu Hugo, linhas aparecendo em sua testa.

— Feche os olhos.

Ele fechou.

E, estranhamente, achou que podia sentir o calor da mão de Hugo, embora devesse ser impossível. Wallace conseguia tocar no cachorro, em Nelson e em Mei (e ela em todos eles), mas não conseguia tocar em Hugo. Parecia haver regras em vigor, regras que ele estava começando a aprender, mesmo que não fizessem sentido. A sensação de formigamento voltou, percorrendo a pele.

— Vem da Terra — disse Hugo calmamente. — Energia. Vida. Morte. Tudo isso. Nós nos levantamos e caímos e depois nos levantamos mais uma vez. Estamos todos em caminhos diferentes, mas a morte não discrimina. Ela vem para todos. É o que cada um faz com ela que nos diferencia. Foco, Wallace. Vou mostrar a você onde procurar. Você vai entender. Tudo de que é preciso é um pouco de... aí. Viu?

Wallace abriu os olhos e olhou para baixo.

Chinelos. Moletom. Camiseta velha. Como estava antes.

— Como você fez isso? — perguntou ele, puxando a camiseta.

— Não fiz nada — respondeu Hugo. — Você fez. Apenas ajudei você a encontrar uma direção. Melhor?

Muito. Ele nunca havia pensado que ficaria tão aliviado ao ver seus chinelos de novo.

— Acho que sim.

Hugo assentiu com a cabeça.

— Você vai entender. Tenho fé em você. — Ele deu um passo para trás. — Quer dizer, se ficar por um bom tempo. — Um olhar engraçado passou pelo rosto dele, mas desapareceu antes que Wallace pudesse entender. — Tenho certeza de que, aconteça o que acontecer, você não terá que se preocupar com essas coisas.

Aquela frase pareceu ameaçadora.

— As pessoas não usam roupas no... Céu? Na vida após a morte? Como eu chamo isso?

Nelson riu.

— Ah, tenho certeza de que você vai descobrir de uma forma ou de outra. Pelo que sabemos, é uma colônia de nudismo gigantesca.

— O Inferno, então — murmurou Wallace.

— O que achou dos cookies? — perguntou Hugo, apontando para a bandeja sobre o fogão.

Wallace suspirou.

— Não posso comê-los, posso?

— Não.

— Então, por que eu deveria me importar com a aparência deles?

— Ele não disse que podia sentir o aroma, aquele cheiro espesso e quente, porque o fazia se sentir sozinho. Estranho que cookies pudessem suscitar uma coisa dessas, quase o fazendo estender a mão e não conseguir tocar em algo que nunca poderia ter.

Hugo olhou para os pãezinhos e depois para Wallace.

— Porque parecem bonitos. Nem sempre se trata do que podemos ou não podemos ter, mas do esforço que fazemos para isso.

Wallace ergueu as mãos.

— Isso não... quer saber? Ótimo. Parecem cookies.

— Obrigado — falou Hugo seriamente. — É legal da sua parte dizer isso.

Wallace grunhiu.

Pontualmente às sete e meia, a Travessia de Caronte começou o expediente.

Wallace observou Hugo destrancar a porta da frente, virando a placa na janela de FECHADO para ESTAMOS ABERTOS! ENTREM! Ele não sabia o que esperar. A casa de chá ficava afastada da cidade, e pensou que, se houvesse clientes, chegariam devagar ao longo do dia.

Então, imagine a surpresa dele quando viu pessoas já esperando do lado de fora. Assim que a fechadura estalou na porta, ela se abriu, e um fluxo de pessoas entrou.

Alguns formaram uma fila no balcão, cumprimentando Hugo como se o conhecessem havia muito tempo. Outros se sentaram às mesas, esfregando os olhos enquanto bocejavam. Usavam ternos e tailleurs ou uniformes de seus locais de trabalho. Havia jovens de gorro com as bolsas penduradas nos ombros. Ele ficou chocado quando ninguém pegou um computador nem olhou para o celular de imediato.

— Não temos Wi-Fi — respondeu Mei quando ele perguntou. Ela estava se movimentando pela cozinha com facilidade. — Quando as pessoas vêm aqui, Hugo quer que elas conversem umas com as outras em vez de ficarem grudadas em uma tela de celular.

— Claro que sim — disse Wallace. — É uma coisa *hipster*, não é?

Mei virou-se lentamente para encará-lo.

— Por favor, me espere quando for falar isso para o Hugo. Quero estar junto e ver a cara dele quando você o chamar de *hipster*. Minha vida depende disso.

Hugo registrava os pedidos na velha caixa registradora, seu sorriso nunca vacilando enquanto colocava doces em saquinhos ou entregava bules de chá para as mesas que aguardavam. Wallace ficou na cozinha, observando-o pelas janelinhas. Pensou em ir até o salão, mas ficou exatamente onde estava. Disse a si mesmo que era porque não queria atrapalhar.

Não que pudesse.

Nelson voltou para sua cadeira em frente à lareira. Wallace notou que ninguém tentava se sentar lá, embora não pudessem ver que ela estava ocupada. Apollo movia-se de mesa em mesa, abanando o rabo, mesmo sendo ignorado.

Eram quase nove horas quando a porta se abriu mais uma vez. Uma mulher entrou. Usava um casaco pesado, a frente abotoada até o pescoço. Estava lívida, pálida com olheiras. Não foi ao balcão. Em vez disso, sentou-se em uma mesa vazia perto da lareira.

Wallace franziu a testa pela janela. Levou um momento para localizá-la. Tinha visto a mulher na noite anterior quando Mei o levara para a Travessia de Caronte. Estava andando rapidamente, distanciando-se da casa de chá.

— Quem é aquela? — perguntou Wallace.

— Quem? — Mei foi até a porta, ficando na ponta dos pés para olhar pela janelinha ao lado dele.

— A mulher perto de Nelson. Estava aqui ontem à noite quando chegamos. Passou direto por nós.

Mei suspirou ao cair de volta sobre os calcanhares.

— É a Nancy. Merda, ela está adiantada. Geralmente vem à tarde. Deve ter tido uma noite ruim. — Ela enxugou as mãos no avental. — Vou ter que sair e ficar no caixa. Você vai ficar aqui?

— Por que você tem que... — Ele deu um passo para trás quando Mei abriu caminho pela porta. Observou quando ela foi até Hugo, sussurrando em seu ouvido. Ele observou a mulher sentada à mesa antes de assentir com a cabeça. Hugo deu a volta no balcão, pegou outro bule de chá e uma única xícara e os colocou em uma bandeja, que a carregou até a mulher. Esta, por sua vez, não percebeu a presença dele quando ele colocou a bandeja na mesa. Continuou a olhar pela janela enquanto segurava a bolsa no colo.

Hugo sentou-se na cadeira vazia do outro lado da mesa. Não falou nada. Sorveu o chá na xícara, o vapor subindo em voltas. Pôs a chaleira de volta na bandeja antes de levantar a xícara e colocá-la na mesa, na frente da mulher.

Ela ignorou o gesto e o homem.

Hugo não parecia chateado. Cruzou as mãos sobre a mesa e esperou.

Wallace imaginou se aquela mulher era outro fantasma, um espírito como ele. Mas, então, um homem foi até a mesa, colocando a mão no ombro de Hugo e falando baixinho. O homem acenou para a mulher antes de sair pela porta da frente.

Hugo e a mulher ficaram assim por quase uma hora. A mulher não bebeu do chá oferecido nem falou nada. Nem Hugo. Era como se estivessem simplesmente existindo no mesmo espaço.

Quando a fila no balcão diminuiu, Mei voltou para a cozinha.

— O que os dois estão fazendo?

Mei balançou a cabeça.

— Não é... Acho que não me sinto confortável em dizer.

Wallace zombou.

— Ninguém aqui realmente diz algo esclarecedor?

— Dizemos — respondeu Mei, abrindo a porta da despensa e puxando para baixo uma bacia de plástico cheia de pacotes individuais de açúcar e creme. — Você só não está ouvindo o que quer ouvir. Sei que pode ser difícil de entender, mas nem tudo diz respeito a você,

Wallace. Você tem sua história. Ela tem a dela. Se tiver que saber o que é, você saberá.

Ele se sentiu devidamente repreendido. E, pior ainda, achava que Mei tinha razão.

Ela suspirou.

— Você tem permissão para fazer perguntas. Na verdade, é bom que faça. Mas o negócio dela é entre ela e Hugo. — Ela carregou a bacia em direção às portas. Wallace saiu do caminho. Antes de passar, ela parou, olhando para ele, e hesitou. Então, continuou: — Hugo provavelmente lhe dará os detalhes se você perguntar, mas saiba que ela tem as razões dela para estar aqui. Você sabe que é meu primeiro caso solo, né?

Wallace assentiu.

Mei mordeu o lábio inferior.

— Hugo tinha outro Ceifador antes de mim. Estava com Hugo desde que começou como barqueiro. Houve... algumas complicações, e não apenas relacionadas a Cameron. O Ceifador pressionou quando não deveria, e erros foram cometidos. Não o conheci, mas ouvi as histórias. — Ela afastou a franja da testa. — Estamos aqui para orientar, ajudar Hugo e as pessoas que trazemos aqui. Mas o primeiro Ceifador se esqueceu disso. Achava que sabia mais que Hugo. E não acabou bem. O Gerente teve que se envolver.

Wallace já tinha ouvido aquele nome antes. Nelson o chamara de sujeito desagradável.

— O Gerente?

— É melhor que você não o conheça — afirmou Mei, apressada.

— É nosso chefe. Foi ele quem me designou a Hugo e me treinou como Ceifadora. É... melhor quando ele não está aqui. Não queremos chamar a atenção do Gerente.

Os cabelos da nuca dele se arrepiaram.

— O que ele faz?

— Gerencia — respondeu Mei, como se isso explicasse tudo. — Não se preocupe. Não tem nada a ver com você, e acho que você nunca precisará conhecê-lo. — E, em seguida, completou baixinho: — Pelo menos espero que você não precise.

Ela abriu caminho pelas portas.

Wallace olhou pela janelinha de novo a tempo de ver a mulher — Nancy — parecendo prestes a falar. Ela abriu a boca e, em seguida, a fechou. Seus lábios estenderam-se em uma linha fina e pálida. Ela se levantou de repente, a cadeira raspando no chão. O barulho da casa de chá diminuiu quando todos se viraram para observá-la, mas ela só tinha olhos para Hugo. Wallace se encolheu com a expressão de raiva da mulher, cujos olhos estavam quase pretos. Ele pensou que ela estenderia a mão para bater em Hugo, mas não o fez. Em vez disso, deu a volta na mesa e foi em direção à porta.

Ela parou apenas quando Hugo disse:

— Estarei aqui. Sempre. Quando estiver pronta, estarei aqui.

Os ombros da mulher caíram quando ela saiu da Travessia de Caronte.

Hugo observou-a pela janela enquanto Nancy se afastava. Mei foi até a mesa e pousou a mão no ombro dele. Ela falou baixinho, palavras que Wallace não conseguiu entender. Hugo suspirou e fez que não com a cabeça antes de pegar a xícara e devolvê-la à bandeja. Mei deu um passo para trás conforme Hugo se levantava, erguendo a bandeja com uma das mãos e voltando para a cozinha.

Wallace recuou rapidamente, não querendo ser pego espionando. Fingiu estar estudando os eletrodomésticos quando as portas se abriram e Hugo entrou na cozinha. O barulho da Travessia de Caronte aumentou de novo.

— Você não precisa ficar aqui atrás — afirmou Hugo.

Wallace deu de ombros, sem jeito.

— Não quis atrapalhar.

Sabia o quanto aquilo parecia ridículo. Não sabia como colocar em palavras o que realmente queria dizer, que não queria que as pessoas andassem ao seu redor (ou, Deus o livre, através dele) como se ele não estivesse ali.

Hugo deixou a bandeja perto da pia.

— Este lugar é tanto seu quanto nosso enquanto você estiver aqui. Não quero que se sinta preso.

— Mas eu estou — lembrou-o Wallace, apontando para o cabo.

— Lembra? Foi uma provação inteira ontem à noite.

— Eu lembro — disse Hugo, olhando para o chá na xícara, balançando a cabeça. — Mas, enquanto você estiver aqui, pode ir a qualquer lugar que desejar no terreno. Não quero que sinta que não pode.

— Por que se importa se me sinto preso?

Hugo o fitou.

— Por que não me importaria?

Que droga, ele era tão frustrante.

— Não entendo você.

— Você não me conhece. — Não foi uma maldade, apenas a declaração de um fato. Hugo ergueu a mão antes que Wallace pudesse retrucar. — Sei o que parece. Não estou tentando ser petulante, juro. — Ele abaixou a mão, olhando para a bandeja. O chá havia esfriado; o líquido, escurecido. — É fácil se lançar em uma espiral e cair. E eu caí por um longo tempo. Tentei não cair, mas caí. As coisas nem sempre foram assim. Nem sempre houve uma Travessia de Caronte. Nem sempre fui um barqueiro. Cometi erros.

— Cometeu?

Wallace não sabia por que parecia tão incrédulo.

Hugo piscou devagar.

— Claro que cometi. Independentemente do que eu seja ou do que eu faça, ainda sou humano. Cometo erros o tempo todo. A mulher com quem eu estava sentado, Nancy, ela é... — Ele balançou a cabeça. — Tento ser o melhor barqueiro que posso, porque sei que as pessoas contam comigo. Acho que isso é tudo o que qualquer um pode pedir. Aprendi com meus erros, mesmo quando continuo cometendo novos.

— Não sei se isso me faz sentir melhor — afirmou Wallace.

Hugo riu.

— Não posso prometer que não vou estragar tudo de algum jeito, mas quero ter certeza de que seu tempo aqui seja tranquilizador e calmo. Você merece, depois de tudo.

Wallace desviou o olhar.

— Você não me conhece.

— Não mesmo — declarou Hugo. — Mas por isso estamos fazendo o que estamos fazendo agora. Estou aprendendo sobre você para saber a melhor forma de ajudá-lo.

— Não quero sua ajuda.

— Sei que pensa assim — disse Hugo. — Mas espero que perceba que não precisa passar por isso sozinho. Posso fazer uma pergunta?

— E se eu disser que não?

— Então você terá dito não. Não vou pressioná-lo a fazer algo para o qual não está pronto.

Ele não sabia o que mais tinha a perder.

— Ok. Faça sua pergunta.

— Você teve uma vida boa?

Wallace ergueu a cabeça.

— O quê?

— Sua vida — repetiu Hugo. — Foi boa?

— Defina boa.

— Você está se esquivando.

Estava mesmo e odiava a facilidade com que Hugo enxergava isso. A situação fez sua pele coçar. Sentiu-se exposto, mostrando coisas que achava que nunca estaria pronto para mostrar. Wallace não estava disfarçando, realmente nunca tinha pensado nisso dessa maneira. Ele acordava. Ia trabalhar. Ficava no trabalho. Fazia o seu trabalho, e fazia bem o seu trabalho. Às vezes perdia. Na maioria das vezes, não. Havia uma razão para a empresa ser tão bem-sucedida quanto era. O que mais havia na vida além do sucesso? De verdade, nada.

Claro, ele não tinha amigos. Nem família. Não tinha um relacionamento, ninguém lamentou por ele quando estava deitado em um caixão caro no altar de uma igreja ridícula, mas aquela não deveria ser a única medida de uma vida bem vivida. Era tudo uma questão de perspectiva. Ele tinha feito coisas importantes e, no final, ninguém poderia ter exigido mais dele.

Wallace responde:

— Eu vivi.

— Viveu — respondeu Hugo, ainda segurando a xícara de chá. — Isso não responde à minha pergunta.

Wallace fez uma careta.

— Você não é meu terapeuta.

— Você já disse isso. — Ele ergueu a xícara e derramou o chá na pia. Parecia que lhe doía fazer aquilo. O líquido escuro espirrou contra a pia antes de Hugo abrir a torneira e lavar os resíduos.

— É assim... É assim que você trata os outros?

Hugo desligou a torneira e colocou a xícara de chá na pia, com delicadeza.

— As pessoas são diferentes, Wallace. Não há uma única maneira de fazer isso, não há um padrão para regras que possam ser aplicadas a cada pessoa como você que entra pela minha porta. Não faria sentido, porque você não é como todo mundo, assim como eles não são você.

— Ele olhou pela janela acima da pia. — Não sei quem ou o que você é ainda. Mas estou aprendendo. Sei que está com medo, e tem todo o direito de estar.

— Com certeza tenho direito — declarou Wallace. — Como poderia não ter?

Hugo abriu um sorriso silencioso ao se virar para Wallace.

— Talvez seja a coisa mais sincera que você disse desde que chegou aqui. Viu? Está progredindo. Isso é ótimo.

O elogio não deveria tê-lo enternecido tanto quanto o fez. Parecia imerecido, especialmente porque ele não o queria.

— Mei disse que você tinha outro Ceifador antes dela.

O sorriso de Hugo desapareceu conforme sua expressão ficou séria.

— Tinha. Mas essa conversa está fora de questão. Não tem nada a ver com você.

Wallace deu um passo para trás e, pela primeira vez desde que conseguia se lembrar, quis se desculpar. Era estranho, e piorava pela *dificuldade* que parecia ter para pronunciar aquelas palavras. Ele franziu a testa e venceu a dificuldade.

— Eu... sinto muito?

Hugo murchou, as mãos no balcão em frente à pia.

— Se vou fazer perguntas, você deve poder fazer o mesmo. Há algumas coisas sobre as quais não gosto de falar, pelo menos não ainda.

— Então, consegue entender se eu me sentir do mesmo jeito.

Hugo ergueu os olhos, surpreso. O sorriso voltou.

— Eu... sim. Tudo bem. Consigo entender. É justo.

E com isso, ele se virou e saiu da cozinha, deixando Wallace olhando para suas costas enquanto se afastava.

CAPÍTULO 9

A Travessia de Caronte permaneceu relativamente movimentada durante a maior parte do dia. Houve uma calmaria no meio da tarde antes que mais pessoas chegassem quando o céu azul começou a mudar para uma escuridão invasora. Wallace ficou na cozinha, sentindo-se um voyeur ao observar os clientes entrarem e saírem.

Ele ficou surpreso (dane-se a Mei) ao ver que nem uma única pessoa tentou abrir um computador ou passar algum tempo no celular. Mesmo os que iam sozinhos pareciam felizes o suficiente para apenas se sentar nas cadeiras, absorvendo o barulho da casa de chá. Ele se divertiu um pouco (e ficou mais do que um pouco horrorizado) quando tentou descobrir que dia era e perceber que não tinha ideia. Levou um momento para contar os dias de trás para a frente. Ele morrera em um domingo. Seu funeral tinha sido na quarta-feira.

O que significava que era quinta-feira, embora parecesse que já haviam se passado semanas. Se ele ainda estivesse vivo, estaria no escritório, o expediente a horas de terminar. Ele sempre se mantinha ocupado até o ponto da exaustão, tanto que geralmente desmaiava ao chegar em casa, caindo de cara na cama até o alarme tocar alto e cedo na manhã seguinte para começar tudo de novo.

Era esclarecedor.

Todo aquele trabalho, tudo o que ele havia feito, a vida que construíra. Importava? Qual tinha sido o sentido de tudo aquilo?

Ele não sabia. Doía pensar nisso.

Com tais pensamentos trovejando na cabeça, ele assumiu o papel de voyeur, pois não tinha mais nada para fazer.

Mei entrava e saía da cozinha, dizendo a Wallace que preferia ficar nos fundos, se fosse minimamente possível.

— Hugo é um cara sociável — disse ela. — Gosta de conversar com todo mundo. Eu não.

— Então, você está trabalhando na área errada.

Ela deu de ombros.

— Gosto mais dos mortos que dos vivos. Pessoas mortas geralmente não se importam com os pequenos aborrecimentos da vida.

Ele não tinha pensado dessa maneira. Daria qualquer coisa para voltar a ter aqueles aborrecimentos. Olhar em retrospecto era uma bela de uma merda.

Nelson ficava, na maior parte do tempo, na cadeira em frente à lareira. Outras vezes, vagava entre as mesas, acenando com a cabeça junto às conversas das quais não podia participar.

Apollo entrava e saía da casa. Wallace o ouviu latindo ferozmente para um esquilo, irritado porque o animalzinho o ignorou por completo.

Mas era Hugo quem Wallace mais observava.

Hugo, que parecia ter todo o tempo do mundo para quem pedisse sua atenção. Um grupo de mulheres mais velhas chegou no início da tarde, bajulando-o e arrulhando para ele, beliscando suas bochechas e rindo quando ele corava. Hugo conhecia todas pelo nome, e claramente elas o adoravam. Todas saíram com sorrisos e copos de chá descartáveis fumegando nas mãos.

Não eram apenas as mulheres mais velhas. Era todo mundo. As crianças pediam para que ele as levantasse, e ele as levantava, mas não com as mãos. Elas seguravam em seus bíceps magros pouco musculosos enquanto ele levantava os braços, os pés das crianças chutando o nada e as risadas alegres e altas. Mulheres mais jovens flertavam, dando piscadinhas para ele. Os homens apertavam sua mão com firmeza, os apertos parecendo fortes conforme os braços chacoalhavam para cima e para baixo. Chamavam-no pelo primeiro nome. Todos pareciam encantados ao vê-lo.

Quando Hugo virou a placa na janela para FECHADO e trancou a porta, Wallace estava exausto. Não sabia como Hugo e Mei conseguiam fazer aquilo dia após dia. Perguntou-se se alguma vez parecera pesado demais para os dois enfrentar a clara evidência da vida, sabendo o que esperava por todos depois dela.

Por falar nisso.

— Por que não há outras pessoas aqui? — perguntou enquanto Mei carregava uma bacia cheia de pratos sujos. Pela porta giratória, ele viu que Hugo havia pegado uma vassoura e varria o chão e virava as cadeiras.

Ela grunhiu ao colocar a bacia no balcão ao lado da pia.

— O quê?

— Outras pessoas — repetiu Wallace. — Fantasmas. Como preferir.

— Por que haveria? — perguntou Mei, começando a carregar a máquina de lavar louça pela sexta vez naquele dia.

— As pessoas morrem o tempo todo.

Mei arfou.

— *Morrem*? Ai, meu Deus, isso muda tudo. Não acredito que eu nunca... ah, *essa* sim é a sua cara, com certeza.

Wallace fez uma careta.

— Quem disse que você era engraçada obviamente mentiu, e você devia sentir vergonha por isso.

— Não sinto — assegurou Mei. — Tipo, nem um pouco.

— Tipo, totalmente.

— Parece que falamos com a mesma pessoa.

— Ei!

— Não tem outros fantasmas aqui porque ainda não recebemos uma nova missão. Alguns dias, é uma loucura e as coisas se atropelam. E há outros dias em que não temos ninguém. — Ela o observou antes de voltar à máquina de lavar louça. — Geralmente não temos inquilinos de longo prazo. E não, Nelson e Apollo não contam. Acho que o máximo que tivemos de uma só vez foram... três, sem incluí-los. Ficou meio lotado.

— É claro que eles não contam — murmurou Wallace. — Qual foi o máximo de tempo que alguém passou aqui?

— Por quê? Pensando em se instalar de vez?

Ele cruzou os braços na defensiva.

— Não. Só estou perguntando.

— Ah. Tudo bem. Bom, sei que Hugo teve alguém que ficou aqui por duas semanas. Foi... um caso difícil. As mortes por suicídio costumam ser.

Wallace engoliu em seco.

— Não consigo imaginar ter de lidar com isso.

— Eu não *lido* com isso — esclareceu Mei de um jeito ríspido. — Nem Hugo. Fazemos o que fazemos porque queremos ajudar as pessoas. Não estamos aqui porque somos obrigados. Estamos porque escolhemos estar. Lembre-se dessa diferença, ok?

— Ok, ok. Não estou sugerindo nada de mais com isso.

Ele havia atingido um ponto que nem queria ter atingido. Precisava ter cuidado.

Ela relaxou.

— Não vou fingir que entendo o que está passando. Como poderia? E mesmo se eu *achasse* que sabia como é, provavelmente ainda estaria errada. Cara, é diferente para cada um. O que as pessoas passaram antes de você e o que aquelas que virão depois vão passar, nunca será a mesma coisa. Mas não significa que eu não saiba o que estou fazendo.

— Você é uma novata — lembrou-a Wallace.

— Sou mesmo. Treinei por apenas dois anos antes de receber o seu caso. Foi mais rápido do que qualquer outro Ceifador na história.

Certamente ele não se sentiu melhor com isso. Mudou de tática, um velho truque que aprendera para tentar pegar as pessoas desprevenidas. Era principalmente força do hábito, porque ele não tinha certeza do que estava procurando.

— Na loja de conveniência.

— O que tem ela?

Ela fechou a máquina de lavar louça antes de se apoiar nela, esperando que Wallace continuasse.

— O balconista — explicou Wallace. — Ele conseguiu ver você. E as pessoas aqui também conseguem.

— Conseguem — falou ela, devagar.

— Mas as pessoas no meu funeral não conseguiam.

— Você está querendo me perguntar alguma coisa?

Ele olhou feio para ela.

— Você é sempre tão irritante?

Ela deu de ombros.

— Depende de para quem você pergunta.

— Você é... humana?

Wallace sabia o quanto isso parecia ridículo, mas então se lembrou de que era um fantasma falando com uma mulher que podia estalar os dedos e arrastá-lo por centenas de quilômetros em um instante.

— Mais ou menos — respondeu. Ela se sentou sobre o balcão, pernas e pés balançando contra uma fileira de armários de madeira. — Ou melhor, costumava ser. Ainda tenho todas as minhas partes humanas, se foi o que você quis dizer.

— Não acho que tenha sido o que eu quis dizer. Não estou pensando em suas partes.

Ela bufou.

— Eu sei. Só estou zoando, cara. Relaxa um pouco. Não há muito com que se preocupar mais.

Aquilo doeu mais do que ele gostaria de admitir.

— Isso não é verdade — retrucou ele de um jeito tenso.

Ela ficou séria.

— Ei, não! Não quis que parecesse... você tem permissão para fazer perguntas, Wallace. Na verdade, se não fizesse, eu ficaria preocupada. É natural. Isso é algo que você nunca experimentou antes. Claro que vai querer tentar descobrir tudo logo. Pode ser difícil não ter as respostas que está acostumado a ouvir. Eu queria poder *dar* todas as respostas, mas não as tenho. Não sei se alguém tem, de verdade. — Ela estreitou os olhos para ele. — Isso ajudou?

— Não tenho ideia de como responder.

— Ótimo — disse ela.

Ele piscou, confuso.

— É mesmo?

Ela assentiu com a cabeça.

— Talvez seja só eu, mas acho que me sentiria aliviada ao descobrir que há coisas que não sei. Se não for assim, não me parece muito saudável, não é?

— Claro — respondeu ele, baixinho. — Eu morri.

Ela riu e pareceu chocada com a frase.

— Claro. Não tente forçar a barra, Wallace. Virá quando vier. Já vi isso antes. Você vai saber quando for a hora certa.

Ele pensou que Mei estivesse falando sobre algo mais do que o conteúdo daquela conversa, e sua mente se desviou para a porta do andar de cima. Ele não havia tido coragem de procurá-la, muito menos de perguntar mais sobre ela.

— O tempo passa um pouco diferente aqui — disse Mei. — Não sei se notou isso, mas tem...

— O relógio.

Ela arqueou uma sobrancelha.

— O relógio?

— Ontem à noite, quando chegamos aqui. O ponteiro dos segundos estava travado. Ele se movia para a frente e para trás, às vezes nem se movia.

Ela pareceu impressionada.

— Percebeu isso, hein?

— Não foi tão difícil. É sempre assim?

Mei fez que não com a cabeça.

— Só quando temos visitantes como você, e apenas no primeiro dia. É para dar tempo para se aclimatarem. Para entender a posição em que você se encontra. Na maioria das vezes, significa ficar ali sentado, esperando que alguém como você fale.

— Em vez disso, eu fugi — constatou Wallace.

— É, fugiu. E o relógio começou a se mover de novo quando você partiu. Acontece em todos os lugares como este.

— Nelson chamou de lugar de travessia.

— É uma boa maneira de chamar — disse Mei. — Embora eu pense nisso mais como um lugar de *espera*.

— O que estou esperando? — perguntou Wallace, ciente de quão monumental a pergunta parecia.

— Isso é você quem decide, Wallace. Você não pode forçar, e ninguém aqui vai tentar empurrá-lo a algo para o qual você não está pronto. Esperar pelo melhor, sabe?

— Isso não é muito reconfortante.

— Funcionou até agora. Na maioria das vezes.

Cameron. Não era um assunto para o qual ele estava preparado. Wallace ainda podia ouvir o som sem palavras que o homem fizera ao vê-lo. Se ainda pudesse sonhar, achou que teria pesadelos por causa daquilo.

— Por que você faz isso?

— Isso é meio que pessoal.

Ele piscou.

— Ah. Eu... suponho que seja. Você não precisa dizer nada se não quiser.

— Por que quer saber? — O tom dela não revelava nada.

Wallace teve dificuldade para pensar no que dizer. Acabou soltando o seguinte:
— Estou tentando.
Ela não deu um desconto. Wallace estava um tanto admirado com Mei.
— Tentando o quê, Wallace?
Ele olhou para as próprias mãos.
— Tentando ser... melhor. Não é com o que deveria estar me ajudando?
Os calcanhares dos sapatos dela bateram nos armários inferiores, fazendo as portas chacoalharem.
— Não acho que seja nosso trabalho melhorar você. Nosso trabalho é fazer você passar pela porta. Nós lhe damos o tempo para fazer as pazes com esse fato, mas qualquer outra coisa além disso é com você.
— Ok — retrucou ele impotente. — Eu... vou me lembrar disso.
Ela o encarou por um longo momento. Depois disse:
— Antes de vir para cá, eu não sabia cozinhar.
Ele franziu a testa. O que *isso* tinha a ver?
— Tive que aprender — continuou ela. — Quando eu era criança, não cozinhávamos. Não usávamos o forno. Tínhamos uma máquina de lavar louça, mas nunca a usávamos porque a louça precisava ser lavada à mão e depois colocada na máquina de lavar para ser usada como escorredor. — Ela fez uma careta. — Você já tentou bater ovos? Cara, essa merda é *difícil*. E depois teve a vez que fiz a máquina de lavar louça transbordar de sabão até inundar a cozinha. Eu me senti um pouco mal com isso.
— Não estou entendendo — admitiu Wallace.
— É — murmurou Mei, esfregando a mão no rosto. — É uma coisa cultural. Meus pais emigraram para este país quando eu tinha cinco anos. Minha mãe, ela... bem. Ela estava fascinada pela ideia de ser americana. Não chinesa. Não sino-americana. Americana. Ela não gostava da própria história. A China no século xx estava passando por muita guerra e fome, opressão e violência. Durante a Revolução Cultural, a religião foi proibida, e qualquer um que desobedecesse era espancado, morto ou apenas... desaparecia no ar.
— Não consigo imaginar como é isso — confessou Wallace.

— Não, não consegue — afirmou ela sem rodeios. — Minha mãe queria escapar de tudo aquilo. Queria fogos de artifício no Quatro de Julho e cercas de madeira para virar alguém diferente. E queria o mesmo para mim. Mas, mesmo vindo para cá, havia certas coisas em que ela ainda acreditava. Que não se pode ir para a cama com o cabelo molhado porque vai pegar um resfriado. Não se pode escrever o próprio nome com tinta vermelha, porque dá azar. — Ela desviou o olhar. — Quando comecei… a me manifestar, pensei que algo estava errado comigo, que estava doente. Vendo coisas que não existiam. Ela não me dava ouvidos. — Riu baixinho. — Sei que talvez você não entenda, mas não falamos sobre coisas desse tipo na minha família. Isso está… arraigado. Ela não me deixava buscar ajuda, procurar um médico, porque, por mais que ela quisesse ser americana, ainda havia algumas coisas que simplesmente não rolavam. Afinal, o que os vizinhos pensariam se descobrissem?

— O que aconteceu? — perguntou Wallace, sem saber se não estava sendo inoportuno.

— Minha mãe tentou me manter escondida — respondeu Mei. — Ela me manteve em casa, dizendo que eu estava fingindo, que não havia nada de errado comigo. Por que eu faria isso com ela depois de tudo que ela havia feito para me dar uma vida boa? — Mei abriu um sorriso amarelo. — Como nada funcionou, recebi duas opções: ou seria do jeito dela ou seria a rua. Ela disse isso, e estava tão *orgulhosa*, porque era uma coisa muito americana de se dizer.

— Meu Deus — suspirou Wallace. — Quantos anos você tinha?

— Dezessete. Quase dez anos atrás. — Ela apertou a bancada ao lado de suas pernas. — Saí sozinha. Tomei boas decisões. Às vezes, não tão boas, mas aprendi com elas. E ela… bem. Ela não *melhorou*, exatamente, mas acho que está tentando. Vai levar tempo para reconstruir o que tínhamos, se é que é possível, mas nos falamos ao telefone algumas vezes no mês. Na verdade, ela me procurou primeiro. Conversei com Hugo, e ele achou que poderia ser uma bandeira branca, mas, no fim das contas, cabia a mim decidir. — Mei deu de ombros. — Senti falta dela. Mesmo com tudo o que aconteceu. Foi… bom ouvir a voz dela. No fim do ano passado, até me pediu para voltar e visitá-la. Falei que não estava pronta, pelo menos ainda não. Não esqueci o que ela me disse antes. Ela ficou decepcionada, mas falou que entendia e não insistiu. Ainda não muda o que vejo.

— E o que você vê?

— Pessoas como você. Fantasmas. Almas errantes que ainda não encontraram seu caminho. — Ela suspirou. — Sabe aqueles mata-moscas? Aquelas luzes azuis elétricas que ficam penduradas nas varandas e incineram insetos que voam na direção delas?

Ele assentiu com a cabeça.

— Sou mais ou menos isso — explicou Mei. — Exceto que são fantasmas, não insetos, e não frito os coitados que chegam perto. Eles são atraídos por alguma coisa em mim. Quando comecei a vê-los, não sabia como fazer parar. Até...

— Até?

Os olhos dela saíram de foco observando o nada.

— Até que alguém veio até mim e me ofereceu um emprego. Ele me disse quem... *o que* eu era. E, com o treinamento adequado, o que eu poderia fazer. E me trouxe aqui para Hugo, para ver se faríamos uma boa parceria.

— O Gerente — constatou Wallace.

— Sim. Mas não se preocupe. A gente dá conta dele.

— Então, por que você parece ter tanto medo dele?

Mei se surpreendeu.

— Não tenho medo de nada.

Wallace não acreditou. Se ela estivesse dizendo a verdade e fosse humana, sempre teria que ter medo de alguma coisa. Era assim que a humanidade funcionava. O instinto de sobrevivência era baseado em uma dose saudável de medo.

— Sou cautelosa com o Gerente — afirmou Mei. — Ele é... intenso. E isso sou eu sendo gentil. Sou grata por ele ter me trazido aqui e me ensinado o que sabe, mas é melhor quando ele vai embora.

De tudo o que ouvira sobre o Gerente, Wallace esperava que ele ficasse longe mesmo.

— E ele... o quê? Fez você assim?

Mei fez que não com a cabeça.

— Ele ajustou o que já estava lá. Sou uma espécie de médium, e *sim*, sei o que isso parece, então você pode ficar quieto.

Ele ficou.

— Tenho... — Ela fez uma pausa. — É como quando você está parado em uma porta. Você tem um pé de um lado e o outro do outro. Está em dois lugares ao mesmo tempo. Esta sou eu. Ele apenas me mostrou como me inclinar para um lado da porta e como recuar.

— Como você faz? — perguntou Wallace, de repente se sentindo pequenininho. — Como pode estar cercada pela morte o tempo todo e não deixar que ela afete você?

— Gostaria de poder dizer que é porque sempre quis ajudar as pessoas — afirmou Mei. — Mas seria uma mentira. Eu não... não sabia como *ser*. Tive que desaprender tantas coisas que me ensinaram. Inferno, a primeira vez que Hugo me abraçou, eu não o abracei de volta, porque não era uma coisa com a qual eu tivesse tido antes. Contato, muito menos afeto físico, não era algo com o qual eu estivesse acostumada. Levei um tempo para gostar disso pelo que era. — Mei sorriu para ele. — Agora, sou praticamente a melhor abraçadora.

Wallace se lembrou de como havia sentido a mão dela na dele pela primeira vez, o alívio que o inundara. Não podia imaginar passar uma vida inteira sem sentir algo assim.

— É como você, de certa forma — disse ela. — Você precisa desaprender tudo o que sabe. Gostaria de poder apenas apertar um botão para você, mas não é assim que funciona. É um processo, Wallace, e leva tempo. Para mim, começou quando me mostraram a verdade. Isso me mudou, embora definitivamente não tenha sido de imediato. — Ela desceu do balcão, embora tenha mantido a distância entre os dois. — Faço o que faço porque sei que nunca houve um momento na sua vida em que você estivesse mais confuso ou vulnerável. E se eu puder fazer algo para pelo menos aliviar isso um pouco, então que seja. A morte não é o fim de tudo, Wallace. Com certeza, é um fim, mas apenas para prepará-lo para um novo começo.

Ficou surpreso quando sentiu uma lágrima escorrer pelo rosto. Ele a enxugou, incapaz de olhar para Mei enquanto o fazia.

— Você é muito estranha.

Ele ouviu o sorriso na voz dela.

— Obrigada. Talvez seja a coisa mais legal que você já me disse. Você também é muito estranho, Wallace Price.

Hugo estava em frente à lareira quando Wallace saiu da cozinha, colocando lenha sob a supervisão direta de Nelson. Apollo estava sentado olhando de um para o outro, a língua saindo de sua boca ao ofegar.

— Mais alto — disse Nelson. — Faça uma grande. Estou com frio nos ossos. Vai ser uma noite fria. A primavera muitas vezes mente com toques de verde e sol.

— Claro que sim — falou Hugo. — Não quero que fique com frio.

— Com certeza — concordou Nelson. — Eu poderia morrer de frio, e então como você ficaria?

Hugo balançou a cabeça.

— Não quero nem imaginar.

— Bom garoto. Ah, aí está. — O fogo cresceu, as chamas brilharam. — Eu sempre disse que tudo de que uma pessoa precisa é de um bom fogo e uma boa companhia.

— Engraçado — comentou Hugo. — Acho que nunca ouvi você dizer isso.

Nelson fungou.

— Então, você não estava ouvindo. Digo isso o tempo todo. Sou seu mais velho, Hugo, o que significa que você deveria se apegar a cada palavra minha e acreditar em tudo que digo.

— Eu te ouço — garantiu Hugo enquanto se levantava. — Não conseguiria ignorá-lo nem se tentasse.

— Certo — disse Nelson. Ele bateu a bengala no chão, e estava de volta em seu pijama, com chinelos de coelhinho e tudo. — Assim está melhor. Wallace, não fique aí de boca aberta. Não é adequado. Traga o seu traseiro aqui e me deixe ver você.

Wallace foi até ele.

— Tudo bem? — perguntou Hugo quando Wallace parou desajeitadamente ao lado da cadeira de Nelson.

— Não faço ideia — disse Wallace.

Hugo sorriu para ele como se Wallace tivesse dito algo profundo.

— Isso é maravilhoso.

Wallace piscou.

— É?

— Muito. Não saber é melhor do que fingir saber.

— Se você diz... — murmurou Wallace.

Hugo sorriu.

— Digo. Fique aqui com o vovô para mim, ok? Já volto.

Ele foi para a cozinha antes que Wallace pudesse perguntar aonde ia.

Nelson esticou o pescoço para trás na cadeira, esperando que as portas da cozinha se fechassem antes de olhar para Wallace.

— Estão comendo — sussurrou ele como se revelasse um grande segredo.

Wallace o fitou.

— O quê?

Mas, agora que Nelson tinha mencionado, ele podia sentir o cheiro, os aromas enchendo seu nariz. Bolo de carne? Sim, bolo de carne. Brócolis assados de acompanhamento.

— Jantar — afirmou Nelson. — Eles não comem na nossa frente. É grosseiro.

— É? — Ele fez uma careta. — Eles falam de boca cheia?

Nelson revirou os olhos.

— Não comem na nossa frente porque não podemos comer. Hugo acha que é como balançar um osso na frente de um cachorro e depois tirá-lo.

As orelhas de Apollo se curvaram com a palavra osso. Ele se levantou e começou a cheirar os joelhos de Nelson como se achasse que ele tinha um presente para lhe oferecer. Em vez disso, Nelson coçou entre as orelhas do cão.

— Nós não podemos... comer? — indagou Wallace.

Nelson olhou para ele.

— Está com fome?

Não, não estava. E não tinha nem pensado em comer, mesmo quando os cookies saíram do forno naquela manhã. Tinham um cheiro delicioso, e ele sabia que seriam leves e fofos, derretendo em sua língua, mas foi quase uma reflexão tardia.

— Não podemos comer — repetiu ele.

— Não.

— Não podemos dormir.

— Não.

Wallace gemeu.

— Então, o que é que nós *podemos* fazer, caramba?

— Usar um biquíni, eu acho. Você acertou em cheio.

— Você nunca vai me deixar esquecer isso, vai?

— Nunca — falou Nelson. — Foi esclarecedor ver que você era um defensor da depilação quando estava vivo. Odiaria pensar que você negligenciaria isso e que passaria seu tempo aqui com um matagal dentro das calças.

Wallace o encarou, boquiaberto.

Nelson bateu com a bengala no chão.

— Sente-se. Não gosto quando as pessoas ficam em pé acima de mim.

— Não vou me sentar no chão.

— Tudo bem — disse Nelson. — Puxe uma cadeira então.

Wallace se virou para fazer exatamente isso, parando no meio do caminho até a mesa mais próxima ao se lembrar de que *não poderia*. Ele franziu a testa enquanto se voltava para Nelson.

— Não é engraçado.

Nelson olhou para ele.

— Não era para ser. Eu não estava contando uma piada. Gostaria que eu lhe contasse uma?

Não, ele realmente não gostaria.

— Tudo bem, não precisa...

— Qual é a planta favorita de um fantasma?

Ali era definitivamente o Inferno. Não importava o que Mei ou Hugo dissessem.

— Eu realmente não...

— Bambuuu.

Wallace sentiu os olhos tremerem.

— Posso só me sentar no chão.

— Qual a categoria em que um fantasma luta boxe?

— Não me importo.

— Peso morto.

Silêncio.

— Ah — falou Nelson. — Nada? Sério? Essa foi uma das minhas melhores. — Ele franziu a testa. — Acho que posso sacar as grandes armas, se achar que vai ajudar. O que um fantasma faz de melhor em um mercado? Ele empacota.

Wallace se sentou no chão. Apollo ficou encantado com isso, deitando-se ao lado de Wallace e rolando de costas, olhando para ele de um jeito penetrante.

— Chega. Por favor. Faço qualquer coisa. — Ele estendeu a mão distraidamente e coçou a barriga de Apollo.

— *Qualquer* coisa? — perguntou Nelson, parecendo bastante alegre. — Vou manter isso em mente.

— Não foi uma oferta.

— Pareceu uma. Não assine cheques que não pode descontar, é o que eu sempre digo.

Wallace duvidava. Olhou para o fogo. Podia sentir o calor dele, embora não entendesse como era possível.

— Como você aguenta isso?

— O quê? — questionou Nelson, recostando-se na cadeira.

— Ficar aqui.

— Não é um lugar ruim — respondeu Nelson de um jeito ríspido. — É muito bom, se quer saber. Há lugares piores onde eu poderia estar.

— Não, eu... não foi isso que eu quis dizer.

— Então, diga o que quer dizer. Parece bem fácil, não é?

— E isso é outra coisa — disse Wallace sem pensar. — Você pode trocar de roupa.

— Não é *tão* difícil. Só precisa ter foco.

Wallace balançou a cabeça.

— Por que você é desse jeito?

— Tipo... fisicamente? Ou filosoficamente? Se for a última, espero que esteja pronto para uma longa história. Tudo começou quando eu estava...

— Fisicamente — explicou Wallace. — Por que você ainda é velho?

Nelson inclinou a cabeça.

— Porque *sou* velho. Oitenta e sete, para ser exato. Ou melhor, era quantos anos eu tinha quando passei daquela para melhor.

— Por que não fica mais jovem? — perguntou Wallace. — Você está... — *Nós estamos*, embora isso não tenha sido dito — preso nesse corpo para sempre?

Ele se assustou quando Nelson riu alto. Olhou para cima a tempo de ver o homem enxugando os olhos.

— Ah, você é um barato. Indo direto ao ponto. Achei que levaria pelo menos mais uma ou duas semanas. Possivelmente sete.

— Ainda bem que posso contrariar suas expectativas — murmurou Wallace.

— É simples, na verdade — respondeu Nelson, e Wallace tentou esconder quão ansioso estava para ouvir a resposta. — Gosto de ser velho.

Essa... não era a resposta que ele esperava.

— Você gosta? Por quê?

— Falou como um jovenzinho.

— Não sou *tão* jovem.

— Estou percebendo — disse Nelson. — Linhas de preocupação ao redor dos olhos, mas nenhuma ao redor da boca. Não ria muito, né?

Não era uma pergunta. E mesmo que fosse, Wallace não saberia como responder sem parecer defensivo. Então, levou a mão ao rosto, tocando a pele perto dos olhos. Nunca tinha sido de se preocupar com tais coisas. Tinha roupas caras e seus cortes de cabelo custavam o suficiente para alimentar uma família de quatro pessoas por uma semana. Mas, mesmo que tivesse uma aparência imponente, nunca havia pensado muito sobre a pessoa por baixo de tudo aquilo. Estivera muito ocupado para se importar com certas coisas. Se houve momentos em que flagrou o próprio reflexo no espelho do quarto, foram apenas pensamentos passageiros. Wallace não estava ficando mais jovem. Talvez, se tivesse se importado mais, não estaria ali. Essa linha de pensamento parecia perigosa, e ele a afastou.

— Eu poderia mudar minha aparência — disse Nelson. — Eu acho. Nunca tentei, então não sei se funcionaria ou não. Mas não imagino que tenhamos que ficar como estávamos quando morremos se não quisermos.

Wallace olhou para o chão com cautela. Não estava afundando, então supôs que já era um começo.

— Fale para mim algo que ninguém mais sabe.

— Por quê?

— Porque pedi. Não precisa falar se não quiser, mas acho que ajuda falar algumas coisas em voz alta em vez de mantê-las reprimidas. Rápido. Não pense. A primeira coisa que lhe vier à mente.

E Wallace disse:

— Acho que eu era solitário. — Surpreendendo até a si mesmo. Ele franziu a testa e balançou a cabeça. — Isso... não foi o que eu quis dizer. Não sei por que saiu. Esqueça.

— Podemos, se quiser — afirmou Nelson, sem ser indelicado.

Ele não forçou. Wallace sentiu uma estranha onda de afeição pelo homem, diferente e calorosa. Era... estranho, esse sentimento. Ele não conseguia se lembrar da última vez que se importara com alguém além de si mesmo. Não sabia o que havia feito com que ficasse assim.

— Eu não tinha... isso.

— Isso?

Wallace acenou com a mão.

— Este lugar. Essas pessoas, como você tem.

— Ah — disse Nelson, como se isso fizesse todo o sentido.

Ele se perguntou como aquele homem podia dizer tanto falando tão pouco. Embora as palavras sempre tivessem sido fáceis para Wallace, era seu poder de observação que o diferenciava de seus colegas. Percebendo os pequenos tiques que as pessoas tinham quando estavam tristes, felizes ou perturbadas. Quando estavam mentindo, os olhos baixos, movendo-se de um lado para o outro, a boca retorcida, algo que Wallace se orgulhava de saber. Que estranho, então, que não tivesse sido capaz de virar aquilo a seu favor. Negação, talvez? Isso não fez com que se sentisse melhor. Introspecção não era exatamente o seu forte, mas como poderia não ter visto nada daquilo antes?

Nelson não parecia ter esse problema, o que humilhou Wallace mais do que ele esperava.

— Eu não via isso na época — admitiu ele. Esfregou a mão no rosto. — Tive privilégios. Vivi uma *vida* de privilégios. Tinha tudo que eu achava que queria e agora... — Ele não sabia como terminar.

— E agora tudo isso foi tirado, deixando você apenas com você mesmo — disse Nelson com tranquilidade. — A retrospectiva é uma coisa poderosa, Wallace. Nem sempre vemos o que está bem na nossa frente, muito menos damos valor. Só quando olhamos para trás é que encontramos o que deveríamos saber o tempo todo. Não quero que pense que sou um homem perfeito. Seria uma mentira. Mas aprendi que talvez eu fosse uma pessoa melhor do que esperava. Acho que isso é tudo que qualquer um pode pedir — disse e em seguida continuou: — Você teve alguém para ajudar a afastar a solidão?

Ele não tivera. Tentou se lembrar de como as coisas eram antes de tudo desmoronar, como Naomi olhava para ele com luz nos olhos, os cantos da boca se curvando suavemente. Ela nem sempre o desprezara. Tinha havido amor entre eles, em algum momento. E ele tinha dado aquilo como certo, pensando que ela sempre estaria lá. Não fazia parte de seus votos? "Até que a morte nos separe." Mas a separação deles veio muito antes de a morte encontrar Wallace, e, com a partida dela, o desmoronamento da vida que haviam construído juntos. Ela partiu, e Wallace se afogou no trabalho, mas realmente tinha sido diferente de quando ela estava lá? Ele se lembrou de um dos últimos dias de seu casamento, quando Naomi parou na frente dele, olhos frios, dizendo que ele precisava fazer uma escolha, que ela queria mais do que ele estava oferecendo.

Wallace não dissera uma palavra.

Não importou. Ela ouviu todas as coisas que ele não disse. Não era culpa dela. Nada daquilo era, não importava o que ele tentasse dizer a si mesmo. Foi por isso que ele não contestou o divórcio, dando a Naomi tudo o que ela tinha pedido. Wallace pensara que era porque o melhor seria acabar logo com aquilo. Podia ver agora que fora porque a culpa o atormentava, embora não tivesse nomeado esse sentimento naquele momento. Era orgulhoso demais para isso.

Ou tinha sido, pelo menos.

— Não — sussurrou ele. — Acho que não tive.

Nelson assentiu com a cabeça como se essa fosse a resposta que esperava.

— Entendo.

Wallace não queria mais pensar naquilo.

— Diga para mim algo que ninguém mais sabe.

Nelson sorriu.

— Justo. — Ele coçou o queixo, pensativo. — Você não pode contar a ninguém.

Wallace se inclinou para a frente, surpreso com a própria ansiedade.

— Não vou.

Nelson olhou para a cozinha antes de olhar para Wallace.

— Tem um inspetor da vigilância sanitária que vem aqui. Homem repugnante. O tempo todo emburrado. Acha que tem direito a coisas que não pode ter. Eu o assombro quando ele está aqui.

— Você o quê?

— Coisas pequenas. Derrubo a caneta da mão dele ou movo a cadeira quando ele tenta se sentar.

— Você consegue fazer isso?

— Consigo fazer muitas coisas — respondeu Nelson. — O cara quer sempre ferrar meu Hugo. Garanto que retribuo na mesma moeda.

Antes que Wallace pudesse perguntar mais sobre isso, Apollo se virou, levantando a cabeça em direção à cozinha. Um momento depois, Hugo apareceu pelas portas, com Mei atrás.

Hugo indagou:
— Do que vocês dois estão falando? Devo me preocupar?
— Provavelmente — respondeu Nelson, piscando para Wallace.
— Definitivamente não estamos falando nada de bom.

Hugo sorriu.
— Wallace, poderia vir comigo? Gostaria de mostrar uma coisa a você.

Wallace olhou para Nelson, que assentiu.
— Pode ir. Tenho Mei e Apollo para me fazer companhia.

Wallace suspirou, se levantando.
— Outra sessão de terapia?

Hugo deu de ombros.
— Se quiser pensar dessa maneira, claro. Ou podem ser apenas duas pessoas se conhecendo. Quase como amigos, até.

Wallace resmungou baixinho, seguindo Hugo pelo corredor.

Saíram novamente para o deque dos fundos com vista para o jardim de chás. Hugo acendeu os fios de luzinhas envoltos nas grades da varanda, brancos e cintilantes.

Antes que Hugo fechasse a porta da casa atrás deles, estendeu a mão e apagou a luz da varanda. As árvores balançaram na escuridão.

— Boa conversa com meu avô? — perguntou, parando ao lado de Wallace perto dos degraus.

— Acho que sim.

— Ele pode ser um pouco... insistente — afirmou Hugo. — Não se sinta obrigado a fazer o que ele diz. — Ele franziu a testa. — Especialmente se parecer algo ilegal.

— Não que isso importe agora, não é?

— Não — concordou Hugo. — Acho que não. Ainda assim, faça esse favor para mim. Para minha própria paz de espírito. — Ele estendeu a mão e alisou a bandana rosa. — Seu primeiro dia inteiro aqui. Como foi?

— Fiquei na cozinha o tempo todo.

— Eu vi. — Ele se inclinou contra o parapeito. — Não precisa.

— Isso deveria fazer com que eu me sinta melhor?

— Não sei. Está fazendo?

— Sabe, para alguém que disse que não é qualificado para ser um terapeuta, você realmente sabe agir como um.

Hugo riu.

— Tenho feito isso por um tempo.

— Faz parte do show — disse Wallace.

Hugo pareceu satisfeito por ele se lembrar. Wallace não sabia por que aquilo parecia importante. Ele coçou o peito, o gancho fisgando com suavidade.

— Exatamente.

— O que queria me mostrar?

— Olhe para cima.

Wallace olhou.

— O que vê?

— O céu.

— O que mais?

Estava como na noite anterior, quando ele andara por uma estrada de terra com uma mulher estranha ao seu lado. As estrelas estavam brilhantes. Uma vez, quando era criança, havia colocado na cabeça que precisava contar todas elas. Todas as noites, olhava pela janela do quarto, contando-as uma por uma. Nunca ia muito longe antes de adormecer, acordando na manhã seguinte mais determinado a tentar de novo.

— Estrelas — sussurrou Wallace, lutando para se lembrar da última vez que tinha virado o rosto para o céu antes de chegar à casa de chá. — Todas essas estrelas. — Na cidade não era assim. A poluição luminosa garantia isso, deixando apenas os mais ínfimos indícios do que pairava no céu à noite. — São tantas delas. — Ele se sentiu muito pequeno.

— Aqui é assim — afirmou Hugo. — Longe de tudo. Não consigo imaginar como deve ser de onde você vem. Não sei muito sobre o que acontece fora deste lugar.

Wallace olhou para ele.

— Por quê? Você nunca sai daqui?

— Na verdade, não posso fazer isso — explicou. — Nunca se sabe quando alguém como você vai aparecer. Preciso sempre estar pronto.

— Você está preso aqui? — perguntou Wallace, parecendo horrorizado. — Cacete, por que concordou com isso?

— Não preso — disse Hugo. — Isso implica que não tenho, ou não tive, escolha. E eu tive. Não fui forçado a ser um barqueiro. Escolhi ser. E não significa que nunca posso sair. Vou à cidade o tempo todo. Tenho minha scooter e, às vezes, vou dar uma volta só para esvaziar a cabeça e respirar.

— Sua scooter — repetiu Wallace. — Você pilota isso.

Hugo arqueou uma sobrancelha.

— Piloto. Por quê?

— Ah, não sei — disse Wallace, levantando as mãos. — Talvez porque, se você bater, vai morrer?

— Então, seria ótimo se eu não batesse. — Seus lábios se arquearam. — Sou cuidadoso, Wallace, mas agradeço a preocupação. Obrigado por se preocupar comigo.

Ele parecia encantado, e Wallace se recusava a se deixar levar por isso.

Fracassou miseravelmente.

— Alguém precisa fazer isso — murmurou ele, e assim que as palavras saíram de sua boca, desejou poder engoli-las de volta. Ele seguiu em frente, desviando-se desajeitado. — Este lugar ainda é uma prisão.

— É? Por quê? Não preciso de muito. Nunca precisei. Tenho tudo que quero ter aqui.

— Mas... é... — Wallace não sabia o que era. Era estranho, com certeza. Nunca havia conhecido alguém tão tranquilo consigo mesmo. — Não afeta você? Toda essa morte, o tempo todo.

Hugo balançou a cabeça.

— Não penso desse jeito, embora entenda o que está tentando dizer. Acho... — Ele fez uma pausa como se escolhesse as palavras com cuidado. — A morte nem sempre é algo a ser temido. Não é o princípio e o fim de tudo.

Wallace se lembrou do que Mei lhe dissera.

— Um final. Levando a um novo começo.

— Exatamente — afirmou Hugo. — Você está aprendendo. Pode ser bonita, se você permitir, embora eu possa ver por que você não pensa desse modo. — Ele olhou para as estrelas. — A melhor maneira de descrever é a sensação de alívio que a maioria das pessoas sente quando está pronta para passar pela porta. Pode levar algum tempo para chegar a esse ponto, mas é sempre a mesma coisa. — Ele hesitou. — Eu poderia contar como é, o que vi. O olhar no rosto das pessoas quando a porta se abre, no momento em que ouvem os sons vindos do outro lado. Mas não sei se posso fazer jus, porque não importa o que eu diga, será muito superficial. Isso muda você, Wallace, muda você de maneiras que não espera. Pelo menos me mudou. Chame de fé, chame de prova, como quiser. Mas sei que estou fazendo a coisa certa porque vi os olhares no rosto delas, cheios de respeito e admiração. Posso não ser capaz de ouvir o que ouvem, mas escolho acreditar que é tudo o que elas poderiam querer.

— Não o incomoda que não possa ouvir?

Hugo balançou a cabeça.

— Vou descobrir um dia. E, até lá, farei o que estou aqui para fazer, preparando-o para descobrir por si mesmo.

Wallace desejou poder acreditar nele. Mas o próprio pensamento da porta que ainda não tinha visto o aterrorizava. Fazia a pele se arrepiar, e ele se esquivou da única maneira que sabia.

— Como se tornou um barqueiro?

— Opa — disse Hugo, embora Wallace pensasse que ele não ia cair naquilo. — Quer mesmo entrar nisso, hein?

— Pode ser.

— Pode ser — repetiu Hugo. — Foi por acidente, acredite se quiser.

Ele não acreditava. De jeito nenhum.

— Você acidentalmente se tornou a pessoa que ajuda os fantasmas a cruzarem para... sei lá onde.

— Bem, quando fala *desse jeito*, consigo ver como pode parecer ridículo.

— Foi assim que você disse!

Hugo olhou para ele. Wallace se forçou a não se virar. Foi mais fácil do que esperava.

— Meus pais morreram.

— Sinto muito — falou Wallace, ciente do fato de que as palavras pareciam vir mais fáceis agora.

Hugo fez um gesto para ele, como se não importasse.

— Obrigado, mas não precisa se desculpar.

— É o que se deve dizer.

— É, não é? Imagino por quê. Você falou com sinceridade?

— Acredito que sim?

Hugo assentiu.

— Muito bom. Eu ainda morava em casa. Cresci a poucos quilômetros daqui. Você provavelmente passou pela casa em sua pequena aventura na noite passada.

Ele não tinha certeza se deveria se desculpar ou não, então ficou quieto.

— Foi rápido — disse Hugo, olhando para a escuridão. Ele deixou as mãos pairarem sobre a borda do parapeito. — As estradas estavam escorregadias. O granizo e a chuva gelada tinham caído o dia todo, e meu pai e minha mãe estavam saindo para passear. Tinham pensado em ficar em casa, mas lhes falei para irem em frente, desde que tomassem cuidado. Os dois tinham trabalhado bastante, e pensei que mereciam uma noite fora, sabe? Então, insisti. Disse para irem.

— Ele balançou a cabeça. — Eu não... é estranho. Não sabia que era a última vez que eu os veria como eram. Meu pai apertou meu ombro e minha mãe me beijou na bochecha. Resmunguei e falei que eu não era mais criança. Ambos riram de mim e me disseram que eu sempre seria o garotinho deles, mesmo que não fosse pequeno fazia muito tempo. Os dois morreram. O carro derrapou em um pedaço de gelo e deslizou para fora da estrada. Capotou. Falaram para mim que acabou em um instante. Contudo, isso ficou comigo por muito tempo, porque acabou para *mim* em um instante, mas parece que ainda está acontecendo, às vezes.

— Que merda. — Wallace suspirou.

— Adormeci no sofá. Acordei porque alguém estava parado acima de mim. Abri os olhos e... lá estavam os dois. Parados ali, olhando para mim e vestidos com roupas bonitas. Meu pai odiava aquela gravata, disse que parecia que o estava enforcando, mas minha mãe o fez usar mesmo assim, argumentando que estava muito bonito. Perguntei que horas eram. Sabe o que disseram?

Wallace balançou a cabeça.

Hugo riu baixinho.

— Nada. Não disseram nada. A imagem deles piscou algumas vezes, aparecendo e desaparecendo, e pensei que estivesse sonhando. Então um Ceifador apareceu.

— Eita.

— Sim — afirmou Hugo. — Isso foi... outra coisa. Ele pegou meus pais pelas mãos, e eu quis saber quem ele era e o que estava fazendo em nossa casa. Nunca vou esquecer o olhar de choque no rosto do Ceifador. Eu não deveria ser capaz de vê-lo.

— E por que você o via?

— Não sei — admitiu Hugo. — Não sou como Mei. Nunca tinha visto fantasmas antes nem nada. Nunca tive nenhum tipo de toque ou visão ou o que quer que faça pessoas como Mei serem quem são. Eu era apenas... eu. Mas lá estava eu, tentando agarrar meus pais, afastá-los daquele estranho, mas minhas mãos continuavam passando através deles. Estendi a mão para o homem desconhecido e, por um momento, funcionou. Eu o toquei. Foi como fogos de artifício explodindo na minha cabeça, explosões brilhantes. Doeu. Quando minha visão clareou, todos tinham desaparecido. Tentei dizer a mim mesmo que tinha imaginado tudo, mas então alguém bateu na porta dez minutos depois, e eu soube que aquilo não estava apenas na minha cabeça porque a polícia estava lá, dizendo coisas que eu não queria ouvir. Falei que era um engano, tinha que ser um engano. Gritei para se afastarem de mim. Meu avô apareceu logo depois, e implorei para ele me contar a verdade. Ele contou.

— Quantos anos você tinha?

— Vinte e cinco — respondeu Hugo.

— Jesus.

— Sim. Foi... pesado. Então, o Gerente veio me ver. — Sua voz ficou um pouco mais séria. — Três dias depois do funeral. Em um momento, eu estava vendo coisas na casa que pensei que poderiam ser doadas para a caridade, e no seguinte ele estava parado na minha frente. Ele... me contou coisas. Sobre a vida e a morte. Como é um ciclo que nunca termina e que nunca vai terminar. O luto, explicou ele, é um catalisador. Uma transformação. Então me ofereceu um emprego.

— E você *aceitou*? Acreditou nele?

Hugo assentiu.

— O Gerente é muitas coisas, a maioria das quais não consigo nem começar a descrever. Mas não é um mentiroso. Fala apenas em verdades, mesmo que não queiramos ouvir o que tem a dizer. Não confiei nele de imediato. Não sei nem se confio agora. Mas o Gerente me mostrou coisas, coisas que deveriam ser impossíveis. A morte tem uma beleza. Não vemos porque não queremos. E isso faz sentido. Por que iríamos querer focar em algo que nos afasta de tudo o que conhecemos? Como sequer começamos a entender que há mais do que enxergamos?

— Não sei a resposta para isso — admitiu Wallace. — Para nada disso.

Isso o incomodou, porque ele sentiu que *deveria* saber, como se a resposta estivesse na ponta da língua.

— Fé — disse Hugo, e Wallace gemeu. — Ah, para com isso. Não estou falando de religião, de Deus ou de qualquer outra coisa que possa estar pensando. A fé nem sempre é... não se trata apenas dessas coisas. Não é algo em que eu possa forçar você a acreditar, mesmo que você ache que é isso que estou fazendo.

— Não é? — perguntou Wallace, tentando manter a voz calma. — Você está tentando me fazer acreditar em algo em que não quero acreditar.

— Por que você acha isso?

Wallace não sabia.

Hugo pareceu deixar o assunto para lá.

— O Gerente disse que eu era altruísta, e era por isso que eu estava sendo considerado. Ele conseguia ver isso em mim. Eu ri na cara dele. Como poderia ser altruísta quando daria qualquer coisa para ter meus pais de volta? Eu disse que, se ele colocasse meus pais na minha frente junto a uma pessoa aleatória e dissesse que eu tinha de escolher quem viveria ou morreria, eu escolheria minha mãe e meu pai sem hesitação. Não é assim que uma pessoa altruísta age.

— Por que não?

Hugo pareceu surpreso.

— Porque eu escolheria o que me fizesse feliz.

— Não significa que você não seja altruísta. Se nunca quiséssemos algo só para nós, o que isso faria de nós? Você estava de luto. Claro que você diria isso mesmo.

— Foi o que o Gerente me falou.

Wallace não tinha certeza de como se sentia sobre isso. De certa forma, *ele tinha* sido um tipo de gerente, e essa comparação não o agradou.

— Mas você ainda disse sim.

Hugo assentiu com a cabeça lentamente, brincando com o cordão de luzinhas do parapeito.

— Não de imediato. Ele falou que me daria tempo, mas a oferta nem sempre estaria na mesa. E, por um tempo, eu ia dizer não, em especial depois que ele me disse tudo o que implicaria. Eu não poderia... não teria uma vida normal. Não como todos os outros. O trabalho viria em primeiro lugar, acima de tudo. Era um compromisso que, se eu concordasse, seria obrigatório enquanto eu respirasse.

Wallace Price havia sido acusado de muitas coisas na vida, mas altruísmo não era uma delas. Dava pouca atenção aos que o cercavam, a menos que estivessem em seu caminho. E Deus os ajudasse se estivessem. Mesmo assim, podia sentir o peso das palavras de Hugo, e aquilo pesava em seus ombros. Não necessariamente pelo que dissera, mas pelo que aquilo significava. Eles eram parecidos de maneiras que Wallace não esperava, escolhendo um trabalho e colocando-o acima de todas as outras coisas. Mas era aí que as comparações terminavam. Talvez, quando Wallace era um jovem com brilho nos olhos, tivesse começado com intenções nobres, mas elas haviam caído no esquecimento logo, não foi? A questão sempre foi o resultado e o que ele significava para a empresa. Para *Wallace*.

Talvez, em um nível superficial, ele e Hugo pudessem ser considerados semelhantes, mas não ia muito além disso. Hugo era melhor do que ele jamais poderia ser. Wallace não achava que Hugo faria as mesmas escolhas que ele tinha feito.

— O que fez você mudar de ideia?

Hugo passou a mão pelo cabelo. Um gesto tão pequeno e maravilhosamente humano, mas que fez Wallace hesitar. Tudo em Hugo fazia hesitar. Ele se impressionava com aquele homem e o poder silencioso que emanava dele. Hugo era inesperado, e Wallace pensou que estava afundando mais uma vez.

— Curiosidade, talvez? Um desejo de entender que beirava o desespero. Eu disse a mim mesmo que, se fizesse isso, poderia encontrar respostas às perguntas que eu nem sabia que tinha. Estou nisso há cinco anos, e *ainda* tenho perguntas. Não são as mesmas, mas não sei se algum dia vou parar de perguntar. — Ele riu, embora fosse um riso sufocado e baixinho. — Até me convenci de que talvez pudesse vê-los novamente.

— Você não viu, certo?

Hugo olhou para as plantas de chá.

— Não. Eles... já tinham partido. Não se demoraram. Houve dias em que fiquei com raiva, mas, quanto mais eu fazia o trabalho, quanto mais ajudava os outros em seu momento de necessidade, mais entendia o porquê. Meus pais tiveram uma boa vida. Fizeram o certo por eles mesmos e por mim. Não havia mais nada para eles fazerem aqui. Claro que ambos fariam a passagem.

— E agora você está preso com pessoas como eu — murmurou Wallace.

O sorriso voltou.

— Não é tão ruim. O biquíni deu um toque divertido.

Wallace gemeu.

— Odeio tudo.

— Não acredito nisso nem por um minuto. Você pode achar que sim, mas não. Na verdade, não.

— Bem, odeio *isto*.

Hugo fez uma tentativa de tocar nele, mas se interrompeu. Seus dedos flutuaram acima da mão de Wallace na grade antes de afastá-la, fechando-a em punho.

— Vivemos e respiramos. Morremos e ainda sentimos vontade de respirar. Nem sempre as mortes são grandiosas também. Há mortes pequenas, porque o luto é isso. Morri uma morte pequena, e o Gerente me mostrou uma maneira de ir além dela. Não tentou tirá-la de mim porque sabia que era minha e só minha. Não importa o que ele seja, quer eu concorde ou não com algumas das escolhas que ele faz, me lembro disso. Você acha que sou um prisioneiro aqui. Que estou preso, que *você está* preso. E, de certa forma, talvez estejamos. Mas não posso chamar de prisão quando não há outro lugar onde eu gostaria de estar.

— As imagens. As fotografias. Os pôsteres pendurados nas paredes lá dentro.

Hugo o fitou, mas não falou nada. Esperou que Wallace montasse as pequenas peças do quebra-cabeça espalhadas entre eles.

— Você nunca pode visitar esses lugares — afirmou Wallace devagar. — Vê-los pessoalmente. Eles são um... lembrete? — Aquilo não parecia correto. — Uma porta?

Hugo assentiu.

— São fotografias de lugares que nem consigo imaginar. Há um mundo inteiro lá fora, mas só posso vê-lo através desses pequenos vislumbres. Gostaria de poder vê-los pessoalmente? Claro que gostaria. E, no entanto, eu faria a mesma escolha de novo se fosse necessário. Há coisas mais importantes que castelos desmoronando em penhascos sobre o oceano. Levei muito tempo para perceber. Não vou dizer que estou feliz com isso, mas fiz as pazes com a situação porque sei o quanto meu trabalho é crucial. Mas ainda gosto de olhar para essas imagens. Elas me lembram de como somos pequenos diante de tudo.

Wallace esfregou o peito; o gancho estava dolorido.

— Ainda não te entendo.

— Você ainda não me conhece. Mas juro que não sou tão complicado assim.

— Não dá para acreditar nisso nem por um instante.

Hugo o observou por um longo momento, um sorriso lento se formando.

— Obrigado, Wallace. Obrigado.

Wallace corou, as mãos apertando o parapeito.

— Você não se sente solitário?

Hugo piscou.

— Por que deveria? Tenho minha loja. Tenho minha família. Tenho um trabalho que amo por causa do que ele traz para os outros. O que mais eu poderia pedir?

Wallace voltou os olhos para as estrelas. Realmente eram maravilhosas. Ele se perguntou por que nunca as havia notado antes. Não desse jeito.

— E quanto a... — Ele tossiu, limpando a garganta. — Uma namorada. Uma esposa, ou, tipo...

Hugo sorriu para ele.

— Eu sou gay. Provavelmente seria muito difícil encontrar uma namorada ou esposa para mim.

Wallace ficou desconcertado.
— Um namorado, então. Um parceiro. — Ele olhou para as mãos.
— Você me entendeu.
— Eu sei. Só estou brincando com você. Relaxa, Wallace. Nem tudo precisa ser levado a ferro e fogo. — Ele ficou sério. — Talvez um dia. Sei lá. Seria um pouco difícil explicar que minha casa de chá é, na verdade, apenas uma fachada para pessoas mortas terem conversas pseudointelectuais.

Wallace zombou:
— Quero que saiba que sou *extremamente* intelectual.
— É mesmo? Eu nunca teria imaginado.
— Babaca.
— É — disse Hugo. — Às vezes. Tento não ser. Mas é que você facilita tanto. E você?
— Eu?

Hugo deu de ombros, os dedos se contorcendo no parapeito.
— Você foi casado.

Wallace suspirou.
— Já acabou faz muito tempo.
— Mei disse que ela estava no funeral.
— Bem que estava mesmo — murmurou Wallace. — Ela contou o que foi dito?

Os lábios de Hugo se contraíram.
— Alguns pedaços, algumas partes... pareceu um belo espetáculo.

Wallace apoiou a cabeça nas costas das mãos.
— É uma maneira de ver.
— Sente falta dela?
— Não. — Ele hesitou. — E mesmo se eu sentisse, não teria esse direito. Estraguei tudo. Não fui uma boa pessoa. Não para ela. Ela está melhor sem mim. Acho que ainda está transando com o jardineiro.
— Jura?
— Juro. Mas não a culpo. Ele é bem gostoso. Talvez eu tivesse feito o mesmo se achasse que ele estava interessado.
— Eita! — exclamou Hugo. — Essa foi inesperada. Você tem várias facetas, Wallace. Estou impressionado.

Wallace inspirou delicadamente.

— Sim, bem, não sou cego, então... Ele gostava de trabalhar no quintal sem camisa. Provavelmente estava pegando metade das mulheres da vizinhança. Se eu tivesse a aparência dele, faria o mesmo.

Hugo o olhou de cima a baixo, e Wallace se mexeu de modo desconfortável.

— Você não é de se jogar fora.

— Para com isso, por favor. Você é gentil demais. Não aguento. Como ainda está solteiro com uma carta dessas na manga?

Hugo encarou-o, estreitando os olhos.

— Você acha que é isso que eu diria?

Abortar. Abortar. Abortar missão.

— Ah. Eu... sei lá?

— Facetas — disse Hugo de novo, como se isso explicasse tudo.

Wallace olhou para ele, aliviado por Hugo estar ignorando o constrangimento dele:

— Isso é bom?

— Acho que sim.

Wallace cutucou a pintura descascada da grade, mal percebendo que estava fazendo isso.

— Nunca fui muito surpreendente para ninguém antes.

— Há uma primeira vez para tudo.

E talvez tenha sido porque as estrelas estavam brilhantes e se estendiam infinitamente no céu. Ou talvez porque ele nunca tivesse tido uma conversa como a que tinha acabado de ter com Hugo: sincera, aberta. Real, toda a arrogância e o barulho de uma vida fabricada desaparecendo. Ou talvez, só talvez, tenha sido porque Wallace estava encontrando a verdade dentro de si. Fosse qual fosse o motivo, ele não tentou se conter quando disse:

— Gostaria de ter conhecido alguém como você antes.

Hugo ficou quieto por um longo momento. Então:

— Antes?

Ele deu de ombros, recusando-se a encontrar o olhar de Hugo.

— Antes de morrer. As coisas poderiam ter sido diferentes. Poderíamos ter sido amigos.

Parecia um grande segredo, uma coisa silenciosa e devastadora.

— Podemos ser amigos agora. Não há nada que nos impeça.

— Tirando toda a coisa da morte, é óbvio.

Ele se assustou quando Hugo se afastou da grade com um olhar determinado no rosto. Viu Hugo estender a mão em sua direção. Encarou a mão antes de olhar para Hugo.

— Quê?

Hugo mexeu os dedos.

— Sou Hugo Freeman. Prazer em conhecê-lo. Acho que deveríamos ser amigos.

— Eu não consigo... — Ele balançou a cabeça. — Você sabe que não consigo apertar sua mão.

— Eu sei. Mas estenda a mão mesmo assim.

Wallace estendeu.

E, sob o campo de estrelas, Wallace ficou parado diante de Hugo, as mãos estendidas um para o outro. Centímetros separavam as palmas e, embora ainda parecesse haver um abismo sem fim entre os dois, Wallace teve certeza, por um momento, de que sentiu *alguma* coisa. Não era bem o calor da pele de Hugo, embora parecesse próximo disso. Ele imitou Hugo, levantando e abaixando a mão, para cima e para baixo, na aproximação de um aperto de mão. O cabo entre eles brilhou intensamente.

Pela primeira vez desde que vira a si mesmo de cima, em seu escritório, sem fôlego para sempre, Wallace sentiu um alívio insano e vasto.

Era um começo.

E isso o aterrorizava mais do que tudo.

CAPÍTULO 10

Algumas noites depois, Wallace estava determinado. Irritado, mas determinado.

Ele parou na frente de uma cadeira. Nelson a havia retirado de uma das mesas, colocando-a no centro da sala. Ao redor deles, a casa rangia e gemia enquanto se acomodava. Ele podia ouvir Mei roncando no quarto. Hugo talvez estivesse fazendo o mesmo em algum lugar acima, um lugar aonde Wallace ainda não ousara ir por razões que não conseguia explicar. Sabia que tinha a ver com a porta, mas achava que Hugo era parte do motivo também.

As únicas pessoas acordadas eram os mortos, e, naquele momento, Wallace não era fã de dois terços deles. Nelson observava-o com tranquilidade, e Apollo tinha o sorrisinho bobo no rosto ao se deitar ao lado da cadeira de Nelson.

— Ótimo — afirmou Nelson. — Agora, o que eu disse a você?

Ele cerrou os dentes.

— É uma cadeira.

— O que mais?

— Não tenho que pensar nela.

— E?

— E não posso forçar a barra.

— Exatamente — falou Nelson, como se isso explicasse tudo.

— Não é assim que nada disso funciona.

— Tem razão — comentou Nelson secamente. — Porque você tem uma boa ideia de como funciona. O que é que eu tinha na cabeça?

Wallace grunhiu de frustração. Não estava acostumado a falhar, não de forma tão espetacular. Quando Nelson falou que começaria a ensinar a Wallace a bela arte de ser um fantasma, Wallace presumiu que aceitaria aquilo como havia feito com todo o resto: com grande sucesso e pouco cuidado com o que quer que estivesse no caminho.

Essa fora a primeira hora.

E agora estavam na quinta hora, e a cadeira estava simplesmente *parada* lá, zombando dele.

— Talvez esteja quebrada — constatou Wallace. — Vamos tentar outra cadeira.

— Tudo bem. Então pegue outra de uma mesa.

— Tem certeza de que não quer fazer a travessia? — perguntou Wallace. — Porque posso buscar Hugo agora mesmo e ele pode levá-lo até a porta.

— Você sentiria muito a minha falta.

— Até parece.

Ele respirou fundo, deixando o ar sair devagar.

— Não pensar. Não pensar. Não pensar.

Estendeu a mão para a cadeira.

A mão passou direto por ela.

E, *ah*, aquilo o irritou. Ele rosnou para a cadeira, tentando bater nela várias vezes de novo e de novo, a mão sempre atravessando a madeira como se ela (ou ele) não estivesse lá. Com um grito, ele a chutou, o que, é claro, fez com que seu pé também a atravessasse. O impulso levou sua perna para cima e o fez cambalear para trás antes de cair de costas no chão. Ele piscou, encarando o teto.

— Isso com certeza foi ótimo — disse Nelson. — Está se sentindo melhor?

Ele pensou em dizer que não, mas se conteve. Porque, estranhamente, *estava* se sentindo melhor. E falou:

— É muito ridículo.

— É mesmo? — indagou Nelson. — É, tem razão.

Wallace virou a cabeça para ele.

— Quanto tempo levou para entender tudo isso?

Nelson deu de ombros.

— Ainda não sei se já dei conta de entender *tudo*. Mas demorei mais de uma semana, admito.

Wallace se sentou no chão.

— Então, por que acha que vai ser diferente para mim?

— Porque você tem a mim, claro. — Nelson sorriu. — Levante.

Wallace se levantou.

Nelson acenou com a cabeça em direção à cadeira.

— Tente de novo.

Wallace fechou os punhos. Se Nelson conseguia, Wallace também conseguiria. Certo, Nelson não estava exatamente oferecendo detalhes sobre *como* fazer, mas Wallace estava determinado.

Ele olhou para a cadeira antes de fechar os olhos. Deixou os pensamentos vagarem, sabendo que, quanto mais se concentrasse, pior seria. Tentou não pensar em absolutamente nada, mas havia pequenos lampejos de luz atrás das pálpebras, como estrelas cadentes, e uma lembrança surgiu ao redor delas. Era uma coisa trivial, algo sem importância. Ele e Naomi tinham acabado de começar a namorar. Ele ficava nervoso perto dela. Naomi não ligava muito para ele e era rápida no gatilho. Para começar, Wallace não sabia o que raios ela estava fazendo com ele e como haviam chegado ali. Nunca vivera aquilo; era muito tímido e desajeitado para instigar alguma coisa. Houvera tentativas furtivas no fim do ensino médio e na faculdade, mulheres em sua cama, onde ele tentava fingir que sabia o que estava fazendo, e um homem ou dois, embora tivessem sido movimentos desajeitados em cantos escuros que carregavam uma emoçãozinha estranha e empolgante. Levou tempo para admitir para si mesmo que era bissexual, algo pelo qual se sentira aliviado ao enfim poder nomear. E, quando contou a Naomi, um pouco nervoso, mas firme, ela não se importou de jeito algum, dizendo que ele podia ser quem quisesse.

Mas isso só aconteceria depois de seis meses. Agora, era seu segundo — terceiro? — encontro, e estavam em um restaurante caro que ele não podia pagar de jeito nenhum, mas achou que ela gostaria. Vestiram-se com roupas chiques (*chique* é um termo relativo: as mangas do terno eram curtas demais, as pernas da calça subiam em torno dos tornozelos, mas ela parecia uma modelo com aquele vestido azul, bem, bem azul) e um manobrista levou a merda do carro dele sem sequer levantar uma sobrancelha. Ele segurou a porta aberta para ela, que *riu* dele, uma risada baixa e gutural.

— Ora, obrigada — agradeceu Naomi. — Você é muito gentil.

O maître olhou para o casal com cautela, aquele bigodinho esnobe balançando enquanto Wallace dava seu nome para a reserva. Ele os levou para a mesa nos fundos do restaurante, o cheiro de frutos do mar espesso e pungente, fazendo com que o estômago de Wallace se revirasse. Antes que o maître pudesse agir, ele se apressou em torno da mesa, puxando a cadeira para Naomi.

Ela riu de novo, corando e desviando o olhar antes de se sentar.

Ele reparou em como ela estava bonita.

As coisas desmoronariam para os dois. Eles lançariam acusações como granadas, sem se importar que ambos ainda estivessem no raio da explosão. Ambos se amaram e viveram bons anos, mas não foi o suficiente para evitar que tudo desmoronasse. Por muito tempo, Wallace se recusou a aceitar qualquer culpa. *Ela* que dormiu com o jardineiro. *Ela* que sabia o quanto o trabalho dele era importante. *Ela* que o pressionou a investir tudo na própria empresa, mesmo quando os pais dele não lhe deram nada além de terríveis avisos sobre como Wallace estaria desamparado e nas ruas sem nada em um ano.

Culpa dela, Wallace tentava se convencer ao se sentar diante dela na sala de reuniões do advogado, observando-o puxar a cadeira para ela, que agradeceu. Seu vestido era azul. Não era o mesmo vestido, claro, mas poderia ter sido. Não era o mesmo vestido, e os dois não eram as mesmas pessoas que estiveram naquele segundo ou terceiro encontro quando ele derramou vinho na camisa e, de seu garfo, deu a ela pedaços de um bolinho supercaro de caranguejo.

E agora, em uma casa de chá tão longe de tudo o que conhecia, sentiu uma grande onda de tristeza por tudo que tivera e por tudo que havia perdido. Uma cadeira. Era apenas uma cadeira, e ainda assim ele não conseguia fazer aquilo direito. Não o surpreendia que tivesse falhado com Naomi.

— Olha só para isso. — Ele ouviu Nelson dizer baixinho.

Wallace abriu os olhos.

Estava segurando a cadeira nas mãos. Podia sentir os veios da madeira contra os dedos. Ficou tão surpreso que a deixou cair. Ela bateu no chão, mas não caiu. Ele olhou para Nelson com os olhos arregalados.

— Consegui!

Nelson sorriu, mostrando os dentes que restavam.

— Viu? Só precisava de um pouco de paciência. Tente de novo.

Lá foi ele.

Só que, dessa vez, quando estendeu a mão para a cadeira, houve um estranho estalo no momento antes que pudesse segurá-la. As arandelas nas paredes se acenderam brevemente, e a cadeira disparou pela sala, colidindo com a parede oposta. Ela caiu de lado no chão, uma das pernas quebrada.

Wallace ficou boquiaberto.

— Eu... não queria fazer isso?

Até Nelson parecia chocado.

— Gente, como assim?

Apollo começou a latir enquanto o teto acima deles rangia. Um momento depois, Hugo e Mei desceram correndo as escadas, os dois olhando ao redor, assustados. Mei estava de shorts e uma camisa velha, a gola esticada sobre o ombro, o cabelo uma bagunça em volta do rosto.

Hugo estava com um short de pijama e nada mais. Havia quilômetros de pele marrom-escura à mostra, e Wallace achou algo muito interessante para olhar na direção oposta que não fosse um peito pequeno e uma barriga grande.

— O que aconteceu? — perguntou Mei, assustada. — Estamos sendo atacados? Alguém está tentando invadir? Vou deitar todo mundo no *soco*, vocês nem imaginam.

— Wallace arremessou uma cadeira — disse Nelson com suavidade.

Mei e Hugo encararam Wallace.

— Traidor — murmurou Wallace. — Não *arremessei* a cadeira. Eu só... a joguei do outro lado da sala com o poder do pensamento positivo? — Ele franziu a testa. — Talvez.

Mei foi até a cadeira, agachando-se ao lado dela, cutucando a perna quebrada com o dedo.

— Eita — falou ela.

Hugo não estava olhando para a cadeira.

Ainda estava olhando para Wallace.

— Que foi? — questionou Wallace, querendo desaparecer.

Hugo balançou a cabeça lentamente.

— Facetas. — Como se isso explicasse alguma coisa. Ele olhou para Nelson. — O senhor poderia não ensinar as pessoas a destruir minhas cadeiras.

— Ah — exclamou Nelson, acenando com a mão. — Uma cadeira é uma cadeira. Ele nem mesmo *tocou* nela, Hugo. Levei semanas para sequer conseguir senti-la. — Ele parecia estranhamente orgulhoso, e Wallace teve que se controlar para não estufar o peito. — Ele está aceitando essa coisa toda de fantasma muito bem, se quer saber.

— Assassinando minha mobília — falou Hugo ironicamente. — O que quer que esteja planejando, pode tirar da cabeça agora mesmo.

— Não faço ideia do que está falando — disse Nelson. — Não estou planejando nadinha.

Nem Wallace acreditou. Não queria saber o que estava passando pela cabeça de Nelson para causar a expressão de total desonestidade que ele usava.

Mei pegou a cadeira. A perna caiu no chão.

— Ele meio que tem razão, Hugo. Você já viu alguém conseguir fazer isso apenas depois de alguns dias?

Hugo balançou a cabeça, ainda olhando para Wallace.

— É. Acho que não. Curioso, não é? — Em seguida, perguntou: — Como você fez isso?

— Eu... lembrei de uma coisa. De quando eu era mais novo. Uma lembrança.

Ele esperou que Hugo perguntasse que lembrança era. Em vez disso, ele disse:

— Uma boa?

Era. Por tudo o que veio depois, por todos os erros que cometeu, puxar a cadeira para Naomi era algo em que não pensava havia anos, mas aparentemente não tinha esquecido.

— Acho que foi.

Hugo sorriu.

— Tente deixar minhas cadeiras inteiras, se puder.

— Sem promessas — disse Nelson. — Mal posso esperar para ver o que mais ele pode fazer. Se tivermos que assassinar algumas cadeiras no processo, que seja. Não ouse pensar em nos coibir, Hugo. Não vou aceitar.

Hugo suspirou.

— Claro que não.

Todos entraram em um tipo de programação. Ou melhor, acrescentaram Wallace ao que já seguiam. Mei e Hugo se levantavam antes de o sol nascer, piscando com a visão turva enquanto bocejavam e desciam as escadas, prontos para começar mais um dia na Travessia de Caronte Chás e Comidinhas. A princípio, Wallace não tinha certeza de como faziam isso, pois a casa de chá nunca tinha um dia de folga, mesmo nos fins de semana, e não havia outros funcionários. Mei e Hugo cuidavam de tudo. Mei ficava principalmente responsável pela cozinha durante o dia, e Hugo cuidava do caixa e fazia os chás. Eram uma equipe, movendo-se um ao redor do outro como se estivessem dançando, e ele sentia o gancho puxando com suavidade no peito ao vê-los.

Naqueles primeiros dias, Wallace ficou na cozinha, ouvindo a terrível música de Mei e observando Hugo pelas janelinhas. Hugo cumprimentava quase todo mundo pelo nome, perguntando por amigos, familiares e empregos enquanto digitava nas teclas antigas da caixa registradora. Ria com eles, assentindo pacientemente com a cabeça até mesmo para os clientes mais enfadonhos. De vez em quando, olhava para as portas da cozinha, vendo Wallace observar o salão. Ele abria um sorrisinho antes de voltar para cumprimentar a próxima pessoa na fila.

Foi em seu oitavo dia na casa de chá que Wallace tomou uma decisão. Passou boa parte da manhã criando coragem, sem saber por que estava demorando tanto. As pessoas na casa de chá não seriam capazes de vê-lo. Nunca saberiam que ele estava lá.

Mei lhe contava sobre como havia tentado fazer chá, mas, de alguma forma, tinha quase botando fogo na cozinha e, então, nunca mais tivera permissão para tocar nem mesmo na menor das folhas de chá novamente.

— Hugo ficou horrorizado — constatou ela, inclinando-se para olhar um lote de biscoitos no forno. — Parecia que eu tinha esfaqueado o cara pelas costas. Acho que esses estão queimando. Ou talvez devam ser assim mesmo.

— A-hã — disse Wallace, distraído. — Vou sair.

— Certo? Quer dizer, não foi tão ruim. Só o fumacê, mas... espere. O quê?

— Vou sair — repetiu.

E, então, ele passou pelas portas e saiu para a casa de chá, sem esperar uma resposta.

Parte dele ainda receava que todos parassem no meio da frase e se virassem lentamente para encará-lo. Apesar de ter sido capaz de mover uma cadeira (só quebrando mais duas, embora uma tenha deixado buracos no teto quando Wallace acidentalmente a chutou o mais forte que pôde), ele ainda não tinha descoberto como trocar de roupa. Seus chinelos bateram no chão e ele se sentiu estranhamente vulnerável com a velha camisa e o moletom.

Mas ninguém lhe deu atenção. Continuaram como se ele não estivesse lá.

Ele não sabia se havia ficado aliviado ou desapontado.

Antes que pudesse se decidir, sentiu olhos sobre si e se virou para o balcão. Uma velha baixinha tagarelava sobre como não podia haver nozes em seu muffin, ela não podia nem *tocar* em uma noz de qualquer tipo ou sua garganta se fecharia e ela teria uma morte terrível, *Hugo, sei que já disse isso antes para você, mas é sério.*

— Claro — afirmou Hugo, mas não estava olhando para ela.

Ele observava Wallace com o sorriso tranquilo no rosto.

— Não faça alarde por isso — murmurou Wallace.

— Eu nunca faria isso — disse Hugo.

— Obrigada — agradeceu a velhinha. — Minha língua e meu rosto ficam inchados, e sempre fico muito assustada. Nada de nozes, Hugo! Nada de nozes.

E, depois disso, Wallace passava a maior parte dos dias no salão da casa de chá.

Nelson ficou empolgado.

— Você pode escutar as coisas mais estranhas — disse a Wallace enquanto caminhavam entre as mesas. — As pessoas não são muito cuidadosas com seus segredos, mesmo quando estão em público. E não é xeretar, não a sério.

— É, não acho que isso seja verdade. De jeito nenhum.

Nelson deu de ombros.

— Temos que ter prazer em alguma coisa. Contanto que não interfiramos, Hugo não parece se importar.

— Eu me importo muito — murmurou Hugo ao passar por eles, levando uma bandeja de chá para um casal sentado perto da janela.

— Ele fala isso, mas não é sério — sussurrou Nelson. — Veja. A sra. Benson está aqui com as amigas. Elas falam sobre bundas o tempo todo. Vamos ouvir.

Elas *falavam* sobre bundas. Inclusive a de Hugo. Riam entre si enquanto o observavam, batendo os cílios quando ele parava à mesa delas para perguntar se precisavam de mais alguma coisa.

— Ah, as coisas que eu o deixaria fazer comigo — soltou uma das mulheres quando Hugo estendeu a mão para o quadro acima do balcão para escrever um novo especial do dia: chá de erva-cidreira. — Que mãos bonitas.

Uma das outras mulheres disse:

— Minha mãe as chamaria de mãos de pianista.

— Com certeza eu o deixaria tocar meu piano — murmurou a sra. Benson, girando sua vistosa aliança de casamento. — E por piano quero dizer...

— Ai, por favor, né? — interferiu uma terceira mulher. — Ele é um desses gays. Estão faltando algumas peças importantes que fariam vocês descobrirem o que os dedos dele podem fazer.

— Olhe isso — sussurrou Nelson, cutucando a barriga de Wallace com o cotovelo. Então, levantou a voz para um grito.

— Ei, Hugo! *Hugo.* Elas estão falando sobre os seus dedos de uma maneira um tanto safada de novo, e isso está deixando Wallace vermelho!

O giz na mão de Hugo se desintegrou quando ele se afastou do quadro com tudo, batendo em xícaras de chá no balcão.

Nelson gargalhou enquanto seu neto olhava para os dois com raiva, ignorando a forma como os outros na casa de chá o observavam com curiosidade.

— Desculpem — disse ele. — Escorregou um pouco.

— Não estou *vermelho* — grunhiu Wallace para Nelson.

— Está um pouco — retrucou Nelson. — Nem sabia que você ainda podia fazer isso. Hum. Devo dizer mais alguma coisa para ver até onde essas bochechas coradas podem chegar?

Wallace deveria ter ficado na cozinha.

A mulher voltou. Não era todo dia, e às vezes era de manhã, outras vezes no final da tarde, quando o sol começava a afundar no céu.

Era sempre a mesma coisa. Ela se sentava à mesa perto da janela. Mei saía na frente para ficar no caixa, e Hugo carregava uma bandeja de chá com uma única xícara e a colocava à frente dela. Ele se sentava diante dela, com as mãos cruzadas sobre a mesa, e esperava.

A mulher — Nancy — mal dava sinais de perceber a presença dele, mas Wallace conseguia ver a tensão ao redor dos olhos dela quando Hugo puxava a cadeira e se sentava.

Alguns dias, ela parecia estar cheia de raiva, os olhos faiscando, a pele se estendendo sobre as bochechas encovadas. Em outros, os ombros estavam caídos, e ela mal levantava a cabeça. Mas sempre parecia exausta, como se também fosse um fantasma e não conseguisse mais dormir. Isso causava uma estranha reviravolta no estômago de Wallace, e ele não sabia como Hugo conseguia aguentar.

Ele ficava longe. Nelson também.

Nelson observava enquanto a mulher se levantava, a cadeira raspando no chão.

Nancy parou quando Hugo disse:

— Estarei aqui. Sempre. Quando estiver pronta, estarei aqui.

Era a mesma coisa que ele dizia toda vez que a mulher saía. E toda vez, ela parava como se realmente o estivesse ouvindo.

Mas nunca respondia.

Na maioria dos dias, Hugo suspirava e pegava a bandeja de chá antes de levá-la de volta à cozinha. Ficava lá atrás por um tempo, Mei olhando as portas com um olhar preocupado no rosto. Por fim, ele voltava, e era como se aquilo nunca tivesse acontecido.

Mas naquele dia foi diferente.

Naquele dia, a porta se fechou, chacoalhando no batente.

Hugo olhou Nancy pela janela, observando-a caminhar pela estrada, ombros curvados, apertando o casaco contra o ar frio.

Ele se levantou quando ela estava fora de vista, mas não pegou a bandeja. Foi para trás do balcão, vasculhou uma gaveta e tirou um molho de chaves.

— Já volto — disse para Mei.

Ela assentiu com a cabeça.

— Sem pressa. Vamos segurar as pontas aqui. Se acontecer alguma coisa, eu aviso.

— Obrigado, Mei.

Wallace ficou estranhamente alarmado quando Hugo saiu da loja sem dizer uma palavra. Ele ficou à janela e observou Hugo ir até a scooter. Ele levantou uma perna e a passou por cima para se sentar no banco. O motor roncou, e ele se afastou, poeira se erguendo atrás dos pneus.

Wallace se perguntou como seria andar de scooter com ele, as costas de Hugo protegendo-o do vento, as mãos segurando a cintura de Hugo. Foi um pensamento melancólico, embora tenha se perdido em um pânico estranho e crescente.

— Ele está indo embora? — perguntou Wallace, a voz alta e áspera. — O cabo se esticou e se esticou conforme Hugo desaparecia na esquina. — Não achei que ele pudesse... — Ele engoliu em seco, mal resistindo ao desejo de ir atrás de Hugo. Esperava que o cabo se rompesse. Não se rompeu.

— Ele não vai muito longe — falou Nelson de sua cadeira. — Nunca vai. Só foi espairecer um pouco. Hugo vai voltar, Wallace. Ele não iria embora.

— Porque não pode — respondeu Wallace, apático.

— Porque não quer — retrucou Nelson. — É diferente.

Sem nada melhor para fazer, Wallace esperou à janela. Ignorou Mei quando ela virou a placa para FECHADO quando o último cliente deixou a Travessia de Caronte. Ignorou Apollo, que cheirava seus dedos. E ignorou Nelson sentado em frente à lareira.

Já estava escuro quando Hugo voltou.

Wallace o encontrou na porta.

— Ei — cumprimentou.

— Oi — falou Hugo. — Desculpe. Eu...

Wallace balançou a cabeça.

— Não precisa explicar. — Sentindo-se estranhamente vulnerável, olhou para os pés. — Você pode ir aonde quiser. — Ele estremeceu, porque não era exatamente verdade, certo?

Um instante de silêncio. Então, Hugo disse:

— Venha. Vamos lá fora.

Não conversaram naquela noite. Em vez disso, ficaram quase ombro a ombro. Toda vez que Wallace abria a boca para dizer alguma coisa, *qualquer coisa*, ele desistia. Tudo parecia... trivial. Sem importância. Então, não disse nada, perguntando-se por que sentia a necessidade constante de preencher o silêncio.

Em vez disso, observou Hugo de soslaio, esperando, contra todas as expectativas, que fosse o suficiente.

Antes de voltarem para dentro para dormir, Hugo disse:

— Obrigado, Wallace. Estava precisando disso. — Ele bateu os dedos contra o parapeito da varanda antes de entrar.

Wallace ficou olhando para ele com um nó na garganta.

CAPÍTULO 11

No décimo terceiro dia da estada de Wallace Price na Travessia de Caronte, duas coisas notáveis aconteceram.

A primeira foi inesperada.

A segunda também foi, embora o caos que se seguiu pudesse ser colocado sem dúvida na conta de Mei e ninguém pudesse convencer Wallace do contrário, mesmo que tenha sido principalmente culpa dele.

Logo de manhã cedo. Os despertadores tocariam em breve, outro dia começando na casa de chá. Hugo e Mei estavam dormindo.

E Wallace desejou estar em qualquer lugar, menos onde estava.

— Quer parar de me *bater*? — rosnou ele, esfregando o braço onde havia sido atingido com a bengala pelo que parecia ser a centésima vez.

— Você não está fazendo direito — constatou Nelson. — Você não parece um homem que gosta de falhar, então por que é tão bom nisso?

Apollo latiu baixinho como se estivesse de acordo, observando Wallace com uma inclinação de cabeça, orelhas em pé.

— Vou fazer uma bengala para mim e depois bater em *você* com ela. Daí veremos se você gosta.

— Ui, estou com tanto medo — disse Nelson. — Vá em frente. Faça uma bengala do zero. Com certeza, seria melhor do que ficar aqui esperando você descobrir como trocar de roupa. Pelo menos *al-*

guma coisa daria certo. — Ele suspirou de um jeito dramático. — Que desperdício. E eu aqui pensando que você fosse diferente. Acho que a cadeira foi apenas um acaso.

Wallace reprimiu uma resposta mal-educada quando a sola de seus pés começou a formigar. Ele olhou para baixo. Os chinelos tinham sumido.

— Uau — sussurrou ele. — Como eu...?

— Você parece reagir à raiva mais do que a qualquer outra coisa — falou Nelson com alegria. — Estranho, mas quem sou eu para julgar? Posso bater em você de novo se achar que vai ajudar.

Wallace disse:

— Não, não. Só... espere um minuto. — Ele franziu a testa, olhando para os pés. Conseguia sentir o chão contra os calcanhares. Havia uma migalha de biscoito entre os dedos dos pés. Imaginou seu par de Berluti Scritto, aqueles de couro que custam mais do que muitas pessoas ganham em um mês.

Eles não apareceram.

Em vez disso, de repente ele estava usando sapatilhas de balé.

— Hum — disse Nelson, também olhando para os pés de Wallace. — Isso é... diferente. Não sabia que você era dançarino. — Ele olhou para cima, estreitando os olhos para Wallace. — Você tem pernas para ser, eu acho.

— O que vocês têm com as minhas *pernas*? — disparou Wallace. Em seguida, sem esperar por uma resposta: — Não sei o que aconteceu.

— Certo. Assim como você também não sabe como o biquíni aconteceu. Acredito demais em você.

Wallace rosnou para ele, mas então as sapatilhas de balé desapareceram, substituídas por um par de tênis velhos. Depois sandálias. E, em seguida, chinelos de novo. E, então, botas de cowboy, completas com esporas. E, na sequência, para seu horror, sandálias marrons com meias azuis.

Ele começou a entrar em pânico, pulando de um pé para o outro conforme Apollo dançava ao seu redor, latindo com entusiasmo.

— Ai, meu Deus, como faço isso parar? *Por que não está parando?*

Nelson franziu a testa para os pés de Wallace quando as sandálias e as meias deram lugar a saltos altos mais adequados para uma dançarina exótica em um palco, com notas de dólar chovendo sobre ela. Ele ficou dez centímetros mais alto e voltou à altura normal assim que os saltos foram substituídos por botas amarelas de borracha com patos estampados nas laterais.

— Aqui — disse Nelson. — Deixe que eu ajude.

Ele bateu nas canelas de Wallace com sua bengala.

— *Ai*! — gritou Wallace, curvando-se para esfregar as pernas. — Não precisava...

— Parou, não parou?

Havia parado.

Wallace agora estava usando... chuteiras de futebol? Nunca tinha jogado futebol na vida e, portanto, nunca havia usado chuteiras. Tudo bem, ele nunca tinha usado salto agulha ou biquíni e, ainda assim... Era uma escolha estranha, embora não tivesse certeza se *escolha* era a palavra certa.

— Isso é ridículo — murmurou Wallace enquanto Apollo cheirava as chuteiras antes de espirrar de forma desagradável.

— É — concordou Nelson. — Quem diria que você era tão eclético. Talvez sejam apenas manifestações do que seu coração realmente deseja.

— Duvido muito.

Wallace deu um passo hesitante, as chuteiras nada familiares. Esperou que desaparecessem e se transformassem em algo diferente. Não aconteceu. Ele deu um suspiro de alívio quando fechou os olhos.

— Acho que acabou.

— Hum — soltou Nelson. — Falando nisso...

Aquilo não soou bem.

Wallace abriu os olhos de novo.

A calça de moletom tinha desaparecido.

A camiseta dos Rolling Stones tinha sumido.

Ah, as chuteiras ainda estavam lá, então ele podia agradecer o breve alívio, mas agora usava um macacão de elastano justíssimo que não escondia absolutamente nada. Para piorar as coisas, não era um macacão de elastano comum; não, porque, ao que parecia, a vida de Wallace após a morte era uma farsa completa; o macacão era estampado com a imagem de um esqueleto, como uma fantasia de Dia das Bruxas, embora estivessem no fim do mês de março.

Foi então que Wallace percebeu que tudo estava terrível. Ele reclamou com Nelson, parecendo desamparado enquanto puxava o elastano, observando-o esticar. Enxotou Apollo para longe quando o cachorro tentou agarrar o material e rasgá-lo.

— Poderia ser pior — disse Nelson, olhando-o de cima a baixo de um jeito que Wallace tinha certeza de que era ilegal em pelo menos quinze estados norte-americanos. — Embora eu precise dar os parabéns pelos seus "países baixos". Tamanho não é documento, claro, mas não parece que você precise se preocupar com isso.

— Obrigado — respondeu Wallace, de modo distraído, Apollo tentava se espremer por entre suas pernas, a língua pendurada, uma expressão pateta de alegria no rosto. — Espera aí, o quê?

No momento em que Hugo e Mei desceram, Wallace estava em estado de pânico, visto que agora vestia apenas cuecas coloridas e botas de couro até a coxa. Nelson ia lentamente perdendo a compostura enquanto Wallace cambaleava, fazendo promessas a quem quisesse ouvir de que nunca mais reclamaria de moletons e chinelos de novo. Ele parou quando viu os recém-chegados o observando com olhos turvos.

— Posso explicar — disse Wallace, cobrindo-se o melhor que pôde. Apollo parecia ter decidido que aquilo não seria suficiente, mordendo a mão de Wallace gentilmente e puxando.

— É muito cedo para isso — murmurou Mei, o que não a impediu de olhar ao se dirigir à cozinha.

— Você teve uma noite cheia — constatou Hugo, com suavidade.

Wallace olhou para ele com raiva.

— Não é o que parece.

Hugo deu de ombros enquanto Apollo circundava suas pernas.

— É justo, já que não sei como deveria parecer em primeiro lugar.

— Dá um banho no meu traje de Páscoa — disse Nelson, enxugando os olhos.

Wallace empalideceu quando Hugo se aproximou, os dedos se contorcendo nas laterais do corpo. Esperou que Hugo fosse zombar, mas não aconteceu.

— Você vai pegar o jeito. Não é fácil, ou foi isso que me disseram, mas acho que você vai descobrir como fazer. — Ele franziu a testa ao inclinar a cabeça. Começou a estender a mão para Wallace, mas se conteve. — Quer dizer, dependendo de quanto tempo mais você vai ficar aqui.

Ele sorriu de um jeito tenso.

Lá estava ela. A coisa que Wallace vinha evitando com tanto zelo. Depois dos primeiros dias em que estivera ali, não tinha havido mais discussão sobre passagens, portas ou o que havia além da meia-vida que Wallace sendo vivida na casa de chá. Ele ficou grato, embora cauteloso, certo de que Hugo o pressionaria. Ele não pressionou, e Wallace quase se convenceu de que havia esquecido. Claro que Hugo não esquecera. Era seu trabalho. Aquilo não era permanente. Nunca havia sido, e Wallace fora tolo em pensar o contrário.

Ele não sabia o que dizer. Estava com medo do que Hugo faria em seguida.

Hugo disse:

— É melhor começar a trabalhar. — Sua voz estava estranhamente rouca. Virou-se para a cozinha, Apollo saltitando em torno de seus pés ao segui-lo pelas portas.

— Minha nossa — disse Nelson.

— O quê? — perguntou Wallace, olhando para Hugo, o gancho no peito parecendo mais pesado do que nunca.

Nelson hesitou antes de balançar a cabeça.

— Eu… não é nada. Não se preocupe.

— Porque dizer para não me preocupar com alguma coisa sempre faz com que eu *não* me preocupe.

Nelson suspirou.

— Foco. Quer dizer, a menos que esteja confortável com o que está vestindo.

E, assim, recomeçaram conforme o sol nascia, a luz fria se estendendo ao longo do chão e da parede.

Quando o segundo evento digno de nota ocorreu no décimo terceiro dia de Wallace na casa de chá, ele havia conseguido se vestir com jeans e um suéter enorme, as mangas compridas demais e caindo sobre as mãos. As botas haviam desaparecido. Em seu lugar estava um par de mocassins. Ele havia considerado tentar um de seus ternos, mas descartou a ideia depois de pensar nisso por um longo momento. O traje certo era feito para mostrar poder. Se usado corretamente, podia criar uma figura intimidadora, deixando uma impressão muito específica de que o usuário era importante e sabia do que estava falando, mesmo quando não sabia. Mas ali, naquele momento, para que serviria?

Para nada, pensou Wallace. Daí o jeans e o suéter.

O barulho da loja estava alto ao redor deles — ainda não era meio-dia, embora a multidão do almoço já estivesse se formando —, mas Wallace estava impressionado demais consigo mesmo para perceber. Não conseguia acreditar que uma coisa tão pequena como uma roupa nova lhe traria tanta paz.

— Pronto — falou ele, tendo esperado dez minutos para ter certeza de que não era um acaso. — Assim está melhor. Certo?

— Depende de para quem você está perguntando — murmurou Nelson.

Wallace estreitou os olhos para ele.

— O quê?

— Algumas pessoas talvez tenham gostado mais do que você estava vestindo antes do que outras.

Wallace não sabia onde enfiar a cara.

— Bem, hum. Obrigado? Estou lisonjeado, mas não acho que você e eu estejamos...

Nelson bufou.

— Sim, faz sentido. Nem sempre você vê o que está bem à sua frente, certo, advogado?

Wallace piscou.

— O que está bem à minha frente?

Nelson se recostou na cadeira, inclinando a cabeça para o teto.

— Que pergunta profunda e significativa. Você se pergunta isso sempre?

— Não — disse Wallace.

Nelson riu.

— Revigorante. Frustrante, mas revigorante. A quantas andam suas conversas com Hugo?

A reviravolta da conversa desequilibrou Wallace, fazendo-o se perguntar se Nelson havia percebido um de seus truques profissionais.

— Estão... indo.

Talvez fosse um eufemismo. Nas últimas noites, não tinham conversado sobre nada em particular. Na noite anterior, haviam discutido por quase uma hora sobre como trapacear no jogo de palavras cruzadas

Scrabble era aceitável em certas circunstâncias, especialmente quando se jogava contra um poliglota. Wallace não conseguia saber ao certo *como* a conversa deles havia terminado ali, mas tinha certeza de que Hugo estava errado. Era *sempre* aceitável trapacear no Scrabble contra um poliglota.

— Estão ajudando?

— Não sei muito bem — admitiu Wallace. — Não sei o que eu deveria estar fazendo.

Nelson não pareceu surpreso.

— Você vai saber quando for a hora certa.

— Filho da mãe enigmático — murmurou Wallace. — O que você acha que estou... — Ele não conseguiu terminar a frase.

Algo cutucou o fundo de sua mente.

Ele franziu a testa, erguendo a cabeça para olhar ao redor.

Tudo parecia como sempre estivera. As pessoas sentadas às mesas, com as mãos em volta de xícaras de chá e café fumegantes. Riam e conversavam, os sons ecoando pela loja. Uma pequena fila havia se formado no balcão, e Hugo colocava doces em uma sacola de papel para um jovem com uniforme de mecânico e as pontas dos dedos manchadas de óleo. Wallace conseguia ouvir o rádio pelas portas da cozinha. Teve um vislumbre de Mei através das janelinhas da porta, movendo-se para a frente e para trás entre os balcões.

— O que foi? — perguntou Nelson.

— Não sei. Está sentindo?

Nelson se inclinou para a frente.

— Sentindo o quê?

Wallace não tinha certeza.

— É como... — Ele olhou para a porta da frente. — ... se algo estivesse chegando.

A porta da frente se abriu.

Dois homens entraram. Usavam ternos pretos e tinham sapatos engraxados.

Um era atarracado, como se tivesse alcançado um teto invisível durante seus anos de formação e se expandido para os lados em vez de para cima. A testa tinha um brilho de suor, os olhos redondos corriam pela loja.

O outro homem não poderia ser mais diferente. Embora estivesse vestido do mesmo modo, era magro como um palito e quase tão alto quanto Wallace. O terno pendia frouxamente do corpo. Parecia ser feito apenas de pele e osso. Carregava uma pasta velha na mão, as laterais gastas e lascadas.

Os homens se moveram para os dois lados da porta, estacando ali.

Os sons do meio-dia da casa de chá pararam quando todos se viraram para olhar os recém-chegados.

— Ah, não — murmurou Nelson. — De novo, não. Mei não vai gostar disso.

Antes que Wallace pudesse perguntar, uma terceira pessoa apareceu na porta. Era uma visão estranha. Parecia jovem, possivelmente próxima da idade de Hugo, ou ainda mais jovem. Era pequena, o topo da cabeça mal alcançando os ombros do homem troncudo. Movia-se com confiança, os olhos brilhantes, o cabelo cacheado de um vermelho artificial sob um chapéu de feltro antiquado com uma pena de corvo saindo da faixa. O restante da roupa provavelmente tinha estado na moda na virada do século XIX. Usava botas com cadarços grossos sobre meia-calça preta. Seu vestido batia na altura da panturrilha e parecia pesado, o tecido preto e vermelho. Era apertado na cintura e decotado no peito, seus seios pálidos e generosos. As luvas brancas combinavam com o xale de *pashmina* em volta dos ombros.

Todos a encararam.

Ela os ignorou. Levantou uma das mãos diante da outra e começou a puxar a luva um dedo de cada vez.

— Sim — disse ela, a voz mais rouca do que Wallace esperava. Soava como se tivesse fumado pelo menos dois maços por dia desde que aprendera a andar. — Hoje parece... diferente.

— Concordo — retrucou o troncudo.

— Sem dúvida — comentou o magrelo.

Ela tirou a luva esquerda antes de estender a mão à sua frente, com a palma voltada para o teto. Os dedos se mexeram.

— Bem diferente. Acredito que hoje encontraremos o que buscamos.

Ela abaixou a mão ao se mover em direção ao balcão, as tábuas do piso rangendo a cada passo que dava.

Os clientes na loja começaram a sussurrar enquanto os homens seguiam atrás dela. Passaram por Wallace e Nelson sem sequer olhar na direção deles. Quem quer que fosse a mulher, não era a Gerente que Wallace temia. A menos que ela o estivesse ignorando de propósito para avaliar sua reação. Wallace manteve a expressão neutra, embora sua pele se arrepiasse.

Hugo, por sua vez, não parecia tão perturbado quanto Wallace se sentia. Se muito, parecia resignado. Os clientes no balcão se dispersaram quando a mulher se aproximou.

— Já estão de volta? — perguntou Hugo com voz monótona.

— Hugo — disse a mulher em saudação. — Espero que não dificulte as coisas para mim, está bem?

Hugo deu de ombros.

— Sabe que é sempre bem-vinda, sra. Tripplethorne. A Travessia de Caronte está aberta para todos.

— Ah — soltou ela. — Você é adorável, não, seu bobo galanteador? Aberta para *todos*, é o que você diz? O que quer dizer com isso?

— Você sabe o que quero dizer.

Ela se inclinou para a frente. Wallace se lembrou de um documentário sobre a natureza que tinha visto uma vez quanto aos hábitos de acasalamento das aves do paraíso, sua plumagem em plena exibição. Obviamente, ela estava ciente de próprias características mais... substanciais.

— Sei. E você sabe o que *eu* quero dizer, querido. Não pense que me enganou. As coisas que vi pelo mundo seriam suficientes para incutir medo no seu coração.

Ela correu o dedo pelas costas da mão de Hugo no balcão.

— Não tenho dúvidas — afirmou Hugo. — Contanto que não incomode meus outros clientes e fique fora do...

— Ah, não, *inferno*! — grunhiu uma voz. As portas atrás do balcão se abriram, batendo contra a parede e sacudindo os jarros cheios de chá quando Mei saiu da cozinha com um pano de prato nas mãos.

— ... do caminho de Mei, ficaremos bem — concluiu Hugo.

— Mei — falou a mulher com um bom tanto de desprezo.

— Desdêmona — rosnou Mei.

— Ainda lá atrás na cozinha, pelo que vejo. Que bom para você.

Hugo conseguiu segurar Mei antes que ela tentasse pular sobre o balcão.

A mulher — Desdêmona Tripplethorne, o nome quase um trava--língua — permaneceu impassível. Bateu as luvas contra a mão ao observar Mei com desdém.

— Você deveria trabalhar essas questões da raiva, minha flor. São impróprias para uma dama, mesmo uma como você. Hugo, vou tomar meu chá na minha mesa de sempre. Traga-o rápido, sim? Os espíritos hoje estão inquietos aqui e não vou perder nenhuma oportunidade.

Mei não podia acreditar.

— Pode pegar o chá e enfiar no seu...

Contudo, qualquer ameaça que ela quisesse fazer foi deixada no ar assim que Hugo a puxou de volta para a cozinha.

Desdêmona se virou e observou todos na loja que olhavam para ela. Seu lábio se curvou até formar algo muito parecido com um sorriso de escárnio.

— Continuem — disse ela. — Esses são assuntos muito além de sua compreensão terrena. Ai, ai.

Todos se viraram quase de imediato, os sussurros chegando a um tom febril.

Nelson agarrou Wallace pela mão, puxando-o para a cozinha. Ele olhou para trás antes de passarem pelas portas e viu a mulher e os dois homens indo em direção a uma mesa perto da parede oposta, abaixo do pôster emoldurado das pirâmides. Ela passou o dedo sobre a mesa e balançou a cabeça.

— ... e, se você me permitir, vou colocar um *pouco* de veneno no chá dela — dizia Mei a Hugo quando entraram na cozinha. Apollo estava sentado ao lado dela, a orelha caída enquanto olhava de um para o outro. — Não o bastante para matá-la, mas o suficiente para ser considerado um crime pelo qual aceitarei ser presa sem titubear. Todo mundo ganha.

Hugo pareceu horrorizado.

— Você não pode estragar o chá desse jeito. Cada xícara de chá é especial, e colocar veneno estragaria o sabor.

— Não se for um veneno sem gosto — rebateu Mei. — Tenho certeza de que li que o arsênico não tem gosto. — Ela fez uma pausa. — Não que eu saiba onde conseguir arsênico neste exato momento. Droga. Deveria ter pesquisado isso depois da última vez.

— Nós não matamos pessoas — declarou Hugo, e essa não parecia ser a primeira vez que dizia isso a Mei.

— Cortar em pedaços, então.

— Também não fazemos isso — falou Hugo.

Mei cruzou os braços e fez beicinho.

— Nada está nos impedindo. Você sempre me disse que devemos tentar alcançar nossos sonhos.

— Quando falei isso, eu não tinha assassinato em mente — comentou de um jeito seco.

— Porque você pensa muito pequeno. É tudo ou nada. — Ela olhou para Wallace. — Diga para ele. Você está do meu lado, certo? E conhece a lei melhor do que qualquer um de nós aqui. O que a lei diz sobre matar alguém que mereça?

— É ilegal — constatou Wallace.

— Mas tipo, não *totalmente* ilegal, certo? Existe homicídio justificável. Eu acho.

— Quer dizer, sempre pode haver uma alegação de inocência por motivo de insanidade, mas é difícil de conseguir...

Mei assentiu furiosamente.

— É isso. Essa será minha defesa. Eu estava tão perturbada que não tinha noção dos meus atos quando coloquei arsênico no chá dela.

Wallace deu de ombros.

— Não que eu possa testemunhar contra você mostrando premeditação.

— Não está ajudando — falou Hugo.

Provavelmente não, mas ele não pensava que Mei *realmente* mataria alguém. Ou assim esperava.

— O que há de errado com aquela mulher? Quem é ela? O que ela fez além de ter um nome horrível?

— Ela diz que é médium — cuspiu Mei. — Uma vidente. *E* tem uma queda por Hugo.

Hugo suspirou.

— Não tem.

— Claro — disse Nelson. — Porque a maioria das pessoas coloca os peitos em cima do balcão como ela faz. Perfeitamente natural.

— Ela é inofensiva — comentou Hugo, como se estivesse tentando convencer Wallace. — Vem aqui a cada poucos meses e tenta realizar uma sessão espírita. Mas nada acontece, então ela vai embora. Não demora muito e também não faz mal a ninguém.

— Você está se *ouvindo*? — questionou Mei.

Wallace ainda estava preso na palavra *queda*. Aquilo o deixou mais eriçado do que ele esperava.

— Achei que você fosse gay.

Hugo piscou.

— Eu... sou?

— Então por que ela flerta com você?

— Eu... não sei?

— Porque ela é horrível — respondeu Mei. — Sem dúvida, a pior pessoa que existe. — E começou a andar de um lado para o outro. — Ela faz pessoas como eu perderem o réu primário. Tira o dinheiro das pessoas, dizendo que as ajudará a se comunicar com seus entes queridos. Uma merda. Tudo o que ela faz é dar falsas esperanças, dizendo às pessoas o que acham que querem ouvir. Desdêmona não tem ideia do que tive que passar, e, mesmo que *tivesse*, duvido que isso a impediria. Ela entra aqui como se fosse dona do lugar e zomba de tudo o que fazemos.

Hugo suspirou.

— Não podemos simplesmente expulsá-la, Mei.

— *Podemos, sim!* — retrucou Mei. — É muito fácil. Veja só, vou fazer isso agora mesmo.

Hugo a segurou antes que ela pudesse atravessar as portas.

Por um momento, Wallace pensou que fosse tudo para se mostrar. Que Mei estava sendo excessivamente dramática, representando um papel. Mas havia uma torção em sua boca que ele nunca tinha visto e um brilho nos olhos que não existia pouco tempo antes. Ela mordia o lábio inferior conforme piscava rapidamente. Ele se lembrou do que Mei dissera sobre como tinha sido para ela quando mais jovem, quando ninguém a ouvia quando tentava lhes dizer que algo estava errado.

— O que ela faz? — perguntou ele.

— Tabuleiro Ouija — respondeu Nelson. — Ela disse que o encontrou em uma loja de antiguidades e que no século XIX pertencia a satanistas. Mas tem um adesivo na parte inferior dizendo que foi feito pela Hasbro em 2004.

— Porque ela é uma mentirosa de merda — retrucou Mei.

— Bem isso — disse Nelson. — Ela também grava tudo e coloca na internet. Mei viu uma vez. Ela tem um canal no YouTube chamado "Sessões sensuais de Desdêmona Tripplethorne". — Ele fez uma careta. — Na minha opinião, não é exatamente um conteúdo de qualidade, mas o que eu sei?

— Mas... — Wallace hesitou. Então: — Se ela diz o que as pessoas querem ouvir, o que tem de errado?

Os olhos de Mei faiscaram.

— Ela está mentindo para as pessoas. Mesmo que isso faça com que se sintam melhor, ainda está mentindo. Desdêmona não sabe nada sobre o que fazemos ou o que acontece depois. Você gostaria de ser enganado?

Não, ele não achava que gostaria. Mas também conseguia enxergar o outro lado, e, se as pessoas queriam dar dinheiro só para ter certeza, então não era problema deles, certo?

— Ela cobra por isso?

Mei assentiu com a cabeça.

Hugo passou um braço em volta do ombro de Mei, mas ela o afastou.

— Depois do que fez com Nancy, pensei mesmo que você veria quem ela realmente é. Mas aqui estamos.

Hugo murchou.

— Eu... — Ele esfregou a mão no rosto. — Foi escolha dela, Mei.

— O que ela fez com Nancy? — perguntou Wallace.

Todos olharam para ele, o silêncio ensurdecedor. Wallace se perguntou em que novo inferno havia entrado agora.

— Ela encontrou Nancy — disse Mei por fim. — Ou Nancy a encontrou, não sei bem. Mas não importa. O que importa é que Desdêmona encheu a cabeça de Nancy com todo tipo de porcaria sobre espíritos e sua habilidade de contatá-los. Deu falsas esperanças a Nancy, e foi a coisa mais cruel que ela poderia ter feito. Nancy *acreditou* quando Desdêmona disse que poderia ajudar. Então ela veio aqui, parecendo mais viva do que nunca desde que chegou. Nada aconteceu. Nancy ficou arrasada, mas Desdêmona ainda cobrou pela sessão.

Quando Mei terminou, suas bochechas estavam manchadas de vermelho e havia saliva nos lábios.

Antes que Wallace pudesse perguntar o que tinha acontecido com Nancy para ela sequer falar com alguém como Desdêmona, Hugo disse:

— Isso não é... não estou tentando... olhe, Mei. Entendo o que está dizendo. Mas a escolha foi de Nancy. Ela está tentando tudo o que pode para...

Foi então que Wallace Price tomou uma decisão. Disse a si mesmo que era porque não suportava ver a expressão no rosto de Mei, e que certamente não tinha nada a ver com o flerte para cima de Hugo. Era hora de tomar as rédeas daquele assunto.

Ele se virou e atravessou as portas, ignorando os outros, que o chamavam.

Desdêmona Tripplethorne havia se sentado à mesa. O troncudo e o magrelo estavam ao lado da mulher. A maleta estava aberta. Havia velas acesas na mesa, o cheiro desagradável e enjoativo, como se alguém tivesse comido um alqueire de maçãs e depois vomitado e coberto os restos com canela. A maioria dos outros clientes tinha saído, embora alguns ainda a observassem com cautela.

O tabuleiro Ouija tinha sido colocado sobre a mesa em cima de um pano preto que não estava ali antes. A teatralidade de tudo aquilo despertou uma careta em Wallace. Havia uma prancheta[1] de madeira sobre o tabuleiro, embora Desdêmona não a tocasse. Ao lado do tabuleiro havia uma caneta de pena, pousada em cima de folhas soltas de papel.

Desdêmona estava sentada em sua cadeira, ereta, encarando uma câmera que tinha sido montada em um tripé ao lado da mesa. Uma pequena luz vermelha piscava no topo. Sem dizer nada, o troncudo deu um passo à frente, tirando o xale dos ombros dela e o dobrando com cuidado. O magrelo puxou da maleta um frasco com um líquido, junto a um conta-gotas de vidro. Ele o mergulhou no frasco e apertou o topo do conta-gotas, extraindo o líquido. Segurando-o sobre as mãos de Desdêmona, pingou duas gotas em cada uma antes de colocá-lo de lado. Esfregou as gotas nas costas das mãos dela. Cheiravam a lavanda.

— Sim. — Suspirou ela quando o magrelo terminou. — Estou sentindo. Tem alguém aqui. Uma presença. Pegue a caixa de espírito. Rápido. — Ela sorriu para a câmera. — Como meus seguidores sabem, o tabuleiro Ouija é minha escolha preferida de comunicação, mas gostaria de tentar algo novo se os espíritos permitirem. — Ela arrastou um dedo ao longo da pena. — Psicografia. Se os espíritos quiserem, dou total permissão para que assumam o controle de mi-

---

1 Pequeno pedaço de madeira triangular usado para indicar as letras do tabuleiro Ouija. [N. E.]

nhas mãos e escrevam a mensagem que acharem adequada. Isso não é empolgante?

O troncudo enfiou a mão na maleta e tirou um dispositivo diferente de tudo que Wallace já tinha visto. Era do tamanho e do formato de um controle remoto, embora a comparação terminasse aí. Do topo saíam fios rígidos, cada um terminando em uma pequena lâmpada. O troncudo ligou um interruptor na lateral, e o dispositivo ganhou vida, as luzes piscando em verde. Um ruído começou, uma bagunça estridente cheia de estática. Com os olhos arregalados, o troncudo fitou o equipamento. Bateu-o na palma da mão. O ruído diminuiu, e as luzes se apagaram.

— Estranho — murmurou ele. — Nunca tinha feito isso.

— Você está *arruinando* o ambiente — sibilou Desdêmona com o canto da boca, sem desviar o olhar da câmera. — Você carregou este aparelho maldito?

O troncudo enxugou o suor da testa.

— Claro que sim. A bateria está cheia. — Ele balançou o dispositivo para a frente e para trás em torno de si. Wallace saiu do caminho. Mal piscava quando chegava a centímetros dele.

— O que está fazendo? — sussurrou uma voz ao lado dele. — Seja o que for, conte comigo, especialmente se causar problemas.

Wallace viu Nelson sorrindo com malícia. Não aguentou e sorriu de volta.

— Vou zoar com a cara dela.

— Ahh — disse Nelson. — Eu apoio.

O magrelo franziu a testa.

— Ouviu alguma coisa?

— Somente o som de sua voz, que eu *desprezo* — retrucou Desdêmona.

Ela olhou com raiva para os poucos clientes restantes, até que eles também se levantaram e foram embora.

— Menos conversa, mais foco.

O magrelo fechou a boca enquanto o troncudo estava de pé sobre uma cadeira, levantando o dispositivo em direção ao teto.

— Espíritos! — exclamou Desdêmona com estridência. — Ordeno que falem comigo! Sei que estão aqui. — Ela colocou as mãos na prancheta. — Este tabuleiro permitirá que nos comuniquemos. Estão entendendo? Não há nada a temer. Só desejo falar com vocês. Não vou lhes fazer mal. Se preferirem a caneta e o papel, mostrem suas intenções. Baixem em mim. Permitam-me ser sua voz.

Nada aconteceu.

Desdêmona franziu a testa.

— Sem pressa.

Nada.

— O tempo todo vocês... quer parar *de ficar em cima de mim*? Está estragando tudo!

O magrelo se levantou rapidamente e se afastou.

— Estranho — murmurou o troncudo, parando perto da lareira. O dispositivo apitou de novo quando ele o balançou sobre a cadeira de Nelson.

— É como se tivesse alguma coisa aqui. Ou tenha estado. Ou pudesse estar. Ou nunca tenha estado.

— Claro que tinha algo aí — disse Desdêmona. — Se tivesse estudado o arquivo que dei, saberia que o avô de Hugo viveu aqui antes de morrer. É mais provável que seja o espírito dele que estou sentindo hoje. Ou talvez este lugar tenha pertencido a um *assassino em série*, e suas vítimas estejam chegando do além-túmulo depois de serem horrivelmente mutiladas e então assassinadas.

Ela olhou para a câmera, balançando os ombros, o peito subindo e descendo. Wallace não sabia por que não havia notado que o batom dela era extremamente vermelho.

— Assim como quando estávamos na Casa Herring no ano passado. Essas pobres, pobres almas.

— Ora essa — falou Nelson. — Talvez ela possa sentir alguma coisa, afinal.

— Voltem para a cozinha — murmurou Hugo enquanto passava por eles, carregando uma bandeja de chá. Wallace olhou para trás em direção à cozinha e viu Mei fuzilando-os com os olhos através das janelinhas.

— O que foi isso? — perguntou Desdêmona. — Você disse alguma coisa, Hugo? — Ela olhou para a câmera novamente. — Os seguidores do meu canal vão lembrar do Hugo da nossa última visita. Sei que ele é muito popular com alguns de vocês. — Ela riu quando Hugo colocou a bandeja ao lado do tabuleiro. Wallace queria arrancar os olhos da mulher. — Ele é um rapaz muito querido. — E arrastou um dedo ao longo do braço de Hugo antes que ele pudesse se afastar.

— Gostaria de participar do que certamente será o evento paranormal da década? Você poderia se sentar aqui ao meu lado. Eu não me importaria. Poderíamos até dividir uma cadeira, se quiser.

Hugo balançou a cabeça.

— Hoje não. Há mais alguma coisa que eu possa fazer por você, sra. Tripplethorne?

— Ah, tem — disse ela. — Mas há crianças assistindo aos meus vídeos e não quero corromper suas mentes preciosas.

— Ai, meu Deus — soltou Wallace. — Que *pessoa* é essa?

Hugo tossiu grosseiramente.

— É... o que é. — Ele deu um passo para trás. — Se não há mais nada que eu possa fazer, vou deixá-la em paz. Na verdade, se houvesse mais alguém na sala além de vocês três, eu diria a mesma coisa. Deixar em paz.

Wallace bufou.

— Ah, sim. Vou fazer exatamente isso. Veja. Hugo. Está vendo? Veja o quanto estou os deixando em paz.

Hugo olhou para ele.

Wallace o ignorou.

Nelson gargalhou e fez o mesmo.

Hugo não gostou. Voltou para trás do balcão, pegou um pano e começou a limpá-lo encarando Wallace e Nelson. Quando Desdêmona e seus lacaios estavam distraídos, ele apontou dois dedos para os olhos e os virou para Wallace.

— *Pare* — fez com a boca, sem emitir som.

— O que você disse? — questionou Wallace, erguendo a voz. — Não consigo ouvir!

Hugo suspirou, cansado da malcriação e enxugou furiosamente o balcão resmungando baixinho. Provavelmente não ajudou muito que Mei ainda estivesse à janela, mas agora segurava uma grande faca de açougueiro que fingia passar no pescoço, os olhos revirando, a língua pendurada para fora da boca.

Enquanto o troncudo continuava sua caminhada pela casa de chá (entendendo logo que não deveria ir para trás do balcão quando Hugo olhou furiosamente para ele), o magrelo tirou outro bloco de papel e uma caneta-tinteiro da maleta. Ficou ao lado de Desdêmona, pronto para tomar notas. Não estava ciente de Apollo ao lado dele, o cachorro levantando a perna e mijando nos sapatos do magrelo. Wallace foi distraído, por um momento, pelo fluxo de urina que o homem não parecia estar vendo, mas então Desdêmona colocou as mãos de volta na prancheta e pigarreou.

— Espíritos! — exclamou ela mais uma vez. — Sou apenas seu instrumento. Falem através de mim e contem-me os segredos dos mortos. Não temam, pois estou aqui apenas para ajudá-los.

Ela mexeu os ombros, os dedos flexionando-se sobre a prancheta.

Wallace bufou. Alongou o pescoço de um lado ao outro e estalou os dedos.

— Ok. Vamos dar a ela a experiência fantasmagórica que ela tanto deseja.

— Oh — soltou Desdêmona. — Posso sentir. — Ela sugou o lábio inferior entre os dentes. — É quente e formigante. Como uma carícia contra minha pele. Oh. *Oh*.

Wallace respirou fundo, sacudindo as mãos antes de colocá-las no lado oposto da prancheta, ignorando a pena. No início, seus dedos passaram através dela, e ele franziu a testa.

— Não pensar — sussurrou ele. — Não pensar.

A prancheta ficou sólida contra suas mãos. Ele estremeceu de surpresa, empurrando-a ligeiramente para o lado.

Desdêmona ofegou, puxando as mãos para trás rapidamente.

— Você... você viu isso?

O magrelo assentiu, os olhos arregalados.

— O que aconteceu?

— Não sei.

Ela se inclinou para a frente, o rosto a centímetros do tabuleiro Ouija. Então, pareceu se lembrar de que estava sendo gravada, pois olhou de volta para a câmera e falou:

— Começou. Os espíritos escolheram falar. — Colocou as mãos de volta na prancheta. — Ah, querido espírito. Use-me. Use-me o máximo que puder. Entregue-me sua mensagem, e eu a revelarei ao mundo.

Wallace não era fã de Desdêmona Tripplethorne. Empurrou a prancheta, tentando movê-la, mas Desdêmona a segurou firmemente.

— Está se movendo — murmurou ela com o canto da boca. — Prepare-se. Isso vai nos dar quatro milhões de visualizações e um contrato com a TV, juro por Deus.

O magrelo assentiu e rabiscou no bloco de papel.

— O que devemos dizer? — perguntou Wallace a Nelson.

O rosto de Nelson se enrugou antes de suavizar, um brilho perverso nos olhos.

— Algo assustador. Pule o sim ou não no tabuleiro. É chato. Finja que você é um demônio e quer arrancar a alma e a laringe dela.

— *Nada* de arrancar a alma de ninguém, seus ridículos — repreendeu Hugo, em voz alta.

Desdêmona, o magrelo e o troncudo, todos se viraram para encará-lo.

— O que foi? — perguntou Desdêmona.

Hugo empalideceu.

— Eu disse... que estou pensando em oferecer uns burritos?

— Não! Na *minha* casa de chá não vai! — gritou Mei da cozinha.

De alguma forma, ela havia encontrado uma segunda faca, e era maior que a primeira. Parecia bastante assustadora pela janelinha. Wallace ficou impressionado.

— Ela tem razão — disse Desdêmona a Hugo. — Não se encaixaria com o seu menu. Francamente, Hugo, conheça melhor sua clientela. — Ela se voltou para o tabuleiro, as pontas dos dedos firmemente pressionadas contra a prancheta. — Espíritos! Encham-me com seu ectoplasma fantasmagórico! Não deixem nada ao acaso. Deixem-me ser sua voz incrivelmente sensual. Contem-me seus segredos. *Oooh.*

— Pode deixar, senhora — afirmou Wallace, e começou a mover a prancheta. Foi preciso mais concentração do que ele esperava. Roupas eram uma coisa; mover cadeiras era outra. A prancheta era *pequena*, e ainda assim mais difícil do que pensou que seria. Ele resmungou e, se ainda fosse capaz de suar, tinha certeza de que estaria escorrendo pela testa. Desdêmona ofegou quando a prancheta se moveu de um lado para o outro antes de começar a girar em círculos lentos.

— Você precisa fazer uma pausa em cada letra — disse Nelson.

— Estou *tentando* — retrucou Wallace. — É mais difícil do que parece.

Wallace franziu a testa em concentração, a língua se apertando entre os dentes. Ele se moveu mais devagar, e levou apenas mais alguns momentos até pegar o jeito.

— O — sussurrou Desdêmona.

— O — repetiu o magrelo, escrevendo no bloco.
— I.
— I.
Wallace parou.
Desdêmona franziu o cenho.
— Isso é... é isso? — Ela olhou para o magrelo. — O que ele disse?
O magrelo empalideceu quando virou o bloco para ela, mãos trêmulas.
Desdêmona apertou os olhos e então recuou.
— Oi. Diz *oi*. Ai, meu Deus. É real. É de fato real. — Ela tossiu, rouca. — Quer dizer, *claro* que é real. Eu sabia. Obviamente. — Ela sorriu para a câmera, embora de um jeito mais forçado que antes. — Os espíritos estão falando conosco. — Ela pigarreou mais uma vez. — Olá, espírito. Recebi sua mensagem. Quem é você? O que você quer? Você morreu de forma horrível, talvez por ter sido espancado até a morte com um martelo em um crime passional e tem assuntos inacabados que apenas eu, Desdêmona Tripplethorne das Sessões Sensuais de Desdêmona Tripplethorne (marca registrada pendente), posso ajudá-lo? Quem é o seu assassino? É alguém nesta sala?
— Eu é que vou matar *você*! — gritou Mei da cozinha.
— Sim — disse Desdêmona depois que Wallace moveu a prancheta sobre a mesma palavra no tabuleiro. — Você *foi* assassinado. Eu sabia! Diga-me, ó, grande espírito. Diga-me quem o matou. Vou buscar justiça em seu nome e, quando tiver meu próprio programa de TV, prometo que não vou esquecê-lo. Dê-me um *nome*.
A prancheta se moveu de novo.
— D — sussurrou ela. — E. S. D. E. M. O. N...
O magrelo soltou um ruído estrangulado.
— São as letras que formam *demônio*.
— Realmente estamos perdendo tempo com esses dois — falou Nelson, olhando o troncudo de pé em uma cadeira, segurando seu dispositivo em direção ao teto.
— A — concluiu Desdêmona quando a prancheta parou de se mover. — Isso não é demônio. Tem letras demais. Você anotou tudo?
O magrelo assentiu lentamente.
— Então? — questionou ela. — O que diz?
Ele mostrou novamente o bloco de papel.

Em letras maiúsculas, a página dizia: DESDÊMONA.

Ela estreitou os olhos para ele, para o tabuleiro Ouija e depois de volta para o bloco de papel quando o magrelo se virava e apontava a palavra para a câmera.

— É o meu nome. — O sangue sumiu do rosto da mulher conforme afastou as mãos da prancheta. — Você... você está dizendo que *eu* assassinei você? — Ela riu em desconforto. — Isso é impossível. Nunca matei ninguém.

O magrelo e Desdêmona congelaram quando a prancheta começou a se mover sem que ela a tocasse. Desdêmona recitou as letras nas quais Wallace fez uma pausa e o magrelo as escreveu.

— Você definitivamente me matou — leu Desdêmona no papel, então piscou. — O quê? *Não* matei, não. Quem é você? Isso é alguma brincadeira? — Ela se inclinou para olhar debaixo do tampo da mesa antes de endireitar o corpo de novo. — Sem ímãs. Hugo. *Hugo*. Você está fazendo isso? Não gosto de ser enganada.

— Você está mexendo com forças que não consegue nem começar a compreender — afirmou Hugo de forma solene.

A prancheta se moveu de novo.

— Ha, ha — leu o magrelo em voz alta enquanto escrevia as letras. — Você é um saco.

— Quantos anos você tem, dez? — perguntou Nelson, embora parecesse estar segurando um sorriso. — Precisa ser mais assustador. Diga que é Satanás e que vai comer o fígado dela.

— Aqui é Satanás — disse o magrelo conforme a prancheta se movia. — Vou comer seu figo...

— Fígado — disse Nelson. — *Fígado*.

— Estou *tentando* — retrucou Wallace com os dentes cerrados. — Isso aqui escorrega!

— Meu figo? — perguntou Desdêmona, parecendo confusa. — Nunca comi um figo na vida.

A prancheta se moveu novamente.

— Desculpe — leu o magrelo escrevendo a nova mensagem. — Autocorretor idiota. Quis dizer fígado.

Hugo colocou as mãos no rosto e gemeu.

Desdêmona se levantou abruptamente, a cadeira raspando no chão. Olhou ao redor em descontrole. O magrelo segurava o bloco de papel contra o peito, e o troncudo se juntou a eles, segurando o dispositivo sobre o tabuleiro Ouija. Ele apitou de novo, mais alto que antes, as lâmpadas brilhando no topo.

— Estamos nos intrometendo — soltou Desdêmona — em coisas que não entendemos. — Ela passou as costas da mão sobre a testa conforme o peito arfava e olhou para a câmera. — Vocês viram aqui em primeira mão. Satanás está aqui e quer comer meu fígado. Mas *não* vou ser intimidada. — Ela baixou a mão. — Seja você Satanás ou algum outro demônio, não é bem-vindo aqui! Este é um lugar de paz e de doces superfaturados.

— Ei! — ralhou Hugo.

Wallace moveu a prancheta mais rápido.

— É você que não é bem-vinda aqui — disse ele baixinho, enquanto o magrelo dizia a mesma coisa em voz alta. — Saia deste lugar. Não volte mais. — Ele fez uma pausa, considerando. Então completou: — E seja mais gentil com Mei ou comerei seu cérebro também.

— Olha — disse o troncudo, apontando um dedo trêmulo.

Wallace virou a cabeça para ver Nelson parado perto das arandelas na parede. Ele as pressionou com as mãos, e as lâmpadas dentro começaram a piscar. Wallace sorriu quando Nelson piscou para ele. As lâmpadas chacoalhavam.

— Saia — falou Wallace, movendo a prancheta mais rápido. — Saia. Saia. Saia.

Quando terminou, empurrou o mais forte que pôde, derrubando a prancheta do outro lado da sala. A prancheta aterrissou na lareira e começou a queimar. O tabuleiro Ouija voou da mesa, caindo no chão com estrépito.

— Não aceitei esse trabalho para *essa merda* — afirmou o troncudo, recuando lentamente. Ele gritou quando esbarrou em uma cadeira, dando meia-volta.

Nelson largou as arandelas e foi até a câmera. Ele a estudou com atenção antes de fazer que sim com a cabeça.

— Parece cara. — Então a derrubou. A câmera caiu no chão e a lente rachou. — Ops.

Hugo suspirou mais uma vez quando Wallace disse:

— Isso aí, Nelson. *Isso aí.*

— Precisamos sair daqui — sussurrou o magrelo, apavorado.

Ele se encaminhou para a porta, mas Wallace chutou uma cadeira em sua direção. Ela deslizou pelo chão, batendo nas canelas do homem. Ele gritou e quase caiu, o bloco de papel batendo no chão.

— Não vou aceitar isso! — exclamou Desdêmona. — Não seremos intimidados por gente como você! Sou Desdêmona Tripplethorne. Tenho cinquenta mil seguidores, e *ordeno* que você...

Mas o que quer que Desdêmona fosse exigir se perdeu quando Mei irrompeu pela porta com as facas erguidas acima da cabeça, gritando:

— Eu sou Satanás! Eu sou Satanás!

A última coisa que Wallace viu de Desdêmona, do magrelo e do troncudo foram as costas deles enquanto fugiam da Travessia de Caronte Chás e Comidinhas. O magrelo e o troncudo tentaram passar pela porta ao mesmo tempo e ficaram presos até que Desdêmona colidiu com os homens, derrubando-os na varanda da frente. Eles gritaram quando a mulher pisou em suas costas e em seus braços para passar por cima dos dois, seu vestido subindo de forma quase obscena. Ela pulou os degraus e correu pela estrada sem sequer olhar para trás. O magrelo e o troncudo, ao conseguirem se levantar, a seguiram.

O silêncio pairou na Travessia de Caronte.

Mas não durou muito.

Nelson começou a rir, baixinho no início, depois cada vez mais alto. Mei fez o mesmo, uma tosse soluçante que se transformou em um ronco molhado antes de ela gargalhar quando abaixou as facas.

Então, outro som encheu os cantos e recantos da casa de chá, um nunca ouvido antes. Esse som fez Nelson e Mei ficarem em silêncio, fez Hugo dar a volta no balcão devagar.

Wallace estava rindo. Estava rindo mais do que nunca, um braço segurando a barriga, a mão livre batendo no joelho.

— Vocês *viram* aquilo? — perguntou ele. — Viram a cara deles? Ai, meu Deus, foi *incrível*.

E continuou rindo. Algo se afrouxou em seu peito, algo que ele nem sabia que estava preso e emaranhado. De alguma forma, Wallace se sentiu mais leve. Mais livre. Seus ombros tremeram quando ele se inclinou, ofegando em busca do ar de que não precisava. Mesmo quando o riso se dissolveu em risadinhas suaves, a leveza não desapareceu. Se muito, queimou de forma mais brilhante, e o gancho, aquela coisa maldita que nunca deixaria de existir, enfim não parecia uma algema prendendo-o no lugar. Ele achou que tivesse, talvez por uma das primeiras vezes em sua vida, feito algo de bom sem esperar nada em troca. Como nunca havia considerado isso antes?

Enxugou os olhos e endireitou o corpo.

Nelson tinha uma expressão de admiração no rosto. Combinava com a do neto.

Foi Mei quem falou primeiro:

— Vou dar um abraço em você.

Isso o surpreendeu, especialmente quando se lembrou do que Mei lhe dissera sobre afeto físico.

— Só você poderia fazer isso soar como uma ameaça.

Ela deixou as facas sobre a mesa mais próxima antes de bater os dedos na palma da mão. Houve uma pequena pulsação no ar ao redor de ambos, e então Mei estava sobre ele. Wallace quase caiu quando ela passou os braços em volta das costas dele, apertando com força. Ele ficou atordoado e sem ação, mas apenas por um momento. Aquilo era frágil, e Wallace não conseguia se lembrar da última vez que alguém o havia abraçado. Ele ergueu os braços com cuidado, as mãos indo para as costas de Mei.

— Abrace mais forte — pediu ela, pendurada no pescoço dele. — Não vou quebrar.

Os olhos de Wallace ardiam, embora não soubesse por quê. Mas fez o que ela pediu. Apertou o mais forte que pôde.

Quando abriu os olhos, encontrou Hugo o observando com uma expressão estranha no rosto. Ambos se olharam por um longo tempo.

CAPÍTULO 12

Naquela noite, Wallace seguiu o cabo e encontrou Hugo nos fundos, encostado no parapeito da varanda. Estava nublado, as estrelas escondidas. Ele parou à porta, incerto se seria bem-vindo. Uma estranha sensação de culpa o invadiu, embora ele não tenha permitido que crescesse ainda mais. Tinha valido a pena ver o sorriso no rosto de Mei.

Antes que pudesse se virar e entrar de volta, Hugo disse:

— Olá.

Wallace coçou a nuca.

— Olá, Hugo.

— Tudo bem?

— Acho que sim. Você... quer ficar sozinho? Não quero incomodar nem nada.

Hugo fez que não com a cabeça sem se virar.

— Não, está tudo bem. Não incomoda.

Wallace foi até o parapeito, mantendo certa distância entre os dois. Estava preocupado que Hugo estivesse zangado com ele, embora não achasse que Hugo devesse ficar chateado por algo tão trivial como usar um tabuleiro Ouija para assustar uma vigarista. Ainda assim, não cabia a ele dizer o que Hugo podia ou não sentir, especialmente porque aquela era a loja dele. Sua casa.

Hugo falou:

— Você está pensando em se desculpar, não é?

Wallace suspirou.

— Está óbvio, hein?

— Um pouco. Não precisa.

— Pedir desculpas?

Hugo assentiu com a cabeça, observando-o antes de fitar o jardim de chás.

— Você fez a coisa certa.

— Falei a uma mulher que eu era Satanás e que ia comer o figo dela.

— Ele fez uma careta. — Algo que jamais pensei que diria em voz alta.

— Há uma primeira vez para tudo — afirmou Hugo. — Posso fazer uma pergunta?

— Pode.

— Por que fez isso?

Wallace franziu a testa enquanto cruzava os braços.

— Zoar com eles daquele jeito?

— Sim.

— Porque eu podia.

— Só por isso?

Bom, não. Mas o fato de não ter gostado do jeito como Desdêmona havia flertado com Hugo era algo que Wallace *jamais* admitiria.

Aquilo fazia com que ele parecesse ridículo, mesmo que tivesse um fundo de verdade. Nada podia ser feito nesse sentido, e Wallace não estava disposto a dizer qualquer coisa que fizesse parecer que tinha algum tipo de paixonite. A mera ideia causou uma onda de embaraço nele, que sentiu o rosto esquentar. Era idiota, de verdade. Não daria em nada. Ele estava morto. Hugo não estava.

Então, respondeu a primeira coisa na qual se agarrou e que não fazia parecer que estava prestes a desmaiar.

— Mei. — E, com essa única palavra, ele soube que era a verdade, para sua grande confusão.

— O que tem ela?

Wallace suspirou.

— Eu... Ela estava chateada. Não gostei do jeito que Desdêmona falou com ela. Como se Mei fosse inferior a ela. Ninguém deveria se sentir assim. — E, porque ainda era o Wallace que estava ali, acrescentou: — Quero dizer, Mei queria cometer um crime, claro, mas ela está bem, eu acho.

— É um endosso e tanto.

— Você sabe o que quero dizer.

Ele ficou surpreso quando Hugo falou:

— Acho que sim. Você viu algo acontecendo com alguém que considera uma amiga e sentiu a necessidade de intervir.
— Eu não a chamaria de *amiga*...
— Wallace.
Ele gemeu.
— Beleza. Que seja. Somos amigos.
Não foi tão difícil dizer em voz alta quanto imaginou que seria. Ele se perguntou se sempre tornara as coisas tão difíceis para si mesmo.
— Por que deixou acontecer?
Hugo pareceu surpreso.
— Como assim?
— Não é a primeira vez que ela vem aqui. Desdêmona.
— Não — respondeu Hugo lentamente. — Não é.
— E você sabe que Mei não gosta dela. Ainda mais quando ela envolveu Nancy.
— Sim.
— Então por que você não pôs um fim nisso? — Ele teve o cuidado de não colocar nenhuma censura na voz. Não estava *bravo*, exatamente, não com Hugo, mas não entendia. Sendo sincero, esperava mais. Não sabia quando aquilo tinha começado, mas continuava do mesmo jeito. — Mei também é sua amiga. Você não viu o quanto isso a deixou nervosa?
— Não tanto quanto eu deveria — respondeu Hugo. Ele encarou a escuridão da floresta ao redor.
— Você conhece a história dela — afirmou Wallace, sem saber por que insistia naquilo. Tudo o que ele sabia era que parecia importante. — O que aconteceu com ela. Antes da...
— Ela contou a você.
— Contou. Eu não desejaria isso para ninguém. Não posso nem imaginar como seria ninguém ouvir quando você está... — Ele se interrompeu, lembrando como havia gritado para que alguém o ouvisse, depois que desmaiou no escritório. Como tinha tentado que alguém, *qualquer pessoa* o visse. Ele havia se sentido invisível. — Não está certo.
— Não — concordou Hugo. — Acho que não. — Sua mandíbula se apertou. — Mas, só para você saber, pedi desculpas para Mei. Não deveria ter deixado chegar tão longe. — Ele balançou a cabeça. —

Acho que parte de mim queria ver o que você faria, mesmo depois de eu ter dito para não fazer.

— Por quê?

— Para ver do que você era capaz — revelou Hugo de um jeito tranquilo. — Você não está vivo, Wallace. Mas ainda existe. Acho que não percebeu isso até hoje.

Ele quase conseguiu acreditar quando ouviu isso de Hugo.

— Ainda assim, você não deveria ter feito o que fez com ela. Nem ter deixado Desdêmona interferir com Nancy como fez.

— É. Consigo ver isso agora. Não sou perfeito. Nunca afirmei que era. Ainda cometo erros como todo mundo, mesmo que tente dar o meu melhor. Ser barqueiro não me absolve de ser humano. Se vale de alguma coisa, só torna as coisas mais difíceis. Se eu cometer um erro, as pessoas podem se machucar. Tudo o que posso prometer é que vou melhorar e não vou deixar que algo semelhante aconteça de novo. — Ele sorriu com tristeza. — Não que eu ache que Desdêmona vá voltar. Pelo menos não tão cedo. Você cuidou disso.

— Cuidei mesmo — falou Wallace, estufando o peito. — Soltei os cachorros neles.

— Você precisa mesmo parar de passar tempo com o meu avô.

— Ah. Ele é ótimo. Mas não diga a ele que falei isso. Ele não pararia de repetir nunca mais.

Wallace estendeu a mão para tocar a de Hugo, até lembrar que não podia. Encolheu o braço rapidamente. Hugo, por sua vez, não reagiu, o que deixou Wallace grato, mesmo quando se lembrou da sensação de ter Mei o abraçando o mais forte que podia. Não sabia quando havia ficado tão desesperado por contato físico.

Procurou alguma coisa para dizer, algo para distrair os dois.

— Também cometi erros. Antes. — Ele fez uma pausa. — Não, não é bem isso. *Ainda* cometo erros.

— Por quê? — perguntou Hugo.

Exatamente: por quê?

— Acho que errar é humano. Mas eu não era como você, não me deixava ser afetado. Deveria ter deixado, mas só... não sei. Sempre culpei os outros e falei a mim mesmo para aprender com os erros *deles*, e não necessariamente com os meus.

— O que acha que isso significa?

Era uma verdade difícil de enfrentar, e ele ainda não tinha certeza se estava pronto.

— Não sei se fui uma boa pessoa. — Ele deixou as palavras flutuarem entre os dois por um momento, por mais amargas que fossem.

— O que faz uma pessoa ser boa? — perguntou Hugo. — Ações? Motivações? Altruísmo?

— Talvez tudo isso — respondeu Wallace. — Ou talvez nada disso. Você disse que não sabe o que está do outro lado daquela porta, embora veja os olhares no rosto das pessoas quando elas a cruzam. Como sabe que não existe Céu ou Inferno? E se eu passar pela porta e for julgado por todos os erros que cometi e isso superar todo o resto? Eu mereceria estar no mesmo lugar que alguém que dedicou a vida a... sei lá? Tipo, não sei. Uma freira, ou algo assim.

— Uma freira — repetiu Hugo, segurando o riso. — Você está se comparando a uma freira.

— Cale a boca — resmungou Wallace. — Você sabe o que quero dizer.

— Sei — disse ele, a voz leve e provocadora. — Mas daria quase tudo para ver você vestindo o hábito de uma freira.

Wallace suspirou.

— Tenho certeza de que isso é uma blasfêmia.

Hugo bufou antes de ficar sério. Parecia estar remoendo alguma coisa na mente. Wallace esperou, sem querer forçar a barra. Por fim, Hugo indagou:

— Posso dizer uma coisa?

— Pode. É claro. Qualquer coisa.

— Nem sempre é assim — falou Hugo com a voz abafada. — Eu poderia dizer que sou firme nas minhas crenças, mas não seria inteiramente verdade. É... como este lugar. A casa de chá. É resistente, a fundação está firme, mas não acho que precisaria de muito para tudo desmoronar. Um tremor. Um terremoto. As paredes desmoronariam, o chão racharia e tudo o que restaria seriam escombros e poeira.

— Você teve um abalo forte — disse Wallace.

— Tive. Dois, na verdade.

Ele não queria saber. Queria mudar de assunto, falar sobre qualquer outra coisa para que Hugo não parecesse tão infeliz quanto ele. Mas, no fim, não falou nada. Não sabia o que era mais covarde.

Hugo disse:

— Cameron estava... perturbado quando veio até mim. Pude ver isso quando entrou pela porta, seguindo meu Ceifador.

— Não era a Mei.

Ele fez que não com a cabeça.

— Não. Foi antes dela. — Ele fez uma careta. — Esse Ceifador não era... como ela. Trabalhávamos juntos, mas entrávamos em conflito com certa frequência. Mas pensei que ele soubesse o que estava fazendo. Já era Ceifador muito tempo antes de eu ser barqueiro, e eu dizia a mim mesmo que ele sabia mais do que eu, especialmente porque eu era novo nisso tudo. Não queria causar problemas, e, contanto que mantivesse minha cabeça baixa, imaginei que poderíamos fazer funcionar.

"Ele trouxe Cameron. Cameron não queria estar aqui. Recusava-se a acreditar que estava morto. Estava com raiva, com tanta raiva que eu quase conseguia sentir o gosto. É de se esperar, claro. É difícil aceitar uma nova realidade quando a única vida que você conheceu se foi para sempre. Ele não queria ouvir nada do que eu tinha a dizer. Falou para mim que este lugar não era nada além de uma prisão, que ele estava preso aqui e que eu não era nada além de seu sequestrador."

Ali estava a culpa que Wallace vinha tentando evitar. Ela arranhou seu peito.

— Eu não...

— Eu sei — interrompeu Hugo. — Não é... você não é como ele. Nunca foi. Eu sabia que tudo o que tinha que fazer era lhe dar tempo, e você entenderia. Mesmo que não concordasse, mesmo que não gostasse, você entenderia. E acho que você ainda não chegou lá, mas vai chegar.

— Como? — perguntou Wallace. — Como sabia?

— Chá de hortelã — responde Hugo. — Era tão forte, mais forte do que quase qualquer chá que eu tenha feito para alguém como você. Você não estava com raiva. Estava com medo e *agindo* com braveza. Tem diferença.

Wallace pensou em sua mãe na cozinha, em bengalinhas de açúcar no forno.

— O que aconteceu com Cameron?

— Ele foi embora — explicou Hugo. — E nada que eu pudesse fazer ou dizer o impediria. — A voz endureceu. — O Ceifador me disse para deixá-lo ir. Que ele aprenderia a lição e voltaria correndo quando visse a pele começando a descamar. E, como eu não sabia mais o que fazer, escutei o Ceifador.

Wallace sentiu seu próprio tremor vibrando na pele.

— Ele não voltou.

Hugo estava desolado. Wallace conseguia ver claramente em seu rosto, e fazia com que parecesse tão jovem.

— Não. Não voltou. Eu já tinha sido avisado antes do que poderia acontecer se alguém como vocês fosse embora. O que essas pessoas podiam se tornar. Mas não pensei que pudesse acontecer tão rápido. Queria dar a ele espaço, permitir que tomasse a decisão de voltar por conta própria. O Ceifador falou que eu estava perdendo meu tempo. A única razão pela qual aceitei a situação foi porque a ligação entre nós simplesmente... estourou. O Ceifador estava certo, à sua maneira. Quando o encontrei, já era tarde demais. — Ele hesitou e, em seguida, completou: — Nós os chamamos de Conchas.

Wallace franziu a testa.

— Conchas? Por quê?

Hugo baixou a cabeça.

— É... apropriado. Ao que são. Uma concha vazia de quem costumavam ser. Sua humanidade desapareceu. Tudo o que fazia de Cameron quem ele era, cada lembrança, cada sentimento, simplesmente... acabou. E não há nada que eu possa fazer para trazê-lo de volta. Foi meu primeiro abalo como barqueiro. Eu falhei com alguém.

Wallace estendeu a mão para ele — para oferecer conforto? —, mas parou quando se lembrou de que não podia tocar Hugo. Ele curvou os dedos, baixando a mão.

— Mas você não parou.

— Não — disse Hugo. — Como eu poderia? Eu disse a mim mesmo que havia cometido um erro e, embora tivesse sido um erro terrível, não podia permitir que isso acontecesse com mais ninguém. O Gerente chegou. Ele me disse que era parte do trabalho e que não havia nada que eu pudesse fazer para ajudar Cameron, que ele havia feito a própria escolha. O Gerente disse que era lamentável e que eu precisava fazer tudo ao meu alcance para garantir que não voltasse a acontecer. E acreditei nele. Alguns meses depois, quando o Ceifador trouxe uma garotinha, percebi como eu sabia pouco.

— Uma garotinha.

Wallace fechou os olhos. Nancy estava lá, no escuro, os olhos cansados, as rugas no rosto pronunciadas.

— Ela era vibrante — afirmou Hugo, e Wallace desejou que ele parasse. — O cabelo dela estava uma bagunça, mas acho que sempre tinha sido assim. Ela ficava falando, falando, falando, fazendo uma pergunta após a outra. "Quem é você? Onde estou? O que é isto? Quando posso ir para casa?" — A voz dele falhou. — "Onde está minha mãe?" O Ceifador não respondia. Ele não era como Mei. Mei tem essa... bondade inata dentro de si. Ela pode ser um pouco áspera, mas há uma reverência nela. Ela percebe o quanto esse trabalho é importante. Não queremos causar mais traumas. Temos que oferecer bondade, porque não há um momento na vida ou na morte em que alguém esteja mais vulnerável.

— Como ela morreu? — perguntou Wallace, em um sussurro.

— Sarcoma de Ewing. Tumores nos ossos. Ela lutou até o fim. Achavam que ela estava melhorando. E talvez estivesse, pelo menos por um tempo. Mas a doença provou ser demais para ela. — Wallace abriu os olhos a tempo de ver Hugo enxugar o rosto, fungando. — Ela ficou aqui por seis dias. Seu chá tinha sabor de pão de mel. Ela disse que era porque sua mãe fazia as mais belas casas e castelos de pão de mel. Com balas de goma e torres de biscoitos. Fossos feitos de glacê azul. Ela era... maravilhosa. Nunca ficava com raiva, apenas curiosa. As crianças nem sempre têm tanto medo quanto os adultos. Não da morte.

— Qual era o nome dela?

— Lea.

— Bonito nome.

— É — concordou Hugo. — Ela ria muito. Vovô gostava dela. Todos nós gostávamos.

E, embora não quisesse saber, Wallace perguntou:

— O que aconteceu com ela?

Hugo abaixou a cabeça.

— As crianças são diferentes. Suas conexões com a vida são mais fortes. Eles amam de todo o coração porque não sabem ser diferentes. O corpo de Lea havia sido devastado por anos. Perto do fim, ela não via mais o lado de fora do quarto de hospital. Ela me contou sobre um pardal que aparecia na janela quase todas as manhãs. Ficava ali, observando-a. Sempre voltava. Ela queria saber se teria asas aonde estava indo. Respondi que ela teria qualquer coisa que quisesse. E ela olhou para mim, Wallace. Ela olhou para mim e disse: "Nem tudo. Ainda não". E eu sabia o que ela queria dizer.

— A mãe.

Hugo falou:

— Parte deles permanece porque brilham intensamente por muito pouco tempo. Enquanto eu dormia, Lea pensou na mãe. E, de algum modo, isso se manifestou para Nancy. Ela estava a centenas de quilômetros de distância. — As palavras dele adquiriram um tom amargo. — Não sei bem como ela nos encontrou. Mas veio aqui, até este lugar, exigindo que devolvêssemos sua filha. — Ele pareceu chocado quando acrescentou: — Ela chamou a polícia.

— Ai, não.

Hugo soava como se estivesse engasgado.

— Não encontraram nada, é claro. E, quando souberam o que havia acontecido com a filha dela, pensaram que ela estava... bem. Que tinha pirado. E quem poderia culpá-la? Ninguém sabia que Lea estava *bem ali*, que gritava pela mãe, que estava *berrando*. Luzes se estilhaçaram. Xícaras se quebraram. Ela dizia que queria ir para casa. Tentei impedi-lo. O Ceifador. Tentei detê-lo quando ele a agarrou pela mão. Tentei impedi-lo quando a arrastou escada acima. Tentei detê-lo quando ele a forçou a passar pela porta. Ela não queria ir. Estava implorando. "Por favor, não me faça desaparecer."

A pele de Wallace gelou.

— O Ceifador a obrigou a atravessar — disse Hugo, e sua amargura era palpável. — A porta se fechou antes que eu pudesse alcançá-la. E, quando tentei abri-la de novo, não se mexeu. Tinha servido ao seu propósito, e não havia razão para se abrir de novo. E, ah, Wallace, fiquei tão *bravo*. O Ceifador me disse que era a coisa certa a fazer, que, se a tivéssemos deixado continuar, apenas correríamos o risco de machucar mais as duas. E, mais do que isso, que era o que o Gerente queria, que era o que ele nos dissera que tínhamos de fazer. Mas não acreditei nele. Como poderia? Não devemos forçar alguém antes de estar pronto. Não é o nosso trabalho. Estamos aqui para garantir que vejam que a vida nem sempre é viver. Há muitas partes nela, e ela continua, mesmo após a morte. É linda, mesmo quando dói. Lea teria chegado lá, eu acho. Teria entendido.

— O que aconteceu com o Ceifador? — perguntou Wallace devagar.

O rosto de Hugo ficou tenso.

— Estragou tudo. Nunca tivera o temperamento que pensei que um Ceifador precisava ter, mas o que eu sabia na época? — Ele balançou a cabeça. — Disse que era a única coisa que poderia ser feita, e que, no final, eu entenderia, o que só me deixou mais irritado. Então, o Gerente veio.

Wallace podia ver o quadro maior se formando devagar à sua frente.

— O que ele é?

— Um guardião das portas — explicou Hugo calmamente. — Um pequeno deus. Um dos seres mais antigos que existem. Você decide. Qualquer um serve. Ele diz que é a ordem no caos. Também é um durão que não gosta quando as coisas atrapalham suas ordens. Veio até a casa de chá. O Ceifador tentou arranjar uma desculpa para o que tinha feito. "Diga a ele, Hugo. Diga a ele que o que fiz foi certo, que foi *necessário*."

— Você disse? — perguntou Wallace.

— Não — respondeu Hugo, com a voz mais fria que Wallace já tinha ouvido dele. — Não disse. Porque, mesmo que um Ceifador deva ajudar um barqueiro, não cabe a ele forçar uma pessoa a algo para o que não está pronta. Há ordem, sim; o Gerente prospera com isso, mas ele também sabe que essas coisas levam tempo. Em um momento, o Ceifador estava ao meu lado, implorando para ser ouvido, e tudo o que eu conseguia pensar era como ele soava como Lea. E, então, desapareceu. Apenas... deixou de existir. O Gerente não mexeu um dedo. Fiquei chocado. Horrorizado. E a *culpa* que senti, Wallace. Foi esmagadora. Eu tinha feito aquilo. Foi minha culpa.

— Não foi — disse Wallace, de repente furioso, embora não tivesse certeza do motivo. — Você fez tudo que podia. Você não estragou tudo, Hugo. Ele, sim.

— O Ceifador recebeu o que merecia?

Wallace empalideceu.

— Eu...

— O Gerente disse que sim. Disse que foi a melhor coisa. Que a morte é um processo, e qualquer coisa que prejudique esse processo é apenas um prejuízo.

— Nancy não sabe, sabe?

— Não — sussurrou Hugo. — Não sabe. Estava alheia a tudo. Ficou em um hotel por semanas, vindo aqui todos os dias, embora falasse cada vez menos. Acho que parte dela sabia que não era como antes. O que quer tenha sentido em relação a Lea não estava mais lá, porque *Lea* tinha ido embora. Houve uma finalidade para a qual ela não estava preparada. Ela tinha se convencido de que a morte da filha fora um acaso. De que, de alguma maneira, ela ainda estava aqui. Ela estava certa, de algum modo, até não estar mais. E aquela luz nos olhos dela, a mesma luz que eu tinha visto nos olhos de Lea, começou a piscar e a morrer.

— Ela ainda está aqui — disse Wallace, embora não soubesse o que isso significava. A mulher que ele tinha visto parecia não ser diferente dele: um fantasma.

— Está — confirmou Hugo. — Sumiu por alguns meses, e pensei que tivesse acabado, que ela de alguma forma começaria a se curar. O Gerente trouxe Mei, e eu disse a mim mesmo que era o melhor. Estava ocupado conhecendo minha nova Ceifadora, tentando ter certeza de que ela não era como o antecessor. Levei muito tempo para confiar nela. Mei vai dizer que no começo fui um idiota, e provavelmente é verdade. Foi difícil confiar em alguém como ela novamente.

— Mas você confiou.

Hugo deu de ombros.

— Ela conquistou essa confiança. Não é como todo mundo. Sabe a importância do que fazemos, e não toma isso como verdade absoluta. Mas, acima de tudo, ela é gentil. Não sei se consigo explicar corretamente o quanto isso é importante. Esta vida não é fácil. Dia após dia estamos cercados pela morte. Ou você aprende a viver com ela ou deixa que ela destrua você. Foi o que o meu primeiro Ceifador não entendeu. E as pessoas pagaram o preço por isso, pessoas inocentes que não mereciam o que aconteceu. — Ele olhou para as mãos, seus olhos opacos no escuro. — Nancy voltou. Alugou um apartamento na cidade e, na maioria dos dias, vem até aqui. Ela não fala. Senta-se sempre à mesma mesa. Está esperando, acho.

— O quê?

— Qualquer coisa — disse Hugo. — Qualquer coisa para mostrar a ela que aqueles que amamos nunca se vão de verdade. Ela está perdida, e tudo que posso fazer é estar lá para quando ela encontrar sua voz de novo. Devo muito a ela. Nunca vou pressioná-la. Nunca vou forçá-la a algo para o qual não esteja pronta. Como eu poderia? Já falhei com Nancy uma vez. Não quero falhar novamente.

— Não foi você. Você não...

— *Fui eu* — retrucou Hugo, e Wallace mal pôde evitar estremecer. — Eu podia ter feito mais. Eu *deveria* ter feito mais.

— Como? — perguntou Wallace. — O que mais poderia ter feito?

— Antes que Hugo pudesse responder, Wallace continuou: — Você não forçou Lea a passar pela porta. Não causou a morte dela. Você estava aqui quando ela mais precisou de você, e agora está fazendo o mesmo pela mãe dela. O que mais você pode fazer, Hugo?

Hugo se recostou contra o parapeito. Abriu a boca, mas nenhum som saiu.

Sem pensar, Wallace estendeu a mão para ele novamente, querendo tranquilizá-lo.

Sua mão passou direto através do ombro de Hugo.

Ele puxou a mão, o rosto contraído.

— Não estou aqui de verdade — sussurrou.

— Está, sim, Wallace.

Três palavras, e Wallace não tinha certeza se já tinha ouvido uma frase mais profunda.

— Estou?

— Sim.

— O que isso significa?

— Não posso dizer a você — disse Hugo. — Queria poder. Tudo o que posso fazer é mostrar o caminho à sua frente e ajudá-lo a tomar suas decisões.

— E se eu tomar a decisão errada?

— Então começamos de novo — falou Hugo. — E torcemos pelo melhor.

Wallace bufou.

— Tem aquela coisa da fé de novo.

Hugo riu, parecendo surpreso ao fazê-lo.

— É, acho que sim. Você é um homem estranho, Wallace Price.

Um flash de memória. De chamar Mei de estranha.

— Essa pode ser a coisa mais legal que alguém já me disse.

— É? Vou me lembrar disso. — Seu sorriso diminuiu. — Vai ser difícil. Quando você for embora.

Wallace engoliu em seco.

— Por quê?

— Porque você é meu amigo — afirmou Hugo, como se fosse a coisa mais fácil do mundo. Ninguém nunca havia dito isso a Wallace, e ele ficou arrasado. Aqui, no fim de tudo, ele havia encontrado um amigo. — Você...
Ele se lembrou do que Nelson havia dito.
— Eu me encaixei.
— Sim — confirmou Hugo. — Você se encaixou. Eu não esperava.
E, porque podia, Wallace disse:
— Você deveria ter "não pensado" nisso.
Hugo riu de novo, e ambos ficaram lado a lado, observando as plantas de chá balançarem para a frente e para trás.

A casa estava quieta.
Wallace sentou-se no chão.
Olhava para as brasas morrendo na lareira, a cabeça de Apollo em seu colo. Esfregava as orelhas do cachorro distraidamente, perdido em pensamentos.
Não sabia que falaria até que:
— Nunca cheguei a envelhecer.
— Não — concordou Nelson de sua cadeira. — Acho que não. E, se quiser, posso dizer que não é tão bom, que todas as dores são terríveis e que não desejo isso para ninguém, mas seria mentira.
— Eu não gostaria disso.
— Não pensei que iria querer. — Nelson bateu no ombro de Wallace com a bengala. — Queria ter envelhecido?
E aquilo não era uma pegadinha?
— Não como eu era.
— Como você era?
— Nada bom — murmurou Wallace. Ele olhou para as mãos no colo. — Eu era cruel e egoísta. Não me importava com nada além de mim mesmo. É uma merda.
— O quê?
— Isso — afirmou, moderando sua frustração. — Ver como eu era, sabendo que não há nada que eu possa fazer para mudar.
— O que faria se pudesse?

E não era *esse* o ponto crucial? Uma pergunta para a qual qualquer resposta serviria apenas para mostrar que ele havia falhado em quase todos os aspectos da vida. E para quê? No fim, o que isso lhe dera? Ternos extravagantes e um escritório surpreendente? Pessoas que faziam o que ele dizia quando ele mandava? *Pule*, ele dizia, e elas faziam exatamente isso, pulavam. Não por lealdade, mas por medo de represálias, do que Wallace faria se elas falhassem com *ele*.

Elas tinham medo dele, e Wallace usava o medo contra as pessoas porque era mais fácil do que virá-lo contra si mesmo, iluminando todos os seus lugares escuros. O medo era um motivador poderoso, e agora, agora, *agora*, ele conhecia o medo. Tinha medo de tantas coisas, mas principalmente do desconhecido.

Foi esse pensamento que fez Wallace se levantar do chão, subitamente determinado. Suas mãos tremiam, a pele formigando, mas ele não parou.

Nelson olhou para ele.

— O que está fazendo?

— Vou ver a porta.

Os olhos de Nelson se arregalaram enquanto ele lutava para se levantar da cadeira.

— O quê? Espera, Wallace, não, você não quer fazer isso. Não até que Hugo esteja lá com você.

Ele fez que não com a cabeça.

— Não vou atravessar. Só quero ver.

Isso não acalmou Nelson. Ele grunhiu ao se levantar, usando a bengala para se erguer.

— Não é essa a questão, garoto. Você precisa ser cuidadoso. Pense, Wallace. Mais do que jamais pensou na vida.

Ele olhou para as escadas.

— Estou pensando.

Ele subiu as escadas, Nelson resmungando logo atrás. Pararam no segundo andar, as paredes de um amarelo pálido, os pisos de madeira silenciosos sob seus pés, observando Apollo caminhar pelo corredor em direção a uma porta fechada, verde vibrante, no fim. Ele atravessou a porta, abanando o rabo antes de desaparecer.

— Quarto do Hugo — disse Nelson.

Wallace já sabia, embora não tivesse estado lá dentro. No outro extremo do corredor estava o quarto de Mei, a porta branca também fechada, um cartaz pendurado de modo torto que dizia: LEMBRE-SE DE FAZER DE HOJE UM GRANDE DIA. O primeiro dia, quando ele tinha ido lá e a acordado, fora a única vez que estivera no segundo andar.

Pensou em voltar para o andar de baixo, a fim de esperar os despertadores tocarem e outro dia começar.

Então se virou...

... e subiu as escadas para o terceiro andar.

O gancho em seu peito vibrava à medida que subia cada degrau. Parecia quase quente, e, se se concentrasse bastante, achou que podia ouvir sussurros vindos do ar ao seu redor.

Ele entendeu, então, que não eram de Hugo, como havia pensado. Não *apenas* de Hugo, pelo menos. Ah, Wallace tinha certeza de que Hugo fazia parte disso, assim como Mei, Nelson, Apollo e aquela casa estranha. Mas havia *mais*, algo muito maior do que ele esperava. O ar ao seu redor se encheu de sussurros, quase como uma música que ele não conseguia entender. Chamava-o, impelia-o para cima. Ele piscou rapidamente contra a ardência dos olhos, se perguntando se Lea teria sido capaz de ouvir algo daquilo conforme era puxada em direção à porta, lutando contra o forte aperto em torno do punho.

Ele ofegou quando chegou ao patamar do terceiro andar. À sua direita, um *loft* aberto, o luar entrando pela única janela. Uma fileira de prateleiras alinhadas na parede com centenas de livros. Plantas pendiam do teto, suas flores douradas, azuis, amarelas e cor-de-rosa.

À esquerda, um corredor com as portas fechadas. Quadros pendurados nas paredes: pôr do sol em praias brancas, neve caindo em grumos grossos em uma floresta antiga, uma igreja coberta de musgo com um vitral ainda intacto.

— Este é o lugar onde eu morava — disse Nelson, as mãos segurando sua bengala com força. — Meu quarto fica no fim do corredor.

— Sente falta?

— Do quarto?

— Da vida — falou Wallace distraidamente, o gancho puxando-o para a frente.

— Alguns dias, sim. Mas aprendi a me adaptar.

— Porque ainda está aqui.

— Estou — disse Nelson. — Estou.

— Você está sentindo isso? — sussurrou ele. Sem peso, como se estivesse flutuando, a música, os sussurros enchendo seus ouvidos.

Nelson pareceu preocupado.

— Sim, mas não é o mesmo para mim. Não mais. Não como foi um dia.

E, pela primeira vez, Wallace achou que Nelson estava mentindo.

Ele continuou subindo os degraus. A escadaria ficava mais estreita, e sabia que estava subindo em direção à estranha torre que vira pela primeira vez ao chegar com Mei. Era algo saído de um conto de fadas, de reis e rainhas, uma princesa presa em uma torre. Claro que era ali que a porta estaria. Não podia imaginá-la em nenhum outro lugar.

Ele dava cada passo lentamente.

— Você tentou impedi-lo?

— Quem?

Wallace não olhou para trás.

— O Ceifador. Com Lea.

Nelson suspirou.

— Ele contou.

— Sim.

— Tentei — disse Nelson, mas parecia distante, como se uma grande distância os separasse. Um sonho, as bordas nebulosas em torno de uma membrana fina. — Tentei com todas as minhas forças. Mas eu não era forte o suficiente. O Ceifador, ele... não queria ouvir. Fiz tudo o que pude. Hugo também.

Os degraus fizeram uma curva. Wallace agarrou o corrimão sem pensar. A madeira parecia escorregadia sob os dedos.

— Por que acha que ele fez o que fez?

— Não sei. Talvez tenha pensado que era a coisa certa a fazer.

— E era?

— Não — falou Nelson asperamente. — Ele nunca deveria ter colocado as mãos na garota. Tinha feito seu trabalho ao trazê-la aqui.

Deveria ter deixado as coisas em paz. Wallace, tem certeza disso? Poderíamos voltar lá para baixo. Acordar o Hugo. Ele não se importaria. E deveria estar aqui.

Wallace não tinha certeza de nada. Não mais.

— Preciso ver a porta.

E, assim, subiu.

Janelas se alinhavam nas paredes, janelas que ele não tinha visto do lado externo da casa. Ele riu quando viu a luz do sol fluindo através delas, mesmo sabendo que era madrugada. Parou em uma das janelas, olhando através do vidro. Deveria haver uma vasta extensão de floresta do outro lado, talvez até mesmo um vislumbre de uma cidade à distância, mas, em vez disso, a janela dava para uma cozinha familiar. Os sons fracos da música natalina filtravam-se pelo vidro, e uma mulher tirava bengalinhas doces caseiras do forno.

Ele continuou.

Não sabia quanto tempo havia levado para chegar ao topo da escada. Pareceram horas, embora suspeitasse que tivessem sido apenas um minuto ou dois. Perguntou-se se havia sido assim para todos que vieram antes dele, e quase desejou que Hugo estivesse ali, levando-o pela mão. Passou por sua cabeça um breve pensamento engraçado. Como lhe agradava a ideia de segurar a mão de Hugo. Não havia mentido quando dissera a Hugo que desejava tê-lo conhecido antes. Pensava que, de alguma forma, as coisas poderiam ter sido diferentes.

Chegou ao quarto andar.

Estava cercado por janelas, embora as cortinas estivessem fechadas. Uma cadeirinha estava ao lado de uma mesinha. Sobre a mesa havia um jogo de chá: um bule e duas xícaras. Um vaso havia sido colocado ao lado das xícaras, cheio de flores vermelhas.

Mas não havia nenhuma porta.

Ele olhou ao redor.

— Eu não... onde está?

Nelson levantou um dedo, apontando para cima. Wallace ergueu a cabeça. E lá, acima deles, havia uma porta no teto.

Não era como ele esperava. Com o medo, havia construído em sua mente uma grande coisa de metal com uma trava pesada e agourenta. Seria escura e sinistra, e ele nunca teria coragem de passar por ela.

Não era assim.

Era apenas uma porta. No teto, sim, mas ainda era apenas uma porta. Era de madeira, a moldura em volta pintada de branco. A maçaneta era um cristal transparente com um centro verde em forma de folha de chá. Os sussurros que o tinham seguido escada acima haviam desaparecido. O insistente puxão no gancho no peito havia diminuído. Um silêncio tomou a casa ao redor como se ela prendesse a respiração.

Nelson falou:

— Não é grande coisa, né?

— Não — concordou Nelson. — Não parece, mas as aparências enganam.

— Por que fica no teto? É um lugar estranho. Sempre esteve aí?

A casa em si era estranha, então ele não ficaria surpreso se fosse parte da construção original, embora não soubesse aonde ela poderia levar além do telhado.

— Foi aí que o Gerente colocou quando escolheu Hugo como barqueiro — explicou Nelson. — Hugo abre a porta, e nós nos elevamos para o que vem a seguir.

— O que aconteceria se eu abrisse? — perguntou, ainda olhando para a porta.

Nelson pareceu alarmado.

— Por favor. Vou lá buscar o Hugo.

Ele desviou o rosto, olhando para trás. Nelson estava preocupado, a testa franzida, mas não havia nada que Wallace pudesse fazer agora. Mal conseguia se mover.

— Consegue sentir?

Ele não precisava explicar. Nelson sabia o que Wallace queria dizer.

— Nem sempre, e não é tão forte quanto antes. Diminui com o tempo. Está sempre lá, no fundo da minha mente, mas aprendi a ignorar.

Wallace queria tocar a porta. Queria envolver a maçaneta com os dedos, sentir a folha de chá pressionada contra a palma. Podia ver com clareza em sua mente: ele viraria a folha de chá até que o trinco estalasse, e então...

O quê?

Ele não sabia, e não saber era a coisa mais assustadora de todas.

Então, deu um passo para trás, esbarrando em Nelson, que agarrou seu braço.

— Você está bem?

— Não sei — respondeu Wallace. Ele engoliu o nó na garganta.

— Acho que gostaria de voltar lá para baixo agora.

Nelson levou-o embora.

As janelas estavam escuras quando eles desceram as escadas. Lá fora, a floresta estava como sempre havia sido.

Antes de chegarem ao patamar do terceiro andar, ele olhou pela última janela para a longa estrada de terra que levava à loja de chá e, estranhamente, uma lembrança lhe passou pela mente, uma lembrança que não parecia ser sua. De estar do lado de fora, o rosto voltado para o sol quente.

A lembrança se desvaneceu, a noite voltou, e ele viu alguém parado na estrada de terra.

Cameron, encarando Wallace. Ele estendeu o braço, a palma voltada para o céu, os dedos abrindo e fechando, abrindo e fechando.

— O que foi? — perguntou Nelson.

— Nada — respondeu Wallace, afastando-se da janela. — Nada mesmo.

CAPÍTULO 13

No início do vigésimo segundo dia de Wallace na Travessia de Caronte, uma pasta apareceu no balcão ao lado da caixa registradora. A casa de chá ainda não havia sido aberta, e Mei e Hugo se encontravam na cozinha, se preparando para o dia começar.

Nelson estava sentado em sua cadeira em frente à lareira, Apollo a seus pés.

Wallace andava pela loja, tirando as cadeiras de cima das mesas e colocando-as embaixo. Estava ficando mais fácil para ele, e era o mínimo que podia fazer para ajudar. Nunca pensou que encontraria alegria em um trabalho tão operacional, mas aqueles eram dias estranhos.

Wallace se encontrava perdido em pensamentos, pegando as cadeiras, quando a sala pareceu mudar um pouco. O ar ficou espesso e estagnado. O relógio na parede, marcando os segundos, engasgou-se. Ele olhou para cima para ver o ponteiro dos segundos avançar uma, duas, três vezes antes de se mover *para trás*. O ponteiro dançou para a frente e para trás conforme os pelos dos braços de Wallace se eriçavam.

— O que é isso? — murmurou ele. — Nelson, você viu...

Ele foi interrompido quando a pasta surgiu do nada ao lado da caixa registradora com um estouro cômico. *Pop!* Fios de fumaça flutuaram ao redor dele conforme a pasta se acomodava no balcão. Era fina, como se tivesse apenas algumas folhas de papel dentro.

— Ai, cara — exclamou Nelson. — Lá vamos nós de novo.

Antes que Wallace pudesse descobrir o que *isso* queria dizer, Hugo e Mei entraram pelas portas, com Apollo os seguindo atrás. Hugo franziu a testa ao observar o relógio, os ponteiros congelados.

— Droga — exasperou Mei. — Claro que tem de chegar quando estou fazendo muffins — resmungou se dirigindo para as escadas, desamarrando o avental antes de puxá-lo sobre a cabeça. — Não deixem que queimem — gritou. — Vou ficar bem chateada.

— Claro — disse Hugo, olhando para a pasta. Ele a tocou com um único dedo, traçando as bordas com ele.

— O que é aquilo? — perguntou Wallace, indo até o balcão.

— Teremos um novo convidado — explicou Nelson, levantando-se da cadeira. Ele mancou até Hugo e Wallace, a bengala batendo no chão. — Dobradinha. Fazia tempo que não acontecia isso.

— Outro convidado? — questionou Wallace.

— Alguém como nós — respondeu Nelson. Ele parou ao lado de seu neto, olhando para a pasta com interesse mal disfarçado.

— Sim — disse Hugo, tocando a pasta quase com reverência. — Mei vai recolhê-lo e trazê-lo para cá.

Wallace não tinha certeza de como se sentia sobre o fato. Ele havia se acostumado a ter toda a atenção de Hugo, e o pensamento de outro fantasma tirando isso dele causou uma estranha torção no gancho em seu peito. Disse a si mesmo que estava sendo bobo. Hugo tinha um trabalho a fazer. Tinha havido muitos antes de Wallace, e haveria ainda mais depois que ele fosse embora. Era temporário. Tudo aquilo era temporário.

Doeu mais do que ele esperava.

— Para o que é? — perguntou ele, esfregando o peito com uma careta. — A pasta.

Hugo olhou para ele.

— Tudo bem?

— Sim — respondeu Wallace, abaixando a mão.

Hugo o observou por um instante um pouco longo demais antes de assentir.

— Ela me diz quem está vindo. Não é completa, claro. Uma vida não pode ser dividida por itens e ser abrangente. Pense nisso como uma espécie de versão resumida.

— Versão resumida — repetiu Wallace. — Você está me dizendo que, sempre que alguém morre, você recebe o resumo da vida da pessoa.

— Ops — disse Nelson, olhando de um para o outro. Apollo ganiu, as orelhas encolhendo-se contra a cabeça.

— Sim — respondeu Hugo. — É isso que estou dizendo.

Wallace estava incrédulo.

— E você não pensou em dizer nada sobre isso antes?

— Por quê? — perguntou Hugo. — Não é como se eu pudesse mostrar a você o que está aqui. Não é para...

— Não me importo com *esta* — retrucou Wallace, embora não fosse toda a verdade. — Você tem uma sobre mim?

Hugo deu de ombros. Foi muito irritante.

— Tinha.

— O que dizia? Cadê? Quero ver. — E *isso* também não era bem verdade. E se fosse ruim? E se no topo, escrito em negrito (e em Comic Sans!) houvesse um resumo da vida de Wallace Price que fosse menos que lisonjeiro? **NÃO FEZ MUITO, MAS TINHA LINDOS TERNOS!**, ou pior, **NÃO ERA TÃO BOM ASSIM, SENDO BEM HONESTO!**

— Desapareceu — explicou Hugo, olhando de volta para a pasta no balcão. — Depois que eu a reviso, ela desaparece.

Wallace ficou furioso.

— Ah, desaparece, é? Apenas desaparece, volta para de onde quer que tenha vindo.

— Isso mesmo.

— E você não vê problema nisso.

— Não? — disse Hugo. Ou perguntou. Wallace não tinha certeza.

Wallace ergueu as mãos em exasperação.

— Quem manda a pasta? De onde vem? Quem escreve? Eles são objetivos, ou é preenchida com nada além de bobagens opinativas destinadas a difamar? Isso é *difamação*. Há *leis* contra isso. Exijo que me conte o que foi dito sobre mim.

— Aff — exasperou Nelson. — Estou velho e morto demais para isso. — Ele se afastou do balcão em direção à cadeira. — Apenas me avise quando nosso novo convidado chegar. Vou vestir minha roupa boa de domingo.

Wallace olhou para ele com raiva.

— Você estava de pijama quando eu cheguei.

— Suas habilidades de observação são incomparáveis. Que bom.

Wallace considerou jogar uma cadeira em Nelson. No fim, decidiu que era melhor não. Não gostaria que isso entrasse em um *arquivo*.

— Você está pensando demais — disse Hugo, repreendendo-o gentilmente. — Não há uma lista de prós e contras, ou de cada ação que alguém tomou, boa ou ruim. São apenas... notas.

Wallace cerrou os dentes.

— O que diziam as minhas?

Hugo o fitou.

— Importa?

— Sim.

— Por quê?

— Porque se alguém escreveu algo sobre mim, eu gostaria de saber.

Hugo sorriu.

— Você pesquisava as avaliações de sua empresa quando estava vivo? Todas as terças-feiras de manhã, às nove.

— Não — retrucou Wallace. — A menos que isso estivesse escrito no meu arquivo. E, se estava, eu tinha uma razão muito boa. Eu irritava muita gente, e todo mundo sabe que, se a intenção é reclamar de alguma coisa, você escreve na internet, mesmo que você seja um mentiroso que não sabe do que está falando.

— Parece que tem uma história aí.

Wallace olhou feio para ele.

— Ou não — disse Hugo. Ele esfregou o queixo, pensativo. — Tem certeza de que quer saber?

Wallace hesitou.

— É... ruim? Tipo, *muito* ruim? Mentira! É tudo mentira! Eu era uma pessoa muito competente. — Ele se encolheu por dentro. Quando estava vivo, talvez tivesse lutado com unhas e dentes para se vender, mas, agora, não podia fazer isso. Parecia... bem... ridículo era provavelmente a melhor maneira de dizer. Ridículo e sem sentido.

Nelson bufou da cadeira.

— Você está jogando alto.

Wallace o ignorou.

— Deixa para lá. Não quero saber. Pode ficar aí, agindo como um presunçoso, como sempre faz.

— Assim você me magoa — disse Hugo.

Wallace bufou pelo nariz.

— Duvido muito. Não estou nem aí. Olha só. Veja o quanto não me importo.

Então, Wallace deu meia-volta, voltando à tarefa que fazia. Conseguiu pegar mais duas cadeiras antes de ceder. Hugo achou divertido quando ele caminhou de volta para o balcão.

— Cale a boca — murmurou Wallace. — Fale logo.

— Você durou um minuto inteiro — disse Hugo. — Mais do que pensei que duraria. Estou impressionado.

— Você está se divertindo demais.

Hugo deu de ombros.

— Tenho que tirar vantagem de algum lugar, certo, vovô?

— Exatamente — falou Nelson, enquanto Wallace revirava os olhos.

Hugo olhou para Wallace.

— Mas não é como você está pensando. Não menti quando disse que a ideia não era ser desrespeitoso com você. Pense mais como se fosse um... um esboço.

Certamente não fez com que ele se sentisse melhor.

— Escrito por quem? E não diga alguma besteira esotérica como o Universo ou qualquer outra coisa.

— O Gerente — explicou Hugo.

Aquilo fez Wallace estacar, gelado.

— O Gerente. O ser de quem vocês todos têm medo, que toma decisões em um nível cósmico.

— Não tenho *medo* do...

— Como ele sabe sobre mim? — perguntou Wallace. — Ele estava me *espionando*? — Olhou ao redor em descontrole, baixando a voz. — Está ouvindo tudo que estou dizendo agora?

— Provavelmente — disse Nelson. — Ele é meio que um voyeur.

Hugo suspirou.

— Vovô.

— O quê? A pessoa tem o direito de saber que um ser superior o viu fazer cocô ou deixar a comida cair no chão e depois pegá-la de volta e comê-la. — Nelson olhou ao redor de sua cadeira. — Você enfiava o dedo no nariz? Ele via isso também. Não tem nada de errado nisso, acredito. Humanos são nojentos assim mesmo. É a nossa natureza.

— Ele não viu — falou Hugo em voz alta. — Não é assim que funciona.

— Tudo bem — disse Wallace. — Então, vou ver por mim mesmo.

Ele ficou surpreso quando Hugo não tentou impedi-lo de pegar a pasta. Surpreso até descobrir que *não conseguia* pegar. Sua mão passou direto pela pasta até embaixo do balcão. Ele puxou a mão para trás e tentou de novo. E de novo. E de novo.

— Avise quando terminar — disse Hugo. — Especialmente porque sou o único que pode pegá-la e ver o que tem dentro.

— Claro que é — resmungou Wallace.

Ele cedeu, as mãos espalmadas contra o balcão.

Hugo estendeu a mão para ele novo. Aquilo vinha acontecendo cada vez mais, como se ele continuasse esquecendo que ele e Wallace não podiam se tocar. Ele parou, uma das mãos acima da de Wallace, que se perguntou como seria a pele de Hugo. Achou que seria quente e macia. Mas nunca descobriria. Em vez disso, Hugo descansou a mão entre as de Wallace, batendo com o indicador. Os dedos de Wallace se contraíram. Meros centímetros os separavam.

— Está tudo bem — disse Hugo. — Juro. Não tinha nada de ruim. Seu arquivo dizia que você era determinado. Que trabalhava duro. Que não aceitava um não como resposta.

Um mês atrás, isso teria agradado Wallace.

Agora, ele já não tinha tanta certeza.

— Sou mais do que isso — afirmou, com a voz embotada.

— Fico feliz em ouvir essa afirmação vinda de você — disse Hugo. — Também acho.

Ele pegou a pasta do balcão, abrindo-a. Wallace tentou se inclinar com indiferença, mas acabou caindo do balcão. Hugo olhou-o por cima da pasta. Até os olhos dele sorriam.

— Realmente não gosto nem um pouco de você — afirmou Wallace, sentindo-se bastante petulante ao se levantar.

— Não acredito.

— Deveria.

— Vou me lembrar.

— Jesus Cristo — murmurou Nelson. — De todos os obtusos...

O que quer que ele tivesse a dizer em seguida se transformou em um murmúrio baixinho.

Mei apareceu descendo as escadas, elegantemente vestida com o mesmo terno que usara no funeral de Wallace. Ela tirou o cabelo do rosto.

— Estou falando sério sobre os muffins, cara. Se eu voltar e descobrir que eles queimaram, vou ficar muito brava. Quem temos agora?

— Ela arrancou a pasta das mãos de Hugo e começou a ler, os olhos correndo de um lado para o outro. — Hum. Ah. *Ah.* Bom. Entendo. Interessante. — Sua testa se franziu. — Isso... não vai ser fácil.

Wallace olhou para Hugo com raiva.

— Você falou que era o único que podia tocá-la.

— Falei? — perguntou Hugo. — Foi mal. Mei também pode.

Ela sorriu para Wallace.

— Vi a sua. Muita coisa boa lá. Pergunta: por que você achava que usar calças cargo era legal em 2003?

— Vocês são terríveis — anunciou Wallace de forma grandiloquente. — E não quero mais nada com vocês.

E, assim, ele voltou a arrumar as cadeiras, recusando-se a olhar na direção deles.

— Ah, não — disse Mei. — Por favor, não. Qualquer coisa menos isso. — Ela empurrou a pasta de volta para as mãos de Hugo. — Tudo bem. Número dois, aqui vamos nós.

— Veja se não vai aparecer com três dias de atraso — disse Wallace. — Deus não permita que você faça seu trabalho direito.

— Ahh — falou Mei. — Você *se importa*. Estou emocionada.

Ela ficou na ponta dos pés e beijou a bochecha de Hugo.

— Não se esqueça dos...

— Dos muffins. Eu sei. Não vou esquecer. — Ele passou um braço em volta dos ombros dela, abraçando-a. Wallace não ficou com ciúmes. De jeito nenhum. — Tome cuidado. Este não será como os outros.

Wallace não gostou de como ele parecia estar preocupado.

— Vou tomar — disse Mei, abraçando-o de volta. — Voltarei assim que puder.

Wallace se virou para dizer a ela que o número de pessoas que aparecia em um funeral *não* era indicativo do valor de uma pessoa, mas Mei já tinha ido.

O relógio na parede retomou o ritmo normal, os segundos passando.

— Nunca vou entender como essa coisa funciona — constatou Wallace.

A única resposta de Hugo foi rir ao se virar e atravessar as portas da cozinha.

A casa de chá ficou cheia o dia todo. Como estava sem Mei, Hugo não parou de se mexer, mal tendo tempo de olhar para Wallace, muito menos responder a mais perguntas sobre o que havia em seu arquivo. Aquilo o irritava, mas, se fosse pressionado, ele não seria capaz de explicar por quê.

Foi Nelson quem chegou ao cerne da questão, muito para a consternação de Wallace, que estava perdido em pensamentos, sentado no chão ao lado da cadeira de Nelson.

— Ele não vai se esquecer de você só porque alguém novo vai chegar.

Wallace evitou olhar para ele de forma resoluta. Observou a lareira, as chamas estalando e estourando.

— Não estou nem um pouco preocupado com isso.

— Certo — disse Nelson devagar. — Claro que não. Seria simplesmente absurdo.

— Exatamente — falou Wallace.

Eles ficaram em silêncio por pelo menos mais dez minutos. Então:

— Mas *se* for com isso que você está preocupado, não se preocupe. Hugo é esperto. Focado. Ele sabe o quanto isso é importante. Pelo menos, acho que sabe.

Wallace o fitou. Nelson estava sorrindo, mas Wallace não sabia por quê.

— A nova pessoa que vem aqui?

— Claro — respondeu Nelson. — Isso também.

— Do que está falando?

Nelson balançou a mão, querendo dizer que não era nada.

— Apenas divagando, suponho. — Ele hesitou. — Você amava sua esposa?

Wallace piscou.

— O quê?

— Sua esposa.

Wallace olhou de volta para o fogo.

— Amava. Mas não foi suficiente.

— Você se esforçou ao máximo?

Ele queria responder que sim, que tinha feito tudo ao seu alcance para garantir que Naomi soubesse que era a pessoa mais importante em todo o mundo dele.

— Não. Não me esforcei.

— O que acha que aconteceu?

Não havia censura em sua voz, nenhum julgamento. Wallace ficou absurdamente grato por isso.

— Não sei — falou Wallace, mexendo em um fiapo da calça jeans. Ele não usava nada próximo de um terno desde que tinha sido capaz de trocar de roupa. Fazia com que se sentisse melhor, como se tivesse se livrado de uma casca externa que não sabia que estava carregando. — Certas coisas atrapalharam.

— Eu amava minha esposa — comentou Nelson, e qualquer outra coisa que Wallace tivesse a dizer morreu na ponta da língua. — Ela era... vibrante. Um azougue. Não havia ninguém como ela em todo o mundo, e, por alguma razão, ela me escolheu. Ela me amava. — Nelson sorriu, embora Wallace pensasse que era mais para si mesmo do que qualquer outra coisa. — Tinha esse hábito. Que me irritava pra caramba. Ela voltava do trabalho e a primeira coisa que fazia era tirar os sapatos e deixá-los na porta. Depois tirava as meias e as largava no chão. Ficava uma trilha de roupas espalhadas, esperando que eu as pegasse. Perguntei por que ela só não as colocava no cesto como uma pessoa normal. Sabe o que ela respondeu?

— O quê? — perguntou Wallace.

— Ela disse que a vida era mais do que meias sujas.

Wallace o encarou.

— Isso... não significa nada.

O sorriso de Nelson se alargou.

— Não é? Mas fazia todo o sentido para ela. — Seu sorriso vacilou. — Cheguei em casa um dia. Estava atrasado. Abri a porta e não havia sapatos logo na entrada. Nem meias no chão. Nenhuma trilha de roupas. Pensei por um momento que ela mesma as havia pegado. Fiquei... aliviado? Estava cansado e não queria ter de arrumar a bagunça dela. Eu a chamei. Ela não respondeu. Percorri a casa, cômodo por cômodo, mas ela não estava lá. Está atrasada, falei a mim mesmo. Acontece. Então o telefone tocou. Foi o dia em que soube que minha esposa havia falecido inesperadamente. E, na verdade, é engraçado. Porque mesmo quando me disseram que ela tinha partido, que havia sido rápido e que ela não tinha sofrido, eu só conseguia pensar em como eu daria tudo para ter os sapatos dela na porta. As meias sujas no chão. Um rastro de roupas que seguisse até o quarto.

— Sinto muito — disse Wallace baixo.

— Não precisa — respondeu Nelson. — Tivemos uma vida boa. Ela me amava, e fiz questão de que ela soubesse todos os dias que eu a amava, mesmo que tivesse que arrumar a bagunça dela. É o que você faz.

— Não sente falta dela? — perguntou Wallace sem pensar. Ele estremeceu. — Merda. Não saiu como eu pretendia. É óbvio que sente.

— Sim — concordou Nelson. — Com cada fibra do meu ser.

— Mas você ainda está aqui.

— Estou — disse Nelson. — E sei que, quando estiver pronto para deixar este lugar, ela estará esperando por mim. Mas prometi que cuidaria de Hugo enquanto pudesse. Ela vai entender. O que são alguns anos diante da eternidade?

— O que será preciso? — perguntou Wallace. — Para você atravessar. — Lembrou-se do que Nelson lhe dissera quando estavam abaixo da porta. — Para se elevar.

— Ah. Essa é a questão, não é? O que será preciso? — Nelson se inclinou para a frente, batendo a bengala de leve na perna de Wallace. — Saber que ele está em boas mãos. Que a vida dele está cheia de alegria mesmo diante da morte. Não se trata do que ele *precisa*, necessariamente, porque isso poderia significar que lhe falta alguma coisa. Trata-se do que ele *quer*. Há uma diferença. Acho que, às vezes, nos esquecemos disso.

— O que ele quer? — perguntou Wallace.

Em vez de responder, Nelson falou:

— Ele sorri mais agora. Sabia?

— Sorri? — Ele achava que Hugo era do tipo que sempre sorria.

— Eu me pergunto por que isso acontece — refletiu Nelson, recostando-se na cadeira. — Mal posso esperar para descobrir.

Wallace olhou para Hugo atrás do balcão. Ele deve ter sentido Wallace o observando, porque olhou e sorriu.

Wallace sussurrou:

— É fácil se deixar alçar voo e cair.

— É — concordou Nelson. — Mas o que mais importa é o que você faz para se livrar disso.

O ponteiro dos segundos do relógio começou a vacilar meia hora depois que a Travessia de Caronte fechou à noite. Hugo colocou uma placa familiar na janela: FECHADO PARA UM EVENTO PRIVADO. Ele disse a Wallace que era apenas por precaução.

— Nós não estamos aqui — disse Hugo. — Não de verdade. Quando o relógio começa a desacelerar, o mundo se move ao nosso redor. Se alguém viesse à loja em um momento como esse, veria apenas uma casa escura com a placa na janela.

Wallace o seguiu até a cozinha. Sua pele coçava, e o gancho em seu peito estava desconfortável.

— Alguém já tentou entrar?

Hugo fez que não com a cabeça.

— Não que eu saiba. Não é exatamente mágico, eu acho. É mais uma ilusão do que qualquer outra coisa.

— Para quem é barqueiro, há muita coisa que você não sabe.

Hugo riu.

— Não é ótimo? Eu odiaria saber tudo. Não haveria mais mistério. Qual seria o propósito?

— Mas você saberia o que esperar. — Ele percebeu como aquilo soava quando disse. — É por isso que nós *não* pensamos no que está por vir.

— Exatamente — concordou Hugo, como se fizesse algum sentido.

Wallace estava aprendendo que era mais fácil só deixar rolar. Isso mantinha a sanidade quase intacta. Hugo foi até a despensa, franzindo a testa para o conteúdo à sua frente. Wallace olhou para trás. Mais potes se alinhavam nas prateleiras, cada um com um tipo diferente de chá dentro. Ao contrário dos que ficavam atrás do balcão na frente da loja, esses não tinham rótulos. A maioria deles estava em forma de pó.

— *Matchá*? — murmurou Hugo para si mesmo. — Não. Não é isso. *Yaupon*? Não. Também não é isso, embora eu ache que está perto.

— O que está fazendo?

— Tentando encontrar o chá que melhor se adapta ao nosso convidado — explicou Hugo.

— Você fez isso comigo?

Ele assentiu ao apontar para um pó escuro perto do topo da prateleira.

— Com você foi fácil. Quase mais fácil do que qualquer um que já tive antes.

— Uau! — exclamou Wallace. — É a primeira vez que alguém diz isso sobre mim. Não sei como me sentir.

Hugo caiu na gargalhada.

— Isso não é... ah, você sabe o que eu quis dizer.

— Foi você que disse, e não eu.

— É uma arte — comentou Hugo. — Ou pelo menos é o que digo a mim mesmo. Escolher o chá perfeito para uma pessoa. Nem sempre acerto, mas estou melhorando. — Ele esticou a mão para uma jarra, tocando o vidro antes de puxar a mão de volta. — Não é este também. O que poderia... ah. Sério? Este é... um gosto adquirido. — Ele pegou um pote da prateleira, cheio de folhas torcidas e enegrecidas. — Não é um dos meus. Não acho que conseguiria cultivá-lo aqui. Tive que importar.

— Qual é? — perguntou Wallace, olhando para o frasco. As folhas pareciam mortas.

— Chá *kuding* — explicou Hugo, virando-se para o balcão oposto para preparar o chá. — É uma infusão chinesa. A tradução literal é "chá de unha amarga". Geralmente é feito de um tipo de árvore chamada charão e azevinho. O sabor não é para todos. É muito amargo, embora digam que é medicinal. Dizem que ajuda a limpar os olhos e a cabeça. Tira as toxinas.

— E é esse que você vai dar ao convidado? — perguntou Wallace, observando Hugo puxar uma folha retorcida do pote. O cheiro de terra era pungente e fez Wallace espirrar.

— Acho que sim. É incomum. Nunca recebi alguém que tenha tomado esse chá. — Ele olhou para a folha antes de balançar a cabeça. — Provavelmente nada. Veja.

Wallace ficou ao lado dele enquanto Hugo despejava água quente no mesmo conjunto de xícaras que usara quando Mei levara Wallace na primeira noite. O vapor subiu quando Hugo pousou o bule. Ele segurou a folha entre dois dedos, baixando-a suavemente na água. Uma vez submersa, a folha se desdobrou, como uma flor desabrochando. A água começou a escurecer para um tom estranho de marrom mesmo quando a cor da folha clareava para um esverdeado.

— Que cheiro você sente? — perguntou Hugo.

Wallace se inclinou para a frente e inalou o vapor. Acabou entupindo suas narinas, e ele torceu o nariz enquanto se afastava.

— Grama?

Hugo assentiu, obviamente satisfeito.

— Exato. Embaixo do amargor, tem uma nota de ervas com um sabor residual que lembra um mel persistente. Mas você tem que passar pelo amargo para encontrá-lo.

Wallace suspirou.

— Uma daquelas situações em que você diz uma coisa, mas quer dizer outra.

Hugo sorriu.

— Ou é apenas chá. Não precisa significar algo quando já é tão complexo. Prove. Acho que pode se surpreender. Talvez precise ficar mais tempo em infusão, mas vai dar uma boa noção.

Ele se lembrou do provérbio pendurado em um quadro na casa de chá. Hugo deve ter pensado a mesma coisa quando entregou o copo a Wallace e disse:

— É o seu segundo.

Convidado de honra.

Wallace engoliu em seco pegando a xícara de Hugo. Não lhe passou despercebido que isso era o mais próximo que poderiam chegar de se tocar. Ele sentiu o olhar de Hugo sobre si conforme ambos seguravam a xícara por mais tempo que o necessário. No fim das contas, Hugo abaixou a mão.

A água ainda estava límpida, embora o tom marrom tivesse dado lugar a um verde mais próximo da cor da folha. Ele levou a xícara aos lábios e tomou um gole.

Engasgou-se, o chá escorrendo pela garganta e florescendo quente no estômago. Era amargo, sim, e então a grama bateu e parecia que ele tinha comido meio gramado. A nota de mel estava lá, mas a doçura foi perdida pelo fato de Wallace odiar tudo no sabor.

— Puta merda — exasperou ele, limpando a boca conforme Hugo pegava a xícara de volta. — É horrível. Quem seria louco de beber esse negócio de bom grado?

Ele observou Hugo levar a xícara aos próprios lábios e fazer uma careta enquanto a garganta trabalhava.

— É — afirmou, afastando a xícara. — Só porque amo chá não significa que ame todos os tipos. — Ele estalou os lábios. — Ah. Aí está o mel. Quase vale a pena.

— Você já se enganou ao escolher um chá?
— Para as pessoas que vêm aqui vivas? Sim.
— Mas não para os mortos.
— Não para os mortos — repetiu Hugo.
— Isso é... notável. Bizarro, mas notável.
— Foi outro elogio, Wallace?
— Hum, sim? — respondeu Wallace, de repente desconfortável. Ele estava mais perto de Hugo do que imaginara. Limpou a garganta, dando um passo para trás. — Cara, esse gosto não sai.

Hugo soltou uma risadinha.

— Gruda em você. Gostei muito mais do seu.

Isso não deveria ter deixado Wallace tão feliz quanto deixou.

— Foi um elogio, Hugo?
— Foi — falou Hugo sem rodeios.

Wallace pegou essa única palavra e a segurou, o amargor que sentia não se comparando ao doce do sabor residual.

Hugo tirou mais folhas da jarra e as colocou em um pratinho ao lado do bule e das xícaras.

— E aí. Como está?
— Como se você tivesse ido lá fora e pegado a primeira coisa que encontrou no chão.
— Perfeito — disse Hugo alegremente. — Significa que nós...

Na frente da loja, o relógio gaguejou alto e depois parou, o ponteiro dos segundos estremecendo.

— Eles chegaram — falou Hugo.

Wallace não tinha certeza do que deveria fazer.

— Eu deveria... — Ele abanou a mão em explicação.
— Você pode vir comigo se quiser — orientou Hugo, pegando a bandeja. — Embora eu peça que me deixe lidar com o convidado ou com qualquer pergunta que possa ter. Se ele falar com você, pode responder, mas faça-o de maneira baixa e calma. Não queremos que fique mais agitado do que pode já estar.
— Você está preocupado — falou Wallace. Ele não sabia como tinha deixado de ver a tensão ao redor dos olhos de Hugo, a forma como as mãos seguravam a bandeja. — Por quê?

Hugo hesitou. Em seguida, respondeu:

— A morte nem sempre é rápida. Sei que não pensa assim, mas você teve sorte. Não é igual para todos. Às vezes, é violenta e chocante, e essa sensação segue a pessoa. Alguns ficam desolados, alguns ficam furiosos e alguns... alguns deixam que isso vire tudo que sabem. Recebemos pessoas assim mais do que imagina, acredite se puder.

Ele acreditava. Achava que sabia o que Hugo estava insinuando, mas não conseguia perguntar. O mundo podia ser lindo — e isso aparecia nas paredes da casa de chá com as pirâmides e os castelos e as cachoeiras que pareciam cair das maiores alturas —, mas também era brutal e obscuro.

Hugo olhou para as portas da cozinha.

— Estão vindo pela estrada. Você confia em mim?

— Sim — respondeu Wallace de imediato, e teve de lutar contra a vontade de impedir Hugo de sair da cozinha. Não sabia o que estava por vir, mas não gostava de como parecia.

— Bom — disse Hugo. — Observe. Ouça. Conto com você, Wallace.

Ele atravessou as portas, e Wallace observou suas costas.

CAPÍTULO
14

Wallace parou à porta, franzindo a testa. As luzes estavam acesas normalmente, mas pareciam... mais fracas, como se as lâmpadas tivessem sido trocadas. Apollo gania, de orelhas caídas, enquanto Nelson acariciava a cabeça dele de modo suave.

— Está tudo bem — falou Nelson com calma. — Vai ficar tudo bem.

Hugo havia colocado o chá em uma das mesas altas, embora não fosse a mesma que usara na chegada de Wallace, que foi até Nelson e Apollo, deixando Hugo parado ao lado da mesa, as mãos cruzadas atrás do corpo.

Ele estava diferente agora, parado ali. Era sutil, e se Wallace não estivesse observando Hugo desde que chegara, talvez não tivesse notado. Mas estivera, e catalogou todas as pequenas mudanças. Estavam nos ombros, na expressão cuidadosamente vazia, embora não desinteressada. Wallace pensou na própria chegada, perguntando-se se era assim que Hugo estava.

Ele desviou o rosto, analisando o restante da sala, tentando se concentrar em algo, qualquer coisa, que pudesse distraí-lo.

— O que há de errado com as luzes? — perguntou a Nelson. Ele olhou para a porta. — Você diminuiu a claridade?

Nelson balançou a cabeça.

— Esse vai ser difícil.

Wallace não gostou do que ouviu.

— Difícil?

— A maioria das pessoas não quer estar morta — murmurou Nelson, passando um dedo pelo focinho de Apollo. — Mas aprendem a aceitar. Às vezes vem com o tempo, como foi com você. Mas há alguns que se recusam a sequer considerar a possibilidade. "Esses prazeres violentos têm fins violentos, e morrem em seu triunfo, como o fogo e a pólvora."

— Shakespeare — afirmou Wallace, fitando Hugo, que não tinha desviado o olhar da porta.

— Obviamente — respondeu Nelson. Ele estendeu a mão e agarrou a de Wallace, apertando-a com força. Wallace não tentou se afastar. Disse a si mesmo que o velho precisava daquilo. Era o mínimo que podia fazer.

A varanda rangeu quando alguém subiu as escadas. Wallace se esforçou para ouvir vozes, mas ninguém estava falando. Ele achou estranho. Com ele, Mei havia conversado durante todo o caminho, mesmo que fosse por causa das inúmeras perguntas de Wallace. O fato de ninguém falar o perturbou.

Três batidas na porta. A aldrava. Um instante, e então a porta se abriu.

Mei entrou primeiro, um sorriso sombrio fixo no rosto que não alcançava seus olhos. Estava mais pálida que o normal, os lábios eram uma linha fina com um toque de dentes brancos. Ela deu uma olhada na sala, começando por Hugo, depois Nelson, Wallace e Apollo. O cachorro tentou se levantar para se aproximar, mas ela fez que não com a cabeça; o cão ganiu quando se agachou de volta. Nelson apertou a mão de Wallace novamente.

Se alguém perguntasse, Wallace não teria certeza de quem esperava que entrasse atrás dela. O chá lhe dera uma pista, mas era pequena, e não conseguia encontrar uma maneira de ajustá-la ao quadro maior. O amargor, áspero e cortante, seguido de grama como um campo, e o final com gosto de mel, tão enjoativo que ficava preso na garganta.

Talvez alguém zangado, mais do que ele fora. Alguém gritando, cheio de raiva pela injustiça de tudo aquilo. Com certeza, Wallace poderia entender. Não tinha feito o mesmo? Pensou que fosse parte do processo estar firmemente plantado em negação e raiva.

O que quer que tenha pensado, o homem que entrou na Travessia de Caronte naquela noite não era o que ele esperava. Era mais jovem, por exemplo, provavelmente vinte e poucos anos. Usava uma camisa preta folgada sobre jeans com os joelhos rasgados. O cabelo loiro era comprido, bagunçado para trás, como se tivesse continuamente passado as mãos por ele. Os olhos eram escuros e brilhantes; o rosto, uma máscara esticada com firmeza sobre os ossos. O homem era enervante, observando a sala à sua frente, a luz fraca, o olhar pousando apenas brevemente em Nelson e Apollo. Olhou por um longo momento para Wallace. Seus lábios se contraíram como se ele estivesse lutando contra um sorriso terrível. Sua mão esfregou o peito, e Wallace se assustou quando percebeu que não conseguia ver o gancho no peito dele, o cabo que deveria estar esticado até Hugo. Não sabia por que não tinha considerado isso antes. Nelson tinha um? Apollo? Mei?

Mei fechou a porta. O trinco estalou de novo, e houve um tom definitivo nesse ruído de que Wallace não gostou. Ela disse:

— Este é Hugo. O barqueiro de quem falei. Ele está aqui para ajudar você. — Ela deu ao homem um amplo espaço conforme caminhava em direção a Hugo. A expressão dela não vacilou em nenhum momento, e ela não olhou para Wallace e Nelson. Parou ao lado de Hugo. Não tentou tocá-lo.

O homem ficou perto da porta.

Hugo disse:

— Olá.

O homem se contorceu.

— Olá. Ouvi algumas coisas sobre você.

Sua voz era mais leve do que Wallace pensava que seria, embora carregasse uma corrente palpável de algo mais obscuro, mais pesado.

— Ouviu, é? — perguntou Hugo com leveza. — Nada de ruim, espero.

O homem balançou a cabeça devagar.

— Ah, não. Coisa boa. — Ele inclinou a cabeça. — Muito boa. Boa demais, para dizer a verdade.

— Mei se empolga ao falar de mim — disse Hugo. — Tentei fazê-la parar com esse hábito, mas ela não me escuta.

— Não, não mesmo — afirmou o homem, e *ali estava* o sorriso. A máscara se esticou mais, as maçãs do rosto ficando pontudas. Aquilo deu calafrios em Wallace. — De jeito nenhum. Você escuta?

— Eu tento — falou Hugo, as mãos ainda cruzadas atrás das costas. — Sei que é difícil. Descobrir o que você descobriu. Saber que as coisas nunca mais serão as mesmas. Vir aqui, a um lugar no qual nunca esteve, com pessoas que não conhece. Mas prometo a você que estou aqui para ajudá-lo da melhor maneira possível.

— E se eu não quiser sua ajuda?

Hugo deu de ombros.

— Você vai querer. E não estou dizendo isso de forma leviana. Você está em uma jornada agora, uma diferente de tudo o que já fez antes. Esta é apenas uma parada na jornada.

O homem observou ao redor de novo.

— Ela disse que aqui era uma casa de chá.

— Sim, é.

— Sua?

— Sim.

Ele virou a cabeça para Nelson e Wallace.

— E eles são...?

— Meu avô, Nelson. Meu amigo, Wallace.

— Eles são... — Ele fechou os olhos brevemente antes de abri-los de novo. — Como você? Ou como eu?

Wallace engoliu uma resposta atravessada. Eles não eram nada como ele. Havia uma frieza emanando do homem que permeava a sala, fazendo Wallace estremecer.

— Como você, de certa forma — respondeu Hugo. — Eles têm a própria jornada a cumprir.

O homem perguntou:

— Você sabe meu nome?

— Alan Flynn.

A pele sob o olho direito de Alan tremeu.

— Ela falou que estou morto.

— Está — disse Hugo, movendo-se pela primeira vez. Ele tirou as mãos de trás das costas, colocando-as na mesa à sua frente. As xícaras de chá chacoalharam na bandeja enquanto a mesa se movia ligeiramente. — E sinto muito por isso.

Alan olhou para o teto.

— Sente muito — disse ele, parecendo se divertir. — Você sente muito. Sente muito pelo quê? Você não fez isso comigo.

— Não — falou Hugo. — Não fiz. Mas, ainda assim, sinto muito. Sei como deve parecer para você. Não vou fingir que entendo tudo pelo que está passando...

— Ótimo — exclamou o homem com rispidez. — Porque você não faz ideia.

Hugo assentiu.

— Aceita um pouco de chá?

Alan fez uma careta.

— Nunca fui muito de chá. É sem graça. — Ele esfregou o peito de novo. — E chato.

— Este não é — disse Hugo. — Pode confiar em mim.

Alan não pareceu convencido, mas deu um passo cuidadoso em direção à mesa. As luzes nas arandelas piscaram com um zumbido elétrico baixo.

— Você está aqui para me ajudar. — Ele deu outro passo. — Foi o que você disse. — Outro passo.

— Estou — concordou Hugo. — Não precisa ser hoje. Não precisa ser amanhã. Mas em breve, quando estiver pronto, responderei a todas as perguntas que puder. Não sei de tudo. Nem pretendo. Sou um guia, Alan.

— Um guia? — perguntou Alan, a voz assumindo um tom sardônico. — E para onde você deveria me guiar?

— Para o que vem a seguir.

Alan chegou à mesa. Tentou colocar as mãos nela, mas passaram direto pelo tampo. A boca dele se retorceu para baixo quando ele puxou as mãos para longe.

— Inferno? Purgatório? Essa mulher não quis me dar detalhe nenhum. — O desprezo na voz era nítido e mordaz.

— Não é o Inferno — explicou Hugo quando Mei estreitou os olhos. — Nem o Purgatório. Nem um lugar entre um e outro.

— Então, o que é? — perguntou Alan.

— Algo que terá que descobrir por si mesmo. Não tenho essas respostas, Alan. Gostaria de ter, mas não tenho. Não mentiria para você sobre isso, ou qualquer outra coisa. Prometo, e também que farei o que puder para ajudá-lo. Mas, primeiro, aceita uma xícara de chá?

Alan olhou para a bandeja sobre a mesa. Estendeu a mão para tocar o pote de folhas, mas seus dedos se contraíram, e ele baixou o braço de novo.

— Essas folhas. Nunca vi um chá assim antes. Achei que viesse em saquinhos com aquelas cordinhas. Meu pai, ele... — Balançou a cabeça. — Não importa.

— Os chás podem vir em muitas formas — explicou Hugo. — Existem muitos tipos, mais do que você poderia imaginar.

— E acha que vou beber seu chá?

— Você não precisa. É uma oferta para recebê-lo na minha casa de chá. Quando as pessoas compartilham chá, percebi que tem o poder de aproximá-las.

Alan bufou de um jeito irônico.

— Duvido. — Ele inspirou fundo, inclinando a cabeça de um lado para o outro. — Eu sangrei. Sabia? Sangrei em um beco. Podia ouvir as pessoas andando a apenas alguns metros de distância. Chamei por elas. E fui ignorado. — Seu olhar ficou desfocado. As luzes piscaram de novo. — Pedi ajuda. *Implorei* por ajuda. Você já foi esfaqueado?

— Não — respondeu Hugo baixinho.

— Eu fui — disse Alan. Ele levantou a mão para um lado do corpo. — Aqui. — Ele moveu a mão para o peito, os dedos se curvando. — Aqui. — Para o lado do pescoço. — Aqui. Eu... devia dinheiro a um cara e não o tinha. Tentei explicar, mas ele... mostrou a faca; falei que pegaria o dinheiro. E conseguiria. Eu tinha condições. Mas eu já tinha dito isso para ele antes, várias e várias vezes, e... — Seus olhos se estreitaram. — Estiquei a mão para pegar a carteira e entregar os poucos dólares que tinha comigo. Sabia que não seria suficiente, mas tinha que tentar. Ele deve ter pensado que eu estava sacando uma arma, porque simplesmente... me esfaqueou. Eu não sabia o que estava acontecendo. Não doeu no começo. Não é estranho? Eu consegui ver a faca entrando em mim, mas não doía. Mesmo com todo o sangue, não era real. Então minhas pernas cederam e caí em uma pilha de lixo. Tinha uma embalagem de fast-food no meu rosto. O cheiro era horrível.

— Você não mereceu isso — disse Hugo.

— Alguém merece? — Então, sem esperar por uma resposta, completou: — Ele fugiu com sete dólares e um cartão de débito do qual não tem a senha. Tentei rastejar, mas minhas pernas não funcionavam. Meus braços não funcionavam. E as pessoas na calçada continuaram... andando. Não é justo.

— Não — disse Hugo. — Nunca é.

— Me ajude — pediu Alan. — Me ajude.

— Eu vou. Prometo que farei o que puder.

Alan assentiu, quase aliviado.

— Bom. Precisamos encontrá-lo. Não sei onde ele mora, mas se voltarmos, posso encontrar...

— Eu te disse — falou Mei. — Não podemos voltar. — Ela parecia perturbada. Wallace se perguntou o que havia acontecido para fazê-la parecer tão assustada. — Você só pode seguir em frente.

Alan não gostou daquelas palavras. Ele olhou para Mei com raiva, os dentes à mostra.

— *Você* disse isso, sim. Mas vamos deixar isso para o seu chefe aqui, hein? Já falou demais. Não gosto quando você fala. Você não me diz o que quero ouvir.

Hugo ergueu o bule e começou a despejar água quente nas xícaras da bandeja. O vapor subiu. Ele arqueou uma sobrancelha para Wallace e Nelson. Nelson fez que não com a cabeça. Hugo encheu três xícaras antes de colocar o bule de volta.

— O que você faria? — perguntou ele conforme tirava as folhas de chá do bule. Colocou uma única folha em cada um dos copos. — Se pudesse encontrá-lo? Se soubesse onde ele está?

Alan se encolheu, franzindo a testa. Suas mãos se fecharam em punhos.

— Eu o machucaria como ele me machucou.

— Por quê?

— Porque ele merece pelo que fez comigo.

— E isso faria você se sentir melhor?

— Sim.

— Olho por olho.

— *Sim.*

— Este chá se chama *kuding* — comentou Hugo. — É diferente de qualquer chá que tenho aqui na minha loja. Não me lembro da última vez que o fiz. Não é para todos. Dizem que tem propriedades medicinais, e algumas pessoas garantem que é verdade.

— Já disse que não quero chá.

— Eu sei. E, mesmo se quisesse, eu ainda não poderia oferecer. Ele precisa de tempo em infusão, entende? Um bom chá pede paciência. Não se trata de gratificação instantânea, não como o chá dos saquinhos com cordinhas. Esses podem ser fugazes, desaparecendo antes que você perceba. Chá como este faz você apreciar o esforço que você empenha nele. Quanto mais ficar em infusão, mais forte o sabor.

— O relógio — falou Alan. — Não está se mexendo.

— Não. Ele parou para nos dar o tempo de que você precisar. — Hugo pegou uma xícara de chá e a colocou mais perto de Alan. — Dê mais um momento, depois tente e me diga o que pensa.

Uma lágrima escorreu pelo rosto de Alan.

— Você não está ouvindo.

— Estou — disse Hugo. — Mais do que você imagina. Nunca vou saber como foi para você naquele beco. Ninguém deveria ter que se sentir sozinho daquele jeito.

— Você não está *ouvindo*. — Ele se virou para a porta.

— Você não pode sair — falou Mei. Deu um passo na direção dele, mas Hugo a segurou. *Espere*, murmurou. Ela suspirou, de ombros caídos.

— Posso — disse Alan. — A porta está bem ali.

— Se for embora — explicou Hugo —, você vai começar a se despedaçar, algo que só vai piorar quanto mais longe você for. Do lado de fora dessas paredes está o mundo dos vivos, um mundo ao qual você não pertence mais. Alan, sinto muito. Sei que você pode não acreditar em mim, mas sinto muito. Eu não mentiria para você, especialmente sobre algo tão importante quanto isso. Sair daqui só vai piorar as coisas. Você vai perder tudo o que você é.

— Eu já *perdi* — retrucou Alan.

— Não perdeu — afirmou Hugo. — Ainda está aqui. Ainda é você. E posso ajudá-lo. Posso mostrar o caminho e ajudar você a atravessar.

Alan se virou de volta.

— E se eu não quiser essa travessia?

— Você vai querer — disse Hugo. — Em algum momento. Mas não há pressa. Temos tempo.

— Tempo — ecoou Alan. Ele olhou para a xícara de chá. — Isto está pronto?

— Sim, está.

Hugo parecia aliviado, mas Wallace ainda estava cauteloso.

— E eu consigo tocar a xícara?

— Consegue. Mas tome cuidado. Vai estar quente.

Alan assentiu. A mão tremeu ao pegar a xícara. Mei e Hugo fizeram o mesmo. Wallace lembrou como tinha sido para ele, o cheiro de hortelã no ar, a forma como sua mente estava disparada, tentando encontrar uma saída para aquilo. Ele sabia que com Alan seria igual.

Hugo e Mei esperaram até que Alan tomasse o primeiro gole. Ele engoliu com uma careta.

Hugo bebeu de seu chá.

Mei também e, se ela não gostou do sabor, não deixou transparecer.

— Estou morto — falou Alan, olhando para a xícara. Ele a girou. Chá espirrou na mesa.

— Sim — disse Hugo.

— Fui assassinado.

— Sim.

Ele apoiou a xícara de chá na bandeja. Flexionou as mãos. Inspirou fundo, deixando o ar sair devagar.

Então, Alan arrastou o braço sobre a mesa, atingindo o bule, que caiu no chão e se estilhaçou, derramando o líquido. Alan deu um passo para trás, o peito arfando. Levantou as mãos para o lado da cabeça, agarrando o crânio antes de se curvar e gritar. Wallace nunca tinha ouvido tal som. Queimou como se a água quente do chá tivesse escaldado sua pele. Continuou sem parar, a voz de Alan sem falhar um momento sequer. As luzes nas arandelas brilharam intensamente antes de se apagarem, lançando a casa de chá na escuridão. Apollo rosnou, de pé na frente de Nelson e Wallace, os pelos erguidos, a cauda reta.

Alan tentou derrubar as mesas, as cadeiras, qualquer coisa em que pudesse colocar as mãos. Ficou mais irritado quando as cadeiras mal se moveram, as mesas nem um pouco. Ele as chutava, mas não adiantava. Andou de um lado para o outro e nada. Apollo rosnou quando o homem se aproximou deles. Wallace se levantou rapidamente, colocando-se entre Nelson e Alan, mas Alan os ignorou, os olhos brilhando conforme tentava destruir o máximo que podia sem sucesso.

Ele acabou se cansando, o cabelo pendendo em volta da cabeça ao se inclinar, as mãos nos joelhos, os olhos esbugalhados.

— Isso não é real — murmurou. — Isso não é real. *Isso não é real.*

Hugo deu um passo à frente. Wallace tentou impedi-lo, mas Nelson agarrou seu braço, segurando-o.

— Não — sussurrou no ouvido de Wallace. — Ele sabe o que está fazendo. Confie nele.

Hugo parou a alguns metros de Alan, olhando para ele com uma expressão triste. Agachou-se diante de Alan, que caiu de joelhos, as mãos apoiadas no chão, balançando-se para a frente e para trás.

— É real — sussurrou Hugo. — Juro. E você tem razão: não é justo. Nunca é. Não o culpo por pensar assim. Mas, se deixar, farei o que puder para lhe mostrar que há mais neste mundo do que jamais imaginou ser possível.

O homem ajoelhou-se, inclinando a cabeça para trás em direção ao teto. Gritou de novo, os tendões no pescoço projetando-se em nítido alívio.

Parecia nunca acabar.

Wallace tentou argumentar quando Hugo pediu que saíssem, dizendo que Alan precisava de espaço. Não gostava da ideia de Hugo ficar sozinho com aquele homem. Sabia, no fundo, que Hugo era mais do que capaz, mas o olhar selvagem nos olhos de Alan era quase feroz. Mei o deteve antes que ele pudesse dizer a Hugo em termos inequívocos que *não* sairiam. Ela apontou com a cabeça na direção da parte de trás da casa.

— Está tudo bem — falou Nelson, embora também parecesse preocupado. — Hugo consegue lidar com ele.

Apollo recusou-se a ceder. Não importava o que Mei fizesse ou dissesse, ele não se movia. Hugo balançou a cabeça.

— Está tudo bem. Ele pode ficar. Se precisar de vocês, eu chamo.

Ele e Mei trocaram um olhar que Wallace não conseguiu analisar. Alan rosnava para o chão, gotas de saliva em seus lábios.

A última coisa que Wallace viu foi Hugo sentado de pernas cruzadas na frente de Alan, com as mãos no próprio joelho.

Ele seguiu Nelson, que ia atrás de Mei. Caminharam pelo corredor em direção à porta dos fundos. O ar estava mais frio que nas noites anteriores, como se a primavera tivesse momentaneamente perdido seu domínio. Wallace ficou consternado quando percebeu que não sabia que dia era. Pensou que devia ser quarta-feira, e já devia ser abril àquela altura. O tempo se esvaía ali. Não tinha notado, tão envolvido em viver a vida que se encontrava. Estava na Travessia de

Caronte fazia quase quatro semanas. Mei havia dito que o tempo máximo que alguém ficara na casa de chá fora de duas semanas. E, no entanto, ninguém o havia empurrado em direção à porta. Ninguém tinha sequer mencionado isso depois dos primeiros dias.

— Você está bem? — perguntou Nelson a Mei enquanto ela andava de um lado para o outro na varanda. Ele estendeu a mão e a pegou pelo punho. — Deve ter sido difícil.

Ela suspirou.

— Foi. Eu sabia que poderia ser assim. O Gerente tinha me mostrado. Ele não é a primeira pessoa com quem lido que foi assassinada.

— Mas foi a primeira vez que você esteve sozinha — disse Nelson baixinho.

— Eu consigo lidar.

— Sei que consegue. Nunca duvidei. Mas tudo bem não estar bem. — Ela se recostou nele, a cabeça em seu ombro. — Você foi bem. Estou orgulhoso de você.

— Obrigada — murmurou. — Estava quase convencida de que ele ouviria. Pelo menos no começo.

— Onde você o encontrou? — perguntou Wallace, olhando para o jardim de chá abaixo. Ninguém havia pensado em acender as luzes, e a lua estava escondida atrás das nuvens. As plantas de chá pareciam mortas na escuridão.

— Perto de onde ele foi assassinado — respondeu. — Ele estava... gritando. Tentando chamar a atenção de alguém. Pareceu tão aliviado quando percebeu que eu o ouvira.

Se Alan fosse como Wallace, teria sido apenas temporário.

— Você sabia?

— Sabia o quê?

Ele fitou os outros dois. Havia um fio que ele estava puxando na mente, um que ele sabia que deveria deixar em paz, mas era insistente. Preocupou-se com isso conforme escolhia as palavras com cuidado.

— Ele já estava morto quando o arquivo chegou?

Houve um momento de silêncio. Então:

— Sim, Wallace. Claro que estava. Caso contrário, o arquivo não teria sido enviado para nós.

Ele assentiu bruscamente, as mãos agarrando o parapeito da varanda.

— E vocês... o quê? Acreditam?

— Do que está falando? — perguntou Nelson.

Ele não tinha certeza. Então, puxou o fio.

— Vocês recebem os arquivos. *Nossos* arquivos. Mas só depois de morrermos.

— Sim — disse Mei.

— Por que não se consegue isso antes? — perguntou ele, voltado para a noite. — O que impede o Gerente ou quem quer que seja de enviá-los *antes* de acontecer?

Wallace sabia que os dois o observavam. Podia sentir seus olhares perfurando suas costas, mas não podia se virar. Estava perturbado, e não queria que vissem isso em seu rosto.

— Não é assim que funciona — falou Mei, com vagar. — Nós não podemos... Wallace. Não havia nada que pudesse ser feito para salvar vo... Alan.

— Certo — disse Wallace com amargura. — Porque era o destino dele na vida morrer sangrando em um beco.

— É assim que as coisas são — explicou Nelson.

— Isso é muito injusto, se querem saber.

— A morte *é* injusta — falou Mei. Ela se moveu na direção dele, a varanda rangendo a cada passo que dava. — Você não vai me ouvir tentando argumentar o contrário, cara. Não dá... há uma ordem nas coisas. Um processo pelo qual todos nós temos de passar. A morte não é algo em que se possa interferir...

Wallace zombou.

— Ordem... Está me dizendo que aquele homem é parte de uma ordem. Aquele homem que sofreu e que ninguém parou para ajudar. *Isso* é no que você acredita. Essa é a sua fé. Essa é a sua ordem.

— O que quer que eu faça? — questionou ela e se inclinou no parapeito ao lado dele. — Não podemos parar a morte. Ninguém pode. Não é algo a ser conquistado. Todos morrem, Wallace. Você. Nelson. Alan. Eu. Hugo. Todos nós. Nada dura para sempre.

— Besteira — retrucou Wallace, de repente enfurecido. — O Gerente poderia ter impedido se quisesse. Poderia ter contado a vocês o que aconteceria com Alan. Poderia ter avisado vocês, e você poderia...

— Nunca — disse Mei, parecendo chocada. — Nós não interferimos na morte. *Não* podemos.

— Por que não?

— Porque ela *sempre está lá*. Não importa o que você faça, não importa que tipo de vida você viva, boa ou ruim ou em algum lugar no meio, ela sempre estará esperando por você. A partir do momento que você nasce, você está morrendo.

Ele suspirou, cansado.

— Você precisa saber o quanto isso parece sombrio.

— Eu sei — respondeu ela. — Porque é a verdade. Você prefere que eu minta?

— Não. Eu só... qual é o motivo, então? Para tudo isso? Para qualquer parte disso? Se nada do que fazemos importa, então por que deveríamos tentar?

Ele estava surtando, e sabia. Agitado e surtando. Sua pele estava gelada, e isso não tinha nada a ver com o ar ao redor. Travou a mandíbula para evitar que seus dentes batessem.

— Porque é a *sua* vida — afirmou Nelson, vindo para o outro lado dele. — É o que você faz dela. Não, nem sempre é justa. Não, nem sempre é boa. Ela queima e despedaça você, e há momentos em que ela tritura você tanto que nem dá para te reconhecer. Algumas pessoas lutam contra isso. Outras... não conseguem, embora eu não ache que possam ser culpadas. Desistir é fácil. Erguer-se não é. Mas temos de acreditar que, se nos erguermos, podemos dar outro passo. Podemos...

— Seguir em frente? — retrucou Wallace. — Porque você não seguiu. Você ainda está aqui, então não tente continuar com essa besteira. Pode dizer o que quiser, mas é um hipócrita como qualquer um deles.

— E essa é a diferença entre você e eu — respondeu Nelson. — Porque nunca afirmei não ser hipócrita.

Wallace murchou.

— Droga — murmurou. — Eu não deveria ter dito isso. Desculpe. Você não merecia. Nenhum de vocês merece. Eu... — Ele olhou para Mei. — Tenho orgulho de você. Nunca falei antes, e é minha culpa, mas tenho. Não posso nem imaginar fazer o que você faz, o preço que isso deve cobrar de você. E lidar com pessoas como ele. — Ele engoliu em seco. — Como *eu*... — Balançou a cabeça. — Preciso de um instante, ok?

Ele os deixou para trás, os pensamentos girando em uma enorme tempestade.

Andou de um lado para o outro pelos arbustos do jardim, deixando os dedos passarem suavemente sobre as plantas, tomando cuidado para evitar as folhas delicadas. Ele olhou para o além, para a floresta. Perguntou-se até onde poderia chegar antes que a pele começasse a descamar. Qual seria a sensação de se entregar? Deixar-se levar? Deveria tê-lo assustado mais do que fazia. Pelo que ele tinha visto, era vazio e escuro, uma concha oca de uma vida vivida.

E, mesmo assim, ainda pensava na possibilidade. Pensava em encontrar uma maneira de arrancar o cabo do peito e subir, subir, subir através das nuvens até as estrelas. Ou correr, correr até não poder mais. No entanto, o pensamento foi passageiro, porque, se ele fizesse aquilo, poderia se perder, se transformando na única coisa que Hugo mais temia. Um Concha. O que isso faria com ele, ver Wallace com os olhos mortos e vazios? A culpa o consumiria, e Wallace não podia fazer isso. Nem agora nem nunca.

Hugo era importante. Não porque era barqueiro, mas porque era Hugo.

Wallace começou a se virar para voltar pela varanda, outro pedido de desculpas na ponta da língua. Congelou quando ouviu um suspiro, um som longo e ofegante como o vento através de folhas mortas. As sombras ao redor ficaram mais espessas, como se fossem conscientes, as estrelas desapareceram, até que tudo ficou preto.

Movimento, à sua direita.

Wallace olhou, a espinha se transformando em um bloco de gelo.

Cameron estava entre as plantas de chá. A apenas alguns metros de distância.

Vestido como estivera antes. Calças sujas. Tênis rasgado. Sem camisa, a pele cinzenta e de aparência doente. Boca aberta, língua grossa, dentes pretos.

Wallace não teve tempo de reagir, não teve tempo de emitir um som. Cameron correu para a frente, as mãos estendidas como garras. Agarrou o braço de Wallace, e tudo o que fazia Wallace ser quem era embranqueceu quando os dedos se cravaram, a pele dura e fria.

Wallace sussurrou:

— Não, por favor, não.

Mei gritava por Hugo.

Cameron se inclinou para a frente, o rosto a centímetros do de Wallace, os olhos escuros como tinta preta. Arreganhou os dentes, um grunhido baixo subindo por sua garganta.

As cores escuras do mundo à noite começaram a vazar ao redor de Wallace, derretendo como cera. Ele pensou em se afastar, mas foi um impulso distante, quase insignificante. Ele era uma planta de chá, raízes profundas na terra, folhas esperando para serem colhidas.

Grandes flashes de luz cruzaram sua visão, as estrelas mais brilhantes riscando todo o breu. Em cada uma das estrelas, um vislumbre, um eco. Wallace viu Cameron e, em seguida, ele *era* Cameron. Era discordante, pungente e áspero. Era brilhante, entorpecente e terrível. Era...

Cameron riu. Um homem estava sentado à sua frente, e ele era como o sol. Nos arredores nebulosos, um violinista se movia, a música saindo doce e quente das cordas. Não havia nenhum outro lugar onde Cameron quisesse estar. Ele amava aquele homem, o amava com todo o seu ser.

O homem indagou:

— Para que é esse sorriso?

E Cameron disse:

— Eu amo você, é isso.

Outra estrela. O violino sumiu. Ele era jovem. *Mais* jovem. Estava sofrendo. Duas pessoas estavam diante dele, um homem e uma mulher, os dois bravos. A mulher disse:

— Você é uma grande decepção.

E o homem continuou:

— Por que você é desse jeito? Por que é tão ingrato? Não sabe o que fizemos por você? E é assim que escolhe retribuir?

E, *ai*, como foi esmagador, como isso o *devastou*. Ele estava triste e enjoado, querendo dizer que podia ser melhor, que podia ser quem eles queriam que fosse, só não sabia como, ele...

Uma terceira estrela. O homem e a mulher se foram, mas seu desdém permaneceu como uma infecção correndo pelo sangue e pelos ossos.

O homem como o sol se levantou novamente, só que a luz estava desaparecendo. Estavam brigando. Não importava sobre o quê, apenas que suas vozes estavam altas, e ambos se arranhavam, cada palavra como um soco no estômago. Ele não queria aquilo. Estava arrependido, muito arrependido, não sabia o que havia de errado com ele, e estava tentando:

— Juro que estou tentando, Zach, não posso...

— Eu sei — disse Zach. Ele suspirou enquanto murchava. — Estou tentando ser forte aqui. Estou mesmo. Você precisa falar comigo, ok? Deixe que eu ajude. Não me deixe sem saber. Não podemos continuar assim. Está nos matando.

— Está nos matando — sussurrou Cameron, conforme as estrelas choviam ao redor deles.

Wallace viu pedaços de uma vida que não era dele. Havia amigos e risos, dias sombrios em que Cameron mal conseguia sair da cama, uma sensação penetrante de amargura ao estar ao lado da mãe, observando o pai dar seus últimos suspiros no leito do hospital. Ele o odiava e o amava e esperou, esperou, *esperou* que seu peito parasse de subir e descer e, quando isso aconteceu, sua dor foi temperada por um alívio selvagem.

Anos. Wallace viu *anos* se passando em que Cameron estava sozinho, em que não estava sozinho, em que se olhava no espelho, imaginando se algum dia ficaria mais fácil, à medida que as olheiras cresciam como hematomas. Era um garoto andando de bicicleta no calor do verão. Tinha catorze anos e se atrapalhava no banco de trás de um carro com uma garota cujo nome não conseguia lembrar. Tinha dezessete anos quando beijou um menino pela primeira vez, o raspar da barba do menino como um raio contra sua pele. Tinha quatro e seis e dezenove e vinte e quatro e então Zach, Zach, Zach estava lá, o homem-sol, e, *ah*, como seu coração palpitou ao vê-lo do outro lado da sala. Não sabia o que havia nele, o que o atraíra tão rapidamente, mas os sons da festa desapareceram ao seu redor quando caminhou até ele, com o coração disparado. Cameron estava desajeitado, com a língua enrolada, mas conseguiu dizer o nome dele quando o homem-sol perguntou, e o homem *sorriu*, meu Deus, o homem *sorriu* e falou:

— Oi, Cameron, sou o Zach. Não vi você por aí antes. Tudo bem?

Foi bom. Foi tão bom.

No fim, tiveram três anos. Três anos bons, felizes e aterrorizantes, com altos e baixos, piscando lentamente na luz da manhã quando acordavam lado a lado, a pele quente do sono ao estender as mãos para se tocar. Três anos de brigas, paixão e viagens para as montanhas na neve e para o oceano onde a água era azul e morna.

Foi perto do fim do terceiro ano que Zach disse:

— Não estou me sentindo bem. — Ele tentou sorrir, mas o sorriso se transformou em uma careta. Então, seus olhos se reviraram, e ele desmaiou.

Em um momento, tudo estava bem.

No momento seguinte, Zach tinha partido.

A destruição que se seguiu foi catastrófica. Tudo o que haviam construído foi arrasado até seus alicerces, deixando Cameron gritando nos escombros. Ele uivou e se enfureceu com a injustiça de tudo, e nada, *nada* poderia tirá-lo de lá. Ele foi desaparecendo, desaparecendo até se tornar uma sombra se movendo pelo mundo por pura força do hábito.

Wallace falou:

— Ah, não, por favor, não. — Mas era tarde demais, já era tarde demais porque aquilo estava no passado, já havia acontecido, já estava *feito*.

Outra estrela ao longe, mas não era de Cameron.

Pertencia a Wallace.

Qual foi o máximo de tempo que alguém passou por aqui?

Por quê? Pensando em se instalar de vez?

Não. Só estou perguntando.

Ah. Tudo bem. Bom, sei que Hugo teve alguém que ficou aqui por duas semanas. Foi... um caso difícil. As mortes por suicídio geralmente são.

Ele disse:

— Cameron, sinto muito.

E Cameron falou:

— Ainda estou aqui. *Ainda estou aqui.*

As estrelas explodiram, e ele foi puxado para longe, longe, longe.

Wallace sacudiu a cabeça. Estava no jardim de chá, a mão de Mei em volta de seu braço, e ela o chamava:

— Wallace? *Wallace.* Olhe para mim. Você está bem. Estou aqui.

Ele se esforçou para se soltar dela.

— Não, não, você não entende... — Ele olhou para trás e viu Hugo parado na frente de Cameron entre as plantas de chá, perto daquela de que ele tanto se orgulhava, a que tinha dez anos. O Cameron que ele vira nas estrelas tinha sumido, substituído pela horrível concha. Seus dentes pretos estavam à mostra, os olhos opacos e animalescos.

— Cameron — falou Hugo em um sussurro abafado.

Os dedos de Cameron se contraíram ao lado do corpo. Nenhum som saía da boca aberta.

Quando Mei puxou Wallace para a varanda, com Apollo latindo furiosamente, os olhos de Nelson arregalados, Cameron se virou e caminhou lentamente em direção às árvores.

A última coisa que Wallace viu dele foram as costas enquanto ele desaparecia na floresta.

Hugo se virou para a casa. Parecia arrasado.

Wallace nunca mais queria vê-lo daquele jeito.

Enquanto as nuvens se afastavam da lua, eles observaram um ao outro naquele cantinho do mundo.

CAPÍTULO 15

Alan tentou ir embora.

Não foi muito longe antes que sua pele começasse a descamar.

Ele voltou, com a expressão tempestuosa.

— O que está acontecendo comigo? — questionou. — O que vocês fizeram? — Ele arranhou o peito. — Não quero isso, seja lá o que for. É uma cadeia. Vocês não veem que é uma cadeia?

Hugo suspirou.

— Vou explicar da melhor maneira que eu puder.

Wallace não achava que seria boa o suficiente.

A Travessia de Caronte Chás e Comidinhas abriu normalmente no dia seguinte, bem cedo.

As pessoas vieram como sempre. Sorriram, riram e beberam seu chá e comeram seus cookies e muffins. Sentaram-se nas cadeiras, acordando devagar, prontas para começar mais um dia naquela cidade nas montanhas.

Não conseguiam ver o homem zangado andando pela casa de chá, parando para gritar com cada um deles. Uma mulher enxugou a boca delicadamente, sem saber que Alan estava gritando em seu ouvido. Uma criança tinha chantili na ponta do nariz, sem saber que Alan estava logo atrás, o rosto contorcido de fúria.

— Talvez vocês devessem fechar a loja — murmurou Wallace, olhando pelas janelinhas.

Mei tinha olheiras. Ela e Hugo não tinham dormido, mantidos acordados porque Alan estava causando tumulto durante a noite.

— Ele não pode machucar ninguém — disse ela calmamente. — Por que fechar?

— Posso mover cadeiras. Posso quebrar lâmpadas. E não estava tão bravo quanto ele está. Vocês realmente querem arriscar?

Ela suspirou.

— Hugo sabe o que está fazendo. Não vai deixar isso acontecer.

Hugo estava atrás do balcão, um sorriso forçado no rosto. Cumprimentou cada cliente como se fosse um amigo de longa data, mas havia algo de errado, embora a maioria não parecesse notar. Na melhor das hipóteses, o bando de mulheres idosas dizendo a ele que precisava cuidar melhor de si.

— Descanse um pouco — repreenderam-no. — Você parece exausto.

— Eu vou — disse Hugo, olhando para Alan, que tentava derrubar uma mesa, sem sucesso.

Foi só quando Alan começou a andar na direção de Nelson que Wallace foi ao salão da casa de chá pela primeira vez naquela manhã.

— Ei — chamou. — Ei, Alan.

Alan se virou, os olhos faiscando.

— O quê? Que merda você quer comigo?

Ele não sabia. Só queria manter Alan longe de Nelson. Não achava que Alan pudesse machucá-lo, não de verdade, mas não queria correr o risco. Hugo foi na direção deles, mas Wallace balançou a cabeça, implorando silenciosamente para Hugo ficar trás. Ele não suportava a ideia de Hugo se colocar em perigo, não de novo.

Wallace voltou-se para Alan.

— Pare com isso.

Isso assustou Alan, um pouco de sua raiva desaparecendo ligeiramente.

— O quê?

— Pare com isso — repetiu Wallace com firmeza. — Não sei o que pensa que está fazendo, mas está adiantando mesmo alguma coisa para a sua situação?

— O que você acha que sabe? — Alan começou a se virar.

— Sou como você — retrucou ele rapidamente, embora parecesse mentira. — Estou morto, então sei do que estou falando.

Ele próprio não acreditou naquilo nem por um momento, mas, se *Alan* acreditasse, então que fosse.

Alan parou e estreitou os olhos, olhando para trás.

— Então me ajude a fazer alguma coisa a respeito. Não sei o que houve ontem à noite, mas não podemos ficar presos aqui. Quero ir para casa. Tenho uma vida. Tenho que...

— Você tem duas opções. Pode ficar aqui mesmo, nesta casa. Ou pode deixar Hugo levar você lá para cima e passar pela porta.

— Parece que existe uma terceira opção. Descobrir como sair daqui. Continuar me mexendo até estar livre de tudo isso.

Wallace titubeou. Então:

— Ninguém aqui quer machucar você. Eles nunca machucaram ninguém. Não é disso que se trata. É um lugar de travessia. Uma parada ao longo do caminho em que todos estamos viajando.

Alan balançou a cabeça.

— Você quer ficar aqui? Ótimo. Não dou a mínima para o que faz. E se aquele velho desgraçado ali quer fazer o mesmo, ótimo para ele. Não quero isso. Não *pedi*...

— Nenhum de nós pediu — retrucou Wallace. — Você acha que é fácil para qualquer um de nós? Você morreu. Não tenho nem ideia de como deve ter sido para você. Mas não significa que pode chegar aqui e agir como um idiota. — Ah, a hipocrisia. Wallace se encolheu por dentro, lembrando-se de tudo que havia dito e feito a Hugo, a Mei, a Nelson, três pessoas que estavam apenas tentando ajudá-lo. Devia tudo aos três, e havia jogado tudo na cara deles, só porque estava com medo. Como podia repreender Alan se tinha agido da mesma maneira? Odiava a comparação, mas era a verdade, não era? — Você quer ir? Então vá. Veja até onde você consegue chegar. Talvez vá mais longe do que eu fui, mas não vai importar. Você vai se transformar em nada. Você vai *ser* nada. É isso o que você realmente quer? — Alan começou a falar, mas Wallace o interrompeu: — Não acho que seja. E, no fundo, acho que sabe disso. Pela primeira vez na vida, use a porcaria da sua cabeça.

E, com isso, ele deu meia-volta e se afastou, deixando Alan para trás.

— Foi bom — murmurou Nelson quando Wallace colocou a mão nas costas de sua cadeira.

Wallace suspirou.

— Não sei se tinha o direito de falar tudo aquilo para ele.

— Como assim?

— Eu só... ele sou eu. — As palavras foram mais fáceis do que ele esperava. — De uma forma que não gosto de olhar muito porque me mostra como eu era. Inferno, quem eu *sou*. Não sei. Está tudo confuso na minha cabeça. Como posso dizer a Alan que ele não pode ser um completo idiota sobre tudo isso quando agi exatamente do mesmo modo?

— É, agiu — concordou Nelson, com calma.

— Eu não devia ter feito isso — sussurrou Wallace, envergonhado. — Estava com medo, mais do que nunca na minha vida, mas isso não desculpa a maneira como tratei todos vocês. — Ele balançou a cabeça. — Mei disse algo na noite em que me trouxe aqui. Que eu precisava pensar sobre o que estava falando. Não fiz isso. — Humilhado, olhou para Nelson. — Sinto muito por como tratei você. Não espero que me perdoe, mas, independentemente disso, é algo que eu precisava dizer.

Nelson o observou por um bom tempo. Embora Wallace quisesse desviar o olhar, não o fez. Por fim, Nelson falou:

— Tudo bem. Obrigado. Mei está certa. Ela geralmente está, mas, com isso, acertou em cheio. E, se há esperança para você, também pode haver para Alan.

— Não sei se será suficiente — admitiu Wallace.

— Talvez. Mas talvez seja. Hugo fará o melhor que puder. Isso é tudo o que qualquer um pode pedir. Mas estou feliz que você esteja aqui. E sei que não sou o único.

Wallace olhou de relance para Hugo, que entregava a um cliente uma xícara cheia de chá, aquele mesmo sorriso fixo no rosto.

Mas parecia ter olhos apenas para Wallace.

O restante do dia foi mais calmo do que tinha começado. Alan ficou perto da janela, ignorando todos os outros. Seus ombros estavam tensos, e, de vez em quando, ele estendia a mão e tocava a barriga, o peito ou o pescoço. Wallace imaginou se haveria uma espécie de dor fantasma ali. Esperava que não. Não podia imaginar como seria.

Quando o último cliente saiu da casa de chá, Hugo fechou a porta, virando a placa na janela de ABERTO para FECHADO. Mei estava limpando a cozinha, sua música terrível tocando alto.

— Wallace — chamou Hugo. — Posso falar com você por um segundo?

Wallace olhou cauteloso para Alan, ainda de pé junto à janela.

— Está tudo bem — disse Nelson. — Consigo lidar com ele se precisar. Posso parecer velho, mas consigo dar uma surra bem dada até nos mais difíceis.

Wallace acreditou naquilo.

Ele seguiu Hugo pelo corredor em direção à porta dos fundos. Pensou que estavam indo para a varanda, como faziam na maioria das noites, mas Hugo parou perto do final do corredor. Recostou-se na parede, esfregando o rosto com as mãos. Sua bandana — laranja brilhante hoje — estava torta na cabeça. Wallace desejou poder arrumar para ele. De repente, viu-se desejando muitas coisas impossíveis.

Hugo falou primeiro.

— Vai ser um pouco diferente nos próximos dias — falou ele, em tom de desculpas.

— Como assim?

— Alan. Preciso ajudá-lo. Fazer com que ele tente falar, se puder. — E suspirou. — O que significa que não poderemos conversar como normalmente fazemos à noite, a menos que possamos conversar depois...

— Ah, ei, não — interrompeu Wallace, mesmo quando um pequeno lampejo de ciúme explodiu dentro de si. — Eu entendo. Ele é... você tem que fazer o que faz. Não se preocupe comigo. Sei o que é importante aqui.

Hugo parecia frustrado.

— Você também é. Tanto quanto ele.

Wallace piscou.

— Obrigado?

Hugo assentiu com a cabeça furiosamente, olhando para o chão entre eles.

— Não quero que pense que não é. Eu... gosto de quando conversamos. É uma das minhas partes favoritas do dia.

— Ah. — O rosto de Wallace ficou quente. Ele pigarreou. — Eu... também gosto de quando conversamos.

— Gosta?

— Sim.

— Legal.

— Legal — repetiu Wallace. Ele não sabia mais o que dizer. Hugo mordeu o lábio inferior.

— Eu ajo como se soubesse o que estou fazendo. E gosto de pensar que sou bom nisso, mesmo quando as coisas estão fora do meu alcance. É... diferente. Cada pessoa é diferente. É difícil, mas a morte sempre será. Às vezes, recebemos pessoas como você, e outras vezes...

— Vocês recebem um Alan.

— É — respondeu, parecendo aliviado. — E tenho que trabalhar mais nesses casos, mas vale a pena se eu conseguir alcançá-los. Não quero que ninguém que venha até aqui dê meia-volta e faça o que Cameron fez. Pensar que não há esperança. Que eles não têm mais nada.

— Ele é... — O quê? Wallace não tinha certeza do que estava tentando dizer. Parecia grande demais. Forçou-se na direção da verdade. — Ele tirou a própria vida.

Hugo piscou.

— O quê? Como soube disso?

Os dois não tinham tido tempo de falar sobre o que havia acontecido no jardim de chá. Tudo o que ele tinha visto. Tudo o que sentira. Tudo o que Cameron havia lhe mostrado.

— Vi quando Cameron me tocou. As estrelas, os pedaços dele. Flashes. Recordações. Senti a felicidade, a tristeza e todo o restante. E havia uma parte dele que sabia que eu podia ver.

Hugo se recostou na parede, como se suas pernas tivessem falhado.

— Ai, minha nossa. Isso não é... o Gerente falou... — Ele abaixou a cabeça. — Ele... mentiu para mim?

— Não sei — afirmou Wallace rapidamente. — Não sei por que ele disse as coisas que falou para você, mas... — Ele lutou para encontrar as palavras certas. — Mas e se eles não estiverem tão perdidos quanto você pensa? E se parte deles ainda existir?

— Então, significaria que... não sei o que significaria. — Hugo levantou a cabeça, olhos tristes, boca curvada para baixo. — Tentei tanto chegar até ele, fazê-lo ver que não tinha sido definido por seu fim. Que, mesmo que não tivesse visto outra escolha, tinha terminado agora, e ele não podia se machucar novamente.

— Ele perdeu alguém — sussurrou Wallace. O homem-sol.

— Eu sei. E não importava o que eu dissesse, não consegui convencê-lo de que se encontrariam de novo.

Ele olhou para a porta que dava para o jardim.

— Alguém já deixou de ser um Concha?

Hugo balançou a cabeça.

— Não que eu saiba. Eles são raros. — Sua boca se retorceu com amargura. — Pelo menos foi o que o Gerente me falou.

— Tudo bem — disse Wallace. — Mas, mesmo que seja esse o caso, por que não existem centenas deles? Milhares? Ele não pode ser o primeiro. Por que não vi nenhum na cidade depois que morri?

— Não sei — respondeu Hugo. — O Gerente disse que... não importa o que ele disse, não agora. Não se... *Wallace*. Você sabe o que isso significa?

Ele se afastou da parede.

— Hum. Não?

— Preciso pensar. Não consigo... minha cabeça está cheia demais agora. Mas obrigado.

— Pelo quê?

— Ser quem você é.

— Não é muito — disse Wallace, de repente desconfortável. — Eu não era tão bom assim, você sabe.

Parecia que Hugo o contestaria. Em vez disso, ele chamou Mei.

Por um instante, a música ficou mais alta quando ela passou pelas portas, correndo pelo corredor.

— O quê? O que foi? Estamos sob ataque? Em quem preciso bater?

E, sem desviar o olhar de Wallace, Hugo falou:

— Preciso que me faça um favor.

Ela olhou de um para o outro com curiosidade.

— Certo. O quê?

— Preciso que abrace Wallace por mim.

Wallace balbuciou.

— Uau — soltou Mei. — Estou tão feliz por ter corrido aqui para isso. — Ela bateu os dedos contra a palma da mão. Uma pequena luz explodiu antes de desaparecer tão rapidamente quanto surgira. — Alguma razão específica?

— Porque não consigo — explicou Hugo. — E eu quero.

Mei hesitou, mas apenas por um momento. Então Wallace cambaleou contra a parede quando foi agarrado, os braços de Mei ao redor de sua cintura, a cabeça apoiada em seu peito.

— Me abraça também — exigiu ela. — Vai ser estranho se você não faz isso. O que o chefe quer, o chefe recebe.

— Já está estranho — murmurou Wallace, mas fez o que ela pediu. Foi bom receber aquele abraço. Mais do que esperava. Não como tinha sido depois de Desdêmona. Foi... mais.

— Este aqui é do Hugo — disse ela, sem necessidade nenhuma.

— Eu sei — sussurrou ele.

Parecia que Alan discutiria. Ele fez uma careta, os braços cruzados na defensiva, uma fúria clara. Mas parecia estar ouvindo.

— Ele vai conseguir — afirmou Nelson, observando o neto e o novo convidado.

Wallace não tinha tanta certeza. Acreditava em Hugo, mas não sabia o que Alan faria em resposta. Não estava muito de acordo com a ideia de os dois saírem por aí sozinhos, mesmo que fosse apenas até o quintal.

— E se ele não conseguir?

— Então, não terá conseguido — respondeu Nelson. — E, embora não seja por culpa de Hugo, ele vai carregar a culpa, assim como fez com Cameron e Lea. Lembra-se do que eu disse? Empático ao extremo. Esse é o nosso Hugo.

— Ela não veio hoje.

Nelson sabia a quem ele se referia.

— Ela vai voltar. Nancy pode ficar um dia, dois ou três sem vir, mas sempre volta.

— Ela vai cair em si?

— Não sei. Gostaria de pensar que vai, mas há... — Ele tossiu nas costas da mão. — Há algo em perder um filho que destrói uma pessoa.

Wallace se sentiu um idiota. Claro que Nelson entendia. Hugo havia perdido os pais, o que também significava que Nelson havia perdido um filho. Ele sentiu culpa por nunca ter pensado em perguntar.

— Qual deles?

— Meu filho — respondeu Nelson. — Um bom homem. Teimoso, mas bom. Um garotinho tão sério, mas aprendeu a sorrir em seu próprio tempo. A mãe de Hugo cuidou disso. Eram iguaizinhos. Eu me lembro da primeira vez que ele nos falou dela. Seus olhos brilhavam. Soube então que meu filho estava perdidamente apaixonado por ela, embora eu nem a tivesse conhecido. Não precisava me preocupar. Ela era uma mulher maravilhosa, tão cheia de esperança e alegria. Mas, acima de tudo, era paciente e gentil. E ambos pegaram as melhores partes de si e as colocaram em Hugo. Eu os vejo nele, sempre.

— Gostaria de poder tê-los conhecido — comentou Wallace, observando Alan seguir Hugo pelo longo corredor em direção à varanda dos fundos, Apollo já latindo do lado de fora.

— Teriam gostado de você — disse Nelson. — Iam te encher o saco, é claro, mas você entraria na brincadeira. — Ele sorriu para si mesmo. — Mal posso esperar para vê-los de novo, segurar o rosto do meu filho entre as mãos e dizer o quanto estou orgulhoso dele. Achamos que temos tempo para essas coisas, mas nunca há o suficiente para tudo que deveríamos ter dito. — Seu olhar era astuto. — Você faria bem em se lembrar disso.

— Não tenho ideia do que está falando.

Nelson riu.

— Aposto que não. — Ele ficou sério. — Existe alguma coisa que você diria para alguém que ficou para trás, se pudesse?

— Ninguém ouviria.

Nelson balançou a cabeça lentamente.

— Não acredito nisso nem um pouco.

Alan voltou para dentro primeiro. Parecia confuso. Assustado. A casa de chá parecia mais pesada com a presença dele, e menor, como se as paredes tivessem começado a se fechar. Wallace não sabia se era ele quem projetava isso ou se vinha do próprio Alan. Alan, de quem Wallace quase sentiu pena quando virou outra cadeira e a colocou sobre a mesa. Essa coisa toda de empatia não era tudo o que se dizia.

Mei fez uma pausa, com a vassoura na mão.

— Tudo bem? — perguntou, olhando para Alan.

Alan a ignorou. Olhou para Wallace de queixo caído. Wallace não gostou daquilo.

— O que foi?

— A cadeira — disse Alan. — Como você faz isso?

Wallace piscou.

— Ah! Prática, eu acho? Não é tão difícil quanto parece, depois que você pega o jeito. Só leva tempo para aprender a se concentrar...

— Você precisa me mostrar como fazer.

Aquela certamente não parecia uma boa ideia. Visões de caos encheram a cabeça de Wallace, clientes gritando à medida que cadeiras eram arremessadas ao redor por mãos invisíveis.

— Demorou muito tempo, provavelmente mais do que você vai...

— Posso aprender — insistiu Alan. — Quão difícil pode ser?

Mei deixou a vassoura encostada no balcão, olhando para os dois antes de seguir pelo corredor até a varanda dos fundos.

— Bem... — disse Wallace. — Não sei exatamente como começar.

— Eu sei — falou Nelson de sua cadeira. — Ensinei tudo o que ele sabe.

Alan não ficou impressionado.

— Você? Sério? *Você.*

— Sério — retrucou Nelson secamente. — Mas você não tem que acreditar no que eu digo. Na verdade, não precisa acreditar nem aceitar nenhuma palavra com essa atitude.

— Não preciso de você — retrucou Alan. — Wallace pode me mostrar. Não é mesmo, Wallace?

Wallace fez que não com a cabeça.

— Não. Nelson é o especialista. Se quiser saber alguma coisa, tem que passar por ele.

— Ele é muito velho para...

Nelson desapareceu da cadeira.

Alan se engasgou com a própria língua.

E, em seguida, foi derrubado quando Nelson apareceu atrás, passando-lhe uma rasteira com a bengala. Alan caiu de costas, as luzes nas arandelas piscando por um instante.

— Mas não velho demais para mostrar a você um truque ou três, moleque insolente — disse Nelson com frieza. — E, se você souber o que é bom para a saúde, vai morder a língua antes que eu mostre o que *realmente* posso fazer. — Ele se virou para sua cadeira, mas não antes de piscar para um Wallace boquiaberto.

— Não, espere — disse Alan, levantando-se do chão enquanto a casa se acomodava ao redor. — Eu... — Ele cerrou os dentes. — Eu vou escutar.

Nelson o olhou de um jeito crítico.

— Vou acreditar quando vir. Sua primeira tarefa é se sentar aí sem falar. Se eu ouvir sequer um pio de você antes de dizer para falar de novo, não vou ensinar merda nenhuma.

— Mas...

— Pare. De. *Falar*.

Alan fechou a boca, embora parecesse furioso com isso.

— Vá ver como eles estão — disse Nelson a Wallace enquanto se sentava. — Eu cuido das coisas por aqui.

Wallace acreditou. Sabia o quanto a bengala doía.

Ele olhou para trás apenas uma vez enquanto se apressava pelo corredor.

Alan não tinha se movido.

Talvez fosse ouvir afinal.

— ... e você não precisa passar por esse tipo de abuso — dizia Mei, de forma fervorosa quando Wallace saiu pela porta, para o ar frio da noite. — Não me importo com *quem* ele pensa que é, ninguém pode falar com você dessa maneira. Vá à merda esse cara. Vá à merda ele e a cara idiota dele.

Hugo sorriu ironicamente.

— Obrigado, Mei. Incisiva como sempre.

— Só porque ele está com raiva e com medo não lhe dá o direito de ser um idiota. Diga para ele, Wallace.

— É — concordou Wallace. — Provavelmente não sou a melhor pessoa para falar, já que costumava ser um idiota também.

Mei bufou.

— Costumava ser. Isso é muito fofo. Você deixou Nelson sozinho com ele?

Ele ergueu as mãos.

— Não acho que você precise se preocupar. Nelson já colocou o cara no lugar dele. Estou mais preocupado com Alan do que com qualquer outra coisa.

Hugo grunhiu.

— O que meu avô fez?

— Tipo... caratê fantasma?

Mei riu.

— Cara, e eu *perdi*? Preciso ir lá ver se ele vai fazer de novo. Você dá conta aqui, Wallace, certo? — Ela não esperou uma resposta. Ficou na ponta dos pés e beijou Hugo na bochecha antes de voltar para dentro. Wallace a ouviu gritando por Nelson antes de fechar a porta.

— Pé no saco — murmurou Hugo.

Wallace caminhou na direção dele.

— Quem? Nelson ou Mei?

— Sim — respondeu Hugo antes de bocejar, a mandíbula estalando audivelmente.

— Você deveria ir para a cama — recomendou Wallace. — Descansar um pouco. Acho que ele vai ficar mais quieto esta noite. — Se tivessem sorte, Nelson o convenceria a ficar de boca fechada por pelo menos algumas horas.

— Eu vou. Só... precisava esvaziar a cabeça por um momento.

— Como foi?

Hugo começou a retrair os ombros, mas parou no meio do caminho.

— Foi.

— Que bom, hein?

— Ele está zangado. Entendo. Realmente entendo. E, por mais que eu queira, não posso tirar a raiva. É dele. O melhor que posso fazer é garantir que ele saiba que não precisa segurar esse sentimento para sempre.

Wallace ficou em dúvida, na melhor das hipóteses.

— Você acha que ele vai ouvir?

— Espero que sim. — Hugo sorriu de um jeito cansado. — É cedo demais para dizer. Mas se começar a sair do controle... — Uma expressão complicada cruzou seu rosto. — Bem, vamos dizer apenas que é melhor evitar, se possível.

— O Gerente.

— Sim.

— Você não gosta dele.

Hugo olhou para a escuridão.

— Ele não é do tipo de quem *se gosta*. Desde que o trabalho seja feito, nada mais importa. Não sou exatamente ambivalente, mas...

— Ele assusta você — constatou Wallace, de repente cheio de certeza.

— Ele é um ser cósmico que supervisiona a morte — comentou Hugo sem rodeios. — Claro que me assusta. Assusta a todos. Essa é meio que a questão.

— E você ainda deu ouvidos quando ele lhe ofereceu um emprego.

Hugo fez que não com a cabeça.

— Não tem nada a ver. Aceitei o trabalho porque *quis*. Como não poderia? Ajudar as pessoas quando mais precisam, quando acham que tudo está perdido? Claro que eu concordaria.

— Como Jesus — disse Wallace em um tom solene. — Encaixou-se no complexo de salvador.

Hugo desatou a rir.

— Sim, sim. Ponto pra você, Wallace. — Ele ficou um pouco mais sério. — E depois há o fato de que ele pode ser um mentiroso, considerando o que disse sobre os Conchas, e me assusta ainda mais. Isso me faz pensar o que mais ele escondeu de mim.

— Fez algum progresso nisso?

— Ainda não. Estou pensando. Vou chegar lá. Só que ainda não.

Eles ficaram quietos, encostados no parapeito.

— Acho que ele vai ouvir — disse Hugo por fim. — Alan. Preciso ter cuidado com ele. Está frágil agora. Mas sei que posso alcançá-lo. Alan só precisa de tempo para chegar lá. E quando ele estiver melhor e eu puder lhe mostrar como fazer a passagem, podemos voltar ao normal.

— Ele estendeu a mão para Wallace, mas se deteve e fechou os dedos.

— Sim — disse Wallace. — Ao normal.

— Isso não é... eu vivo esquecendo. — Sua testa se franziu sobre uma expressão comprimida conforme ele soltava o ar pesadamente pelo nariz. — Que você está...

— Eu sei.

O rosto de Hugo se crispou.

— Estou perdendo o foco. Fico pensando que você está... — Ele balançou a cabeça. Foi até a porta, assobiando para Apollo, que latiu do jardim de chá.

E antes que ele pudesse entrar pela porta aberta, Wallace disse:
— Hugo.
Ele parou, mas não se virou.
Wallace olhou para as estrelas.
Existe alguma coisa que você diria a alguém que ficou para trás, se pudesse?
Ele falou:
— Se as coisas fossem diferentes, se eu fosse eu, e você fosse você... acha que me veria como alguém que você poderia...
Wallace não achou que Hugo fosse responder. Ele entraria pela porta sem dizer uma palavra, deixando-o sozinho e se sentindo um idiota.
Mas Hugo não fez isso.
Ele respondeu:
— Sim.
E, então, entrou.
Wallace ficou olhando para ele, o rosto queimando como o sol.

CAPÍTULO 16

— Tem certeza? — murmurou Wallace, olhando para Alan com cautela. Era o terceiro dia com o novo hóspede, e Wallace ainda não o entendia muito bem. Desde que Nelson o derrubara de costas, ele... bem, não tinha *mudado*, não exatamente. Havia passado a observar cada movimento dos outros e, embora não fizesse muitas perguntas, Wallace tinha a sensação de que estava absorvendo tudo, não como um animal encurralado esperando para atacar, mas de perto. Com certeza não ajudava que nunca desviasse o olhar de Wallace quando ele começava a descer as cadeiras todas as manhãs, preparando a casa de chá para mais um dia. Cada vez que Wallace pegava uma cadeira diferente, conseguia sentir o olhar de Alan sobre si, o que fazia sua pele se arrepiar.

— Não posso imaginar como é para ele — falou Nelson, a voz baixa no caso de Alan estar tentando ouvir. — Sei que ele é um pouco rude por fora...

— Não há problema em ser hiperbólico. Sério. Juro. Não se detenha.

— ... mas as vítimas de assassinato têm mais dificuldade em entender que a vida que conheciam acabou. — Nelson balançou a cabeça. — Ele morreu não por escolha própria nem porque o corpo falhou, mas porque outra pessoa tirou sua vida. É uma violação. Temos que ir com cuidado, Hugo mais do que o restante de nós.

Wallace estava inquieto quando pousou a última cadeira, ouvindo Mei cantar na cozinha a plenos pulmões. Olhou pelas janelinhas e teve um vislumbre de Hugo se movendo de um lado para o outro. Não haviam tido a chance de conversar mais desde aquela última noite na varanda, embora Wallace não tivesse certeza do que mais poderia ser dito. Hugo precisava focar em Alan, e Wallace estava morto. Nada mudaria isso. Era ridículo pensar o contrário, ou pelo menos foi o que Wallace disse a si mesmo. As declarações não tinham sentido diante da vida e da morte.

Wallace nunca havia sido fã do "*e se*".

O problema era que Wallace também era um mentiroso, porque estava ficando cada vez mais difícil pensar em qualquer coisa *além* do "e se".

E era perigoso. Porque Wallace estava sentado em frente ao fogo na noite anterior, mal ouvindo Nelson falando com Alan, dizendo-lhe que, antes que pudesse pensar em fazer o que ele e Wallace podiam, precisava clarear a cabeça, precisava *focar*. Wallace estava muito, muito longe. Era um dia ensolarado. Viu-se em uma cidadezinha. Estava perdido. Precisava parar e pedir informações. Encontrou uma pequena placa curiosa ao lado de uma estrada de terra anunciando TRAVESSIA DE CARONTE CHÁS E COMIDINHAS. Ele virou na estrada. Às vezes, estava em um carro. Outras vezes, estava a pé. Independentemente disso, seu destino nunca mudava. Ele chegava à casa no fim da estrada de terra, maravilhado que uma coisa daquelas pudesse existir sem desmoronar. Ele entrava pela porta.

E lá, atrás do balcão, estava um homem com uma bandana brilhante na cabeça e um sorriso tranquilo no rosto.

O que acontecia a seguir variava, embora o coração pulsante fosse o mesmo. Às vezes, o homem atrás do balcão sorria para ele e falava:

— Olá. Estava esperando você. Meu nome é Hugo, qual é o seu?

Outras vezes, Hugo já sabia o nome dele (como, não importava; pequenos sonhos como esses não precisavam de lógica) e dizia:

— Wallace, estou tão feliz por você estar aqui. Acho que você gostaria de um pouco de chá de hortelã.

— Sim — respondia Wallace. — Parece maravilhoso. Obrigado.

E Hugo lhe servia uma xícara e depois outra para si mesmo. Os dois levavam o chá para a varanda dos fundos e se recostavam no parapeito. Havia versões dessa fantasia em que não falavam nada. Apenas bebiam o chá... existindo um perto um do outro.

Mas havia outras versões.

Hugo indagava:

— Quanto tempo você vai ficar?

E Wallace respondia:

— Não sei. Realmente não pensei nisso. Nem sei como cheguei aqui. Estava perdido. Não é engraçado?

— É. — Hugo olhava para ele, sorrindo em silêncio. — Talvez seja o destino. Talvez fosse aqui que você devesse estar.

Wallace nunca sabia o que dizer a essa versão dele, esse Hugo que não carregava o peso da morte nos ombros, e um Wallace que tinha sangue correndo nas veias. Seu rosto esquentava, e ele olhava para o chá, murmurando baixinho que não acreditava realmente em destino.

Hugo ria.

— Tudo bem. Vou acreditar o suficiente para nós dois. Beba seu chá antes que esfrie.

Ele se assustou quando Nelson estalou os dedos a centímetros de seu rosto.

— O que foi?

Nelson pareceu estar se divertindo.

— Onde você estava?

— Lugar nenhum — respondeu Wallace, com o rosto quente.

— Minha nossa — disse Nelson. — Algo em sua mente que gostaria de discutir?

— Não tenho ideia do que está falando.

Nelson suspirou.

— Não sei o que é pior. Se você acredita nisso ou se não acredita e falou mesmo assim.

— Não importa.

Nelson sorriu com tristeza.

— Não, acho que não.

O dia continuou como sempre, mesmo que a casa de chá parecesse um pouco mais carregada que o normal. Não que Alan estivesse ameaçando qualquer um deles. Não estava. Na verdade, quase não falava. Vagava pela casa como fizera no dia anterior, ouvindo conversas, observando os clientes. Havia momentos em que se curvava na frente deles, a ponta do nariz a centímetros dos clientes. Ninguém sabia que algo estava errado e, em vez de ficar mais zangado, Alan parecia encantado, e não de uma forma que parecesse aterrorizante ou ameaçadora. Era uma alegria quase infantil, seu sorriso parecendo genuíno pela primeira vez desde que chegara à casa de chá. Wallace podia ver o homem que ele poderia ter sido antes de suas decisões o levarem àquele beco.

— É como quando eu era criança — comentou Alan com Nelson. — Sabe quando você pensa em querer ser um super-herói? Com lasers saindo dos olhos ou tendo a capacidade de voar. Eu sempre quis o poder de me tornar invisível.

— Por quê? — perguntou Nelson.

Alan deu de ombros.

— Porque, se as pessoas não podem ver você, elas não sabem o que você está fazendo, e pode se safar de qualquer coisa.

E, no terceiro dia após a chegada de Alan, Nancy voltou à Travessia de Caronte.

Ela atravessou a porta como sempre fazia, a boca apertada, os círculos sob os olhos como hematomas. Foi até a mesa habitual e se sentou sem falar com ninguém, embora alguns dos clientes da casa de chá tenham acenado para ela.

Hugo voltou para a cozinha, e, antes que as portas tivessem a chance de parar de balançar, abriram-se de novo quando Mei saiu para ficar no caixa.

— Coitada — murmurou Nelson de sua cadeira. — Ainda não está dormindo. Não sei por quanto tempo vai aguentar. Gostaria que pudéssemos fazer mais por ela.

— Desde que não tenha nada a ver com Desdêmona — comentou Wallace. — Não posso acreditar que ela...

— Quem é aquela?

Eles se viraram para olhar para Alan, que estava no meio do salão, ao lado de uma mesa cheia de pessoas da sua idade; estivera rondando-os desde que haviam chegado. Agora estava parado, o olhar fixo na mesa perto da janela e na mulher sentada lá.

Começou a andar na direção dela. Wallace se moveu antes mesmo de perceber. Alan piscou quando Wallace apareceu na frente dele, uma das mãos pressionada contra o peito do homem. Ele olhou para baixo, franzindo a testa, e Wallace tirou a mão.

— O que você está fazendo?

— Deixe a mulher em paz — falou Wallace de um jeito tenso. — Não me importo com o que você faz com mais ninguém aqui, mas fique longe dela.

Os olhos de Alan se estreitaram.

— Por quê? — Ele olhou por cima do ombro de Wallace antes de o encarar de novo. — Ela nem pode me ver. Quem se importa? — Ele começou a se desviar de Wallace, mas parou quando Wallace agarrou seu punho.

— Não mexa com ela.

Alan puxou o braço.

— Você consegue sentir, não consegue? Ela é como... um farol. Está pegando fogo. Posso sentir o gosto. O que há de errado com ela?

Wallace quase retrucou que não interessava. Ele corrigiu o curso no último momento, embora a ideia de apelar para a humanidade de Alan parecesse tão absurda que era ridícula.

— Ela está de luto. Perdeu a filha para uma doença. Foi muito... ruim. Os detalhes não importam. Ela vem aqui porque não sabe mais aonde ir. Hugo se senta com ela, e nós os deixamos em paz.

Ele ficou agradavelmente surpreso quando Alan assentiu com vagar.

— Ela está perdida.

— Está — respondeu Wallace. — E se ela vai ou não encontrar o próprio caminho não depende de nós. Não dou a mínima para de quem mais você se aproxima, mas deixe Nancy em paz. Mesmo que nenhum deles possa nos ouvir, você não quer correr o risco de piorar as coisas para ela.

— Piorar — repetiu Alan. — Você acha que *eu* sou aquele que poderia piorar as coisas. — Ele inclinou a cabeça. — Hugo contou a ela sobre tudo? É por isso que ela vem aqui, porque sabe que Hugo ajudou a filha dela a fazer a passagem?

— Não — disse Wallace. — Não contou. Ele não tem permissão. Faz parte de ser um barqueiro.

— Mas ele *ajudou* a filha dela a atravessar — afirmou Alan. — E, de alguma forma, uma parte dela sabe, caso contrário não estaria aqui. Então, o que isso faz de Hugo se ele está mentindo para a mulher? E, se parte dela *sabe*, significa que ela não é como todo mundo. Talvez possa nos ver. Talvez possa *me* ver.

Wallace parou na frente de Alan de novo quando ele tentou passar.

— Ela não pode. E, mesmo que pudesse, você não pode fazê-la passar por isso. Não sei como é ser você. Nunca vou entender o que aconteceu com você ou como deve ter sido. Mas você não pode usá-la para tentar se sentir melhor.

Alan abriu a boca para responder, mas parou quando Hugo atravessou as portas da cozinha. O barulho da casa continuou ao redor, mas Hugo olhava para Wallace e Alan, com uma bandeja de chá nas mãos. Mei ficou na ponta dos pés e sussurrou algo no ouvido de Hugo, que não reagiu. Ela fitou os dois, e, se Wallace não a conhecesse, não teria pensado nada sobre sua expressão vazia. Mas ele *conhecia* Mei, e ela não estava feliz.

Hugo deu a volta no balcão, fixando um sorriso no rosto. Acenou para todos que o cumprimentaram. Ao passar por Wallace e Alan, falou de canto de boca:

— Por favor, fique longe dela.

Ele continuou sem parar.

Nancy estava olhando pela janela quando Hugo colocou a bandeja de chá na mesa. A mulher não reagiu quando ele serviu o chá na xícara. Hugo posicionou a xícara na frente da mulher antes de se sentar diante dela, cruzando as mãos sobre a mesa, como sempre fazia.

Alan os observou, esperando.

Quando nada aconteceu, ele perguntou:

— O que ele está fazendo?

— Ele está ali para ela — responde Wallace, desejando que Alan deixasse para lá. — Esperando que ela esteja pronta para falar. Às vezes, a melhor maneira de ajudar alguém é não falar nada.

— Besteira — murmurou Alan. Ele cruzou os braços e olhou para Hugo com raiva. — Ele fez alguma merda ou algo assim? A culpa está escrita na cara dele. O que ele fez?

— Se ele quiser contar a você, ele vai. Deixe para lá.

E, por mais incrível que tenha sido, Alan pareceu ouvir à sua maneira. Ergueu as mãos antes de caminhar para o lado oposto da sala em direção a uma mesa onde um pequeno grupo de mulheres estava sentado.

Wallace suspirou de alívio ao olhar para Mei.

Ela assentiu para Wallace antes de revirar os olhos.

— Certo — disse ele. — As crianças de hoje.

Mei tossiu na mão, mas ele conseguiu ver a curva de seu sorriso.

E deveria ter sido isso. Deveria ter sido o fim de tudo.

Nancy sentada ali, sem falar. Hugo à espera, sem pressionar. A xícara de chá à frente dela, negligenciada. Depois de uma hora (ou talvez duas), ela se levantaria, a cadeira raspando no chão, Hugo dizendo que estaria lá, sempre, para quando ela estivesse pronta.

E então ela iria embora. Talvez voltasse amanhã e no dia seguinte e no próximo, ou talvez ficasse sumida por um dia ou dois.

Nancy estava sentada em sua cadeira. Hugo diante dela. Depois de uma hora, ela se levantou.

Hugo disse:

— Estarei aqui. Sempre. Quando estiver pronta, estarei aqui.

Ela seguiu em direção à porta.

Fim.

Só que Alan gritou:

— *Nancy*!

As lâmpadas nas arandelas piscaram. Nancy parou, com a mão na maçaneta.

— *Nancy*! — gritou Alan de novo, deixando Wallace paralisado.

Nancy se virou para o som da voz, franzindo a testa.

Alan ficou pulando no meio da casa de chá, acenando freneticamente com fervor, gritando o nome dela várias vezes. As mesas de cada lado dele se mexiam como se alguém tivesse esbarrado nelas, derramando chá e derrubando muffins.

— Mas o que é isso? — perguntou um homem, olhando para a mesa. — Você sentiu isso?

— Sim — respondeu a companheira dele, uma jovem usando *gloss* rosa-chiclete. — Tremeu, né? Quase como...

As mesas pularam de novo quando Alan deu um passo na direção de Nancy.

Nancy, cujo aperto na maçaneta ficou mais forte até os nós dos dedos ficarem brancos.

— Quem está aí? — perguntou ela, com a voz carregada, fazendo com que todos se virassem e olhassem para ela.

— Isso aí — ofegou Alan. — Sim. Estou aqui. Ai, meu Deus, estou *aqui*. Me escute, você precisa...

Wallace não pensou.

Em um momento, ele era uma planta de chá, imóvel. No seguinte, estava à frente de Alan novamente, a mão sobre a boca dele, os dentes do outro raspando na palma de sua mão.

— Para com isso — sussurrou ele.

Alan lutou com ele, tentando empurrá-lo para longe. Mas Wallace era maior e, embora fosse magro, manteve-se firme. Os olhos de Alan brilhavam com fúria acima da mão de Wallace.

— Você está bem, querida? — perguntou uma mulher a Nancy, virando-se na cadeira para fitá-la.

Nancy nem olhou para a mulher. Continuou a olhar na direção de Wallace e Alan, mas, se os viu, não reagiu. Abriu a boca como se fosse falar de novo, mas balançou a cabeça antes de atravessar a porta, batendo-a atrás de si.

Alan gritou na mão que cobria sua boca antes de empurrar Wallace o mais forte que podia. Wallace cambaleou para trás, batendo em uma cadeira atrás. O homem sentado na cadeira olhou ao redor assustado quando as pernas da cadeira rasparam no chão.

— Ela me ouviu — rosnou Alan. — Ela me *ouviu*. Ela pode...

Ele não terminou. Mas correu na direção da porta. Hugo disse:

— Se você sair por aquela porta, vai se perder. E não sei como trazer você de volta.

Alan parou, o peito arfando.

O silêncio encheu os cantos e recônditos da Travessia de Caronte. Todos se viraram lentamente para fitar Hugo. Nelson gemeu, o rosto nas mãos enquanto Apollo rosnava para Alan.

— Certo! — disse Mei vivamente. — Porque, se você não terminou sua xícara de chá antes de sair, vai passar o resto do dia se preocupando com o que perdeu. E não sabemos como trazê-lo de volta, porque chá requentado é a *pior* coisa. Não é, Hugo?

Hugo não respondeu. Ele olhava para Alan, sem piscar.

— Por tudo o que é mais sagrado, ouça — falou Nelson irritado. — Sei que você não tem um pingo de bom senso, mas não seja idiota. Já disseram o que vai acontecer se você sair. É o que você quer? Beleza. Vai. Mas não espere que nenhum de nós vá correndo salvá-lo se você fizer isso.

Os ombros de Alan estavam tensos. A garganta trabalhava enquanto ele engolia, os olhos úmidos e perdidos.

— Ela conseguiu me ouvir — sussurrou.

— Olhem só! — Mei disse alto. — Acabei de perceber que hoje é o Dia Nacional de Chá e Cookies Grátis. Precisamos comemorar. Se alguém quiser uma xícara de chá ou um cookie grátis, venha aqui que eu consigo para você.

Quase todo mundo se moveu em direção ao balcão, cadeiras raspando no chão. Afinal, ou era continuar olhando para o estranho dono da Travessia de Caronte ou conseguir comida de graça. Parecia ser uma escolha fácil.

Por fim, Alan se acalmou, embora Wallace ainda pudesse sentir a raiva e o desespero que emanavam dele. O homem se virou e foi para o canto mais distante da casa de chá, encostando a testa na parede enquanto tremia.

— Deixe-o em paz — pediu Nelson baixinho. — Acho que está entendendo o que tudo isso significa. Dê-lhe um tempo. Ele vai conseguir. Sei disso.

Nelson estava errado.

O restante do dia passou como um borrão.

Alan não saiu do canto. Não falou. Wallace o deixou em paz.

Mei ficou atrás da caixa registradora, de braços cruzados, observando, sempre observando. Ela sorria quando alguém se aproximava do balcão para fazer o pedido, mas era um sorriso forçado, meio amarelo.

Nelson ficou em sua cadeira, com a bengala no colo, os olhos fechados, a cabeça inclinada para trás.

Hugo tinha desaparecido na cozinha e Apollo o seguira, choramingando baixinho. Wallace quis segui-los, mas se viu congelado no lugar, seus pensamentos a toda velocidade.

Ela me ouviu. Ela me ouviu.

Era o que Alan tinha dito.

E ele estava certo. Wallace tinha visto com os próprios olhos.

Não sabia o que fazer com essa informação, se é que devia fazer alguma coisa.

Importava mesmo?

Ele odiava o quanto se concentrara nisso, como aquilo o deixara *esperançoso.* Mei dissera que Nancy era um pouco como ela, embora nem de longe tão forte. Ele não sabia se tinha a ver com o falecimento da filha — a dor se manifestando em algo extraordinário — ou se sempre havia sido assim. Alguma parte sombria dele se perguntou se ele poderia usar aquilo, de alguma forma, para ser visto e ouvido e...

Ele se interrompeu, horrorizado.

Não.

Ele não iria... nunca poderia fazer algo assim. Não era como Alan. Não mais.

Certo?

Wallace se virou para a cozinha.

Mei observava cada passo dele enquanto atendia um jovem casal de rosto corado, o homem sorrindo para a amiga.

— É o nosso segundo encontro — contou o homem, e parecia tão *admirado* por isso.

— Terceiro — corrigiu a mulher, batendo no ombro dele. — Aquele dia no supermercado contou.

— Ah — falou o homem e sorriu. — Nosso terceiro, então.

Wallace atravessou as portas duplas e entrou em uma cozinha vazia.

Ele franziu a testa. Aonde tinham ido? Ele não tinha escutado a scooter ligar, então não achava que Hugo tivesse saído, e não era como se Apollo pudesse segui-lo se ele tivesse feito isso. Tinham que estar por ali em algum lugar.

Wallace foi até a porta e olhou para a varanda dos fundos. O ar primaveril ainda o incomodava, embora as plantas de chá e a floresta atrás da loja estivessem mais vibrantes do que nunca desde a chegada dele. Como seria esse lugar no auge do verão? Verde, Wallace esperava, tão verde que seria capaz de sentir o gosto, algo que ele não soubera até aquele momento que queria desesperadamente ver. O mundo fora da Travessia de Caronte continuava em marcha.

Ali, sentado de costas para o gradil, estava Hugo.

Apollo estava sentado a seus pés, as patas cruzadas uma sobre a outra. As orelhas em pé se contorciam, a cabeça erguida, e ele piscava lentamente para Hugo.

Hugo parecia encharcado de suor, com a respiração irregular.

Alarmado, Wallace se apressou a passar pela porta.

Hugo não abriu os olhos quando Wallace se aproximou lentamente, mantendo distância. Ele parecia estar tentando se controlar, inspirando pelo nariz e expirando pela boca. A bandana — roxa hoje, com estrelinhas amarelas — estava torta na cabeça.

Apollo virou a cabeça, olhando para Wallace, e ganiu de novo.

— Está tudo certo — disse Wallace. — Está tudo bem.

Ele manteve distância, parando no meio da varanda. Deixou as cadeiras para lá, decidindo sentar-se onde estava.

E esperou.

Demorou muito, mas Wallace não pressionou. Não pressionaria. Não quando Hugo estava daquele jeito. Não adiantaria. Então, ficou sentado lá, de cabeça baixa, tamborilando o dedo nas tábuas abaixo de si, um som leve para que Hugo soubesse de sua presença. Toc. Toc. Toc. Baixo, suave, mas uma conexão, um lembrete. Toc, toc, toc. *Você não está sozinho. Estou aqui. Respire. Respire.* Ele sabia o que era aquilo. Já tinha visto antes.

Hugo inspirava fundo, o peito arfando, o rosto crispado, os olhos desfocados, atordoados. E Wallace não se moveu, não tentou conversar. Continuou tamborilando, mantendo a batida, como um metrônomo.

Wallace deve ter batido o dedo uma centena de vezes antes de Hugo falar:

— Estou bem. — A voz rouca.

— Ok — respondeu Wallace com facilidade. — Mas tudo bem se você não estiver, também. — Ele hesitou. — Ataques de pânico não são brincadeira.

Hugo abriu os olhos, vidrados e úmidos. Esfregou a mão no rosto, gemendo baixinho.

— Isso é um eufemismo. Como você sabia que...

Ele acenou com a mão para Wallace e a distância entre os dois.

— Naomi os tinha quando era mais jovem.

— Sua esposa?

— Ex-esposa — corrigiu Wallace automaticamente. — Ela... eu não os entendia, ou o que poderia desencadeá-los. Ela me explicou, mas não sei se ouvi muito bem. Eram poucos e distantes entre si, mas, quando vinham, eram insanos. Eu tentava ajudá-la, tentava dizer a Naomi para apenas respirar, e ela... — E balançou a cabeça. — Ela me disse que era como se uma dúzia de mãos a estivessem agarrando, sufocando. Comprimindo seus pulmões. Dizia que eram irracionais. Caóticos. Como se seu corpo estivesse lutando contra si mesma. E, no entanto, eu ainda achava que ela podia superá-los se realmente quisesse.

— Ah, se fosse assim que funcionasse...

— Eu sei — disse Wallace, simplesmente. Então: — Apollo ajuda.

Apollo bateu o rabo ao som de seu nome.

— Ajuda — confirmou Hugo. Ele parecia exausto. — Mesmo que tenha sido reprovado no treinamento de cães de serviço, ele ainda sabe. Foi pior para mim, depois... bem, depois de tudo. Eu não sabia como fazê-los parar. Não sabia como combatê-los. Nem conseguia encontrar as palavras para explicar como eram. Caótico está bem próximo, acho. A ansiedade é... uma traição, meu cérebro e meu corpo trabalhando contra mim. — Ele sorriu fracamente. — Apollo é um bom garoto. Ele sabe exatamente o que fazer.

— Posso ir para dentro — falou Wallace. — Se quiser ficar sozinho. Alguns gostam, mas Naomi gostava que eu ficasse por perto. Sem tocá-la, mas perto para que ela soubesse que não estava sozinha. Eu dava batidinhas na parede ou no chão, apenas para que ela soubesse que eu ainda estava lá sem falar. Parecia ajudá-la, então arrisquei que funcionaria com você.

— Obrigado. — Hugo fechou os olhos novamente. — É difícil.

— O quê?

Hugo deu de ombros.

— Isso. Tudo.

— Isso é...

— Vago?

— Eu ia dizer abrangente.

Hugo bufou.

— Acho que sim.

— Não sabia que o afetava tanto — admitiu Wallace.

— É a morte, Wallace. Claro que afeta.

— Não, eu sei. Não quis dizer isso. — Ele fez uma pausa, refletindo. — Acho que pensei que já estivesse acostumado.

Hugo abriu os olhos de novo. Estavam mais claros do que antes.

— Não sei se algum dia vou me acostumar. — Ele grunhiu quando mudou para uma posição mais confortável. — Não quero que isso me afete como afeta, mas nem sempre consigo impedir. Sei o que devo fazer, sei que meu trabalho é importante. Mas o que quero e o que meu corpo faz às vezes são coisas diferentes.

— Você é humano — sussurrou Wallace.

— Sou — concordou Hugo. — Com tudo que acompanha esse fato. Só porque sou um barqueiro não significa que todas as outras partes de mim não estarão lá, com verrugas e tudo. O que você quer?

Wallace piscou.

— Ter certeza de que você está...

Hugo fez que não com a cabeça.

— Não isso. O que você quer, Wallace? Do seu tempo aqui. De mim. Deste lugar.

— Eu... não sei? — Suas próprias palavras o confundiram. Havia muitas, muitas coisas que ele queria, mas cada uma parecia mais trivial que a anterior. E esse era o problema, não era? Uma vida construída sobre coisas inconsequentes às quais foi dada importância simplesmente porque ele desejava que a tivessem.

Hugo não pareceu decepcionado. Na verdade, a resposta de Wallace pareceu acalmá-lo ainda mais.

— Tudo bem não saber. De certa forma, isso facilita as coisas.

— Como?

Hugo apoiou as mãos no colo. Apollo baixou o focinho para as patas, embora mantivesse o olhar fixo em Hugo, piscando devagar, o rabo enrolado nas pernas.

— Porque é mais difícil convencer alguém do que a pessoa precisa do que convencê-la do que quer. Muitas vezes ignoramos a verdade porque não gostamos do que ela nos mostra.

— Alan.

— Estou tentando — falou Hugo. — Realmente estou. Mas não sei se estou conseguindo atingi-lo. Faz apenas alguns dias, mas ele parece mais distante do que quando chegou. — Os cantos da boca dele apontaram para baixo. — É como Cameron de novo, só que pior, porque não há ninguém tentando estragar meu trabalho.

Wallace se assustou.

— Eles não são sua culpa.

— Não são? Vieram até mim porque sou eu quem deveria ajudá-los. Mas não importa o que eu diga, não importa o que eu faça, eles não conseguem ouvir. E não os culpo. É como um ataque de pânico. Posso tentar explicar para você, mas, a menos que já tenha tido um, nunca vai entender quão difíceis podem ser. E, embora eu esteja cercado pela morte, nunca consigo entender o que ela faz com uma pessoa, porque nunca morri.

— Você é melhor que a maioria — falou Wallace.

Hugo estreitou os olhos.

— Outro elogio, Wallace?

— Sim — respondeu Wallace, mexendo nas pontas desgastadas do jeans.

— Ah. Obrigado.

— Eu nunca poderia ser você.

— Claro que não — disse Hugo. — Porque você é você, e é quem você deveria ser.

— Não foi o que eu quis dizer. Você faz o que faz, e não consigo nem imaginar o preço disso. Esse dom que você tem... está além de mim. Acho que nunca poderia ser forte o suficiente para ser um barqueiro.

— Você se subestima.

— Ou conheço meus limites — rebateu Wallace. — Do que sou capaz, mesmo que devesse ter pensado duas vezes em algumas das decisões que tomei. — Ele fez uma pausa. — Ok, talvez em muitas das decisões que tomei.

Hugo bateu com suavidade a cabeça contra o gradil.

— Mas isso não é a vida? Duvidamos de tudo porque é da nossa natureza. Pessoas com ansiedade e depressão tendem a fazer mais isso.

— Talvez seja o caso de Alan — falou Wallace. — Não vou fingir que entendo tudo sobre ele. Não entendo. Mas o mundo que ele conheceu se foi. Tudo mudou. No fim das contas, ele vai ver você pelo que você é. Só leva tempo.

— Como sabe disso?

— Porque tenho fé em você — respondeu Wallace, sentindo-se frágil e exposto. — E em tudo que você é. Não há ninguém como você. Não sei se eu teria chegado tão longe sem você. Não quero nem pensar em como teria sido com outro barqueiro. Ou barqueira. Barqueire?

Hugo riu, parecendo surpreso ao fazê-lo.

— Você tem fé em mim.

Wallace assentiu com a cabeça enquanto acenava com a mão de modo desajeitado.

— Se este é um lugar de travessia, se é apenas uma parada em uma jornada, você é a melhor parte dela. — Ele ficou em silêncio por um momento. — Hugo?

— Sim?

— Eu desejo coisas também.
— Como o quê?
A honestidade era uma arma. Podia ser usada para esfaquear, rasgar e derramar sangue sobre a terra. Wallace sabia bem; tinha seu quinhão de sangue nas mãos por causa disso. Mas agora era diferente. Ele a estava usando em si mesmo, e foi esfolado por ela, terminações nervosas expostas.
E talvez tenha sido por isso que falou:
— Gostaria de ter encontrado você antes. Não alguém como você. Mas você.
Hugo inspirou bruscamente. Por um momento, Wallace pensou que havia ultrapassado os limites, mas então Hugo falou:
— Eu também gostaria.
— É burrice, certo?
— Não, acho que não.
— O que fazemos agora?
— Não sei — declarou Hugo. — Tudo o que pudermos, eu acho.
— Aproveitar ao máximo o tempo que nos resta — sussurrou Wallace.
E Hugo disse:
— Isso é tudo que qualquer um pode pedir de nós.
O sol vagava lentamente pelo céu.

O último cliente saiu da loja com uma onda alegre. Mei estava de volta à cozinha, Nelson em sua cadeira. Apollo perto de Hugo, como se quisesse ter certeza de que ele não teria uma recaída. Alan ainda estava no canto, de ombros curvados e cabeça baixa. Eles o deixaram sozinho, mas Wallace sabia que aquilo não duraria, especialmente quando Nancy voltasse. Precisavam fazê-lo entender que ela não devia ser incomodada. Wallace não estava ansioso por isso.
Hugo virou a placa na janela.
Estava prestes a trancar a porta quando parou.
— Ah, não — falou baixinho. — Agora não.
— O que foi? — perguntou Nelson. — Não me diga que temos outro convidado vindo. Está ficando um pouco cheio do jeito que está.
— Ele olhou para Alan com raiva.

— Não é isso — respondeu Hugo com firmeza.

À distância, Wallace ouviu o ronco de um motor de carro descendo a estrada. Foi até uma janela. Faróis se aproximavam.

— Quem é?

— O inspetor da vigilância sanitária — explicou Hugo.

De repente, Nelson surgiu ao lado de Wallace, que deu um gritinho. Nelson o ignorou, espiando pela janela.

— *De novo?* Mas ele esteve aqui faz alguns meses. Juro, esse cara tá querendo te lascar, Hugo. Rápido! Apague todas as luzes e tranque a porta. Talvez ele vá embora.

Hugo suspirou.

— Sabe que não posso fazer isso. Ele voltaria amanhã e estaria com um humor muito pior. — Ele olhou para Nelson. — Deixe-o em paz desta vez.

— Não sei do que você está falando.

— Vovô.

— Tudo bem — concordou Nelson, irritado. — Vou me comportar bem. — Ele baixou a voz para que apenas Wallace pudesse ouvir. — Mas guarde minhas palavras, se ele tentar alguma coisa, vou enfiar a caneta na bunda dele.

Wallace fez uma careta.

— Você consegue fazer isso?

— Pode apostar que sim! E ele também mereceria. Prepare-se para enfrentar o maior desperdício de espaço que você já conheceu na vida.

— Conheço centenas de advogados.

Nelson revirou os olhos.

— Ele é pior.

Wallace não tinha certeza de quem esperava que saísse do carrinho, mas certamente não a pessoa que viu. O homem era mais jovem, mais ou menos da idade de Hugo. Tinha uma beleza fria, embora o bigode em formato de guidão fizesse Wallace querer socá-lo na cara. Usava um terno elegante — um que Wallace poderia ter usado quando ainda estava vivo, caro, com caimento perfeito no corpo, a gravata xadrez completando o visual — e um terrível sorriso de escárnio. Wallace observou enquanto ele pegava uma prancheta de dentro do carro. Pegou uma caneta-tinteiro do bolso interno do paletó, pressionando a ponta contra a língua antes de começar a rabiscar notas.

— O que ele está escrevendo? — perguntou Wallace.

— Sabe Deus — disse Nelson. — Provavelmente algo ruim. Está sempre procurando cada coisinha que pode encontrar para usar contra Hugo. Uma vez tentou dizer que tínhamos ratos nas paredes. Consegue imaginar? *Ratos*. Homem odioso.

— E de quem foi a culpa? — perguntou Hugo, afastando-se da porta sem trancá-la.

— Minha — disse Nelson facilmente. — Mas eu estava tentando assustá-lo, não o fazer pensar que tínhamos roedores aqui. — Ele levantou a voz. — Mei! *Mei*. Temos companhia.

Mei irrompeu pela porta, uma panela coberta de detergente em uma mão e uma faca de açougueiro na outra.

— Quem? Estamos sob ataque?

— Sim — falou Nelson.

— *Não* — disse Hugo em voz alta. — Não estamos. Inspetor da vigilância.

Mei gemeu.

— De novo? Nós *estamos* sob ataque. Tranque a porta! Talvez ele pense que fomos embora! — Ela acenou com a faca ao redor até olhar para Alan, que a encarava com cautela. Ela rapidamente escondeu a faca às costas. — Não tenho uma faca. Você estava vendo coisas.

— Você está pingando água no chão — afirmou Hugo. — O que ele vai usar contra nós.

Mei rosnou enquanto se virava e corria de volta para a cozinha.

— Segure o cara o máximo que puder. Vou garantir que tudo esteja bem aqui antes que ele entre.

— Já não deveria estar? — perguntou Wallace.

— Claro que sim — disse Nelson conforme o inspetor de vigilância cutucava um pouco de tinta descascada ao longo do corrimão da escada. — Mas ele não vai ver dessa forma. Você deveria ter visto a expressão na cara do homem quando veio aqui da primeira vez. Achei que ele ia ter um ataque cardíaco quando viu o Apollo. — Ele olhou para Wallace. — Ainda é muito cedo ou…?

Wallace olhou para ele com irritação.

— Você não é engraçado.

— Claro que sou.

Wallace voltou a olhar pela janela.

— Não estou vendo todo esse problema. Certamente ele só quer ter certeza de que a casa de chá está limpa, certo? Por que encrencaria com Hugo? — Um pensamento terrível passou por sua mente. — Jesus Cristo, é porque ele é negro? De todos os...

— Ah, não — falou Nelson. — Nada tão repugnante quanto isso. — Ele se inclinou para a frente, baixando a voz. — Ele convidou Hugo para um encontro uma vez. Hugo disse não. Ele não ficou feliz com a resposta e vem nos torturando desde então.

A pele abaixo do olho direito de Wallace se contraiu.

— O quê?

Nelson deu um tapinha no ombro dele.

— Sabia que você ficaria do meu lado.

— Mei! — gritou Wallace. — Traga a faca de volta!

Mei irrompeu pelas portas novamente, agora carregando uma faca em cada mão.

— Sem facas! — bronqueou Hugo.

Ela deu meia-volta e retornou para a cozinha.

A porta da Travessia de Caronte Chá e Comidinhas se abriu.

— Humm — enunciou o inspetor da vigilância sanitária com uma careta, examinando ao redor. — Não começamos bem, começamos, Hugo? — Ele soava como se estivesse afetando o sotaque britânico mais atroz que o mundo já ouvira. Wallace o desprezou de imediato, dizendo a si mesmo que isso não tinha nada a ver com o fato de que esse homem aparentemente queria escalar Hugo como uma árvore. Mesmo que o homem não pudesse vê-lo, Wallace continuaria sendo um profissional esmerado.

— Harvey — disse Hugo calmamente.

— Harvey?! — exclamou Wallace. — O nome dele é *Harvey*? Isso é ridículo!

Hugo pigarreou alto.

Harvey o encarou.

Hugo ergueu a mão.

— Desculpe. Algo na minha garganta.

— Entendo — disse Harvey. — Provavelmente toda a poeira que parece cobrir este lugar. Espero que você tenha feito uma tentativa melhor de manter as coisas mais limpas desta vez. — Ele fungou delicadamente. — Pelo menos não temos mais que nos preocupar com aquele vira-lata. Pelos de animais em torno de toda essa comida? Se quiser saber, era um pé no saco.

Apollo latiu com raiva, saliva voando de seus lábios e caindo no chão.

— Ele é de Seattle — sussurrou Nelson. — Foi a Londres uma vez há uns anos e voltou falando assim. Ninguém sabe por quê.

— Porque ele é ridículo — disse Wallace. — Claro.

Hugo se controlou, apesar dos insultos sobre o cachorro.

— Tenho certeza de que você vai descobrir que tudo está como deveria, exatamente como estava quando você esteve aqui em fevereiro. Falando nisso, o que o traz de volta tão cedo?

Harvey rabiscou furiosamente na prancheta.

— Sou inspetor da vigilância sanitária. Estou inspecionando. E sou eu que digo se tudo está nos conformes. É o objetivo de uma inspeção surpresa. Não permite a você encobrir nenhuma... violação. — Ele se moveu na direção das vitrines, sem saber que os três fantasmas (e o cachorro fantasma) o observavam com vários tons de animosidade. Wallace não sabia por que Alan parecia tão irritado, a menos que essa fosse sua configuração padrão.

Harvey parou na frente das vitrines, curvando-se para espiá-las. Estavam imaculadas como sempre, as luzes suaves e quentes sobre os doces que haviam sobrado do dia, embora fossem poucos.

— Mei está na cozinha, suponho? Diga a ela para interromper todas as atividades imediatamente. Odiaria pensar que ela está encobrindo qualquer crime contra a humanidade, como costuma fazer.

Mei apareceu em uma das janelinhas, um olhar de fúria total no rosto.

— Crime? *Crime*? Venha aqui e diga isso na minha cara, seu...

— Ela está fazendo o que normalmente faz no fim do dia — explicou Hugo suavemente. — Como você bem sabe.

— Tenho certeza de que sim — murmurou Harvey. Ele endireitou o corpo, mais uma vez colocando a caneta na prancheta. — Eu não sou o inimigo aqui, Hugo. Não gostaria de ver este lugar fechado, de jeito nenhum. Temo o que aconteceria com Mei se ela fosse forçada a ficar no olho da rua se eu tivesse que fechar sua casa de chá. Ela é bastante... delicada.

Hugo parou na frente das portas duplas a tempo de impedir Mei de irromper por elas. Ele grunhiu quando as portas bateram em suas costas, mas não reagiu.

Harvey arqueou uma sobrancelha.

Hugo deu de ombros.

— Ela está efusiva hoje.

— Efusiva? Vou mostrar pra você a *efusividade*, seu...

Harvey suspirou alto.

— Temperamento forte, temperamento forte. Embora eu possa ser um inspetor da vigilância sanitária, gosto de pensar que o cargo me permite comentar também sobre saúde mental. A dela parece estar por um triz. Sugiro que veja isso o mais rápido possível.

— Como ele ainda não levou um soco na cara? — questionou Wallace.

— Hugo disse que não podemos — respondeu Nelson.

— Exatamente — disse Hugo, apático.

— É? — indagou Harvey, parecendo surpreso.

— Ora, obrigado, Hugo. Acredito que seja a primeira vez que você concorda comigo. — Ele sorriu, e Wallace sentiu a pele se arrepiar. — Combina com você. — Ele caminhou até o balcão. — Assim como eu combinaria.

— Ai, meu Deus — comentou Wallace em voz alta. — Isso realmente funciona com alguém? Hugo, chute o saco dele.

— Não sei se posso fazer isso — falou Hugo, sem desviar o olhar de Harvey.

— Por que não? — Harvey e Wallace perguntaram ao mesmo tempo.

— Você sabe por quê — disse Hugo.

Harvey suspirou, e Wallace ergueu as mãos em frustração.

— Ainda vou vencer pelo cansaço — falou Harvey. — Espere e verá. Agora, de volta ao negócio. Preciso enfiar meu termômetro em muitas coisas. — Ele ergueu as sobrancelhas.

— Uau — disse Wallace. — Isso é assédio sexual. Vamos processá-lo. Vamos processá-lo por tudo que ele está fazendo, é só esperar para ver. Vou redigir os papéis assim que... ah. Certo. Estou morto. Droga. Não deixe que ele enfie o termômetro na sua rosquinha!

As sobrancelhas de Hugo se ergueram quase até a bandana.

Harvey pressionou um dedo contra o balcão, arrastando-o pela superfície antes de afastá-lo e inspecionar a ponta:

— Impecável. Isso é bom. A limpeza é irmã do divino, como sempre digo.

Wallace se engasgou com a risada quando Apollo parou ao lado de Harvey e levantou a perna. Um jato de urina espirrou nos sapatos de Harvey. Apollo pareceu satisfeito consigo mesmo enquanto se afastava, e Harvey não percebeu nada.

— Bom menino — arrulhou Nelson. — Sim, você é. Sim, você é. Você fez xixi em cima do homem mau como um menino muito bom.

Harvey disse:

— Vamos ver o que tem na cozinha, certo? Talvez você considere dizer a Mei para se retirar do local. Só porque minha ordem de restrição contra ela foi descartada devido a uma total falta de provas não significa que ela ainda possa chegar a três metros de mim. Não depois do que aconteceu no ano passado.

— Ela jogou uma tigela inteira de glacê na cabeça dele — explicou Nelson a Wallace. — Disse que foi um acidente. Não foi.

Wallace gostava absurdamente de Mei por motivos que nada tinham a ver com a situação atual deles. Ele começou a segui-los em direção à cozinha quando Hugo abriu a porta, mas parou quando ouviu uma respiração arfante logo atrás. Virou-se e viu Alan saindo de seu canto, as mãos fechadas em punhos, uma expressão estranhamente vazia no rosto.

— Parece com ele — disse Alan para ninguém, olhando fixamente para Harvey. — Parece exatamente com ele.

— Com quem? — perguntou Wallace.

Mas Alan o ignorou.

As arandelas na parede avivaram-se com um rosnado elétrico.

Harvey olhou para trás.

— O que foi isso? Ratos mastigando a fiação, Hugo? Você sabe que isso... não é... — Ele franziu a testa, esfregando o peito. — Ah. Está quente aqui, né? Parece...

Seja lá o que Harvey quisesse dizer se perdeu quando a prancheta e a caneta escorregaram de suas mãos, fazendo barulho no chão. Ele deu um passo hesitante para trás, o sangue sumindo de seu rosto.

Os olhos de Hugo se arregalaram.

— Alan, *não*.

Tarde demais. Antes que qualquer um deles pudesse reagir, as lâmpadas nas paredes e no teto se estilhaçaram de uma só vez, chovendo vidro ao redor. Harvey estremeceu como se fosse um fantoche em cordas, a cabeça balançando para trás. Seus braços se ergueram de cada lado do corpo, mãos flexionadas, dedos trêmulos.

Alan cerrou os dentes enquanto dava mais um passo à frente.

Harvey se ergueu alguns centímetros do chão, as pontas dos sapatos apontando para baixo. Alan erguia a mão na direção dele, a palma voltada para o teto. Ele dobrou todos os dedos, exceto o indicador, e Wallace o observou movê-lo para a frente e para trás como se estivesse acenando.

Harvey flutuou na direção dele enquanto Hugo gritava por Mei.

O branco dos olhos de Harvey brilhava à luz opaca. Ele parou, suspenso, na frente de Alan.

— Você se parece exatamente com ele — sussurrou Alan de novo. — O homem. No beco. Poderia quase ser você.

Hugo estava atrás do balcão quando as portas da cozinha se abriram e Mei veio correndo, batendo os dedos na palma da mão.

Alan disse:

— Para trás! — E Wallace gritou quando Hugo e Mei foram arremessados para longe dele, cada um batendo em paredes opostas, molduras de madeira rachando. Apollo pulou e se atirou em Alan, dentes arreganhados, e soltou um gemido alto quando Alan estendeu a outra mão. Apollo aterrissou com tudo no chão perto da lareira, parecendo atordoado enquanto levantava a cabeça.

Nelson desapareceu de seu lugar ao lado de Wallace e reapareceu atrás de Alan. Ergueu a bengala acima da cabeça com um grunhido. Wallace rugiu em fúria quando Alan levou o braço para trás, dando uma cotovelada no estômago de Nelson e o fazendo cambalear para trás, a bengala caindo no chão.

Alan se voltou para Harvey, que ainda estava suspenso à sua frente.

— Bem, *isto sim* é o que eu esperava sobre ser um fantasma — disse ele, quase em tom de conversa. — Não é tão difícil quanto pensei que seria. O que posso fazer. É raiva. Isso é tudo o que é. E posso usá-la porque estou *furioso*.

Harvey se engasgou, saliva pingando de sua boca e escorrendo pelo queixo.

— Não faça isso — implorou Hugo, lutando contra o que quer que o segurasse na parede. — Alan, você não pode machucá-lo.

— Ah, eu posso. Posso machucá-lo muito.

— Ele não é seu assassino — retrucou Mei. — Não foi ele quem te machucou. Ele nunca...

— Não importa — retrucou Alan. — Vai me fazer sentir melhor. E não é disso que se trata a coisa toda? Encontrar a paz. Isso me trará paz.

Wallace Price nunca havia sido o que a maioria consideraria um homem corajoso. Certa vez, vira uma pessoa sendo assaltada em uma plataforma de metrô e se afastara, dizendo a si mesmo que não queria se envolver, que tinha certeza de que tudo daria certo. Ele mal sentira uma pontada de culpa. O assaltante tinha fugido com uma bolsa, e Wallace sabia que o que estava dentro poderia ser facilmente substituído.

Bravura significava a possibilidade de morte. E não era engraçado? Porque foi preciso estar morto para Wallace enfim ser corajoso.

Hugo gritou o nome de Wallace quando ele avançou, mas Wallace o ignorou.

Abaixou o ombro enquanto investia, preparando-se para o impacto. Ainda assim foi chocante quando ele colidiu com o flanco de Alan. Os dentes de Wallace chacoalharam nas gengivas quando ele quase partiu a língua em duas. Alan mal fez um som quando foi derrubado. Wallace perdeu o equilíbrio, caindo em cima do homem. Ele se moveu o mais rápido que pôde, virando e montando na cintura de Alan. Harvey desabou no chão e não se moveu. Hugo e Mei também caíram no chão, o domínio de Alan sobre todos se dissipando.

Os olhos de Alan faiscavam no escuro ao encarar Wallace.

— Você não devia ter feito isso.

Antes que Wallace pudesse reagir (e, realmente, ele não tinha pensado tão à frente; o que ele faria, sufocaria um morto até ele morrer?), o ar mudou ao redor e ele foi lançado para trás. Arfou quando sua lombar atingiu uma das vitrines, o vidro rachando embaixo dele.

Alan se levantou devagar, apontando um dedo para Wallace.

— Você *realmente* não devia ter...

Então parou.

Wallace piscou.

Esperou que Alan terminasse a ameaça.

Ele não terminou.

Parecia... congelado no lugar.

— Hum — soltou Wallace. — O que aconteceu?

Ninguém lhe respondeu.

Ele virou a cabeça para a esquerda.

Mei estava no processo de se levantar do chão, com o cabelo pendendo diante do rosto.

Ela não estava se movendo.

Wallace olhou para a frente. Nelson havia começado a se apoiar na bengala, mas só chegou à metade do caminho antes de também... parar.

Wallace virou a cabeça para a direita.

Apollo estava na frente de Hugo, os dentes arreganhados em um rosnado silencioso. O próprio Hugo estava encostado na parede, um olhar de raiva misturado ao desespero no rosto.

Wallace se levantou da vitrine, surpreso quando o fez sem resistência.

— Gente? — chamou ele, a voz ecoando categoricamente na loja de chá escura. — O que está acontecendo?

Ninguém respondeu.

Foi só então que ele percebeu que o ponteiro dos segundos do relógio não estava se movendo. Não estava nem mesmo *hesitando*.

Tinha parado.

Tudo tinha parado.

— Ai, não — sussurrou Wallace.

Ele não sabia o que estava acontecendo. A única vez que o relógio havia parado tinha sido quando um novo fantasma chegara à Travessia de Caronte, mas o tempo não tinha parado *dentro* da casa de chá.

— Hugo? — sussurrou Wallace, dando um passo na direção dele. — Você está...

Ele levantou a mão para proteger os olhos quando uma luz azul brilhante cintilou do lado externo da casa de chá. Preencheu as janelas, ofuscante, lançando sombras que se estendiam longamente. A luz pulsava. Ele deu um passo em direção à frente da loja, levando a mão ao peito.

O gancho. O cabo.

Pareciam mortos.

Estavam mortos.

— O que é isto? — sussurrou.

Wallace foi até a janela mais próxima, olhando para a frente da casa de chá, apertando os olhos contra a luz brilhante que iluminava a floresta, sombras dançando.

Uma silhueta vaga se destacava na estrada de terra. Quando a luz desapareceu, a silhueta foi preenchida, e Wallace viu o que era.

Lembrou-se do breve vislumbre que tivera na floresta na noite em que tentara escapar. O contorno de uma fera estranha que conseguira convencer a si mesmo de que era apenas um truque das sombras.

Não era um truque.

Era real.

E estava ali.

Ali, parado na estrada, estava um cervo.

CAPÍTULO 17

Era maior do que qualquer cervo que Wallace já tivesse visto em fotos. Mesmo à distância, a criatura parecia ser mais alta que todos os outros. Mantinha a cabeça erguida, as muitas pontas dos chifres como uma coroa óssea. Quando o cervo se aproximou da casa de chá, Wallace pôde ver flores penduradas nos chifres, as raízes embutidas na pelagem, desabrochando em tons de ocre e fúcsia, cerúleo e escarlate, amarelo-canário e magenta. Nas pontas dos chifres havia pequenas luzes brancas, como se os ossos estivessem cheios de estrelas.

Wallace não conseguia se mover, um som saindo de sua boca como se tivesse levado um soco no estômago.

As narinas do cervo se dilataram, seus olhos pareciam buracos pretos enquanto cavava a terra com os cascos. O pelo era castanho com manchas brancas ao longo das costas e do peito largo. A cauda balançava para de um lado para o outro. Quando baixou a cabeça, pétalas de flores caíram no chão.

Wallace soltou:

— Ai. Ai. Ai.

O cervo ergueu a cabeça como se o tivesse ouvido. Baliu baixinho, um lamento longo e triste que causou um nó na garganta de Wallace.

Wallace disse:

— Hugo. Hugo, está vendo isso?

Hugo não respondeu.

O cervo parou a poucos metros das escadas da casa de chá. As flores que cresciam dos chifres curvaram as pétalas como se estivessem se fechando contra a noite. O cervo se empinou nas patas traseiras. Sua barriga era completamente branca.

Então, o cervo se foi, um lampejo na paisagem, uma falha na realidade. Em um momento o cervo estava lá, e no seguinte não estava mais.

Em seu lugar havia uma criança.

Um garoto.

Era jovem, talvez nove ou dez anos, de pele marrom dourada, os olhos com um estranho tom de violeta. Cabelos compridos, desgrenhados e encaracolados ao redor das orelhas, castanhos com toques brancos e flores que desabrochavam entrelaçadas nas mechas. Usava camiseta e jeans. Levou um momento para Wallace distinguir as palavras na camiseta no escuro.

APENAS UM GAROTO DE TOPEKA

Os pés do menino estavam descalços. Ele flexionou os dedos das mãos e dos pés, inclinando a cabeça de um lado para o outro antes de olhar para a janela mais uma vez, diretamente para Wallace. O menino assentiu, e Wallace sentiu a garganta se fechar.

Ele começou a subir as escadas.

Wallace cambaleou para trás. Conseguiu se manter de pé, embora por pouco. Olhou ao redor em desespero, procurando alguém, qualquer um para ver o que ele estava vendo. Hugo e Mei estavam como antes. Apollo e Nelson também. Alan, o mesmo.

Ele estava sozinho.

O menino bateu na porta.

Uma vez.

Duas vezes.

Três vezes.

— Vá embora — resmungou Wallace. — Por favor, só vá embora.

— Não posso ir, Wallace — falou o menino, sua voz leve, as palavras quase como notas musicais. Não estava cantando, mas também não era uma fala normal. Havia um peso nele, uma presença que Wallace podia sentir mesmo através da porta, pesada e etérea. — Está na hora de batermos um papo.

— Quem é você? — sussurrou Wallace.

— Você sabe quem eu sou — respondeu o menino com a voz abafada. — Não vou machucar você. Nunca faria isso.

— Não acredito em você.

— Compreensível. Você não me conhece. Vamos mudar isso, certo?

A maçaneta girou.

A porta se abriu.

O menino entrou na Travessia de Caronte. O piso de madeira rangeu sob seus pés. Enquanto ele fechava lentamente a porta atrás de si, as paredes da casa de chá começaram a ondular como uma brisa soprando na superfície de um lago. Wallace se perguntou o que aconteceria se tentasse tocá-las, se afundaria nas paredes e se afogaria.

O menino assentiu para Wallace e então olhou ao redor da sala. Inclinou a cabeça para Alan, franzindo a testa.

— Nervoso ele, não é? É estranho, de verdade. O Universo é maior do que se pode imaginar, uma verdade além da compreensão, mas tudo que ele conhece é raiva e mágoa. Dor e sofrimento. — E suspirou, balançando a cabeça. — Nunca vou entender, não importa o quanto eu tente. É ilógico.

— O que você quer? — perguntou Wallace. Suas costas estavam pressionadas contra o balcão. Pensou em correr, mas não achou que chegaria muito longe. E não estava disposto a deixar Hugo, Mei, Nelson e Apollo. Não enquanto não pudessem se defender.

— Não vou machucá-los — disse o menino, e, por um momento terrível, Wallace se perguntou se a criança podia ler sua mente. — Nunca machuquei ninguém antes.

— Não acredito em você — falou Wallace de novo.

— Não? — O menino franziu o rosto. — Por quê?

— Por causa do que você é.

— O que eu sou, Wallace?

E, com suas últimas forças, Wallace sussurrou:

— Você é o Gerente.

O menino pareceu satisfeito com a resposta.

— Sou. Título bobo, mas se encaixa, acredito. Meu nome verdadeiro é muito mais complicado, e duvido que sua língua humana fosse ser capaz de pronunciá-lo. Transformaria sua boca em mingau se tentasse. — Ele estendeu a mão e arrancou uma flor da cabeça, colocando-a na boca. Seus olhos se fecharam conforme ele chupava as pétalas. — Ah. Assim é melhor. É difícil assumir esta forma e mantê-la por muito tempo. As flores ajudam. — Ele olhou para um dos vasos de plantas pendurados no teto. — Você tem regado estas aqui.

— É o meu trabalho — falou Wallace baixinho.

— É? — Ele bateu com o dedo no vaso. As folhas cresceram. Os galhos se alongaram. A terra caiu pelo chão, pequenas partículas de poeira e sujeira captando a luz do fogo moribundo na lareira. — Você sabe qual é o meu trabalho?

Wallace fez que não com a cabeça, a língua parecendo grossa na boca.

— Tudo — explicou o menino. — Meu trabalho é tudo.

— Você é Deus? — Wallace se engasgou.

O menino riu. Parecia que estava cantando.

— Não. Claro que não. Deus não existe, pelo menos não como você está pensando. Ele é uma construção humana, capaz de grande paz e ira violenta. É uma dicotomia encontrada apenas na mente humana, então, claro que seria feito à sua imagem. Mas temo que não seja nada além de um conto de fadas em um livro de ficção. A verdade é infinitamente mais complicada que isso. Diga-me, Wallace. O que está fazendo aqui?

Ele manteve distância, o que deixou Wallace aliviado.

— Eu moro aqui.

— Mora? — indagou o menino. — Como chegou a essa conclusão?

— Fui trazido para cá.

O menino assentiu.

— Foi. Mei, ela é gente boa. Um pouco teimosa, mas uma Ceifadora tem de ser, por tudo pelo que passam. Não há ninguém como ela em todo o mundo. O mesmo pode ser dito de Hugo. E Nelson. Apollo. Até você e Alan, embora não exatamente do mesmo modo. — Ele foi até uma das mesas e pegou uma cadeira. Grunhiu quando a tirou de cima da mesa e a colocou no chão. Era maior que ele, e Wallace pensou que cairia sobre a cabeça do garoto. Isso não aconteceu, e ele a colocou no chão, subiu nela e se sentou. Seus pés não tocavam o chão, então os balançava para a frente e para trás. O garoto cruzou as mãos no colo, girando os polegares.

— É um prazer enfim conhecê-lo, Wallace. Sei muito sobre você, mas é bom vê-lo cara a cara.

Uma nova onda de terror o invadiu.

— Por que está aqui?

O menino deu de ombros.

— Por que qualquer um de nós está aqui?

Wallace estreitou os olhos.

— Você sempre responde uma pergunta com outra pergunta?

O menino riu de novo.

— Gosto de você. Sempre gostei, mesmo quando você era... você sabe. Um cretino.

Wallace piscou.

— O quê?

— Um cretino — repetiu o menino. — Você precisou morrer para encontrar sua humanidade. É loucura, pensando bem.

Uma chama de raiva queimou no peito de Wallace:

— Ah, estou tão feliz que tudo isso seja uma confusão para você.

— Não há necessidade disso. Não estou sendo jocoso. Você não é como era antes. Por que acha que isso aconteceu?

Wallace respondeu:

— Não sei.

— Tudo bem não saber. — O menino inclinou a cabeça contra o encosto da cadeira, olhando para o teto. Também brilhava como as paredes, como se fosse líquido em vez de sólido. — Na verdade, pode-se argumentar que é melhor assim. Ainda assim... você é uma coisa rara, o que significa que você tem minha atenção.

— Você fez isso com eles? — questionou Wallace. — Se estiver machucando, eu vou...

— Vai o quê? — perguntou o menino.

Wallace não disse nada.

O menino assentiu.

— Eu disse que não machucaria você nem eles. Eles estão dormindo, de certo modo. Quando terminarmos, despertarão e as coisas serão como sempre foram e sempre serão. Gosta daqui?

— Sim.

O menino olhou ao redor, o movimento estranhamente rígido, como se os ossos de seu pescoço estivessem fundidos.

— Não parece muito olhando de fora, parece? Uma casa estranha feita de muitas ideias diferentes. Deveriam colidir. Deveriam desmoronar até não restar nada. Não deveria parar de pé, e, ainda assim, você não teme que o teto desabe sobre sua cabeça... Por que você interveio para protegê-los? O Wallace Price do mundo dos vivos não teria levantado um dedo a menos que fosse se beneficiar.

— Eles são meus amigos — afirmou Wallace, inundado de irrealidade. A sala ao redor parecia nebulosa e silenciosa, apenas o Gerente nítido, um ponto focal, o centro de tudo.

— Ah, são? — perguntou o menino. — Você não tinha muitos desses. — Ele franziu a testa. — Não tinha *nenhum* desses.

Wallace desviou o olhar.

— Eu sei.

— Aí você morreu. E veio para cá. Para este lugar. Para este... lugar de travessia. Uma parada em uma jornada muito maior. E foi exatamente o que fez, não foi? Você parou.

— Não quero passar pela porta — explicou Wallace, a voz subindo e falhando no meio das palavras. — Você não pode me obrigar.

— Eu poderia. Seria fácil. Nenhum esforço da minha parte. Gostaria que eu mostrasse?

Medo, brilhante e vítreo. Envolveu as costelas de Wallace com as mãos, os dedos se afundando nelas.

— Não vou fazer isso — continuou o menino. — Porque não é disso que você precisa. — Ele olhou para Hugo, a expressão se suavizando. — Ele é um bom barqueiro, Hugo, embora seu coração muitas vezes atrapalhe. Quando o encontrei, ele estava zangado e confuso. À deriva. Não entendia o caminho das coisas, e, ainda assim, ele tinha essa luz, feroz, mas em perigo de se apagar. Ensinei-o a aproveitá-la. Pessoas como ele são raras. Há beleza no caos, se você souber onde procurar. Mas você sabe disso, não é? Você também enxerga.

Wallace engoliu em seco.

— Ele é diferente.

— Essa é certamente uma maneira de dizer. — O garoto balançou os pés de novo, ao se recostar na cadeira, com as mãos na barriga.

— Mas sim, ele é.

A raiva voltou, queimando o medo.

— E você fez isso com ele.

O menino arqueou uma sobrancelha.

— Como assim?

As mãos de Wallace se fecharam em punhos.

— Já ouvi falar de você.

— Minha nossa — disse ele. — Isso vai ser bom. Vá em frente. Diga-me o que ouviu.

— Você cria barquei... res.

— Crio — concordou o menino —, embora eu não queira que você pense que eu os escolho sem motivo nenhum. Certas pessoas... bem. Elas brilham intensamente. Por acaso, Hugo é uma delas.

Wallace cerrou os dentes.

— Você deveria ser... essa *coisa*...

— Rude.

— ... essa coisa grandiosa que supervisiona a vida e a morte, delegando as responsabilidades a outros...

— Bem, sim. Sou o Gerente. Eu gerencio.

— ... mas você colocou o peso da morte em alguém como Hugo. Faz com que ele veja e faça coisas que...

— Opa — soltou o menino, sentando-se rapidamente. — Espere um segundo. Eu não faço ninguém fazer *nada*. Minha nossa, Wallace, o que andaram falando sobre mim?

— Você é insensível — rosnou Wallace. — E cruel. Como pôde pensar que colocar algo assim em um homem que acabou de perder a família era a coisa certa a fazer?

— Hum. Acho que temos uma linha cruzada em algum lugar. Não foi o caso, de maneira alguma. É uma escolha, Wallace. Tudo se resume à escolha. Não *forcei* Hugo a fazer nada. Apenas expus as opções e deixei que ele se decidisse.

Wallace bateu as mãos contra o balcão.

— Os pais dele tinham acabado de *morrer*. Ele estava sofrendo. Estava de *luto*. E você abriu uma porta para lhe mostrar que havia algo além do que ele conhecia. Claro que aceitaria o que você ofereceu. Você o atacou quando ele estava mais fraco, sabendo muito bem que ele não estava em seu juízo perfeito.

Wallace estava ofegante quando terminou, as palmas das mãos ardendo.

— Uau — disse o menino. E apertou os olhos para Wallace. — Você o protege.

Wallace empalideceu.

— Eu...

O menino concordou com a cabeça, como se isso fosse resposta suficiente.

— Não esperava por isso. Não sei por quê. Mas, com tudo o que vi, o mais maravilhoso é que ainda posso ser surpreendido por alguém como você. Você se importa muito com ele.

— Com todos eles — explicou Wallace. — Eu me importo com todos eles.

— Porque são seus amigos.

— Sim.

— Então por que não confia em Hugo o suficiente para tomar decisões por si mesmo?

— Eu confio — falou Wallace em voz baixa.

— Confia? Porque parece que você está duvidando das escolhas de Hugo. Eu esperaria que você soubesse a diferença entre ser protetor e duvidar de alguém que você chama de amigo.

Wallace ficou em silêncio. Por mais que odiasse admitir, o Gerente tinha razão. Ele não deveria confiar em Hugo para saber o que era certo para si mesmo?

O menino assentiu, como se o silêncio de Wallace fosse uma concordância tácita. Deslizou da cadeira, então se virou e a ergueu. Virou-a e a deixou sobre a mesa de novo, enxugando as mãos no jeans assim que terminou. Olhou para o inspetor da vigilância sanitária e suspirou.

— As pessoas são tão estranhas. Justo quando eu acho que entendi tudo, você vai e faz uma bagunça. — Por mais absurdo que fosse, ele parecia quase carinhoso.

Ele se virou para Wallace, batendo palmas.

— Tudo bem. Vamos seguir em frente. O tempo é curto. Bem, não para mim, mas para o restante de vocês. Venha comigo, por favor.

— Aonde estamos indo?

— Ver a verdade — explicou o garoto. Ele foi até Alan, olhou para ele e sorriu com tristeza. Estendeu a mão e tocou o quadril do homem, balançando a cabeça. — Ah. Sim. Este aqui. Sinto muito pelo que você passou. Farei o meu melhor para torná-lo melhor.

Então, antes que Wallace pudesse fazer qualquer coisa para detê-lo, o garoto franziu os lábios e soprou uma fina corrente de ar na direção de Alan, as bochechas cheias. Wallace piscou quando um gancho se materializou no peito de Alan, um cabo crescendo e se estendendo entre ele e Hugo. O Gerente envolveu o gancho com os dedos e puxou. Ele se soltou. O cabo que ligava Alan a Hugo ficou opaco. O Gerente largou o objeto e, quando atingiu o chão, o gancho e o cabo viraram pó.

— Aí está — afirmou ele. — Assim é melhor.

Ele se virou e se encaminhou mais para dentro da casa.

Wallace olhou para o próprio cabo, ainda conectando-o a Hugo. O cabo brilhou fracamente, o gancho tremendo no peito. Estava prestes a tocá-lo para ter o lembrete de que estava ali, de que era *real*, quando Alan se ergueu alguns centímetros do chão, flutuando, embora ainda congelado. O menino olhou para Wallace da entrada do corredor.

— Você vem, Wallace?

— E se eu disser que não?

O menino deu de ombros.

— Então, não virá. Mas gostaria que não o dissesse.

Wallace cambaleou para trás quando Alan começou a se elevar em direção ao teto.

— Aonde o está levando?

— Para casa — respondeu o menino simplesmente. Então desapareceu no corredor. Wallace olhou para Alan a tempo de ver seus pés desaparecerem *através* do teto, círculos concêntricos ondulando de dentro para fora.

Ele fez a única coisa que podia.

Seguiu o Gerente.

Sabia aonde estavam indo e, embora nunca tivesse estado mais assustado na vida, subiu as escadas, cada passo mais difícil que o anterior.

Passou pelo segundo andar. Pelo terceiro. As janelas estavam escuras, como se toda a luz tivesse desaparecido do mundo.

Parou perto do patamar do quarto andar, espiando pela grade do corrimão. O Gerente estava abaixo da porta. Alan flutuou através do chão, parando ao lado dele, suspenso no ar.

— Não vou forçar você a passar pela porta — disse o garoto quase em um sussurro. — Se é o que está pensando.

— E Alan? — perguntou Wallace, subindo os últimos degraus.

— Alan é um caso diferente. Farei o que for preciso por ele.

— Por quê?

O menino riu.

— Tantas perguntas. Por quê, por quê, por quê. Você é engraçado, Wallace. É porque ele está ficando perigoso. Obviamente.
— Você vai fazê-lo passar pela porta.
O menino olhou para ele por cima do ombro.
— Sim.
— Isso é *justo*?
O menino pareceu confuso.
— A morte? Como pode não ser? Você nasce, sim. Você vive, respira, dança e sofre, mas morre. Todo mundo morre. Todas as *coisas* morrem. A morte é limpeza. A dor de uma vida mortal desaparece.
— Diga isso a Alan — grunhiu Wallace. — Ele está sofrendo. Está cheio de raiva...
O menino se virou, franzindo a testa.
— Porque ainda está preso aqui. Não vê como as coisas deveriam ser. Nem todos conseguem se adaptar tão bem quanto você. — Ele mordeu o lábio inferior. — Ou Nelson ou Apollo. Gosto deles também. Não estariam aqui se eu não gostasse.
— E Lea? — disparou Wallace. — E quanto a ela? Onde você estava quando ela precisou de você? Quando Hugo precisou de você? — Um pensamento lhe ocorreu, terrível e duro. — Ou o que aconteceu com Cameron manteve você longe?
Os ombros do menino caíram.
— Nunca afirmei ser perfeito, Wallace. A perfeição é uma falha em si mesma. Lea estava... não deveria ter acontecido do jeito que aconteceu. O Ceifador não agiu de modo adequado e pagou caro por isso. — Ele balançou a cabeça. — Eu gerencio, Wallace. Mas mesmo eu não posso gerenciar todo mundo o tempo todo. O livre-arbítrio é primordial, embora possa ficar um pouco confuso às vezes. Não interfiro a menos que não haja outra maneira.
— Então eles precisam sofrer por causa do que você não pode fazer?
O menino suspirou.
— Sei o que está querendo dizer. Obrigado pelo feedback, Wallace. Vou levar em consideração daqui para a frente.
— *Feedback*? — indagou Wallace, indignado. — É assim que está chamando?
— É isso ou você está me dizendo o que posso e o que não posso fazer. Estou lhe dando o benefício da dúvida, porque escolho acreditar

que você não pode ser *tão* estúpido assim. — Ele virou o rosto para a porta, que vibrou no batente, as folhas e flores esculpidas na madeira criando vida. A folha de cristal na maçaneta brilhou. — Gosto de você — falou o menino de novo, fitando-o. Levantou a mão em direção à porta, curvando os dedos. — É por isso que vou lhe dizer como as coisas vão acontecer. — Ele girou a mão bruscamente.

A maçaneta no teto girou.

O trinco clicou, a folha de cristal brilhando de modo intenso. A porta se abriu devagar, balançando na direção deles.

Hugo havia lhe contado o que vira quando a porta se abrira, qual havia sido a sensação. E, ainda assim, Wallace não estava preparado para o que aconteceu a seguir. A luz derramou-se tão brilhante que ele teve de desviar o olhar. Pensou ter ouvido pássaros cantando do outro lado, mas os sussurros da porta eram altos demais para ele ter certeza. Wallace levantou a cabeça a tempo de ver o Gerente empurrar com suavidade a sola dos pés de Alan. Antes que Wallace pudesse abrir a boca, Alan se elevou rapidamente, passando pela porta. A luz pulsou antes de desaparecer. A porta se fechou. Levou apenas alguns segundos.

— Ele encontrará a paz — falou o menino. — Com o tempo, vai se reencontrar. — Ele se virou e se sentou no chão, de pernas cruzadas. Olhou para Wallace, que ainda estava de pé perto da escada.

— O que você fez? — sussurrou Wallace.

— Ajudei-o a seguir sua jornada — explicou o Gerente. — Acho que, às vezes, as pessoas precisam de um empurrãozinho na direção certa.

— O que aconteceu com o livre-arbítrio?

O menino sorriu, o que gelou Wallace até os ossos.

— Você é mais inteligente do que imaginei. Engraçado! Pense nisso como... hum. Ah. Pense nisso como um empurrãozinho na direção certa. Não posso deixá-lo se transformar em um Concha. Não gosto de pensar no que isso faria com Hugo. De novo não. Foi tão difícil da primeira vez. Foi por isso que permiti a Nelson e Apollo ficarem o tempo que já ficaram, para impedi-lo de abandonar sua vocação.

— Então só temos livre-arbítrio até... o quê? Ele interferir na sua ordem?

O Gerente riu.

— Exatamente! Que bom para você, Wallace. A ordem é primordial. Sem ela, estaríamos tropeçando no escuro. O que me leva a você. Está aqui faz muito tempo, muito mais do que qualquer outro além de Nelson e Apollo. E para quê? Você sequer sabe? Qual é o seu propósito?

Wallace sentiu como se estivesse pegando fogo.

— Eu...

— Sim — falou o Gerente. — Foi bem o que pensei. Deixe-me ajudá-lo a responder. O fato de você estar aqui faz de você uma distração de maneiras que Nelson e Apollo não são. Um barqueiro distraído é um que comete erros. Hugo tem um trabalho a fazer, um que é muito mais importante do que seus *sentimentos*. — Ele fez uma careta. — Essas coisas são terríveis. Eu observei e esperei, permitindo que essa farsa de uma casinha feliz se desenrolasse, mas é hora de fazer as coisas caminharem para garantir que Hugo faça o que foi contratado para fazer. — Ele sorriu. — É por isso que vou lhe dizer o que vai acontecer a seguir.

Wallace não gostou daquele tom.

— O quê?

O menino inclinou a cabeça ao observar Wallace.

— Como colocar isso de maneira que você possa entender? Como... colocar... Ah! — Ele bateu palmas. — Você é um advogado. — Os lábios se curvaram. — Bem, *era*. Sou como você, de certa forma. A morte, meu caro, é a lei, e eu sou o juiz. Existem regras e regulamentos. Claro, a burocracia de tudo pode ser um pouco cansativa, e a monotonia mata, mas precisamos da lei para saber como ser, como agir. — O sorriso desapareceu de seu rosto. — E, no entanto, é sempre *por quê*. Por quê, por quê, por quê. Odeio essa pergunta acima de todas as outras. — Então sua voz mudou, tornando-se a de uma mulher assustada. — Por que tenho de ir? — A voz mudou novamente, tornando-se a de um homem, velho e frágil. — Por que não posso ter mais tempo? — Novamente, desta vez uma criança. — Por que não posso ficar?

— Pare — pediu Wallace com a voz rouca. — Por favor, pare.

Quando o Gerente voltou a falar, sua voz estava normal.

— Já ouvi tudo isso. — Ele franziu a testa. — E *odeio*. Mas nunca mais do que agora, porque pego *a mim mesmo* perguntando por quê. Por que Wallace Price ainda está aqui? Por que não segue em frente?

— Ele balançou a cabeça como se estivesse desapontado. — O que me leva a me perguntar por que *eu* deveria me importar. Quer saber o que percebi?

— Não — sussurrou Wallace.

— Percebi que você é uma aberração. Uma falha no sistema que funcionou tão bem. E o que se faz com as falhas como responsável, Wallace? Para manter as coisas funcionando como deveriam? Manda-se embora. Remove-se da equação. Troca-se a peça para que a máquina funcione sem problemas. Em algum lugar ao longe, Wallace pensou em Patricia Ryan, sentada à sua frente no escritório dele.

— Exatamente — disse o Gerente como se Wallace tivesse falado em voz alta. Ele tamborilou os dedos no joelho. A sola dos pés estava suja. — Foi por isso que tomei uma decisão executiva. — Ele sorriu, o violeta dos olhos se movendo como um líquido. — Uma semana. Vou lhe dar mais uma semana para colocar sua vida em ordem. Isto aqui não é para ser eterno, Wallace. Um lugar de travessia como este existe para permitir que você se refaça, que aceite o inevitável. Você mudou nas semanas desde a sua chegada. Está tão diferente do homem que vi fugindo na calada da noite.

— Mas...

O menino levantou a mão.

— Não terminei. Por favor, não me interrompa novamente. Não gosto de ser interrompido. — Quando ele viu Wallace fechar a boca, continuou: — Você teve tempo mais que suficiente para processar sua vida passada nesta Terra. Você não era um homem gentil, Wallace, nem mesmo um homem justo. Era egoísta e cruel. Não tão cruel quanto você afirma que sou, mas chegava perto. Não reconheço aquele homem em você. Não mais. A morte abriu seus olhos. Posso ver o bem em você agora, e o que está disposto a fazer por aqueles com quem se importa. Porque você se importa com eles, não é?

— Sim — disse Wallace com a voz rouca.

— Imaginei. E, de fato, consigo enxergar o porquê. Com certeza eles são... únicos.

— Eu sei que são. Não há ninguém como eles.

O menino riu de novo.

— Estou feliz que conseguimos pelo menos concordar em relação a isso. — Ele ficou sério. — Uma semana, caro Wallace. Vou te dar mais uma semana. Em sete dias, retornarei. Trarei você até esta porta. Vou ajudá-lo a atravessar, porque é assim que deve ser.

— E se eu me recusar?

O menino deu de ombros.

— Você pode se recusar. Espero que não, mas não posso prometer que isso vá continuar por muito mais tempo. Você não deveria estar aqui. Não desse jeito. Talvez, em outra vida pudesse ter encontrado o caminho para este lugar e aproveitado ao máximo.

— Eu não quero ir — afirmou Wallace. — Ainda não estou preparado.

— Eu sei. — Pela primeira vez parecendo irritado. — É por isso que estou lhe dando uma semana em vez de fazê-lo ir agora. — Seu rosto ficou sombrio. — Não confunda minha oferta com nada além do que é. Não há nenhuma brecha, nenhuma prova de última hora que você possa lançar no tribunal em uma demonstração de suas proezas jurídicas. Posso obrigá-lo a fazer coisas, Wallace. Não quero, mas posso.

Atordoado, Wallace falou:

— Eu... talvez fosse diferente. Eu mudei. Você disse isso. Eu...

— Não — comentou o menino, balançando a cabeça. — Não é a mesma coisa. Você não é Nelson, o avô que guiou Hugo após a perda dos pais. Não é Apollo, que ajudou Hugo a respirar quando seus pulmões falharam no peito. Você é um estranho, uma anomalia. As opções que estabeleci para você, passar pela porta ou correr o risco de perder tudo que ganhou, são as *únicas* opções. Você é uma perturbação, Wallace, e, embora eu tenha permitido certas... concessões, no espírito de magnanimidade, não cometa o erro de pensar que vou fazer vista grossa para você. Isso sempre foi temporário.

— E quanto a Cameron? — questionou Wallace. — E todos os outros como ele?

O menino pareceu surpreso.

— Os Conchas? Por que a pergunta?

Ainda estou aqui. Ainda estou aqui.

— Ele não se foi — disse Wallace. — Ainda está lá. Parte dele ainda existe. Ajude Cameron, e farei o que você quiser.

O menino balançou a cabeça devagar.

— Não estou aqui para negociar, Wallace. Pensei que você já tivesse passado desse estágio. Você está na lendária terra da aceitação, ou pelo menos estava. Não recue agora.

— Não é por mim — disparou Wallace. — É por ele.

— Ah — disse o menino. — É? O que você quer que eu faça? Que eu o cure? Ele conhecia os riscos quando optou por deixar o terreno. — Ele se levantou, limpando as mãos na frente do jeans. — Estou feliz por termos conversado. Foi um prazer conhecê-lo e, acredite em mim, isso não é algo que digo com frequência. — Ele fez uma careta. — Os humanos são desorganizados. Prefiro manter distância, se possível. É mais fácil quando concordam comigo, como você concordou.

— Não concordei com nada! — exclamou Wallace.

O menino fez um beicinho.

— Ah. Bem, tenho certeza de que você vai concordar. Uma semana, Wallace. O que você vai fazer com o tempo que lhe resta? Mal posso esperar para descobrir. Diga aos outros, ou não. Não tenho nada a ver com isso, de qualquer maneira. E não se preocupe com o inspetor da vigilância sanitária. Ele não vai se lembrar de nada. — O garoto fez uma saudação alegre para Wallace. — Vejo você em breve.

E, então, desapareceu.

Wallace sentiu os joelhos fracos, frouxos, e agarrou o corrimão para se segurar enquanto ouvia gritos vindos do andar de baixo. Fechou os olhos quando Hugo começou a gritar seu nome freneticamente.

— Aqui — sussurrou. — Ainda estou aqui.

CAPÍTULO 18

Hugo disse:
— Alan. Wallace, onde está Alan?
Wallace olhou para a porta no teto.
— Ele atravessou.
Hugo ficou confuso.
— O quê? Por conta própria? Como?
Wallace balançou a cabeça.
— Não sei. Mas ele se foi. Encontrou o caminho e se foi.
Hugo o encarou.
— Eu não... você está bem?
Wallace sorriu, mas foi um sorriso pesado.
— É claro.

De volta ao andar de baixo, Harvey falou:
— Acho que me perdi por um tempo. Podem me dar licença? Preciso ir para casa. Estou com uma dor de cabeça terrível. — Estava pálido enquanto caminhava em direção à porta. — Mantenha a ordem neste lugar, Hugo. Não vai gostar do que vai acontecer se não mantiver.
Ele passou pela porta, fechando-a silenciosamente.
— Caramba, o que foi isso? — murmurou Mei. — O que aconteceu?
— Não sei — falou Nelson, esfregando a testa. — Sinto como se tivesse acabado de acordar. Não é estranho?

Hugo não disse uma palavra. Seu olhar nunca deixou Wallace. E Wallace desviou os olhos.

Sete dias.
O que você vai fazer com o tempo que lhe resta?
Wallace ponderou sobre isso enquanto o sol nascia no primeiro dia. Ele não sabia.
Nunca havia se sentido mais perdido.

O luto, Wallace sabia, tinha o poder de consumir, de corroer até que não restasse nada além de ossos ocos. Ah, a forma da pessoa permanecia igual, mesmo que as bochechas ficassem amareladas e olheiras se formassem sob os olhos. Encovados e deixados em forma bruta, eles ainda eram claramente humanos. Vinha em etapas, algumas menores que outras, mas inegáveis.

Essas foram as etapas de Wallace Price:

No primeiro de seus dias restantes, estava em negação.

A loja abriu como sempre, bem cedo. Os cookies e muffins foram colocados na vitrine, o cheiro quente e espesso. O chá foi preparado em infusão, despejado em xícaras e sorvido lentamente. Pessoas riram. Pessoas sorriram. Abraçaram-se como se não se vissem havia anos, dando tapinhas nas costas e segurando os ombros.

Ele as observou através das janelinhas da cozinha, sobrecarregado com a informação de que podiam sair daquele lugar quando quisessem. A amargura que sentiu foi surpreendente, cutucando o fundo da mente. Ele a manteve no lugar, sem permitir que tomasse a frente em um rugido, não importava o quanto quisesse.

— Não é real — murmurou para si mesmo. — Nada disso é real.

— O que é que foi?

Ele olhou para trás. Mei estava ao lado da pia, com um olhar preocupado. Ele balançou a cabeça.

— Nada.

Ela não acreditou.

— O que há de errado?

Ele riu de um jeito meio louco.

— Nada mesmo. Estou morto. O que poderia estar errado?

Ela hesitou.

— Aconteceu alguma coisa? Com Alan, ou...?

— Eu já disse. Ele passou pela porta. Não sei como. Não sei por quê. Nem sei como ele chegou lá. Mas ele se foi.

— Foi o que você disse. Eu só... — Ela balançou a cabeça. — Você sabe que pode falar com a gente, certo? O que precisar.

Ele a deixou na cozinha e saiu pela porta dos fundos.

Caminhou entre as plantas de chá, os dedos percorrendo as folhas.

Na primeira noite ele sentiu raiva.

Ah, mas estava com raiva.

Repreendeu Nelson. Ralhou com Apollo. Todos pisavam em ovos. Nelson ergueu as mãos e Apollo colocou o rabo entre as pernas.

— O que deu em você? — perguntou Nelson.

— Não é da sua conta — rosnou Wallace. — Por um segundo, me deixe em paz, merda.

Nelson ficou magoado, ombros rígidos conforme puxava Apollo para longe.

— Você deveria ir a um médico.

Wallace piscou.

— O quê? Por quê?

— Para tirar esse pedaço de pau da sua bunda.

Antes que ele pudesse responder, Hugo estava na frente dele, de testa franzida.

— Lá fora.

Wallace o encarou.

— Não quero ir lá fora.

— Agora. — Ele se virou e seguiu pelo corredor, sem olhar para trás para ver se Wallace o seguiria.

Wallace pensou em ficar exatamente onde estava.

No fim, não foi o que fez.

Hugo estava na varanda, o rosto virado para o céu.

— O que você quer? — resmungou Wallace, ficando perto da porta.
— Grite — afirmou Hugo. — Quero que você grite.
Aquilo assustou Wallace.
— O quê?
Hugo não olhou para ele.
— Berrar. Gritar. Com raiva. O mais alto que puder. Solte tudo. Vai ajudar. Confie em mim. Quanto mais tempo você segurar isso, mais ficará envenenado. É melhor tirar do peito enquanto pode.
— Não vou gritar...
Hugo respirou fundo e gritou. Foi profundo, o som rolando pela floresta ao redor. Era como se todas as árvores estivessem gritando. A voz dele falhou perto do fim, e, quando morreu de vez, seu peito arfava. Ele limpou a saliva dos lábios com as costas da mão.
— Sua vez.
— Isso foi idiota.
— Você confia em mim?
Wallace cedeu.
— Você sabe que sim.
— Então grite. Não sei o que aconteceu para causar essa regressão, mas não gosto dela.
— E acha que gritar para o nada vai me fazer sentir melhor.
Hugo deu de ombros.
— Que mal poderia fazer?
Wallace suspirou antes de se juntar a Hugo no gradil. Sentiu o olhar de Hugo sobre si conforme olhava para as estrelas. Nunca havia se sentido menor do que naquele momento. Doía mais do que se permitia admitir.
— Faça — disse Hugo baixinho. — Deixe-me ouvir você.
Ele se perguntou quando tinha sido cruzado o limiar em que não conseguia recusar nada a Hugo.
Então gritou o mais alto que pôde.
Soltou tudo o que tinha. Seus pais dizendo que ele era uma vergonha. Sua mãe dando os últimos suspiros, seu pai ao lado dele, embora se sentisse um estranho. Quando ele morreu, dois anos depois, Wallace não derramou uma lágrima. Disse a si mesmo que já havia chorado o suficiente pelos dois.
E Naomi. Ele a amara. Realmente amara. Não tinha sido suficiente, e ela não merecia aquilo no que ele se transformara. Pensou nos últi-

mos dias bons que tiveram, quando quase conseguia se convencer de que dariam certo. Tinha sido tolice pensar dessa maneira. A sentença de morte já havia sido declarada, ambos apenas a ignoraram pelo tempo que puderam, na esperança de que não fosse o fim. Foram para o litoral, só os dois, por alguns dias para ficar longe de tudo. Deram as mãos no caminho até lá, e foi quase como costumava ser. Riram. Cantaram junto com o rádio. Ele havia alugado um conversível, e o vento batia em seus cabelos, o sol brilhando. Não falaram sobre trabalho, filhos, dinheiro ou discussões passadas. No fundo, ele sabia que era isso, a última chance.

Não tinha sido suficiente.

Conseguiram um único dia antes de brigarem mais uma vez. Feridas que ele pensara por muito tempo que estivessem cicatrizadas reabriram e sangraram novamente.

A viagem de volta foi silenciosa, os braços dela cruzados na defensiva. Ele ignorou a lágrima que escorreu pela bochecha dela por baixo dos óculos de sol.

Uma semana depois, ela lhe entregou os papéis do divórcio. Wallace não lutou contra isso. Era mais fácil assim. Ela ficaria melhor. Era o que ambos queriam.

Ele havia se afogado, sem saber que havia escorregado abaixo da superfície.

Então, aqui, agora, gritou o mais alto que pôde. Lágrimas arderam em seus olhos, e ele quase conseguiu se convencer de que vinham do esforço. Cuspe voou de sua boca. A garganta doeu.

Quando não conseguia mais gritar, afundou o rosto nas mãos, os ombros tremendo.

Hugo falou:

— É a vida, Wallace. Mesmo quando você está morto, ainda é vida. Você existe. Você é real. Você é forte e corajoso, e estou muito feliz em por tê-lo conhecido. Agora, me diga o que aconteceu com Alan. Tudo. Não deixe nada de fora.

Wallace contou tudo.

O terceiro estágio do luto foi a barganha, e também aconteceu na primeira noite.

Mas não foi Wallace quem barganhou.

Foi Hugo.

Ele negociou gritando, exigindo que o Gerente se mostrasse para explicar que merda queria dizer. Mei ficou sem palavras. Não havia dito uma palavra desde que Hugo contara a verdade a ela e a Nelson. A boca de Nelson ainda estava aberta, as mãos segurando com firmeza a bengala.

— Estou chamando você — soltou Hugo andando pela sala principal da casa de chá, olhando para o teto. — Preciso falar com você. Sei que está aí. Sempre está. Você me deve isso. Nunca peço nada, mas estou pedindo para você estar aqui agora. Vou escutar. Juro que vou escutar.

Apollo o seguiu, de um lado para o outro, de um lado para o outro, ouvidos atentos percebendo seu dono ficar mais irritado.

Wallace tentou parar Hugo, tentou dizer ao cachorro que estava tudo bem, que sempre soubera que esse momento chegaria.

— Não é para sempre — disse ele. — Você sabe. Você me disse isso. É uma parada, Hugo. Uma parada em uma viagem.

Mas Hugo não ouviu.

— Gerente! — exclamou ele. — Apareça!

O Gerente não apareceu.

Quando o relógio se aproximava da meia-noite, Mei convenceu Hugo de que ele precisava dormir. Ele contestou com amargura, mas, no final, concordou.

— Vamos resolver isso amanhã — falou a Wallace. — Vou pensar em algo. Não sei em que, mas vou descobrir. Você não vai a lugar nenhum se não quiser.

Wallace assentiu.

— Vá dormir. O dia começa cedo amanhã.

Hugo balançou a cabeça. Murmurando baixinho, subiu as escadas, Apollo o seguindo.

Mei esperou até que a porta se fechasse acima antes de se virar para Wallace.

— Ele fará o que puder — disse ela, baixinho.

— Eu sei. Mas não sei se deveria.

Ela estreitou os olhos.

— O quê?

Ele suspirou enquanto desviava o olhar.

— Ele tem um trabalho a fazer. Nada é mais importante que este trabalho. Ele não pode jogar tudo fora por minha causa.

— Ele não está jogando nada fora — falou ela, ríspida. — Está lutando para lhe dar o tempo que você merece para fazer sua própria escolha sobre quando vai estar pronto. Não vê isso?

— Isso importa?

— *Cacete*, como assim?

— Estou morto. Não tem como voltar. Um rio só se move em uma direção.

— Mas...

— É o que é. Vocês todos me ensinaram isso. Não escutei no começo, mas aprendi. E isso me tornou uma pessoa melhor. Não é esse o objetivo?

Ela fungou.

— Ah, Wallace. É mais do que isso agora.

— Talvez. Talvez, se as coisas fossem diferentes, nós... — Ele não conseguiu terminar. — Ainda há tempo. A melhor coisa que posso fazer é aproveitar ao máximo.

Logo depois, ela foi para a cama.

O relógio tiquetaqueou, tiquetaqueou, tiquetaqueou os segundos e os minutos e as horas.

Nelson disse:

— Estou feliz por você estar aqui.

Wallace ergueu a cabeça.

— O quê?

Nelson sorriu com tristeza.

— Quando você chegou, pensei que fosse apenas mais um visitante. Ficaria por um tempo, e então veria a luz. — Ele riu. — Perdoe a expressão. Clichê, eu sei. Hugo faria o que ele faz, e você seguiria em frente sem confusão ou discussão, mesmo que você estivesse inflexível dizendo que não seguiria. Você seria como todos os outros que vieram antes.

— Eu sou.

— Talvez — comentou Nelson. — Mas isso não apaga o que fez em seu tempo aqui. O trabalho que investiu para se tornar uma pessoa melhor. — Ele se virou na direção de Wallace, recostando a bengala na mesa em que Wallace estava apoiado. Wallace não vacilou quando Nelson estendeu as mãos e segurou seu rosto. Estavam quentes.

— Tenha orgulho do que realizou, Wallace. Você conquistou esse direito.

— Estou com medo — sussurrou Wallace. — Não quero estar, mas estou.

— Sei que está — disse Nelson. — Também. Mas, enquanto estivermos juntos, podemos nos ajudar até o fim. Nossa força será a sua força. Não vamos carregá-lo porque você não precisa que façamos isso. Mas estaremos ao seu lado. — Então: — Posso perguntar uma coisa?

Wallace assentiu enquanto Nelson baixava as mãos.

— Se as coisas fossem diferentes, e você ainda assim estivesse... aqui. Não sei como. Digamos que você fizesse uma viagem por conta própria e acabasse em nossa pequena cidade. Que você viesse até esta casa de chá, e Hugo fosse como ele é, e você fosse como você é. O que você faria?

Wallace riu, sem forças.

— Provavelmente bagunçaria tudo.

— Claro que bagunçaria. Mas essa é a beleza da coisa, não acha? A vida é confusa, terrível e maravilhosa, tudo ao mesmo tempo. O que você faria se Hugo estivesse na sua frente e nada o impedisse? Vida, morte ou qualquer outra coisa. O que você faria?

Wallace fechou os olhos.

— Tudo.

A depressão bateu na segunda manhã, por mais breve que tenha sido. Wallace permitiu-se sentir a tristeza se agitando dentro de si, lembrando como Hugo lhe dissera que a dor não era apenas para os vivos. Ficou na varanda dos fundos, observando o nascer do sol. Conseguia ouvir Hugo e Mei se movendo na cozinha. Hugo queria fechar a loja por um dia, mas Wallace lhe disse para continuar como sempre fazia. Ele tinha Mei ao seu lado, e Hugo finalmente cedeu, embora não estivesse feliz com isso.

A luz do sol se infiltrava pelas árvores, derretendo a fina camada de gelo no chão. Ele agarrou o corrimão conforme a luz se estendia em sua direção. A luz tocou suas mãos primeiro. E, então, os punhos, braços e, finalmente, o rosto. Aquilo o aqueceu e o acalmou. Ele esperava que, aonde quer que fosse, ainda houvesse o sol, a lua e as estrelas. Havia passado a maior parte da vida de cabeça baixa. Parecia justo que a eternidade lhe permitisse erguer o rosto para o céu.

A tristeza recuou, embora não tenha desaparecido por completo. Ainda borbulhava sob a superfície, mas agora Wallace flutuava sobre ela. Era um tipo diferente de dor, ele sabia, mas ainda era dele mesmo assim.

Ele aceitou isso.

O que você vai fazer com o tempo que lhe resta?

E foi aí que soube.

— Você ficou completamente *louco*? — repreendeu-o Mei. Ela estava na cozinha, olhando para Wallace como se fosse a pessoa mais estúpida que já tinha visto. Hugo cuidava do caixa lá na frente, e a loja estava cheia.

Ele deu de ombros.

— Provavelmente? Mas acho que é a coisa certa a fazer.

Ela ergueu as mãos.

— Nada que envolva Desdêmona Tripplethorne é a coisa certa a fazer. Ela é uma pessoa terrível e, quando ela finalmente bater as botas, eu vou...

— Ajudá-la como ajudou todos os outros se ela for designada para você?

Mei murchou.

— Claro que vou. Mas, cara, não vou gostar. E você não pode me obrigar.

— Eu nem sonharia com isso. Sei que você não se importa com ela, Mei. E que tem boas razões para isso. Mas você falou que Nancy confia nela, seja lá por qual motivo. Se vier de você ou de Hugo, talvez ela não ouça. Pelo menos com Desdêmona teríamos uma chance. E, se o que tenho em mente funcionar, ela não ficará aqui por muito tempo. — E balançou a cabeça. — Mas não vou fazer isso sem a sua aprovação.

— Por quê?
Ela faria mesmo com que ele dissesse, certo?
— Porque você importa.
Ela se assustou, um sorriso lento florescendo no rosto.
— Importo?
Ele grunhiu.
— Ah, cala a boca.
Mei desviou o olhar, embora pudesse ver que ela havia ficado satisfeita.
— Hugo não vai ficar feliz.
— Eu sei. Mas o objetivo da coisa é ajudar o maior número de pessoas possível, não é? E Nancy precisa de ajuda, Mei. Ela está presa, e isso a está matando. Talvez não funcione e não melhore nada. Mas e se melhorar? Não devemos a ela essa tentativa?
Mei enxugou os olhos.
— Acho que eu gostava mais de você quando você era um idiota.
Ele riu.
— Também gosto de você, Mei.
Ele passou os braços ao redor de Mei quando ela se lançou sobre ele, abraçando-a com força.

— Não — disse Hugo.
— Mas...
— Não.
— Eu avisei — murmurou Mei, empurrando as portas duplas. — Vou vigiar o caixa.
— Ela precisa disso, Hugo — afirmou Wallace quando as portas se fecharam. — Alguma coisa, qualquer coisa para mostrar a ela que nem tudo está perdido, mesmo que possa parecer que sim.
— Ela está frágil. Muito frágil. Se der errado, nem quero pensar no que aconteceria com ela.
— Devemos essa tentativa a ela — retrucou Wallace. Ele ergueu a mão quando Hugo abriu a boca para responder. — Não só você, Hugo. Todos nós. O que aconteceu com ela e Lea não foi culpa sua. Sei que você acha que foi, e sei que acha que deveria ter feito mais, mas

o que o outro Ceifador fez é problema dele, não seu. Ainda assim, é pesado. Sofrido. Você sabe melhor do que ninguém. Vai acabar com você se deixar. E ela está sendo esmagada. Se eu estivesse onde ela está agora, esperaria que alguém fizesse o mesmo por mim. Você não?

— Talvez ela nem concorde — murmurou Hugo, recusando-se a olhar para Wallace. Estava franzindo a testa, rosto fechado, ombros curvados. — Nada aconteceu da primeira vez.

— Eu sei — afirmou Wallace. — Mas desta vez vai ser diferente. Você conheceu Lea, pelo menos por um tempo. Falou com ela. Cuidou dela.

Wallace pensou que Hugo ainda recusaria. Em vez disso, ele perguntou:

— O que vamos fazer?

Na terceira noite, Hugo trocou o letreiro da vitrine para FECHADO PARA UM EVENTO PRIVADO.

— Você tem certeza? — sussurrou Nelson, observando o neto se movimentar pela casa de chá, preparando-se para seus convidados.

— Tanta quanto é possível — respondeu Wallace, em outro sussurro.

— Um assunto delicado requer mãos delicadas.

— Não acha que somos capazes de fazer isso?

— Não foi o que eu quis dizer. Você é direto e afiado, mas aprendeu a ter um pouco de boa vontade, Wallace. Bondade e boa vontade.

— Por sua causa — disse Wallace. — Você, Mei e Hugo.

Nelson sorriu para ele.

— Você acha?

Wallace achava.

— Queria...

Mas o que quer que Wallace quisesse ficou dentro dele, porque luzes encheram as janelas.

— Eles estão aqui — disse Mei conforme Hugo voltava para a cozinha. — Você está falando sério que vamos em frente?

— Sério como um ataque cardíaco — afirmou Wallace, Nelson rindo ao lado. Ele ouviu as portas do carro se abrirem e fecharem, e Desdêmona falando alto, embora não conseguisse entender as palavras. Sabia com quem ela estava falando. Se tivessem feito o que Hugo pedira, teriam vindo em carros separados. Era agora ou nunca.

O troncudo abriu a porta. Desdêmona entrou primeiro, de cabeça erguida, vestida de um jeito tão ridículo quanto antes. O chapéu alto era preto e coberto de renda, o cabelo ruivo encaracolado, preso em uma trança grossa que pendia sobre um ombro. O vestido era listrado em preto e branco, na altura dos joelhos. As pernas estavam cobertas por meias vermelhas, e as botas pareciam ter sido engraxadas recentemente.

— Sim — soltou ela quando entrou na casa de chá, tirando as luvas. — Estou sentindo. É como da última vez. Os espíritos estão aqui. — Ela virou a cabeça devagar, observando o recinto. Seu olhar deslizou sobre Nelson e Wallace sem parar. — Acredito que vamos chegar a algum lugar. Mei, que lindo ver que você ainda está... viva.

Mei olhou para ela com raiva.

— O roubo de túmulos é ilegal.

Desdêmona piscou.

— Perdão?

— Qualquer sepultura que você tenha profanado para conseguir esse vestido vai...

Nancy apareceu na porta. O troncudo e o magrelo se aglomeraram atrás dela, parecendo que prefeririam estar em qualquer outro lugar. Nancy agarrou a alça da bolsa com força, sua expressão apertada, a respiração leve e rápida. Parecia exausta, mas determinada de uma forma que Wallace não tinha visto antes. Entrou na casa de chá devagar, mordendo o lábio como se estivesse nervosa.

Hugo saiu pelas portas duplas, uma bandeja de chá nas mãos.

— Hugo — falou Desdêmona, olhando-o de cima a baixo. — Fiquei surpresa ao receber seu convite, especialmente depois que me devolveu meu tabuleiro Ouija sem nem mesmo um bilhete anexado ao pacote. Já era hora de você começar a dar valor ao meu trabalho. Tem mais coisas neste mundo do que podemos ver. É animador saber que você está começando a entender isso.

— Desdêmona — disse Hugo em saudação, colocando a bandeja sobre uma mesa. — Acredito, se você diz. — Ele se dirigiu para Nancy: — Obrigado por ter vindo. Sei que é um pouco mais tarde do que de costume, mas só quero ajudar.

Nancy olhou para a bandeja de chá antes de olhar de volta para Hugo.

— Se você diz. — A voz dela era áspera e grave, como se não estivesse acostumada a falar. Wallace sentiu a dor nela. — Desdêmona falou que você nos convidou para vir aqui.

— Convidei — confirmou Hugo. — Não posso garantir que vai acontecer alguma coisa. Mas, mesmo que não aconteça, quero que saiba que você é sempre bem-vinda. Para o que precisar.

Ela assentiu de um jeito tenso, mas não respondeu.

O troncudo e o magrelo começaram a montar as coisas. O magrelo sacou uma câmera, um modelo mais novo, pois a última havia sido quebrada. Posicionou-a em um tripé, apontando para onde Desdêmona se sentaria. O troncudo ligou o mesmo dispositivo que usara antes. O aparelho guinchou quase de imediato, as luzes piscando com intensidade. Ele franziu a testa para o dispositivo, batendo-o na mão e balançando a cabeça.

— Nem sei por que eu uso essa coisa estúpida — murmurou ele, depois sacudiu o aparelho pela sala.

O magrelo tirou o tabuleiro Ouija da bolsa, colocando-o sobre a mesa com uma nova prancheta. A última tinha queimado na lareira, virando nada além de cinzas e fumaça graças a Wallace. Ao lado do tabuleiro Ouija, colocou a caneta de pena e as folhas avulsas de papel.

Desdêmona puxou uma cadeira para Nancy.

— Sente-se aqui, querida. Assim, você ainda estará enquadrada, mas não me bloqueará.

— Minha nossa — murmurou Nelson enquanto Mei zombava.

Nancy fez o que ela pediu, segurando a bolsa no colo. Não olhou para nenhum deles, em silêncio recusando a oferta de chá de Hugo enquanto Desdêmona se sentava ao lado dela.

Desdêmona sorriu para ela.

— Sei que não fizemos muito contato da última vez que você e eu estivemos aqui. Mas não significa que não vá acontecer agora. Quando viemos aqui há algumas semanas, os espíritos estavam... ativos. Não acho que algum deles fosse Lea, mas você não estava conosco no dia. Vai ajudar ter você aqui para se concentrar. Tenho a sensação de que o dia de hoje trará as respostas que você procura. — Ela estendeu a mão e tocou o cotovelo de Nancy. — Se precisar de uma pausa ou quiser encerrar, é só dizer.

Nancy assentiu e olhou para o tabuleiro Ouija.

— Acha que vamos conseguir alguma coisa agora?

— Espero que sim — falou Desdêmona. — Seja pelo tabuleiro ou pela psicografia. Mas, se não conseguirmos, vamos tentar novamente. Você se lembra do que fazer, certo? Direcione as perguntas a mim, mantendo-as nas respostas sim ou não, se puder. Pedirei o que você quiser, e, se tudo correr bem, a energia espiritual correrá através de mim. Seja paciente, especialmente se outro espírito estiver tentando falar primeiro.

— Tudo bem — sussurrou Nancy, fungando.

Desdêmona olhou para o magrelo.

— Tudo pronto?

— Mais pronto impossível — murmurou o magrelo, apertando um botão na câmera. Ela apitou, e uma luz vermelha começou a piscar. Tirou um bloco de papel e uma caneta da bolsa. Olhou ao redor de modo nervoso, como se lembrando-se da última vez que tinham estado ali e do caos que se seguira.

— E, como conversamos antes — orientou Desdêmona a Nancy —, não estamos transmitindo ao vivo a seu pedido. Publicaremos o vídeo mais tarde, mas somente depois de você ver a versão editada e concordar. Qualquer coisa que não queira que seja mostrada vamos manter em sigilo.

Nancy agarrou a bolsa com mais força.

— Você tem alguma pergunta antes de começarmos? Se quiser perguntar, tudo bem. Pode me perguntar o que quiser. Não vou começar até que esteja pronta.

Nancy fez que não com a cabeça.

Desdêmona mexeu os ombros, inspirando pelo nariz e expirando pela boca. Estalou os dedos antes de colocar as mãos sobre a prancheta no meio do tabuleiro Ouija.

— Espíritos! Ordeno que falem comigo! Sei que estão aí. Isso permitirá que nos comuniquemos uns com os outros. Vocês entendem? Não há nada a temer. Não estamos aqui para prejudicá-los. Se preferirem a caneta, me deem um sinal.

A prancheta não se moveu. Nem a caneta.

— Está tudo bem — disse Desdêmona a Nancy. — Demora um pouco. — Ela levantou a voz novamente. — Estou aqui com Nancy Donovan. Ela acredita que o espírito de sua filha, Lea Donovan, reside neste lugar, por razões que ainda não tenho certeza, mas não importa. Se Lea Donovan está aqui, precisamos ouvi-la. Se houver outros espíritos, pedimos que vocês se afastem e permitam que Lea tenha um momento para dizer o que precisa.

— Tem certeza? — perguntou Nelson baixinho.

— Sim — confirmou Wallace. — Vamos esperar.

Durante a hora seguinte, Desdêmona tentou todo tipo de pergunta, algumas doces e persuasivas, outras mais duras e exigentes. Nada mudou. A prancheta permaneceu imóvel.

Desdêmona ficou frustrada. O magrelo encobriu um bocejo com as costas da mão e o troncudo carregava a caixa de espíritos pela sala, a máquina silenciosa.

Por fim, Desdêmona recostou-se na cadeira com um suspiro.

— Sinto muito — murmurou ela, olhando com rancor para o tabuleiro Ouija. — Realmente pensei que algo aconteceria. — Ela forçou um sorriso. — Nem sempre funciona. Espíritos podem ser inconstantes. Só fazem o que querem quando querem.

Nancy assentiu, embora Wallace pudesse ver quão magoada ela estava com aquilo. Ele sofria com a dor que irradiava da mulher, implorando em silêncio para que ela aguentasse só um pouco mais.

Nancy não se mexeu enquanto o magrelo e o troncudo guardavam o tabuleiro Ouija e a câmera. Desdêmona falava baixinho com ela, segurando suas mãos, dizendo que ela não podia desistir, que tentariam de novo assim que pudessem.

— Dê tempo ao tempo — disse baixinho. — Vamos entender o que está acontecendo.

Nancy assentiu com a cabeça, a expressão frouxa e vazia.

Ela se levantou da cadeira conforme os outros se dirigiam para a porta, segurando a bolsa contra o peito como um escudo. O magrelo e o troncudo saíram sem olhar para trás. Desdêmona parou na porta, olhando para Hugo.

— Você sabe que tem alguma coisa aqui.

Hugo não respondeu.

— Venha, querida — disse Desdêmona a Nancy. — Você pode nos seguir de volta para a cidade, para que saibamos que está segura.

Mei inclinou a cabeça, como se estivesse confusa, olhando de Desdêmona para Nancy e de volta.

Hugo pigarreou.

— Gostaria de dar uma palavrinha com Nancy em particular, se ela permitir.

Desdêmona estreitou os olhos.

— Qualquer coisa que você queira dizer a ela, pode dizer comigo presente.

— Se for isso que ela quiser — afirmou Hugo. — Se não for, mas caso ela queira compartilhar o que eu disser, tudo bem também.

— Nancy? — perguntou Desdêmona.

Nancy estudou Hugo antes de assentir.

— Está... está tudo bem. Pode ir. Não vou demorar.

Desdêmona hesitou, parecendo que ia discutir. Em vez disso, suspirou.

— Tudo bem. Se você tem certeza.

— Tenho — falou Nancy.

Desdêmona apertou o ombro da mulher e saiu da casa de chá.

Fez-se o silêncio, todos à espera de ouvirem o som de um carro sendo ligado, o motor roncando. O som diminuiu, o relógio tiquetaqueando, tiquetaqueando.

— Bem? — perguntou Nancy, com a voz trêmula. — O que quer?

Hugo inspirou fundo e soltou o ar devagar.

— Sua filha não está aqui.

Nancy recuou como se tivesse levado um tapa. Lágrimas de raiva encheram seus olhos.

— O quê?

— Ela não está aqui — falou Hugo com suavidade. — Foi para um lugar melhor. Um lugar onde nada pode machucá-la novamente.

— Como você se atreve — sussurrou Nancy. — O que há de errado com você? — Ela deu um passo para trás em direção à porta.

— Pensei que você... — Ela balançou a cabeça com raiva. — Não vou ficar aqui e deixar você ser tão cruel. Não posso. — Seu peito arfava. — Não vou. — Com um último olhar, ela se virou para a porta.

Nancy agarrou a maçaneta, e Wallace sabia que era agora ou nunca. Alan — Alan, assustado e condenado — havia lhe mostrado o caminho. Nancy queimava como fogo, seu luto um combustível sem fim. O que quer que ela fosse — como Mei ou qualquer outra coisa —, tinha ouvido quando Alan gritara seu nome.

Foi por isso que Wallace gritou:

— *Nancy*!

Ela congelou, as costas rígidas, ombros encolhidos perto das orelhas.

— *Nancy*!

Ela se virou devagar, lágrimas escorrendo por suas bochechas.

— Você... ouviu isso?

— Ouvi. — E Hugo ergueu as mãos como se estivesse acalmando um animal assustado. — E juro que não há nada a temer.

Ela soltou uma risada, fraca e áspera.

— Você não vai me dizer o que eu...

Ela se engasgou quando Wallace pegou uma cadeira e a levantou do chão. O sangue desapareceu de seu rosto, ela levou a mão ao pescoço. Wallace não levou a cadeira até ela, pois não queria assustá-la mais do que já estava assustada.

Em vez disso, levou a cadeira para trás do balcão, em direção à lousa.

— Cuidado, Wallace — alertou Nelson. — Não dê à Nancy mais do que ela está pronta para ver.

— Eu sei — disse Wallace com os dentes cerrados, empurrando Apollo para fora do caminho. Apollo, que pulava ao seu redor tentando descobrir por que Wallace estava carregando uma cadeira. Ele parecia querer ajudar, mordendo uma das pernas da cadeira antes de se distrair com o próprio rabo.

Wallace deixou a cadeira no chão antes de olhar para trás. Nancy não tinha se movido, o queixo caído ao ver uma cadeira flutuando no ar. Ele gemeu ao subir na cadeira.

— Desculpe — murmurou antes de passar a mão pela lousa. As palavras que indicavam promoções, preços, tudo ao redor da citação sobre chá e família borraram-se de branco.

— Ai, meu Deus — sussurrou Nancy. — O que é isso? O que está acontecendo?

Wallace pegou um pedaço de giz da base da lousa. Escreveu uma palavra.

PARDAL.

Nancy soltou um soluço abafado antes de correr para a frente.

— Lea? Ai, meu Deus, *Lea*?

Abaixo de PARDAL, Wallace escreveu:

NÃO. NÃO É SUA FILHA. NÃO AQUI. GOSTARIA QUE FOSSE. ELA FOI PARA UM LUGAR MELHOR.

— Isso é uma piada? — questionou Nancy, voz grave, olhos úmidos. — Como você sabia sobre o pardal? Ele... na janela do quarto do hospital. Sempre... quem é você?

Wallace limpou as palavras antes de escrever novamente, o giz raspando na lousa.

EU MORRI. HUGO ESTÁ CUIDANDO DE MIM.

— Por que você está falando comigo, então? — Nancy perguntou, enxugando o rosto com raiva. — Não é com você que eu quero falar.

EU SEI. MAS ESPERO QUE, OUVINDO DE MIM, VOCÊ ENTENDA QUE HÁ ALGO ALÉM DO QUE VOCÊ SABE.

— Como vou acreditar em você? — exclamou Nancy. — Pare. Pare de brincar comigo. Isso machuca. Não consegue perceber? Machuca demais.

A voz dela falhou.

A ÁRVORE GENEROSA.

Nancy estremeceu.

— O quê?

— Hugo — sussurrou Wallace. — Não... consigo. É demais para mim. Agora é com você.

Ele largou no chão o giz, que se quebrou. E quase caiu da cadeira, mas Nelson estava lá, segurando suas pernas, impedindo-o de desmoronar. Wallace se sentou com tudo, sua força se esvaindo.

— Não — sussurrou Nancy, dando um passo cambaleante para a frente. — Não, não, volte. *Volte*!

— Nancy — disse o barqueiro.

Nancy virou-se, branca como cera.

— Era o livro favorito dela — disse Hugo calmamente, e Wallace sentou-se com postura, Nelson segurando sua mão com força. Apollo se sentou ao lado, a cauda balançando de um lado para o outro. Mei parecia pálida, com a mão na garganta.

— Ela adorava as vozes que você fazia quando lia. Mesmo depois que aprendeu a ler, ela sempre queria que você lesse. Havia algo em sua voz, algo quente e bonito que Lea sempre quis ouvir.

— Você não teria como saber — afirmou a mulher, com a voz rouca. — Éramos apenas ela e eu. Uma coisa nossa. — Ela soava engasgada.

— Ela me contou — disse Hugo. — Estava tão feliz quando me contou. Falou sobre colher maçãs no outono e do jeito como você ria quando ela comia mais do que colhia.

Nancy cobriu a boca com a mão.

Hugo deu um passo na direção de Nancy, lento e deliberado.

— Lea também estava triste, porque sentia sua falta. — A voz dele falhou, mas ele continuou: — O corpo dela estava cansado. Ela lutou o máximo que pôde, mas foi demais para ela. Lea foi corajosa por sua causa. *Por* você. Você ensinou a ela alegria, amor e paixão em relação às coisas. Foi ao zoológico porque ela queria ver ursos-polares. Você a levou ao museu porque ela queria tocar em ossos de dinossauros. Dançou na sua sala de estar. A música estava alta, e você dançou. Uma vez, ela derrubou um vaso. Você lhe disse que não era nada demais e que não havia necessidade de ficar triste quando algo podia ser substituído.

Nancy começou a soluçar. Ele saía de seu peito, o monstro da dor, tentando arrastá-la para as profundezas.

— Lute — sussurrou Wallace. — Ah, por favor, lute contra isso.

— Ela amava você — continuou Hugo —, e ainda ama. Não importa o que venha a seguir, isso nunca vai mudar. Um dia você a verá de novo. Um dia vai olhar para o rosto dela. Não haverá mais dor. Não haverá mais tristeza. Você conhecerá a paz porque estará junto dela. Mas esse dia não é hoje.

— Por quê? — perguntou Nancy, e foi uma coisa tão desesperada que Wallace baixou a cabeça. — Por que não posso tê-la? Por que tem que doer tanto? Por que não consigo respirar?

Hugo parou diante da mulher. Hesitou antes de tocar as costas da mão dela por um instante. Nancy não tentou se afastar.

— Ela não se foi. Não de verdade. Apenas... seguiu em frente.

— Quem é você? — sussurrou ela.

— Alguém que se importa — respondeu Hugo. — Eu... menti para você. Antes. Quando você veio aqui pela primeira vez. E, por isso, sinto muito mais do que você pode imaginar. Não queria te machucar. Não queria fazer você se sentir pior. Eu ajudo as pessoas. Como ela. Eu as ajudo a fazer a travessia. E nós... — Ele engoliu em seco. — E eu... *nós* fizemos isso. Nós mostramos a ela o caminho a seguir. Vidas não acabam. Elas seguem em frente. — E fez uma pausa. — Você se lembra da última coisa que disse a ela?

Nancy murchou, encolhendo-se sobre si mesma.

— Sim.

— Você disse a Lea para ir. Ir aonde precisasse ir. Para o centro da Terra. Para as estrelas. Para...

— Para a lua, para ver se é feita de queijo — sussurrou ela.

Hugo sorriu.

— A doença acabou.

Nancy olhou para a lousa, para a mancha de palavras, antes de se voltar para Hugo.

— Você fez isso?

Ele balançou a cabeça, negando.

— Não fui eu. Mas foi alguém muito importante para mim. E você pode acreditar em cada palavra escrita.

Ela o observou por um longo tempo.

— Estarei aqui. Quando estiver pronta, estarei aqui. É o que você vive me dizendo.

Ele assentiu com a cabeça.

— Por quê? — perguntou ela, tremendo. — Por que se importa tanto?

— Porque não sei como ser de outro jeito.

Por um momento, Wallace pensou que seria demais para Nancy. Que a haviam pressionado demais. Ficou surpreso quando ela endireitou os ombros. Olhou para Mei, que acenou e lhe deu um pequeno sorriso. Então, para Hugo.

— Gostaria de uma xícara de chá, se for possível.

— Tudo bem — falou Hugo. — Sempre pensei que o chá fosse um bom lugar para começar. E, quando estiver pronta, se estiver pronta, saberá onde me encontrar. — Ele acenou com a cabeça em direção à mesa onde a bandeja de chá estava. — Com leite ou açúcar?

— Não. Puro mesmo.

Wallace observou Hugo servindo o chá em duas xícaras, uma para ela e outra para ele. Entregou a Nancy uma xícara antes de pegar a sua. Observou-a aproximar a xícara de chá do rosto, inalando profundamente. As mãos dela começaram a tremer, embora nenhum chá tenha se derramado.

— Isso é...

— Pão de mel — falou Hugo. — O favorito dela.

Outra lágrima escorreu pela bochecha de Nancy. Ela deu um grande gole, a garganta se movendo ao engolir. Tomou outro gole antes de deixar a xícara de novo na bandeja. Deu um passo para longe de Hugo.

— Gostaria de ir agora. Já vi o suficiente para um dia.

Mei se adiantou, pegando Nancy pelo cotovelo e guiando-a em direção à porta. Nancy parou antes que Mei pudesse abrir para ela. Olhou para Hugo, a cor lentamente voltando ao seu rosto.

— O que você é?

— Sou Hugo — respondeu ele. — Tenho uma casa de chá.

— Isso é tudo?

— Não.

Parecia que Nancy ia falar de novo, mas ela balançou a cabeça quando Mei abriu a porta. Ela atravessou a varanda às pressas, olhando para trás apenas uma vez. Um momento depois, as luzes de seu carro iluminaram a casa de chá conforme o veículo dava a ré devagar, virando antes de ir embora.

Mei fechou a porta, virando-se e se encostando nela. Enxugou os olhos, fungando.

Hugo correu até Wallace.

— Você está bem? — perguntou. Estendeu a mão para Wallace e pareceu chocado quando suas mãos o atravessaram. Wallace sentiu o mesmo. — Você...

Wallace sorriu fracamente.

— Estou bem. É... estou bem. Sério. Exigiu mais de mim do que eu esperava. Mas você conseguiu. Eu sabia que conseguiria. Você acha que ajudou?

Hugo ficou boquiaberto.

— Se acho que *ajudou*?

— Isso... foi o que perguntei, sim.

Hugo balançou a cabeça.

— Wallace, nós demos esperança a ela. Ela... talvez tenha uma chance agora. — Wallace ficou surpreso ao ver que os olhos de Hugo estavam úmidos. — Mei. Preciso que você...

— Não — interrompeu Wallace antes que Mei pudesse se mover. — Isso não é sobre mim. Este é o seu momento, Hugo. Você fez isso.

— Ele olhou para Mei. — Você pode me fazer um favor?

— Sim — respondeu ela. — Sim.

— Preciso que abrace Hugo por mim. Porque não posso e quero mais do que tudo.

Os olhos de Hugo se arregalaram comicamente quando Mei se lançou sobre ele, as pernas envolvendo sua cintura, os braços em volta de seu pescoço. Demorou um segundo para Hugo erguer os braços e a abraçar, o rosto dela no pescoço dele, o dele no cabelo dela. Apollo ganiu animado, dançando ao redor dos dois, a língua pendurada para fora.

— Conseguimos, chefe — sussurrou Mei. — Ai, meu Deus, nós conseguimos.

Wallace assistiu com orgulho gigantesco quando Nelson se moveu na direção deles e, embora não pudesse tocá-los, fez a segunda melhor coisa que se poderia fazer. Ficou ao lado do neto e de Mei.

Wallace sorriu e fechou os olhos.

CAPÍTULO 19

Aceitação.

Foi mais fácil do que Wallace esperava.

O que quer que ele tivesse sentido antes de conhecer o Gerente, fosse lá ao que se tivesse resignado, não tinha sido dessa forma.

Sua cabeça estava clara.

Ele não achava que era paz o que sentia, pelo menos não ainda. Ainda estava com medo. Claro que estava. O desconhecido sempre trazia medo. Sua vida, o que havia dela, tinha sido rigorosamente regulamentada. Ele acordava. Tomava um banho. Vestia-se. Bebia duas xícaras de café ruim. Ia para o trabalho. Encontrava-se com os sócios. Reunia-se com clientes. Seguia para o tribunal. Wallace nunca gostara da teatralidade. Apenas dos fatos, senhora. Sentia-se confortável na frente de um juiz. Diante da oposição. Na maioria das vezes, ganhava. Às vezes, não. Houve altos e baixos, derrotas e vitórias. O dia já teria terminado quando ele ia para casa. Jantava um prato congelado na frente da televisão. Quando queria se mimar, tomava uma taça de vinho. Então, ia para seu escritório em casa e trabalhava até meia-noite. Quando terminava, tomava outro banho antes de ir para a cama.

Dia após dia após dia.

Era a vida que Wallace conhecia. A vida com que ele estava confortável, a que criara para si. Mesmo depois que Naomi foi embora e parecia que tudo estava desmoronando, ele manteve tudo junto por pura força de vontade. Era *ela* quem saíra perdendo, dissera a si mesmo. A culpa era *dela*.

Ele havia aceitado isso.

— Você é um homem branco — disse sua assistente a ele na festa de Natal do escritório, com as bochechas coradas por muitos Manhattans. — Você ainda vai fracassar. Sempre fracassam.

Wallace assustou a mulher quando riu alto. Ele mesmo estava um pouco bêbado. A assistente provavelmente nunca o tinha visto rir.

Se ela pudesse vê-lo agora...

Aqui, na Travessia de Caronte, faltando três dias para o retorno do Gerente, Wallace corria pelo quintal à medida que a noite dava lugar ao sol nascente, Apollo o perseguindo em uma espécie de pega-pega, latindo a plenos pulmões. Wallace preocupou-se por um momento em estar perturbando as plantas de chá, mas ele e Apollo estavam mortos. As plantas não se incomodariam se ele não quisesse incomodá-las.

— Peguei você — exclamou ele, pressionando os dedos entre as orelhas de Apollo antes de sair correndo de novo.

Wallace riu quando Apollo pulou sobre ele, patas batendo em suas costas, derrubando-o. Caiu no chão e conseguiu rolar a tempo de ter o rosto espetacularmente lambido.

— Eca! — exclamou. — Seu bafo está horrível.

Apollo não pareceu se importar.

Wallace permitiu que aquilo continuasse por mais alguns momentos antes de empurrar o cachorro, que se agachou sobre as patas da frente, as orelhas se contraindo, pronto para brincar de novo.

— Você já teve um cachorro? — perguntou Nelson, de seu poleiro na varanda dos fundos.

Wallace fez que não com a cabeça, se levantando do chão.

— Ocupado demais. Parecia meio maldade adotar um e ficar fora de casa a maior parte do dia. Principalmente na cidade.

— E quando era mais jovem?

— Meu pai era alérgico. Tínhamos um gato, mas ele era um idiota.

— Os gatos geralmente são. Ele é um bom menino. Fiquei preocupado quando soubemos que a hora dele havia chegado. Não sabíamos o que acontecia com os cães quando morriam. Eles levam um pedaço da nossa alma com quando partem. Eu pensei... não sabia o que aconteceria com Hugo. — Acenou para as plantas de chá. — No fim, Apollo mal conseguia andar. Hugo teve que fazer uma escolha difícil. Deixá-lo como estava, sentindo dor, ou dar a ele um último presente. Foi uma decisão mais fácil para Hugo do que eu esperava. O veterinário veio aqui, e o colocaram um cobertor no jardim. Foi rápido. Hugo se despediu. Apollo sorriu daquele jeito que os cães fazem, como se soubesse o que estava acontecendo. Respirou fundo e depois de novo e depois de novo. E então... não respirou mais. Os olhos se fecharam. O veterinário disse que estava feito. Mas ele não conseguia ver o que nós conseguíamos.

— Ele ainda estava aqui — constatou Wallace enquanto Apollo pressionava o joelho dele com a cabeça, tentando fazê-lo correr de novo.

— Estava — concordou Nelson. — Cheio de vitalidade e vigor, como se todas as doenças e armadilhas da vida tivessem simplesmente desaparecido. Hugo tentou levá-lo até a porta, mas Apollo recusou. Teimoso, sempre foi.

— Parece alguém que eu conheço.

Nelson riu.

— Acho que sim, embora o mesmo possa ser dito sobre você. — O sorriso desapareceu. — Ou pelo menos costumava ser. Wallace, você não precisa...

— Eu sei. Mas que escolha eu tenho?

Nelson ficou quieto por um longo momento, e Wallace quase se convenceu de que a conversa havia terminado. Não havia. Nelson sorriu com tristeza e disse:

— Nunca é suficiente, é? O tempo. Sempre achamos que temos muito dele, mas, quando realmente nos damos conta, não temos o suficiente.

Wallace deu de ombros enquanto Apollo saltitava ao redor das plantas de chá.

— Então, temos de aproveitar ao máximo.

Nelson não respondeu.

Ele passou o dia na cozinha com Mei. Havia se recuperado o suficiente da sessão com Nancy para poder tirar bandejas de doces do forno e levantar chaleiras do fogão. Se alguém tivesse olhado pelas janelinhas, teria visto utensílios de cozinha flutuando no ar com a maior facilidade.

— Por que você só não aquece a água no micro-ondas? — perguntou ele, despejando a água em um bule de cerâmica.

— Ai, meu Deus — soltou Mei. — Nunca deixe Hugo ouvir você dizer isso. Não, sabe de uma coisa? Mudei de ideia. Fale para ele, mas veja se eu estou por perto quando o fizer. Quero ver a expressão no rosto dele.

— Não ficaria muito feliz, hein?

— Eufemismo. Chá é coisa séria, Wallace. Você não aquece água para o chá na droga do micro-ondas. Tenha um pouco de classe, cara. — Ela pegou a bandeja em que Wallace estava trabalhando e foi saindo pelas portas. — Mas, ainda assim, diga para ele. Quero registrar a reação.

As portas se fecharam logo atrás.

Ele foi até as janelinhas e observou a casa de chá. Estava tão cheia como de costume. A multidão do almoço havia chegado, e a maioria das mesas estava ocupada. Mei moveu-se habilmente ao redor das pessoas para colocar a bandeja em uma mesa. Ele olhou para o canto mais distante. A mesa de Nancy estava vazia. Não ficou surpreso. Achava que ela voltaria, mas, provavelmente, não antes que ele fosse embora. Não sabia se o que tinham feito havia sido suficiente. Tampouco era tolo o bastante para pensar que havia aliviado a dor dela, mas esperava que ela pelo menos tivesse a base para começar a se reconstruir se quisesse.

Hugo estava no caixa, sorrindo, embora fosse um sorriso distante. Estivera quieto naquela manhã, como se perdido em pensamentos. Wallace não queria forçar a barra. Deixou Hugo à vontade.

A porta da frente da casa de chá se abriu, e um jovem casal entrou, com os cabelos jogados pelo vento, olhos brilhantes. Já tinham estado ali antes, o homem dizendo que era o segundo encontro deles, quando na verdade era o terceiro. Ele segurou a porta aberta para a namorada, e ela riu quando ele se curvou ligeiramente. Mesmo com todo o barulho, Wallace pôde ouvi-lo.

— Você primeiro, minha rainha.

— Você é tão esquisito — falou ela com carinho.

— Para você, só o melhor.

A jovem pegou a mão do rapaz e o puxou para o balcão. Ele a beijou na bochecha enquanto ela fazia o pedido para os dois.

E Wallace soube a próxima coisa que precisava fazer com o tempo que lhe restava.

— Você não precisa fazer isso — disse Hugo depois que a casa de chá fechou no fim do dia. Wallace havia pedido a Mei e Nelson que lhes dessem um pouco de privacidade. Eles concordaram, embora Nelson tivesse erguido as sobrancelhas sugestivamente quando Mei o puxara para a cozinha, Apollo atrás deles.

— Pode ser. Mas acho que preciso. Se você não puder, posso pedir a Mei para...

Hugo balançou a cabeça.

— Não. Vou fazer. O que você quer que eu diga?

Wallace disse. Foi curto e simples. Ele não achava que era o suficiente. Não sabia mais o que acrescentar.

Se seu coração ainda batesse, pensou que estaria na garganta quando Hugo colocou o telefone no viva-voz depois de discar o número que lhe Wallace dera. Ele não sabia se alguém atenderia. Seria um número estranho aparecendo na tela, e ela provavelmente o acabaria ignorando, como a maioria das pessoas fazia.

Mas não ignorou.

— Alô?

Hugo respondeu:

— Posso falar com Naomi Byrne?

— É ela. Quem está falando, por favor?

A última palavra soou mais baixa, e Wallace sabia que ela havia se afastado do celular para olhar o número, franzindo a testa ao fazê-lo. Podia vê-la, com a clareza da luz do dia, dentro de sua mente.

— Sra. Byrne, meu nome é Hugo. Você não me conhece, mas eu conheço seu marido.

Uma longa pausa.

— Ex-marido — retrucou ela por fim. — Se estiver falando do Wallace.

— Sim, estou.

— Bem, sinto muito por ter que lhe dizer isso, mas Wallace morreu faz alguns meses.

— Eu sei.

— Sabe? Você falou dele no presente, e apenas achei que... não importa. No que posso ajudar, Hugo? Estou meio sem tempo. Tenho um jantar para ir.

— Não vou tomar muito do seu tempo — disse Hugo, olhando para Wallace, que assentiu.

— Você era cliente dele? Se houver algum problema jurídico, precisa ligar para o escritório. Tenho certeza de que ficarão felizes em ajudá-lo...

— Não — disse Hugo. — Eu não era cliente. Acho que se poderia dizer que ele é...

— *Foi* — sussurrou Wallace. — *Foi*.

Hugo revirou os olhos.

— Ele *foi* um cliente meu, à sua maneira.

Uma pausa mais longa.

— Você é o terapeuta? Não reconheço o código de área. De onde está ligando? — Uma pausa. — E *por que* está ligando?

— Não — disse Hugo. — Não sou terapeuta. Tenho uma casa de chá.

Naomi riu.

— Uma casa de chá. E você disse que *Wallace* era um cliente seu. Wallace Price.

— Sim.

— Acho que nunca o vi beber uma xícara de chá na vida. Perdoe-me por parecer desconfiada, mas ele não era exatamente o tipo de cara que toma chá.

— Eu sei — falou Hugo enquanto Wallace grunhia. — Mas acho que você ficaria surpresa ao saber que ele aprendeu a gostar de chá, de qualquer maneira.

— Aprendeu, é? Que estranho. Por que ele... não importa. O que você *quer*, Hugo?

— Ele era um cliente meu. Mas também era meu amigo. Sinto muito pela sua perda. Sei que deve ter sido difícil.

— Obrigada — respondeu Naomi de um jeito tenso, e Wallace *sabia* que ela estava quebrando a cabeça, tentando descobrir o caminho pelo qual Hugo estava seguindo. — Se você o conhecia, tenho certeza de que sabe que nos divorciamos.

— Sei.

Ela estava ficando irritada.

— Existe um motivo para esta conversa? Ou era só isso? Olha, agradeço por você ligar, mas eu...

— Ele te amava. Bastante. E sei que ficou difícil, e que vocês seguiram caminhos diferentes por um bom motivo, mas ele nunca se arrependeu de um único momento que passou com você. Ele queria que você soubesse disso. Wallace esperava que você encontrasse a felicidade de novo. Que tivesse uma vida plena. E ele sentia muito pelo que aconteceu.

Naomi ficou em silêncio. Wallace teria pensado que ela havia desligado, mas ainda podia ouvir sua respiração.

— Pode falar — sussurrou ele. — Por favor.

Hugo disse:

— Ele me contou sobre o dia do casamento. Disse que nunca houve ninguém mais bonita do que você naquele momento. Ele estava feliz. E, mesmo que as coisas tenham mudado, ele nunca esqueceu o jeito como você sorriu para ele naquela igrejinha. — Hugo riu baixinho. — Ele disse que entrou em pânico pouco antes da cerimônia. Você teve de falar com ele através de uma porta para tentar acalmá-lo.

Silêncio.

— Ele... falou que não conseguia arrumar a gravata de jeito nenhum. Que daquele jeito poderíamos muito bem cancelar tudo.

— Mas não cancelaram.

Naomi fungou.

— Não. Não fizemos, porque aquilo foi algo tão Wallace que eu... Minha nossa. Você tinha que ligar para estragar minha maquiagem, não tinha?

Hugo riu.

— Não era minha intenção.

— Não, não acredito que tenha sido. Por que está me ligando agora para falar isso?

— Porque ele achou que você merecia ouvir. Sei que não se falavam havia muito tempo quando ele faleceu, mas o homem que eu conheço... conheci... era diferente do homem de quem você se lembra. Ele aprendeu o que é bondade.

— Isso não parece ter muito a ver com o Wallace.

— Eu sei — disse Hugo. — Mas as pessoas podem mudar quando confrontadas com a eternidade.

— Como assim?

— É o que é.
Ela parecia incerta quando disse:
— Você o conhecia.
— Sim.
— Realmente o conhecia.
— Sim.
— E ele lhe contou o que aconteceu conosco.
— Contou.
— Então, você decidiu me ligar do nada, pela bondade do seu coração.
— Exato.
— Olha... Hugo, não é isso? Não sei o que você está querendo, mas eu não...
— Nada. Não quero nada. Tudo o que queria dizer é que você era importante para ele. Mesmo considerando tudo que foi dito e feito, você era importante.
Ela não respondeu.
— É isso — concluiu Hugo. — Isso era o que eu precisava dizer. Peço desculpas por atrapalhar sua noite. Obrigado por...
— Você se importava com ele.
Hugo se assustou. Olhou para Wallace antes de desviar o olhar.
— Eu me importo.
— Amigos — disse ela, quase se divertindo. — *Apenas* amigos?
— Desligue! — falou Wallace freneticamente. — Ai, meu Deus, desligue o *telefone*! — Wallace tentou pegá-lo, mas Hugo foi mais rápido, arrancando-o do balcão e mantendo-o fora de alcance.
— Apenas amigos — respondeu Hugo, apressando-se em dar a volta no balcão para manter Wallace longe do telefone. Wallace rosnou para ele, preparado para fazer o que fosse para acabar com esse novo inferno o mais rápido possível.
— Tem certeza? Porque... e nem acredito que sei disso... mas você parece o tipo de cara de quem ele gostaria. Ele achava que eu não notava, mas ficava em polvorosa sempre que...
— Eu não *ficava em polvorosa*! — gritou Wallace.
— Sério? — falou Hugo ao telefone. — Em polvorosa, você disse?
— Sim. Era embaraçoso. Tinha um amigo meu que meio que falava como você, na mesma cadência, por quem Wallace se derretia. Ele negaria, claro, mas eu não ficaria surpresa se esse fosse o seu caso.

— Eu tenho as piores ideias — murmurou Wallace. — Tudo isso é terrível.

— Bom saber — disse Hugo a Naomi. — Mas não, nós éramos apenas amigos.

— Mas agora não importa, certo? — perguntou Naomi. — Porque ele se foi.

Wallace parou, as mãos pressionadas contra o balcão. Abaixou a cabeça e fechou os olhos.

— Não sei se realmente se foi — disse Hugo por fim. — Acho que uma parte dele permanece.

— Pensamentos bonitos, e nada mais. Você... — Ela soltou o ar. — Você o amava? Meu Deus, não acredito que estou tendo essa conversa. Não conheço você. Nem me *importo* se você e ele eram...

— Não éramos — concluiu Hugo, simplesmente.

— Isso não responde à minha pergunta.

— Eu sei — concordou ele, e Wallace sentiu calor e frio, tudo ao mesmo tempo. — Não sei responder a essa pergunta.

— Sim ou não. Não é difícil. Mas você não dizer "não" é toda a resposta de que preciso. — Ela fungou novamente. — Você não estava no funeral.

— Eu não sabia.

— Foi... rápido. Para ele. Disseram a mim que ele não sofreu. Acabou como se nunca tivesse existido.

— Mas existiu — falou Hugo, e não desviou o olhar de Wallace.

— É, existiu.

Ela riu, embora tenha soado como um soluço.

— Existiu, não foi? Para o bem e para o mal, existiu. Hugo, não sei quem você é. Não sei como conheceu Wallace e não acredito nem por um minuto que tenha sido por causa de chás. Eu... sinto muito. Pela sua perda. Obrigada, mas, por favor, não me ligue de novo. Estou pronta para seguir em frente. *Já segui* em frente. Não sei mais o que dizer.

— Não precisa dizer mais nada — respondeu Hugo. — Agradeço pelo seu tempo.

O telefone apitou quando ela desligou.

A casa de chá foi preenchida por silêncio.

Wallace estava arrasado.

— Você não pode... *Hugo.*

— Eu sei — afirmou Hugo, soando estranhamente vulnerável. Wallace olhou para cima e o viu mexendo na bandana, que era verde com cachorros brancos estampados. — Mas é meu. É para mim. E você não pode me tirar isso.
— Não estou *tentando* — ralhou Wallace. — É... você está... — Seu peito se apertou. O gancho parecia quente a ponto de derreter. — Você está dificultando as coisas. Por favor, não faça isso comigo. Não aguento. Simplesmente não consigo.
— Por quê? — perguntou Hugo. — O que há de tão ruim nisso?
— Porque eu estou *morto*! — gritou Wallace.
Ele deixou Hugo lá parado no salão principal da casa de chá, as sombras se estendendo ainda mais.

CAPÍTULO 20

O dia seguinte foi difícil.

Wallace se remoía, andando de um lado para o outro como um animal enjaulado. Os outros se afastaram enquanto ele murmurava:

— Dois dias. Mais dois dias.

Ele estremecia. Sacudia-se. *Tremia*.

E não havia nada que pudesse fazer para impedir.

Olhou pela janela da frente.

Ali, estacionada em frente à casa de chá como sempre, estava a scooter de Hugo. Verde-ervilha com pneus de faixa branca. Um espelho retrovisor com uma pequena bugiganga pendurada, um fantasma de desenho animado com um pequeno balão de palavras onde se lia BU! O banco era pequeno, mas havia alças de metal na parte de trás.

Lembrou-se da sensação do sol sobre ele na varanda dos fundos. De novo. De novo. Precisava sentir aquilo de novo. Uma coisa tão pequena, mas, quanto mais pensava sobre isso, menos conseguia se livrar do pensamento. O sol. Queria sentir o sol. Estava chamando por ele, o gancho em seu peito vibrando, o cabo mais brilhante agora do que antes. Sussurros acariciavam seus ouvidos, mas não eram como as vozes da porta. Aqueles eram tranquilizadores e calmos. Isso parecia urgente.

Ele foi até Mei na cozinha. Ela o observou com cautela, como se esperasse que ele arrancasse a cabeça dela com uma mordida. Ele se sentiu culpado.

— Você pode cuidar da loja esta tarde?

Ela assentiu lentamente.

— Acho que sim. Por quê?
— Preciso sair daqui.
Ela pareceu alarmada.
— O quê? Wallace, você sabe o que vai acontecer se tentar...
— Eu sei. Mas não vou longe. Eu sei quanto tempo aguentei da primeira vez. Posso lidar com isso.
Mei não estava convencida.
— Você não pode correr o risco. Não quando está tão perto de...
— Mei não precisava terminar. Os dois sabiam o que ela queria dizer.
Ele riu abertamente.
— Se não agora, quando? Ah, e vou levar Hugo comigo.
Mei piscou.
— Vai levá-lo com você *aonde*?
Ele sorriu. Sentia-se enlouquecido, e isso queimava dentro de si.
— Não sei. Não é maravilhoso?

Hugo ouviu Wallace explicando. Não respondeu de imediato, e Wallace pensou que ele recusaria. Por fim, ele indagou:
— Tem certeza?
Wallace assentiu com a cabeça.
— Você vai saber, não é? Por quanto tempo podemos nos afastar. Até onde podemos ir.
— É perigoso.
— Preciso disso — disse Wallace sem rodeios. — E quero que seja com você.
Foi a coisa errada a dizer. A expressão de Hugo se fechou.
— Mudou de ideia? Ontem à noite, você parecia bastante certo de que não queria ouvir como me sinto.
— Estou com medo — admitiu Wallace. — E não sei como não estar. Mas se este for o fim, se for o que me resta, então quero fazer isso. Com você.
Hugo suspirou.
— É realmente o que quer?
— Sim.
— Preciso perguntar a Mei se ela...

— Ele já perguntou — explicou Mei, espiando pelas portas da cozinha. Wallace bufou quando viu Nelson espiando sob os braços dela. Claro que estavam ouvindo. — Eu cuido de tudo, chefe. Dê ao homem o que ele quer. Vai fazer bem a vocês dois. Ar fresco e blá-blá--blá. A gente segura as pontas aqui.

— Nem sabemos se ele consegue subir nela — disse Hugo.

Wallace estufou o peito.

— Posso fazer qualquer coisa.

Ele não podia fazer qualquer coisa.

— Que porra é essa? — rosnou ele ao passar através da scooter e cair no chão pela quinta vez.

— As pessoas estão olhando — murmurou Hugo pelo canto da boca.

— Ah, sinto *muito*. — Wallace se levantou. — E não é como se conseguissem me ver. Para eles, você é um esquisitão falando com sua scooter.

Hugo cruzou os braços e olhou feio para os pés.

Wallace franziu a testa para a scooter. Deveria ser fácil. Era como com as cadeiras.

— Não pense — murmurou para si mesmo. — Não pense. Não pense.

Ele ergueu a perna mais uma vez, jogando-a por cima da traseira da scooter. Sabia que parecia ridículo se abaixando devagar, mas não se importava. Faria aquilo nem que fosse a última coisa que fizesse.

Vibrou em triunfo quando sentiu o banco traseiro da scooter pressionado contra suas costas e suas coxas.

— É isso aí! Sou o melhor fantasma *que já existiu*!

Ele olhou para Hugo, que segurou um sorriso.

— Você vai cair e...

— Morrer? Tenho a sensação de que não preciso me preocupar com isso. Suba. Vamos, vamos, *vamos*! — Ele deu tapinhas no assento à sua frente.

Foi estranho, mais do que Wallace pensou que seria. A scooter era pequena, e Hugo e Wallace não. Engolindo em seco, Wallace cuidadosamente evitou olhar para o traseiro de Hugo quando ele jogou a perna para o lado e se acomodou no assento. A scooter rangeu quando Hugo a apoiou, levantando o suporte com o bico do sapato. Estavam próximos, tão próximos que as pernas de Wallace desapareceram no corpo de Hugo. O cabo se esticava firmemente entre ambos. Foi estranhamente íntimo, e Wallace se perguntou como seria envolver a cintura de Hugo com os braços, segurando o mais forte que pudesse.

Em vez disso, estendeu as mãos para trás e agarrou as barras de metal ao lado do corpo, encaixando os pés nos apoios.

Hugo virou a cabeça.

— Não vamos longe.

— Eu sei.

— E você vai me dizer quando começar a ficar ruim.

— Vou.

— Estou falando sério, Wallace.

— Prometo — respondeu, e ele nunca tinha falado mais sério antes. Os sussurros que ouvira na casa estavam mais altos agora, e ele não podia mais ignorá-los. Não sabia para onde o chamavam, mas não era para a porta. Eles o chamavam para *longe* da casa de chá.

Hugo girou a chave. O motor da scooter rangeu, o assento vibrando agradavelmente debaixo de Wallace. Sua risada se transformou em um grito quando começaram a ir adiante devagar, ganhando velocidade conforme a poeira subia atrás deles.

Wallace sentiu o impulso quando pegaram a estrada. Cerrou os dentes. Antes não sabia o que aquilo significava. Mas agora sabia. Olhou para os braços, esperando ver a pele começar a descamar. Ainda não, mas logo.

Wallace pensou que Hugo viraria na direção da cidade, talvez dirigindo pela rua principal e voltando para a loja.

Não foi o que ele fez.

Ele foi na direção oposta, deixando tudo para trás. A floresta ficou mais densa dos dois lados da estrada, as árvores balançando com uma brisa fresca, galhos estalando juntos como ossos. O sol se punha mais baixo na frente deles, o céu rosa e laranja e em tons de azul que Wallace não conseguia acreditar que existiam, profundos, escuros, como as profundezas mais distantes do oceano.

Ninguém os seguia; nenhum carro na estrada os ultrapassou. Era como se fossem as únicas pessoas no mundo inteiro em um trecho solitário de estrada que levava a lugar nenhum e a todos os lugares ao mesmo tempo.

— Mais rápido — disse ele no ouvido de Hugo. — Por favor, vá mais rápido.

Hugo obedeceu, o motor da scooter ganindo de um jeito patético. Não tinha sido fabricada para velocidade, mas não importava. Era o suficiente. O vento chicoteava em seus cabelos conforme eles se inclinavam em cada curva, a estrada um borrão abaixo deles, flashes de linhas brancas e amarelas passando pela visão de Wallace.

Foi apenas alguns minutos depois que a pele de Wallace começou a se erguer e a descamar, voando atrás deles. Hugo viu de soslaio, mas, antes que pudesse falar, Wallace disse:

— Estou bem. Juro. Vamos. Vamos. Vamos.

Hugo continuou.

Wallace imaginou o que aconteceria se nunca parassem. Talvez, se fossem longe o suficiente, Wallace desaparecesse do nada, deixando todos os pedaços de si para trás. Não seria um Concha. Nem um fantasma. Apenas partículas de poeira ao longo de um trecho de estrada na montanha, cinzas espalhadas como se ele tivesse importância.

E talvez tivesse. Não para o mundo em geral, não para muitas pessoas, mas ali, naquele lugar? Com Hugo, Mei, Apollo e Nelson? Sim, pensou que talvez fosse importante afinal, uma lição sobre o inesperado. Não era esse o objetivo? Não era essa a grande resposta para o mistério da vida? Aproveitar ao máximo o que se tem enquanto se tem, o bom e o mau, o belo e o feio.

Na morte, Wallace nunca se sentira tão vivo.

Ele apertou as coxas contra as laterais da scooter, mantendo-se no lugar. Ergueu os braços como asas, pedaços deles se desprendendo atrás da scooter. Inclinou a cabeça para trás na direção do sol e fechou os olhos. Ali, ali estava, o calor, a luz cobrindo-o completamente. Desejando que não acabasse, ele gritou sua alegria enlouquecida para o céu.

Hugo parecia ter um destino em mente. Virou em uma estrada que Wallace teria perdido se estivesse sozinho. Ela abria caminho pela floresta em uma subida. O descolar de sua pele que se desintegrava era insignificante. Um rodopiar escuro cintilou no fundo de sua mente, mas ele o tinha sob controle. Os sussurros estavam desaparecendo.

Na lateral da estrada à frente havia um pequeno desvio, nada mais que um trecho de cascalho. Hugo pilotou a scooter naquele caminho. Wallace se engasgou quando viu o que havia do outro lado do guarda-corpo.

O desvio ficava na beira de um penhasco. A queda era íngreme, embora as copas das árvores lá embaixo se elevassem à frente. O sol se punha a oeste e, quando a scooter parou, Wallace saltou, correndo em direção ao parapeito. Na pressa, quase *passou direto* por ele, mas conseguiu derrapar até parar um pouco antes.

— Isso teria sido ruim — disse, olhando para baixo, a emoção da vertigem tomando conta de si.

Ele ouviu Hugo desligar a scooter e apoiá-la sobre o pezinho antes de descer.

— Não podemos ficar muito tempo. Está piorando.

Estava. Os flocos estavam maiores. O rodopiar em sua mente estava mais forte. A mandíbula doía. As mãos tremiam.

— Só alguns minutos — sussurrou. Hugo juntou-se a Wallace no parapeito. — Por que aqui? O que este lugar significa para você?

— Meu pai costumava me trazer aqui — explicou Hugo, com o rosto inundado pela luz do sol que morria. — Quando eu era criança. Era aqui que conversávamos sobre todas as coisas importantes. — Ele sorriu com tristeza. — Foi aqui que ele falou comigo pela primeira vez sobre sexo. Foi aqui que recebi um castigo porque estava indo mal em álgebra. Foi aqui que contei a ele que era gay. Ele me disse que, se soubesse antes, a conversa sobre sexo teria sido muito diferente.

— Um bom homem?

— Um bom homem — concordou Hugo. — O melhor, na verdade. Cometia erros, mas sempre os assumia. Teria gostado de você. — Ele fez uma pausa. — Bom, de como está *agora*. Não gostava de advogados.

— Ninguém gosta. Somos masoquistas assim.

Quando o sol se pôs, eles ficaram lado a lado, a sombra de Hugo se estendendo atrás deles.

— Quando eu me for — pediu Wallace —, por favor, não se esqueça de mim. Não tenho muitas pessoas que se lembrarão de mim, pelo menos não de um jeito bom. Quero que você seja uma delas.

As unhas de Wallace começaram a se quebrar.

Hugo engoliu em seco.

— Como eu poderia esquecer você?

Wallace pensava que seria muito fácil.

— Você promete?

— Prometo.

O pôr do sol estava brilhante. Ele desejou ter tirado mais tempo para virar o rosto para o céu.

— Você acha que vamos nos ver de novo?

— Espero que sim.

Era a melhor resposta que ele poderia querer.

— Mas não por muito tempo. Você tem um trabalho a fazer. — E piscou para afastar a ardência nos olhos. — E vai...

Mas não conseguiu terminar. O rodopiar se aprofundou. Puxou. Puxou. E *puxou com tudo*. O cabo brilhava.

— Ai — Wallace grunhiu, tropeçando.

— Temos que voltar — falou Hugo, parecendo preocupado. — Agora.

— Sim — sussurrou Wallace enquanto o sol mergulhava no horizonte.

Ele sentiu como se estivesse flutuando na viagem de volta. Hugo pisou fundo na scooter o máximo que pôde, mas Wallace não estava preocupado. Não estava com medo, não como antes. Havia uma sensação de calma em si, algo parecido com alívio.

— Aguente firme! — gritou Hugo, mas Wallace parecia muito distante. Os sussurros tinham voltado, ficando mais altos, mais insistentes.

Sua cabeça clareou quando os dois pegaram a estrada que levava à casa de chá. Àquela altura, as mãos haviam desaparecido, os braços também, e ele pensou que tinha perdido o nariz. Gemeu conforme as partes se restauravam, os pedaços e peças se encaixando de volta no lugar como um quebra-cabeça complexo. Arfou quando Hugo jogou a scooter para a direita. Pensou que cairiam e, por um momento maluco, se perguntou por que não insistira para que Hugo usasse capacete. Mas o pensamento se foi quando ele viu de soslaio o que fizera Hugo perder o controle.

Cameron.

Parado no meio da estrada.
Ainda estou aqui.

Pedras e poeira subiram ao redor dos pneus à medida que a scooter derrapava. Uma árvore surgiu à frente, velha e grandiosa, com a casca rachada vazando seiva como lágrimas. Wallace estendeu a mão *através* de Hugo, apertando as mãos no guidão, apertando os freios o mais forte que pôde. Os dois gritaram, e a scooter chacoalhou. O pneu traseiro saiu da estrada por um instante, depois voltou quando a motocicleta parou, o pneu dianteiro a centímetros da árvore.

— Puta merda — murmurou Hugo. Ele olhou para baixo quando Wallace puxou as mãos para trás. — Se você não tivesse...

Wallace saiu da scooter antes que Hugo pudesse terminar. Ele se virou para a estrada.

O rosto de Cameron estava virado para as estrelas, boca aberta, dentes pretos à mostra. Os braços estavam flácidos ao lado do corpo, os dedos balançando. Ele abaixou a cabeça como se pudesse sentir Wallace o observando, os olhos vazios e frios.

O gancho no peito de Wallace vibrava mais forte do que nunca. Era quase como se estivesse vivo. Os sussurros eram agora uma tempestade, girando em torno de si, as palavras perdidas, mas Wallace soube então o que elas significavam, por que sentira o impulso de deixar a casa de chá em primeiro lugar.

Era Cameron chamando por ele.

Atrás dele, Hugo abaixou o pezinho da scooter antes de desligá-la, mas Wallace não se distraiu. Agora não. Ele falou:

— Cameron. Você ainda está aí, não está? Ah, meu Deus, estou ouvindo você.

Cameron piscou devagar.

Wallace se lembrou de como havia se sentido no jardim de chá, com as mãos de Cameron o envolvendo. A felicidade. A fúria. Os momentos brilhantes do homem-sol, de *Zach, Zach, Zach.* A dor estrondosa que o atingiu quando tudo estava perdido. Ele havia sido informado mais tarde que a estranha união durara apenas alguns segundos, mas sentira uma vida inteira de altos e baixos. Ele *era* Cameron, tinha visto tudo que Cameron tinha visto, tinha sofrido ao lado dele através da extraordinária injustiça da vida. Não tinha entendido as nuances naquele momento; tudo tinha sido demais, rápido demais. Não achava que pudesse entender agora, não completamente, mas os pedaços estavam mais claros que antes.

Mesmo quando Hugo gritou para ele parar, Wallace estendeu a mão e pegou a de Cameron.

— Mostre para mim — sussurrou.

E foi o que Cameron fez.

As lembranças surgiram como fantasmas, e Zach dizia:

— Não estou me sentindo bem.

Ele tentou sorrir.

Falhou.

Os olhos reviraram.

Vivo e, então, morto.

Mas não tinha sido tão rápido, tinha? Não, havia mais, muito mais que Wallace não conseguira analisar da primeira vez. Agora, tinha vislumbres, flashes como um filme em *staccato*, rolos de fita que saltavam de quadro em quadro. Ele *era* Cameron, mas não era.

Seu nome era Wallace Price. Tinha vivido. E morrido. E, no entanto, insistira, indefinidamente, mas aquilo era insignificante, era menor, havia *acabado*, porque Cameron assumiu, mostrando-lhe tudo que estava escondido sob a superfície.

— Zach — sussurrou Wallace.

Cameron dizia:

— Zach? *Zach*? — E avançava, mas ele (eles?) não conseguiu (conseguiram?) segurar Zach antes que ele desabasse, a cabeça batendo no chão com um baque terrível.

Wallace não estava mais no controle, preso nas memórias sangrentas que o cercavam como um universo sem fim, Cameron ao telefone, gritando para o operador da emergência que não *sabia* o que havia de errado, que não *sabia* o que fazer, ajude a gente, ai, por favor, Deus, ajude a gente.

— Ajude a gente — sussurrou Wallace. — Por favor.

Outro salto, áspero e duro, e Cameron abriu a porta da frente, paramédicos abrindo caminho e o ultrapassando, luzes piscando de uma ambulância e um caminhão de bombeiros na frente da casa.

Cameron exigiu saber o que estava errado enquanto carregavam Zach em uma maca, os paramédicos falando rapidamente sobre dilatação das pupilas e queda da pressão arterial. Os olhos de Zach estavam fechados, o corpo mole, e Wallace sentiu o horror de Cameron como se fosse seu, a mente estourando. O QUE ESTÁ ACONTECENDO O QUE ESTÁ ACONTECENDO, várias e várias vezes.

Ele entrou na parte de trás da ambulância quando abriram a camisa de Zach, perguntando a Cameron se ele sabia de algum histórico de doença, se ele usava drogas, se tivera uma overdose, você precisa nos contar tudo para que saibamos como ajudá-lo.

Ele mal conseguia pensar.

— Não — disse, parecendo incrédulo. — Ele nunca usou drogas na vida. Não gosta nem de tomar aspirina. Ele não está doente. Nunca esteve *doente*.

Ele estava no hospital, entorpecido como se todo o seu corpo estivesse submerso no gelo, cercado por amigos e pela família de Zach, quando o médico saiu e acabou com o mundo deles. Hemorragia no cérebro, explicou o médico. Uma ruptura. Uma fissura. Hemorragia subaracnóidea aneurismática.

Dano cerebral.

Dano cerebral.

Dano cerebral.

Cameron disse:

— Mas o senhor pode ajudá-lo, certo? Pode curá-lo, certo? *Vai deixá-lo melhor, certo?*

Ele gritou e gritou, mãos em seus ombros, em seus braços, segurando-o, impedindo-o de atacar o médico, que recuou lentamente.

Os médicos levaram Zach para a cirurgia de imediato.

Ele morreu na mesa de operação.

Cameron vestiu seu melhor terno no funeral.

Providenciou para que Zach vestisse o mesmo.

Um coro cantou um hino de luz e maravilha, de Deus e Seu plano divino, e Wallace gritava em sua cabeça, mas não como ele mesmo. Como Cameron, gritando sem emitir som para que tudo aquilo fosse um sonho, que não poderia ser real. *Acorde!*, berrava Cameron em sua cabeça. *Por favor, acorde!*

O padre falou de dor e luto, que nunca podemos entender por que alguém tão cheio de vida pode ser levado tão cedo, mas que Deus nunca nos dava mais do que achava que poderíamos aguentar.

Todo mundo chorou.

Cameron não.

Ah, ele tentou. Tentou forçar as lágrimas, tentou se forçar a sentir *qualquer coisa* que não o frio entorpecente e invasor.

O caixão estava aberto.

Ele não conseguia olhar para o corpo lá dentro.

— Tem certeza? — perguntou uma amiga. — Você não quer ir se despedir antes... — Suas palavras foram cortadas por um soluço fraco.

Cameron estava ao lado de um buraco no chão conforme o mesmo padre falava sem parar sobre Deus e Seus planos, e o mundo misterioso e desconhecido. Observou enquanto Zach era baixado naquele buraco, e ainda não sentia nada além de frio. Era tudo que ele conhecia, e não importava o que Wallace fizesse, não importava quanto tentasse, não conseguia afastar o frio.

As pessoas passaram a noite com ele. Por semanas a fio, ele não ficou sozinho.

Elas diziam:

— Cameron, você precisa comer.

Ou:

— Cameron, você precisa tomar banho.

Também diziam:

— Cameron, vamos lá fora, hein? Pegar um pouco de ar fresco.

E, por fim, disseram:

— Tem certeza de que vai ficar bem sozinho?

— Vou ficar bem — respondeu a eles. — Vou ficar bem.

Não ficaria.

Durou quatro meses.

Quatro meses assombrando a própria casa, mudando de cômodo em cômodo, chamando por Zach, dizendo:

— Tínhamos tanto a fazer. *Você me prometeu!*

E mesmo assim as lágrimas não vinham.

Estava com frio o tempo todo.

Havia dias que não saía da cama, dias em que não tinha forças para fazer nada além de rolar de um lado para o outro, puxando o edredom sobre a cabeça, perseguindo os cheiros de Zach, que cheirava a fumaça de lenha, terra e árvores... tantas árvores.

Perto do fim, os amigos voltaram.

— Estamos preocupados com você — disseram. — Precisamos ter certeza de que vai ficar bem.

— Vou ficar bem — falou ele. — Vou ficar bem.

No último dia, ele acordou.

No último dia, comeu uma tigela de cereal. Lavou a tigela e a colher na pia e os guardou.

No último dia, vagou pela casa, mas não falou nada.

No último dia, desistiu.

Não doeu, de verdade.

O fim.

Ele estava apenas entorpecido.

E, então, tinha partido.

Exceto que *não tinha partido*, certo?

Não.

Porque estava em pé, acima de si mesmo, vendo seu sangue escorrer, e falou:

— Ah. Isso é o Inferno.

E ainda estava sozinho.

Até que um homem chegou. Chamava a si mesmo de Ceifador. Sorriu, embora o sorriso não chegasse aos olhos. Havia uma curva em seus lábios que não era gentil.

— Vou levar você embora — disse o Ceifador. — Tudo vai fazer sentido, prometo. Mesmo que você tenha se desfeito da sua vida como se não fosse nada, vou cuidar de você.

Ele estava em pé na frente de uma casa de chá ao anoitecer, olhando para uma placa na vitrine.

FECHADO PARA UM EVENTO PRIVADO

Hugo esperava por ele lá dentro. Ele ofereceu chá a Cameron. Cameron recusou.

— Sinto muito — disse Hugo. — Por tudo o que você perdeu.

O Ceifador bufou.

— Foi ele quem fez isso.

E foi como veneno nos ouvidos de Cameron.

Havia uma porta, ele sabia, mas não confiava nela. O Ceifador lhe dissera que ela poderia levar a praticamente qualquer lugar. Ele não sabia. Hugo não sabia. Ninguém sabia.

— Pode ser apenas uma escuridão sem fim — refletiu o Ceifador tarde da noite enquanto Hugo dormia. — Pode ser simplesmente o nada.

Cameron fugiu da casa de chá.
Sua pele descamou.
O cabo se rompeu e desapareceu.
O gancho em seu peito se dissolveu.
Ele conseguiu chegar à cidade antes de cair de joelhos no meio da estrada.

Seu último pensamento lúcido foi em Zach e em como ele sorria como o sol, e Wallace sabia que seu desejo de sentir o mesmo não vinha apenas de si mesmo. Era o último suspiro forte do homem cuja mente ele agora compartilhava, o sol sendo a última coisa à qual se agarrara antes do fim de sua humanidade.

E ali, naquele momento, Wallace disse:

— Não é justo. Nada disso é.

— Me ajude — pediu Cameron.

Wallace olhou para baixo: seu peito queimava como se estivesse em chamas.

Uma curva de metal projetava-se de seu esterno. A ponta estava presa ao cabo grosso e brilhante que se estendia em direção a Hugo. Uma conexão, uma corda, uma tábua de salvação entre os vivos e os mortos, impedindo-os de flutuar para o nada.

Wallace pegou o gancho, hesitando por um instante.

— Agora eu entendo. Nem sempre tem a ver com as coisas que você fez ou os erros que cometeu. Tem a ver com as pessoas e o que estamos dispostos a fazer uns pelos outros. Os sacrifícios que fazemos. Eles me ensinaram isso. Aqui, neste lugar.

— Por favor — sussurrou Cameron. — Não quero mais ficar perdido.

— Não pense — falou Wallace.

Ele agarrou o gancho; o metal estava quente contra suas palmas e dedos, mas não o queimou. Puxou o mais forte possível, a dor imensa, fazendo-o cerrar os dentes. Lágrimas inundaram seus olhos, e ele gritou quando o gancho se soltou. O peso afrouxou seu aperto, uma onda de alívio o inundou, parecendo o sol e as estrelas.

Ele ergueu o gancho acima da cabeça.

E o enterrou no peito de Cameron.

Seus olhos se abriram quando sua cabeça balançou para o lado por causa de um tapa maldoso.

— *Ai*! Que porra é essa?

Ele piscou; Mei o olhava com raiva. Estavam na casa de chá, Wallace deitado de costas no chão.

— Seu *desgraçado* — ralhou Mei. — Que merda pensou que estava fazendo?

Ele esfregou o rosto, a bochecha ainda ardendo quando se sentou.

— O que você está... — Seus olhos se arregalaram. — Ah, merda.

— Sim, seu idiota. *"Ah, merda"* está correto. Você tem alguma ideia do que você...

— Funcionou? — perguntou ele desesperado. — Funcionou?

Ela suspirou, os ombros caindo.

— Veja você mesmo. — Ela se abaixou, agarrando o braço dele e o puxando do chão. Ele gritou de surpresa quando *se elevou*, os pés saindo do chão como se não pesasse nada. Com os olhos arregalados, olhou para baixo. Engasgou quando se viu flutuando alguns centímetros acima do chão. Sacudiu os braços para *cima*, tentando se empurrar para *baixo*. Não funcionou. Mei o observou com raiva à medida que Wallace tentava de novo.

— Sim, a culpa é toda sua. Você tem sorte de ainda termos a coleira de Apollo, ou você já teria ido embora.

Ela apontou para o tornozelo dele. Enrolada em torno dele estava uma coleira de cachorro. Ele seguiu a coleira até ver Nelson segurando a outra ponta.

— O que há de errado comigo? — sussurrou.

Nelson se inclinou para a frente, beijando as costas da mão dele, os lábios secos e rachados.

— Seu tolo. Tolo e maravilhoso. Você está flutuando porque não há mais nada segurando você no lugar. Mas não se preocupe. Estou segurando você. Não vou deixar que flutue para longe. Não pense, Wallace, e confie que estamos com você.

Apollo brincou com o focinho no tornozelo de Wallace, lambendo freneticamente a coleira como se quisesse ter certeza de que Wallace ainda estava lá.

— Estou — sussurrou Wallace, com a voz suave e sonhadora. — Ainda estou aqui.

Ele levantou a cabeça, e todo o restante ficou lá embaixo. Mei. Apollo. Nelson. A coleira, a casa de chá, o fato de que não podia sentir o chão. Tudo.

Porque um homem estava ao lado de Hugo na frente da lareira, de cabeça baixa. Era bonito, embora as bochechas estivessem encovadas, os olhos avermelhados, como se tivesse chorado recentemente. O cabelo claro pendia ao redor do rosto. Usava jeans e um suéter grosso, as mangas penduradas nas costas das mãos.

— Cameron? — perguntou Wallace com a voz embargada.

Cameron levantou a cabeça. Seu sorriso tremeu.

— Olá, Wallace. — Ele se afastou de Hugo, parecendo incerto. Uma lágrima escorreu pela bochecha. — Você... você me encontrou.

Wallace assentiu, atordoado.

Então, estava sendo abraçado com toda a força, o rosto de Cameron pressionado contra sua barriga enquanto Wallace pairava no ar até onde a coleira permitia. Era diferente do que tinha sido antes. Os flashes da vida passada tinham ficado para trás. Cameron não estava mais com frio. Sua pele estava muito quente, e seus ombros tremiam enquanto ele o segurava o mais forte que podia. Wallace estava impotente para fazer qualquer coisa além de colocar as mãos nos cabelos de Cameron, segurando gentilmente.

— Obrigado — sussurrou Cameron contra sua barriga. — Ah, minha nossa, obrigado. Obrigado. Obrigado.

— Tudo bem — respondeu Wallace, rouco. — Sim. É claro.

CAPÍTULO 21

No dia seguinte, a Travessia de Caronte Chás e Comidinhas não abriu como de costume. As janelas estavam fechadas, as luzes apagadas, uma persiana fechada na janela da porta da frente. Aqueles que vieram para o chá diário com doces ficaram decepcionados ao encontrar a porta trancada, uma placa na janela.

Caros amigos,

A Travessia de Caronte estará fechada pelos próximos dois dias para algumas pequenas reformas.

Estamos ansiosos para atendê-los novamente quando reabrirmos!

Hugo & Mei

Wallace flutuou alguns metros acima da varanda dos fundos, observando Apollo correr pelas plantas de chá, perseguindo um grupo de esquilos que não sabia que ele estava lá. Riu baixinho quando o cachorro tropeçou nas próprias patas, caindo no chão antes de se levantar e partir em disparada pelas plantas de chá de novo. Wallace mal sentia a coleira puxando seu tornozelo, amarrada ao parapeito da varanda para impedi-lo de flutuar.

Ele observou o homem parado ao seu lado, os joelhos de Wallace no mesmo nível dos ombros do homem.

— Realmente não me lembro — falou Cameron, e Wallace não ficou surpreso. — Como era ser... um Concha. Tenho flashes, mas mal consigo distingui-los, muito menos me lembrar.

— Provavelmente seja melhor assim.

Wallace não sabia o que seria de uma pessoa que se lembrasse de seu tempo como Concha. Nada de bom.

— Dois anos — sussurrou Cameron. — Hugo disse que foi por mais de dois anos.

— Você não pode culpá-lo. Ele não sabia. Disseram a Hugo que não havia nada que pudesse ser feito quando alguém...

— Não o culpo — falou Cameron. Wallace acreditou nele. — Fiz minha escolha. Ele me avisou o que aconteceria se eu fosse embora, mas eu não consegui ouvir.

— O fato de o Ceifador ter tentado forçar a barra não ajudou — comentou Wallace com amargura.

Cameron suspirou.

— Sim, mas não é culpa do Hugo. Tudo o que ele quer fazer é ajudar, e eu não estava disposto a deixá-lo ajudar. Estava com tanta raiva de tudo. Pensei que tivesse encontrado uma maneira de fazer com que acabasse. Tudo que eu estava sentindo. Foi um tapa na cara quando percebi que não tinha acabado. Que continua e continua. Sabe como é?

— Sei. Talvez não tanto quanto você quer dizer, mas entendo.

Cameron olhou para ele.

— Você entende, não entende?

— Acho que sim. É muito para qualquer um perceber que continuamos, mesmo quando o coração para de bater. Que a dor da vida ainda pode nos acompanhar mesmo na morte. Não culpo você pelo que aconteceu. Acho que ninguém poderia. E você não deve se culpar. Aprenda com isso. Evolua com os acontecimentos, mas não deixe que isso o consuma de novo. Mais fácil falar do que fazer, eu sei.

— Mas olhe para você — disse Cameron. — Você está...

Wallace riu mesmo com o nó na garganta.

— Eu sei. Mas não quero que se preocupe comigo. Acho... acho que você ajudou a me ensinar o que eu precisava aprender.

— O que era? — perguntou Cameron.

Wallace olhou para o céu, inclinando-se para trás até ficar quase na horizontal com o solo. Nuvens passaram, coisas brancas e fofas sem um destino real em mente. Ele levantou as mãos, iluminadas pelo sol quente.

— Que temos de nos soltar, não importa o quão assustador seja.

— Perdi tanto tempo. Zach deve estar bravo comigo.

— Você vai descobrir em breve. Você o ama?

— Sim. — Foi dito com uma verdade tão tangível que Wallace pôde sentir o gosto no fundo da garganta, os restos de um fogo que ardia e faiscava.

— E ele ama você?

Cameron riu fracamente.

— De um jeito impossível. Eu não era a melhor pessoa para se ter por perto, mas ele pegou as piores partes de mim e as arrastou para a luz. — Ele baixou a cabeça. — Estou com medo, Wallace. E se for tarde demais? E se eu tiver demorado demais?

Wallace se virou no ar e olhou para Cameron. Ele não lançava nenhuma sombra. Nenhum dos dois o fazia, mas não importava. Estavam ali. Eram reais.

— O que são dois anos diante da eternidade?

Cameron fungou.

— Você acha?

— Sim — respondeu Wallace. — Eu acho.

O tempo pareceu transcorrer aos trancos e barrancos pelo resto do dia. Hugo passou a maior parte dele com Cameron. Por um breve momento, Wallace sentiu um ciúme intenso, mas deixou passar. Cameron precisava mais de Hugo. Wallace havia feito a escolha dele.

— Como é? — perguntou Mei. Eles estavam na cozinha, Mei indo e vindo entre um dos fornos e o fogão. Só porque a loja estava fechada, dissera ela, não significava que o trabalho também havia parado.

— O quê? — A coleira estava amarrada aos pés da geladeira, bem apertada para que os pés dele roçassem o chão.

Ela hesitou.

— Hugo disse que você... — Ela apontou para o peito.

Ele deu de ombros.

— É o que é.

— Wallace.

— Sem amarras — falou, por fim.

Ela pegou a mão de Wallace, puxando suavemente para que os pés dele batessem no chão.

— Estou com você.

Ele sorriu.

— Sei que está.

— Não vou deixar você flutuar para longe. Você não é um balão.

Ele riu até mal conseguir respirar.

Wallace não sabia o que estavam planejando.

Deveria ter percebido que era alguma coisa. Eles não eram do tipo que deixa as coisas como estão.

Ele vagou pelo andar de baixo da casa de chá, Apollo puxando alegremente a coleira para mantê-lo no lugar, Wallace fazendo o possível para ignorar os pequenos sussurros no fundo da cabeça. Não eram sussurros como o que ouvira com Cameron. Eram mais fortes, vindos da porta, e, embora não conseguisse distinguir as palavras, tinham uma cadência que parecia uma fala, assustando-o e cativando-o em igual medida. Ele estava assombrando a casa de chá, um pequeno barco em um vasto oceano. Seus pés nunca tocavam o chão.

Nelson o observava de sua cadeira em frente à lareira. Quando Apollo puxou Wallace até ele, Nelson indagou:

— Você está sentindo, certo?

— O quê? — perguntou Wallace, a voz melancólica e desequilibrada.

— A porta. Está chamando você.

— Sim — sussurrou Wallace. Ele girou preguiçosamente no ar.

— Este gancho. O cabo. Você teve um.

Wallace piscou devagar, voltando a si. Pelo menos um pouco.

— Você também. Claro que tem. Nunca pensei em perguntar. O que é?

— Não sei — admitiu Nelson. — Não de verdade. Sempre esteve aí. Acho que é uma manifestação de conexão, nos ligando a Hugo, nos lembrando de que não estamos sozinhos.

— O meu se foi agora — sussurrou Wallace, olhando para o fogo crepitante. Ele fechou os olhos. Hugo estava lá, sorrindo no escuro.

— Talvez — disse Nelson. — Mas o que ele representava não se foi. Isso nunca pode ser tirado de você. Lembra o que falei sobre necessidade *versus* desejo? Não precisamos de você, porque isso implica que você teria de consertar algo em nós. Nunca estivemos quebrados. Nós *queremos* você, Wallace. Cada parte. Todas as partes. Porque somos uma família. Consegue enxergar a diferença?

Wallace riu baixinho.

— Mas ainda não tomei minha terceira xícara de chá.

Nelson bateu com a bengala no chão.

— Não. Acho que não tomou mesmo. Vamos mudar isso, que tal?

Wallace abriu os olhos.

— O quê?

Nelson acenou com a cabeça em direção à cozinha.

Hugo e Mei apareceram pelas portas duplas. Hugo carregava uma bandeja cheia de xícaras familiares e um bule de cerâmica. Cameron os seguia, com olhos alegres.

Hugo colocou a bandeja sobre uma mesa. Fez sinal para os dois se juntarem a eles. Disse:

— Cameron, tenho algo para você.

Cameron piscou.

— Para mim? Pensei que isso fosse para... — Ele olhou para Wallace.

Wallace balançou a cabeça.

— Não. Esse é para você. Você primeiro.

Nelson levantou-se de sua cadeira, puxando a coleira da boca de Apollo. O cachorro achou que estivessem brincando e tentou puxá-la de volta. Wallace foi sacudido de um lado para o outro, sorrindo tanto que pensou que seu rosto se partia ao meio. Apollo enfim o soltou, latindo aos pés de Wallace enquanto Nelson o puxava para a mesa.

— Ficou em infusão o suficiente? — perguntou Wallace quando o cheiro de... laranja? Sim, quando o cheiro de laranja encheu a casa de chá.

— Sim — disse Hugo. Suas mãos tremiam ao levantar o bule.
Mei colocou a mão sobre a dele para firmá-lo. Ele serviu o chá em cada xícara. Assim que terminou, serviu mais em uma pequena tigela com as mesmas marcas das xícaras. Colocou o bule na mesa antes de pegar a tigela e colocá-la no chão diante de Apollo. O cachorro estava sentado na frente dele, a cabeça inclinada à espera.

— Está pronto.

Cameron hesitou antes de se inclinar sobre o bule, inalando profundamente.

— Ah. Isto é... — Arregalou os olhos para Hugo. — Conheço este cheiro. Nós... tínhamos uma laranjeira. No quintal. Tínhamos... Zach gostava de se deitar embaixo dela e olhar para a luz do sol através dos galhos. — Ele fechou os olhos enquanto sua garganta se movia. — Tem cheiro de lar.

— Hugo sabe o que faz — falou Wallace. — Ele é bom nisso. — Olhou para todos. — Como é que é mesmo?

Eles sabiam o que ele queria dizer.

— Na primeira vez que compartilha o chá, você é um estranho — disse Mei.

— Na segunda vez que compartilha o chá — continuou Nelson —, é um convidado de honra.

Hugo assentiu.

— E na terceira vez que compartilha o chá, você se torna da família. É uma citação de Balti. Levei essas palavras a sério porque há algo de especial em compartilhar chá. Meu avô me ensinou isso. Ele dizia que, quando você toma chá com alguém, é um gesto íntimo e tranquilo. Profundo. Os diferentes sabores se misturam, o cheiro forte. Parece pouco, mas, quando bebemos, bebemos juntos. — Entregou a cada um deles uma xícara. Primeiro a Cameron. Então a Mei. Depois a Nelson. Wallace foi o último. O chá espirrou quando ele pegou a xícara de Hugo, seus dedos próximos, mas sem se tocar, nunca se tocando. Ele foi cuidadoso enquanto girava no ar, apontando os pés para o chão conforme Nelson amarrava a coleira a uma perna da mesa.

— Por favor, bebam comigo.

Ele esperou que Cameron começasse. Cameron levou a xícara aos lábios, inalando de novo, os olhos se fechando. Seus lábios se curvaram em um sorriso silencioso antes de ele beber. Mei foi a próxima, seguida por Nelson, depois Hugo. Apollo também, lambendo a tigela.

Wallace levou a xícara aos lábios, inalando a mistura de laranja com especiarias. Quase podia se imaginar deitado na grama, olhando para uma árvore carregada de frutas, as folhas balançando suavemente a uma brisa fresca, a luz do sol atravessando os galhos. Deu um gole grande, o chá escorrendo pela garganta, aquecendo-o de dentro para fora.

Assim que terminou o chá, Wallace sentiu como se sentira um minuto antes.

Só que...

Só que isso não era bem verdade, era?

Porque ele tomara a terceira xícara de chá. Seu olhar se desviou para o provérbio de Balti pendurado acima do balcão.

Estranho. Convidado. Família.

Wallace pertencia a eles agora tanto quanto eles pertenciam a Wallace.

Pousou a xícara de volta na mesa antes que pudesse deixá-la cair. Ela bateu contra a mesa, mas o restante do chá não derramou. Cameron fez o mesmo. Olhou para a xícara, uma expressão de admiração no rosto.

— Eu posso... — E dirigiu o olhar para o teto. — Vocês conseguem ouvir? É... parece uma música. É a coisa mais linda que já ouvi.

— Sim — respondeu Nelson baixinho enquanto Apollo latia.

— Eu também — concordou Wallace.

Mei fez que não com a cabeça.

Hugo pareceu aflito, mas Wallace não esperava que ele pudesse ouvir o que os outros podiam. Não era para ele, pelo menos não ainda.

— Está me chamando — sussurrou Cameron.

Wallace sorriu.

Todos ficaram em volta da mesa, Wallace flutuando no meio deles, bebendo o chá até não sobrar nada além da borra.

Hugo o encontrou na varanda dos fundos, flutuando horizontalmente no chão, as mãos cruzadas atrás da cabeça ao observar o céu noturno.

Mei havia amarrado a coleira a um parapeito da varanda depois que ele pedira, avisando que Wallace não tinha permissão para desamarrá-la por motivo nenhum. As estrelas brilhavam como sempre, estendendo-se por todo o céu. Ele se perguntou se haveria estrelas no lugar aonde iria. Esperava que sim. Talvez ele e Hugo pudessem olhar para o mesmo céu ao mesmo tempo.

Hugo se sentou ao lado dele, passando os braços em volta das pernas, os joelhos contra o peito.

— Outra sessão, doutor? — perguntou Wallace enquanto agarrava a coleira, puxando-se para mais perto de Hugo. Seu traseiro bateu na varanda. Ele estendeu a mão atrás de si para agarrar a beira do deque, mantendo-se no lugar.

Hugo bufou antes de balançar a cabeça.

— Não sei se há mais alguma coisa para dizer a você.

— Onde está Cameron?

— Com meu avô e Mei. — Ele pigarreou. — Ele vai, ah... amanhã.

— O que tem amanhã?

Uma grande pergunta, mas nunca tão grande quanto agora.

— Ele vai atravessar.

Wallace virou a cabeça para Hugo.

— Já?

Hugo assentiu.

— Ele sabe o que quer.

— E ele quer isso.

— Sim. Falei que não havia pressa, mas ele não quis nem saber. Acha que já perdeu tempo demais. Quer ir para casa.

— Casa — sussurrou Wallace.

— Casa — concordou Hugo, engolindo em seco. — Vai ser a primeira coisa. — Ele encarou Wallace por um longo momento. — Nós podemos ajudá-los. Se... se funcionou para Cameron, talvez possa funcionar para outros. — Ele fitou as plantas de chá. — Mas o Gerente não vai gostar.

Wallace riu.

— Não, não acredito que vá. Mas, independentemente do que mais ele seja, é um burocrata. E, pior do que isso, é um burocrata *entediado*. Ele precisa do que eu fiz.

— Do quê?

— De um choque no sistema.

— Um choque no sistema — repetiu Hugo, refletindo sobre as palavras. — Eu... — Ele balançou a cabeça. — Pode vir comigo? Quero mostrar uma coisa.

— O quê?

— Você vai ver. Vem.

Wallace se empurrou para fora da varanda, flutuando. Sacolejou quando a coleira se esticou. Balançou para a frente e para trás, piscando devagar. Imaginou o que aconteceria se desamarrasse a coleira, se continuasse a subir, subir, subir até tomar seu lugar entre as estrelas. Era um pensamento terrivelmente maravilhoso.

Em vez disso, Hugo puxou-o para dentro da casa, com cuidado para que Wallace não batesse a cabeça no batente da porta.

O relógio marcava os segundos.

Mei e Cameron estavam sentados no chão diante da lareira, Apollo deitado de costas, com as pernas para o ar. Nelson estava em sua cadeira. Não falaram nada conforme Hugo subia as escadas, Wallace seguindo atrás dele, os pés sem tocar o chão.

Pensou que Hugo o levaria até a porta e falaria mais sobre o que ela poderia significar, sobre o que poderia estar do outro lado. Ficou surpreso quando Hugo foi até uma das portas fechadas do segundo andar.

A porta que levava ao seu quarto, o único em que Wallace não tinha entrado.

Hugo parou com a mão na maçaneta. Olhou para Wallace.

— Está pronto?

— Para quê?

— Para mim?

Wallace riu.

— Sem dúvida.

Hugo abriu a porta e deu um passo para o lado. Fez sinal para Wallace passar.

Agarrando o batente, ele se puxou para dentro do quarto, abaixando a cabeça.

Era menor do que pensava que seria. Sabia que o quarto principal ficava no terceiro andar e que tinha pertencido a Nelson e sua esposa antes de morrerem.

Esse era um quarto limpo e arrumado. Harvey, o inspetor da vigilância sanitária, sem dúvida ficaria satisfeito. Não havia uma única partícula de poeira, nem um pouco de desordem ou algo fora do lugar.

Assim como no primeiro andar, as paredes estavam cobertas de pôsteres e fotos de lugares distantes. Uma floresta sem fim de árvores antigas. Uma estátua antiga às margens de um rio verde. Fitas brilhantes penduradas sobre um mercado colorido cheio de pessoas em túnicas esvoaçantes. Casas com telhados de palha. O sol nascendo sobre um campo de trigo. Uma ilha no meio do mar, uma casa estranha situada em falésias.

Mas nem todos eram sonhos fora de alcance.

Um homem e uma mulher que se pareciam com Hugo sorriam de uma foto emoldurada pendurada no centro. Abaixo havia outra fotografia, esta de um cachorro sarnento parecendo mal-humorado enquanto Hugo lhe dava banho. Ao lado dessa estavam Hugo e Nelson parados na frente da casa de chá, de braços cruzados sobre o peito, os dois com um sorriso amplo. Abaixo desta havia uma foto de Mei na cozinha, farinha pontilhando seu rosto, olhos brilhando, uma espátula apontada para a câmera.

E assim por diante, pelo menos mais uma dúzia, contando a história de uma vida vivida com força e amor.

— Isso é maravilhoso — comentou Wallace, estudando a fotografia de um jovem Hugo nos ombros de um homem que parecia ser seu pai. O homem tinha um bigode grosso e espesso e uma faísca de malícia nos olhos.

— Elas me ajudam a lembrar — explicou Hugo baixinho, fechando a porta atrás de si. — Tudo o que tenho. Tudo o que tive.

— Você vai vê-los novamente.

— Acha mesmo?

Ele assentiu.

— Talvez eu possa encontrá-los primeiro. Eu posso... não sei. Contar a eles sobre você. Tudo o que você fez. Vão ficar tão orgulhosos de você.

Hugo disse:

— Isso não é fácil para mim.

Wallace se virou no ar. Hugo franziu o cenho, a testa enrugada. Ele estendeu a mão e tirou a bandana da cabeça.

— O que não é fácil?

— Isso — disse Hugo, apontando de si mesmo para Wallace. — Você e eu. Passo a vida falando, falando, falando. Pessoas como você vêm até mim, e conto a elas sobre o mundo que estão deixando para trás e o que está por vir. Como não há nada a temer e que encontrarão a paz novamente, mesmo quando estiverem no fundo do poço.

— Mas?

Hugo fez que não com a cabeça.

— Não sei o que fazer com você. Não sei como dizer o que quero dizer.

— Você não tem de fazer nada com...

— Não — interrompeu Hugo com a voz rouca. — Não diga isso. Você sabe que não é verdade. — Ele largou a bandana no chão. — Quero fazer *tudo* com você. — Então, em um sussurro, como se falar mais alto fosse quebrá-los completamente, Hugo continuou: — Não quero que você vá.

Cinco pequenas palavras. Cinco palavras que ninguém jamais havia dito a Wallace Price. Eram frágeis, e ele as absorveu, abraçando-as com força.

Hugo tirou o avental por cima da cabeça, deixando-o cair ao lado da bandana. Tirou os sapatos. As meias eram brancas, e havia um buraco perto de um dos dedos do pé.

Wallace disse:

— Eu...

— Eu sei — disse Hugo. — Fique comigo. Só esta noite.

Wallace estava arrasado. Se fossem outras pessoas, aquilo poderia ser o começo de alguma coisa. Um começo, não um fim. Mas não eram outras pessoas. Eram Wallace e Hugo, morto e vivo. Um grande abismo estendia-se entre ambos.

Hugo apagou a luz, deixando o quarto na penumbra. Foi até a cama. Era simples. Estrado de madeira. Colchão grande. Lençóis azuis e edredom. Os travesseiros pareciam macios. A cama rangeu quando Hugo se sentou, as mãos penduradas entre as pernas.

— Por favor — pediu Hugo baixinho.

— Só esta noite — falou Wallace.

Ele olhou para os próprios pés, pairando acima do piso de madeira. Franziu o rosto, e os sapatos desapareceram. Não se preocupou com o resto. Não dormiria.

Hugo ergueu os olhos conforme Wallace flutuava em sua direção. Tinha uma expressão estranha no rosto, e Wallace se perguntou por que Hugo o escolhera, o que ele fizera na vida para merecer aquele momento.

Hugo assentiu com a cabeça, deslizando de costas na cama, esticando-se do outro lado. Agarrou a coleira pendurada e a amarrou na cabeceira da cama.

Wallace se abaixou e apertou as mãos contra a cama, desejando poder se deitar ao lado de Hugo. Seus dedos se curvaram no edredom macio. Ele se puxou para baixo até seu rosto se apertar contra o edredom, inspirando profundamente. Cheirava a Hugo, cardamomo, canela e mel. Suspirou, movendo-se até flutuar acima de Hugo, que descansava a cabeça no travesseiro, os olhos brilhando no escuro ao observar Wallace.

A princípio, não falaram. Havia tantas coisas que Wallace queria dizer, mas não sabia como começar.

Hugo começou. Sempre começava.

— Oi.

Wallace respondeu:

— Olá, Hugo.

Hugo ergueu a mão para Wallace, dedos estendidos. Wallace fez o mesmo, com as mãos a centímetros de distância. Não podiam se tocar. Wallace estava morto, afinal. Mas foi bom. Ainda assim foi bom. Wallace imaginou que podia sentir o calor da pele de Hugo.

Hugo falou:

— Acho que sei por que você foi trazido até mim.

— Por quê?

Vozes baixas, suaves. Segredo.

Hugo baixou a mão de volta para a cama, e a dor que Wallace sentiu foi enorme.

— Você me faz questionar as coisas. Por que tem de ser assim. Meu lugar neste mundo. Você me faz querer coisas que não posso ter.

— Hugo. — Ele sentiu se quebrando ao meio.

— Gostaria que as coisas fossem diferentes — sussurrou Hugo. — Gostaria que você estivesse vivo e viesse até aqui. Podia ser um dia como qualquer outro. Talvez o sol estivesse brilhando. Talvez estivesse chovendo. Eu estaria atrás do balcão. A porta se abriria. Eu ergueria a cabeça. Você entraria. E estaria franzindo a testa, porque não saberia que porra estaria fazendo em uma casa de chá no meio do nada.

Wallace bufou.

— Parece comigo.

— Talvez você estivesse de passagem. Estaria perdido e precisaria de ajuda para encontrar seu caminho. Ou talvez estivesse aqui para ficar. Você viria até o balcão. Eu diria olá, bem-vindo à Travessia de Caronte.

— Eu diria que nunca havia tomado chá. Você pareceria indignado.

Hugo sorriu com tristeza.

— Talvez não indignado.

— Sim, sim. Continue dizendo isso a si mesmo. Você ficaria tão irritado. Mas também seria paciente.

— Eu perguntaria de quais sabores você gosta.

— Hortelã. Gosto de hortelã.

— Então, tenho um bom chá para você. Confie em mim, é bom. O que o traz aqui?

— Não sei — falou Wallace, preso em uma fantasia onde tudo era lindo e nada machucava. Já estivera nessa fantasia antes em segredo. Mas agora ela estava declarada, e ele não queria que acabasse nunca. — Vi a placa perto da estrada e arrisquei.

— Ah, foi?

— Sim.

— Obrigado por arriscar.

Wallace lutou para não fechar os olhos. Não queria perder este momento. Obrigou-se a memorizar cada centímetro do rosto de Hugo, a curva de seus lábios, a barba por fazer que ele esquecera no queixo ao se barbear mais cedo.

— Você faria o chá. Colocaria em um bule pequeno e depois em uma bandeja. Eu estaria sentado à mesa perto da janela.

— Eu levaria a bandeja para você — falou Hugo. — Haveria uma segunda xícara, porque gostaria que me pedisse para me sentar com você.

— Eu pediria.

— Você pediria — concordou Hugo. — Sente-se aí e fique à vontade, você diz. Tome uma xícara de chá comigo.

— Você gostaria?

— Sim. Eu me sento na cadeira à sua frente. Todo o restante desaparece até que sejamos apenas você e eu.

— Sou Wallace.

— E eu sou Hugo. Prazer em conhecê-lo, Wallace.

— Você serve o chá.

— Entrego a xícara a você.

— Espero que você sirva o seu.

— Bebemos ao mesmo tempo — disse Hugo. — E vejo o momento em que o sabor atinge sua língua, a maneira como seus olhos se arregalam. Você não esperava que tivesse o gosto que tem.

— Isso me lembra de quando eu era mais jovem. De quando as coisas faziam sentido.

— É bom, certo?

Wallace assentiu, com os olhos ardendo.

— É muito bom. Hugo, eu...

Hugo disse:

— E talvez fiquemos sentados ali, vendo a tarde passar. Conversamos. Você me fala sobre a cidade, as pessoas que correm para onde quer que estejam indo. Falo sobre a aparência das árvores no inverno, a neve se acumulando nos galhos até que pendam até o chão. Você me conta sobre todas as coisas que viu, todos os lugares que visitou. Eu escuto, porque quero vê-las também.

— Você pode.

— Posso?

— Sim — falou Wallace. — Posso mostrar a você.

— E faria isso?

— Talvez eu decida ficar — disse Wallace, e ele nunca tinha falado tão sério. — Nesta cidade. Neste lugar.

— Você viria todos os dias, experimentando diferentes tipos de chá.

— Não gosto de muitos deles.

Hugo riu.

— Não, porque você é muito exigente. Mas descubro aqueles de que gosta e garanto que os terei sempre à mão.

— Na primeira xícara sou um estranho.

— Na segunda é um convidado de honra.

E Wallace falou:

— Então, tomo mais um. E depois outro. E depois outro. E isso me torna o quê?
— Família — respondeu Hugo. — Você se torna da família.
— Hugo?
— Sim?
— Não se esqueça de mim. Por favor, não se esqueça de mim.
— Como eu poderia?
— Mesmo quando eu for embora?
— Mesmo quando você se for. Não pense nisso agora. Ainda temos tempo.

Eles tinham.

Não tinham.

Os olhos de Hugo ficaram pesados. Ele lutou contra o peso, piscando devagar, mas já tinha perdido a luta.

— Acho que seria bom — disse ele, as palavras ligeiramente arrastadas. — Se você viesse até aqui. Se ficasse. Beberíamos chá, conversaríamos e um dia eu diria que o amava. Que não poderia imaginar minha vida sem você. Você me fez querer mais do que eu jamais pensei que poderia ter. Um sonho tão breve e engraçado.

Seus olhos se fecharam e não reabriram. Ele inspirava e expirava, os lábios entreabertos.

Depois de um tempo, Wallace falou:

— E eu diria que você me fez mais feliz do que nunca. Você, Mei, Nelson e Apollo. Que, se eu pudesse, ficaria com vocês para sempre. Que eu também amo você. Claro que amo. Como não amaria? Olhe para você. Basta olhar para você. Um sonho tão breve e engraçado.

Pelo restante da noite, ele flutuou acima de Hugo, observando, esperando.

CAPÍTULO 22

Na manhã seguinte — a sétima, a última, a final —, Cameron perguntou:

— Você vai comigo até a porta?

Wallace piscou, surpreso, ao observar Cameron.

— Você me quer lá?

Ele assentiu com a cabeça.

— Eu não... não posso ir... ainda não. Ainda não vou atravessar.

— Eu sei — explicou Cameron. — Mas acho que vai ajudar ter você lá.

— Por quê? — perguntou Wallace, desarmado.

— Porque você me salvou. E estou com medo. Não sei como vou subir as escadas. E se minhas pernas falharem? E se eu não conseguir?

Wallace pensou em tudo o que tinha aprendido desde que passara pelas portas da Travessia de Caronte pela primeira vez. O que Hugo havia ensinado para ele. E Mei. E Nelson e Apollo. Ele falou:

— Cada passo à frente é um passo mais perto de casa.

— Então, por que é tão difícil?

— Porque a vida é assim — respondeu Wallace.

Cameron mordeu o lábio inferior.

— Ele vai estar lá.

Zach.

— Vai.

— Vai gritar comigo.

— Será?

— Sim — respondeu Cameron. — É assim que vou saber que ele ainda me ama. — Seus olhos estavam marejados. — Espero que ele grite o mais alto que conseguir.

— Até você achar que seus tímpanos vão estourar — falou Wallace, dando-lhe um tapinha no topo da cabeça. — E, então, ele nunca mais vai deixar você ir embora.

— Gostaria que fosse assim. — E desviou o olhar. — Vou encontrar você. Quando vier. Quero que ele conheça você. Ele precisa conhecê-lo e saber o que fez por mim.

Wallace não conseguia. Tudo estava nebuloso. As cores derretiam ao redor dele. Suas cordas tinham sido cortadas, e ele estava flutuando para longe, para longe, para longe.

— Então, está bem — afirmou Wallace. — Estarei lá quando você for.

Cameron abraçou Mei.
Abraçou Nelson.
Acarinhou a cabeça de Apollo.
Perguntou:
— Vai doer?
— Não — respondeu Hugo. — Não vai.
Olhou para Wallace, estendendo a mão.
— Segura a minha mão?

Wallace não hesitou. Pegou a mão de Cameron, que o agarrou com força, como se quisesse evitar que Wallace flutuasse para longe.

Mei, Nelson e Apollo ficaram no andar de baixo.

— Espero que você volte logo, Wallace — gritou Nelson. — Ainda não terminei com você.

— Eu sei — retrucou Wallace, apertando a mão de Cameron para fazê-lo parar. E olhou de volta para os outros. — Não vamos demorar.

Nelson não parecia acreditar, mas Wallace não podia fazer nada quanto a isso agora.

Hugo foi à frente pelas escadas até o segundo andar.

— Consegue ouvir? — perguntou Cameron. — Está cantando. Terceiro andar.

— Ah — falou Cameron, lágrimas escorrendo pelo rosto. — É tão *alto*. — Olhou pelas janelas enquanto passavam por elas e riu, riu. Wallace não sabia o que ele estava vendo, mas não era para ele.

Quarto andar.

Pararam no alto da escada.

As flores esculpidas na madeira da porta floresciam no teto acima. As folhas cresciam.

— Quando estiver pronto, tire o gancho e solte-o. Vou abrir a porta. Apenas me diga quando — explicou Hugo.

Cameron fez que sim com a cabeça e observou Wallace flutuando acima dos dois. Apertou a mão de Wallace antes de puxá-lo para o nível dos olhos.

— Eu sei — sussurrou ele. — Quando você me trouxe de volta, quando colocou seu gancho no meu peito, eu senti. Eles são seus, Wallace. E você é deles. Garanta que eles saibam disso. Você não sabe quando terá a chance de fazer isso de novo.

— Eu vou — sussurrou Wallace de volta.

Cameron beijou a bochecha de Wallace antes de soltá-lo. Hugo agarrou a coleira, olhos suaves e tristes.

Cameron inspirou e expirou uma, duas, três vezes. Disse:

— Hugo?

— Estou aqui.

— Encontrei meu caminho de volta. Demorou um pouco, mas consegui. Obrigado por acreditar em mim. Acho que estou pronto agora.

E, com isso, ele agarrou o gancho que Wallace não conseguia ver. Cameron fez uma careta ao tirá-lo do peito. Engasgou-se de alívio quando abriu a mão.

— Acabou — Hugo disse baixinho. — Está na hora.

— Estou sentindo — afirmou Cameron, olhando para a porta. — Estou subindo. Hugo, por favor. Abra a porta.

Hugo abriu. Ele estendeu a mão, os dedos roçando a maçaneta. Ele a agarrou e a torceu de uma vez.

Foi como tinha sido com Alan. A luz se derramou, tão brilhante que Wallace teve de desviar o olhar. Os sussurros deram lugar ao canto dos pássaros. Wallace ouviu Cameron ofegar quando seus pés deixaram o chão. Ele ergueu a mão para proteger os olhos, tentando distinguir Cameron em toda a luz ofuscante.

— Ai, meu Deus — arfou Cameron se erguendo no ar em direção à porta aberta. — Ah, Wallace. É… o sol. É o sol. — Então, um momento antes de ele desaparecer pela porta, uma grande e poderosa alegria encheu sua voz quando Cameron disse: — Oi, meu amor. Oi, oi, oi.

A última coisa que Wallace viu de Cameron foram as solas dos sapatos.

A porta se fechou atrás dele.

A luz sumiu.

As flores se fecharam.

As folhas encolheram quando a porta se encaixou no batente.

Cameron tinha ido embora.

Os dois ficaram abaixo da porta pelo que pareceram horas, a coleira na mão de Hugo enquanto Wallace flutuava. Estava quase na hora. Ainda não, mas estava perto.

Beberam chá como se fosse qualquer outro dia, a manhã se transformando em tarde conforme fingiam que nada estava mudando.

Eles riram. Contaram histórias. Nelson e Mei lembraram Wallace de como ele ficava de biquíni. Nelson falou que, se ele fosse algumas décadas mais jovem, poderia considerar ir atrás de Wallace pessoalmente, para desgosto de Hugo. Wallace fez Nelson lhe mostrar a fantasia de coelho. Foi bastante surpreendente. A cesta de ovos coloridos só piorou as coisas, especialmente quando as orelhas caíram por todo lado, seu nariz balançando. Nelson não precisou abrir os ovos para Wallace saber que estavam recheados de couve-flor.

Wallace teve de segurar a parte de baixo da mesa para não subir mais. Tentou ser discreto, mas todos sabiam. Todos sabiam. Ele renunciou à coleira, não querendo nenhuma distração para o que viria a seguir.

Conforme o sol se movia no céu, Wallace refletiu sobre a vida que tivera antes daquele lugar. Não era muito. Cometera erros. Não tinha sido gentil. E, sim, houve momentos de pura crueldade. Poderia ter feito mais. Devia ter *sido* mais. Mas achava que tinha feito a diferença, no fim, com a ajuda dos outros. Lembrou-se de como Nancy estava antes de sair da casa de chá pela última vez. A maneira como Naomi tinha falado ao telefone. O alívio no rosto de Cameron quando o Concha que se tornara derreteu, a vida retornando aos mortos.

Wallace fizera mais na morte do que jamais fizera em vida, mas não fizera sozinho.

E talvez esse fosse o ponto. Ainda tinha arrependimentos. Achava que sempre teria. Nada podia ser feito agora. Havia encontrado dentro de si o homem que pensara que se tornaria antes que o peso da vida descesse sobre ele. Estava livre. As algemas de uma vida mortal haviam caído. Não havia mais nada o prendendo ali. Não mais.

Doía, mas era uma dor boa.

Hugo tentou manter as aparências, mas, quanto mais se aproximava do anoitecer, mais agitado ficava. Ficou em silêncio. Franziu a testa. Cruzou os braços na defensiva.

Wallace chamou:

— Hugo? — Mei e Nelson estavam em silêncio. Wallace se agarrava à mesa.

Hugo fez que não com a cabeça.

— Agora não — disse Wallace. — Quero que seja forte por mim.

Ele cerrou os dentes de forma obstinada.

— E o que eu quero?

Nelson suspirou.

— Sei que é difícil para você. Não acho que...

Hugo riu com voz rouca conforme mãos se fecharam em punhos.

— Eu sei. Só... não sei o que fazer.

Mei deitou a cabeça em seu ombro.

— Vai fazer o que tem de fazer — sussurrou. — E estaremos lá. Com vocês. A cada passo do caminho. — Ela fitou Wallace. — Você se transformou em um cara muito bom, Wallace Price.

— Não tão bom quanto você, Meiying... caramba, qual é o seu sobrenome?

Ela riu.

— Freeman. Troquei no ano passado. Melhor nome que já tive.

— Isso aí — disse Nelson.

Ele tinha muito mais a dizer a todos. Mas, antes que pudesse, Apollo rosnou e foi à janela que dava para a frente da casa de chá. Os ponteiros do relógio começaram a engasgar à medida que o tempo freava.

— Não — sussurrou ele quando uma luz azul começou a encher a Travessia de Caronte. — Ainda não. Por favor, ainda não...

Apollo uivou, um som longo e triste, à medida que a luz desaparecia. O relógio congelou completamente, os ponteiros ficaram imóveis.

Uma leve batida na porta: *toc, toc, toc.*

Hugo se levantou devagar da cadeira, caminhou com passos pesados em direção à porta. Abaixou a cabeça, a mão na maçaneta.

Ele abriu.

O Gerente estava na varanda. Usava uma camiseta que dizia SE VOCÊ ACHA QUE SOU FOFO, DEVERIA CONHECER MINHA TIA. Flores pendiam de seu cabelo, se abrindo e fechando, abrindo e fechando.

— Hugo — falou o menino em saudação. — Que prazer vê-lo de novo. Estou vendo que anda bem. Ou tão bem quanto se pode esperar.

Hugo deu um passo para trás, mas não respondeu.

O Gerente entrou na casa de chá, o chão rangendo sob seus pés descalços, as paredes e o teto começando a ondular como antes. Ele olhou para cada um dos presentes, parando por um tempo em Mei antes de se virar para Nelson e Apollo, que rosnou, mas manteve distância.

— Bom garoto — disse o menino.

Apollo latiu com selvageria em resposta.

— Bom, na maioria das vezes um bom cachorro. Mei, você entrou nesse negócio de Ceifadora como um peixe na água. Sabia que atribuir você a Hugo era a coisa certa a fazer. Estou impressionado.

— Francamente, não dou a mínima para o que você...

— Ah — falou o menino. — Não precisa disso. Sou seu chefe, no fim das contas. Odiaria pensar que você precisaria de uma anotação em seu registro permanente. — Ele fungou. — Nelson. Ainda aqui, pelo que vejo. Que... esperado.

— Pode ter certeza de que estou — rosnou Nelson, apontando a bengala para o Gerente. — E não pense que vai obrigar alguém a fazer algo que não quer fazer. Não vou permitir.

O garoto o encarou por um longo momento.

— Interessante. Realmente acreditei naquela ameaça, por mais inconsequente que fosse. Por favor, lembre-se de que há pouco que você possa fazer comigo para impedir o que deve acontecer. Eu sou o Universo. Você, um grão de poeira. Gosto de você, Nelson. Por favor, não faça com que eu me arrependa.

Nelson olhou-o com desconfiança, mas não respondeu.

O Gerente se aproximou da mesa. Wallace estava imóvel enquanto Hugo fechava a porta. A fechadura clicou.

O menino parou na mesa em frente a Wallace, inspecionando o bule e as xícaras. Passou um dedo ao longo do bico da chaleira. Pegou uma gota de líquido da ponta e a passou na língua.

— Hortelã — comentou, parecendo se divertir. — Bengalinhas doces. Não é, Wallace? Sua mãe as fazia na cozinha no inverno. Como é estranho que uma lembrança tão reconfortante venha de alguém que você passou a desprezar.

— Eu não a desprezo — afirmou Wallace com frieza.

O menino arqueou uma sobrancelha.

— É mesmo? Por que não? Ela era, na melhor das hipóteses, distante. Os seus pais eram. Diga, Wallace, o que você vai fazer quando os vir de novo? O que vai dizer?

Ele não tinha pensado nisso. Não sabia o que isso o tornava.

O menino meneou a cabeça.

— Entendo. Bem, acho que é melhor deixar essa questão para você resolver do que para mim. Sente-se, Hugo, para que possamos começar.

Hugo voltou para a mesa, puxando a cadeira antes de voltar a se sentar, com a expressão vazia e fria. Wallace odiava vê-lo assim.

O menino bateu palmas.

— Assim é melhor. Esperem só um segundo. — Ele foi até a mesa perto, puxou a cadeira e a arrastou pelo chão de volta para a mesa. Empurrou-a entre Mei e Nelson e então subiu nela, sentando-se de joelhos. Ele apoiou os cotovelos na mesa, o queixo nas mãos. — Muito bem. Assim ficamos todos iguais. Eu gostaria de uma xícara de chá. Sempre gostei do seu chá, Hugo. Serviria para mim?

E Hugo respondeu:

— Não. Não vou servir.

O menino piscou devagar, os cílios pretos como fuligem contra a pele dourada.

— Como assim? — perguntou ele, a voz aguda e doce, como navalhas revestidas de açúcar.

— Você não vai tomar chá nenhum — falou Hugo.

— Ah. — O menino inclinou a cabeça. — Por que não?

— Porque você vai me ouvir, e não quero você distraído.

— Hum — soltou o menino. — É mesmo? Vai ser interessante. Você tem minha atenção. Vá em frente. Sou todo ouvidos. — Ele lançou um olhar malicioso para Wallace antes de voltar para Hugo. — Mas eu me apressaria se fosse você. Parece que nosso Wallace aqui está tendo dificuldade para ficar sentado. Não gostaria que ele saísse flutuando enquanto você está... como é que vocês dizem? Soltando os cachorros.

Hugo cruzou as mãos sobre a mesa à sua frente, as pontas dos polegares pressionadas juntas.

— Você mentiu para mim.

— Menti? Sobre o quê, exatamente?

— Cameron.

— Ah — falou o Gerente. — O Concha.

— Sim.

— Ele passou pela porta.

— Porque nós o ajudamos.

— Ajudaram? — Ele tamborilou os dedos nas bochechas. — Impressionante.

Wallace sentiu vontade de gritar, mas manteve a boca fechada. Não podia deixar as emoções tomarem conta de si, não quando isso contava mais do que qualquer coisa. E ele confiava em Hugo com cada fibra de seu ser. Hugo sabia o que estava fazendo.

A voz de Hugo estava calma quando falou:

— Você o deixou ser como era. Você me disse que não havia nada que pudéssemos fazer.

— Eu falei isso? — O Gerente riu. — Acho que sim. Fico feliz em saber que me ouviu.

— Você poderia ter intervindo a qualquer momento para ajudá-lo.

— Por que eu faria isso? — perguntou o Gerente, parecendo perplexo. — Ele fez a escolha dele. Como eu expliquei a Wallace, o livre-arbítrio é primordial. É vital para...

— Até você decidir que não é — interrompeu Hugo sem rodeios.

— Isso não é um jogo. Você não pode escolher quando vai intervir.

— Não? — indagou o menino. Ele olhou em volta para os outros como se questionasse: *Vocês conseguem acreditar nesse cara?* Seu olhar permaneceu em Wallace por um momento antes de voltar a Hugo. — Mas, para continuar a discussão, por que não me diz o que eu, um ser infinito de poeira e estrelas, deveria ter feito?

Hugo se inclinou para a frente, o rosto impassível.

— Ele estava sofrendo. Perdido. Meu antigo Ceifador sabia disso. Ele se alimentou disso. E, mesmo assim, você não fez nada. Mesmo depois que Cameron se transformou em um Concha, você não levantou um dedo. Foi só com Lea que decidiu fazer alguma coisa nesse sentido. Não devia ter demorado tanto.

O menino zombou.

— Talvez, mas no fim deu tudo certo. A mãe de Lea está no caminho da cura. Cameron se encontrou novamente e continuou sua jornada para o grande e selvagem além. Não vejo problema até aqui. Todos estão felizes. — Ele sorriu. — Você deveria se orgulhar. Parabéns a todos. Viva! — E bateu palmas.

— Você poderia tê-lo ajudado? — perguntou Mei.

O Gerente virou a cabeça devagar para ela.

Ela não desviou o olhar.

— Bem... — começou o Gerente, arrastando a palavra por várias sílabas. — Quer dizer, claro, se é para ir direto ao ponto. Posso fazer praticamente qualquer coisa que eu quiser. — Ele estreitou os olhos. Wallace sentiu um calafrio percorrer sua espinha conforme a voz do menino ficava entrecortada. — Eu poderia ter impedido que seus pais morressem, Hugo. Poderia ter mantido o coração de Wallace batendo seu tum-tum-pati-cum-bum. Poderia ter agarrado Cameron pela nuca no dia que ele decidiu fugir e o forçado a passar pela porta.

— Mas você não fez nada — afirmou Hugo.

— É, não fiz — concordou o menino. — Porque há uma ordem nas coisas. Um plano, que está muito acima da sua alçada. Você faria bem em se lembrar. Não tenho certeza se gosto do seu tom. — Ele fez beicinho, o lábio inferior se projetando. — Não é muito simpático.

— Que plano é esse? — perguntou Wallace.

O menino o fitou novamente.

— Perdão?

— O plano — repetiu Wallace. — Qual é?

— Algo muito além de sua capacidade de compreender. É...
— Certo — falou Wallace. — O que há do outro lado da porta?

Foi sutil, desapareceu em um piscar de olhos, mas Wallace viu a expressão perplexa antes que desaparecesse.

— Ora, tudo, é claro.
— Detalhes. Diga uma coisa além do que já sabemos.

Seu lábio inferior se projetou ainda mais.

— Ah, Wallace. Não há nada a temer. Eu já falei. Você vai encontrar...

— Olha só, não acho que você saiba — interrompeu Wallace. Ele se inclinou para a frente enquanto Mei inspirava fundo e Nelson batia a bengala no chão. — Acho que você quer. Você tenta nos imitar. Tenta nos fazer pensar que entende, mas como poderia? Você não tem a nossa humanidade. Não sabe o que é ter um coração batendo, senti-lo pulsar. Não sabe o que significa ser feliz, o que significa sofrer. Talvez uma parte de você tenha inveja de todas as coisas que somos e que você nunca poderá ser, e, embora possa não acreditar em mim, eu desejo isso para você mais do que imagina. Porque *eu* sei que há algo do outro lado daquela porta. Eu senti. Ouvi os sussurros. Ouvi as músicas que ela canta. Vi a luz que emana dela. Você consegue sequer começar a imaginar como é?

— Cuidado, Wallace — falou o Gerente, o beicinho desaparecendo aos poucos, deixando os lábios tensos. — Lembre com quem você está falando.

— Ele sabe — disse Hugo calmamente. — Todos nós sabemos.

O Gerente franziu ao olhar para Hugo.

— Sabem? Espero que sim.
— O que são os Conchas? — Wallace fez uma pausa, pensando mais do que nunca. — Uma manifestação de uma vida baseada no medo? — Parecia a direção certa, mas ele não conseguia captar bem a imagem. — Eles... o quê? São mais suscetíveis a...

— Vida baseada no medo — repetiu o Gerente devagar. — Isso é... hum. — Ele olhou para Wallace. — Descobriu sozinho, foi? Que bom. É, Wallace. Aqueles que viviam com medo e desespero são mais... como você colocou? *Suscetíveis*. Tudo o que conhecem é o pavor, e isso os persegue. Embora não os afete da mesma maneira, pessoas como Cameron às vezes não conseguem aceitar a nova realidade. Elas fogem da realidade e... bem. Você sabe o que acontece depois.

— Quantos deles existem? — perguntou Hugo.

O Gerente titubeou.

— O quê?

Hugo olhou para o Gerente, mal piscando.

— Pessoas como Cameron. Pessoas que foram trazidas para barqueiros e barqueiras de todo o mundo e que se perderam. Quantos deles existem?

— Não vejo o que isso tem a ver com...

— Tem *tudo* a ver! — exclamou Wallace. — Não se trata de qualquer pessoa específica. Trata-se de todos nós e do que fazemos uns pelos outros. A porta não discrimina. Ela está lá para todos que são corajosos o suficiente para olhar para ela. Algumas pessoas se perdem, mas não é culpa delas. Elas estão com medo. Minha nossa, claro que estão. Como poderiam não estar? Todo mundo se perde em algum momento, e não é apenas por causa de erros ou de decisões que tomam. É porque são terrível e maravilhosamente *humanas*. E a única coisa que aprendi sobre ser humano é que não podemos fazer isso sozinhos. Quando estamos perdidos, precisamos de ajuda para tentar reencontrar nosso caminho. Temos uma chance aqui de fazer algo importante, algo nunca feito antes.

— Nós — disse o Gerente. — Você não quer dizer *eles*? Porque, caso tenha esquecido, você está morto.

— Eu sei — respondeu Wallace. — Eu sei.

O menino franziu a testa.

— Já falei uma vez, Wallace. Não faço acordos. Não negocio. Achei que já tivéssemos superado isso. — Ele suspirou pesadamente. — Estou tão decepcionado com você. Fui muito claro sobre o assunto. E você fala sobre os Conchas como se soubesse alguma coisa sobre eles.

— Eu os vi — falou Wallace. — De perto. Cameron. Vi o que ele era, independentemente do que havia se tornado.

— Um — afirmou o Gerente. — Você viu *um* deles.

— Foi o suficiente — disse Hugo. — Mais do que suficiente, até. Porque, se o restante dos Conchas for como Cameron, eles merecem uma chance, assim como nós. — Ele se inclinou para a frente, o olhar nunca deixando o Gerente. — Posso fazer isso. Você sabe que posso.

— Ele olhou para os outros na mesa. — *Nós* podemos fazer isso.

O Gerente ficou em silêncio por um longo momento. Wallace teve que se segurar para não se mexer. Mal conseguiu evitar gritar de alívio quando o Gerente falou:

— Você tem a minha atenção. Não a desperdice.

Argumentos finais, mas não vieram de Wallace. Não podiam. Ele fitou a única pessoa que conhecia a vida e a morte melhor do que ninguém na casa de chá. Hugo endireitou os ombros, respirando fundo e soltando o ar devagar.

— Os Conchas. Traga-os aqui. Deixe que os ajudemos. Eles não merecem ficar como estão. Devem ser capazes de encontrar o caminho de casa, assim como os outros. — Ele olhou para Wallace, que ainda segurava a mesa o mais forte que podia. Estava cada vez mais difícil. Seu traseiro levantou-se da cadeira alguns centímetros, os joelhos pressionados na parte inferior do tampo da mesa, os pés fora do chão. E, se ouvisse com atenção, se realmente se esforçasse, poderia ouvir os sussurros da porta mais uma vez. Estava quase no fim.

O Gerente o encarou.

— Por que eu concordaria com isso?

— Porque você sabe que podemos fazer — falou Mei. — Ou, pelo menos, podemos tentar.

— E porque é a coisa certa a fazer — completou Wallace, e nunca havia acreditado tanto em uma coisa como naquele momento. Que simples. Que terrivelmente profundo. — A única razão pela qual os Conchas escolheram fazer o que fizeram foi por conta do medo do desconhecido.

O Gerente assentiu devagar.

— Digamos que eu considere isso. Digamos, por um momento, que eu considere a oferta. O que vão me dar em troca?

E Wallace respondeu:

— Vou embora.

Hugo ficou alarmado.

— Wallace, não, não...

— Como você é estranho — disse o Gerente. — Você mudou. O que causou isso? Você sabe?

Wallace riu, de um jeito aberto e brilhante.

— Você, eu acho. Ou pelo menos você foi parte, mesmo que nada do que faça tenha sentido. Mas isso faz parte do curso de existir, porque a vida não tem sentido, e, no caso raro de encontrarmos algo que *faça* sentido, agarramos a coisa com o máximo de firmeza que podemos. Eu me encontrei por sua causa. Mas você não é nada em comparação a Mei. A Nelson. Apollo. — Ele engoliu em seco. — E Hugo.

Hugo se levantou de uma vez, e a cadeira tombou e caiu no chão:
— Não — falou com rispidez. — Não vou deixar que faça. Não vou...
— Não se trata de mim — explicou Wallace. — Ou de nós. Você me deu mais do que eu jamais poderia pedir. Hugo, você não vê? Sou quem eu sou porque você me mostrou o caminho. Você se recusou a desistir de mim. E é assim que sei que você vai ajudar todos que vierem depois de mim e precisarem de você tanto quanto eu.
— Tudo bem — falou o Gerente de repente, e todo o ar foi sugado da sala. — Temos um acordo. Trarei os Conchas para cá, um por um. Se ele os curar, então, que assim seja. Se não curar, ficam como estão. Será muito trabalho de qualquer maneira, e não sei quanto sucesso terá.

O aperto de Wallace na mesa afrouxou quando ele ficou boquiaberto.
— Está falando sério?
— Sim — respondeu o Gerente. — Dou minha palavra.
— Por quê? — perguntou Wallace. O Gerente concordara mais rápido do que Wallace esperava. Tinha que haver mais alguma coisa ali.

O Gerente deu de ombros.
— Curiosidade. Quero ver o que acontece. Com a ordem vem a rotina. A rotina pode levar ao tédio, especialmente quando dura para sempre. Isso é... diferente. — Seus olhos se estreitaram ao observar Hugo e Mei. — Não confunda minha aceitação com um sinal de complacência.
— Jura? — insistiu Wallace.
— Sim — disse o Gerente, revirando os olhos. — Juro. Ouvi o argumento final, advogado. O júri voltou com um veredito a seu favor. Chegamos a um acordo. Está na hora, Wallace. Hora de ir.

Wallace começou:
— Eu...

E olhou para Mei. Uma lágrima escorria por sua bochecha.

Fitou Nelson. Seus olhos estavam fechados e ele franzia a testa profundamente.

E para Apollo. O cachorro ganiu e abaixou a cabeça.

Olhou para Hugo. Wallace se lembrou do dia em que chegara à casa de chá e de como estivera com medo de Hugo. Se soubesse na época o que sabia agora...

O que você vai fazer com o tempo que lhe resta?

Ele sabia. Aqui, no fim, ele sabia.

— Amo vocês. Todos. Vocês fizeram minha morte valer a pena. Obrigado por me ajudar a viver.

Então, Wallace Price largou a mesa.

Sem amarras, solto, ele subiu.

Os joelhos dele bateram na mesa, fazendo-a pular. O bule e as xícaras chacoalharam. Como era libertador se soltar. Finalmente. Não estava com medo. Não mais.

Fechou os olhos flutuando em direção ao teto.

O puxão da porta ficou mais forte do que nunca. Cantava para ele, sussurrava seu nome.

Ele abriu os olhos quando parou de subir.

Olhou para baixo.

Nelson segurava seu tornozelo, os dedos se enterrando, um olhar de determinação no rosto que se transformou em surpresa quando ele também começou a se erguer do chão.

Mas então Apollo saltou para a frente, as mandíbulas se fechando ao redor da bengala de Nelson, segurando-o no lugar. O cachorro ganiu quando suas patas dianteiras se ergueram do chão, o topo da cabeça de Wallace perto do teto.

Mei agarrou as pernas de Apollo, o rabo batendo no rosto dela.

— Não — ralhou ela. — Não é a hora. Você não pode fazer isso. *Você não pode fazer isso.*

Então, ela também começou a se erguer, os pés chutando quando deixaram o chão.

Hugo tentou agarrá-la, mas suas mãos passaram através dela, várias vezes.

Wallace sorriu para todos.

— Está tudo bem. Eu juro. Podem me soltar.

— Nunca nessa vida — resmungou Nelson, apertando o tornozelo de Wallace. A mão de Nelson escorregou para o sapato de Wallace. Os olhos dele se arregalaram. — *Não.*

— Adeus — sussurrou Wallace.

O sapato saiu. Nelson, Apollo e Mei caíram no chão, empilhados. Wallace virou o rosto para cima. Os sussurros ficaram mais altos. Ele subiu pelo teto do primeiro andar para o segundo. Ouviu os outros gritando lá embaixo e correndo para as escadas. Nelson apareceu do nada, estendendo a mão, mas Wallace estava muito alto. Mei e Hugo chegaram ao segundo andar a tempo de vê-lo subir pelo teto.

— Wallace! — exclamou Hugo.

O terceiro andar. Ele desejou ter passado mais tempo no quarto de Hugo. Perguntou-se que tipo de vida poderiam ter criado para si mesmos se ele tivesse encontrado o caminho para aquele pequeno lugar antes que seu coração parasse. Imaginou que teria sido maravilhoso. Mas era melhor ter tido aquilo por algum tempo do que nunca. Que pensamento grandioso, aquele.

Mas era uma morte grandiosa, não era? Pelo que ele havia encontrado depois da vida.

Os sussurros da porta o chamavam, cantando seu nome sem parar, e, em seu peito, havia uma luz, como o sol. Queimava dentro de si. Ele estava na horizontal em relação ao chão, os braços abertos como tinham estado quando ele andara atrás de Hugo na scooter. Bateu no teto do terceiro andar que cedeu quando Wallace subiu até o quarto andar.

Não ficou surpreso ao ver o Gerente já à sua espera abaixo da porta, com a cabeça inclinada. Por um momento, Wallace pensou que continuaria subindo e subindo. Talvez a porta não se abrisse e ele subisse pelo telhado da casa para o céu noturno e as estrelas sem fim. Não seria tão ruim.

Mas ele não continuou.

Parou, suspenso no ar. Nelson apareceu perto do patamar, mas não falou.

Pela primeira vez, o Gerente pareceu inseguro. Apenas um garotinho com flores no cabelo.

Wallace sorriu.

— Não estou com medo. Não de você. Nem da porta. Nem de qualquer coisa que veio antes ou virá depois.

Nelson afundou o rosto nas mãos.

— Não está com medo — repetiu o Gerente. — Estou vendo. Você soltou a mesa como se... — Ele olhou para Wallace por um longo momento antes de observar a porta à medida que os sussurros ficavam mais altos, mais ininteligíveis. — Fico pensando. Como seria se...

Os sussurros se transformaram em um redemoinho. O Gerente balançou a cabeça teimosamente, uma criança ouvindo não.

— Não, não acho que seja bem verdade. E se... Quer saber? Estou ficando muito cansado do seu...

O turbilhão transformou-se em um furacão, furioso e barulhento.

— Sempre fiz tudo o que você pediu. Sempre. — Ele olhou para a porta com raiva. — E aonde isso nos levou? Se isso é para todos, então precisa *ser* para todos. Não quer ver o que pode acontecer? Acho que eles podem acabar surpreendendo a todos nós. Provaram a si mesmos. E vão precisar de toda a ajuda que conseguirem. Que mal poderia haver?

A porta chacoalhou no batente, a folha na maçaneta se desenrolando.

— Sim — falou o Gerente. — Eu sei. Mas isso... é uma escolha. *Minha* escolha. E o que quer que aconteça será por minha conta. Você tem a minha palavra. Eu me responsabilizo pelo que acontecer a seguir.

O furacão explodiu, o silêncio dominou o quarto andar da casa de chá.

— Hum — disse o Gerente. — Não acredito que funcionou. Fico me perguntando o que mais posso fazer. — Ele olhou para Wallace antes de fazer um movimento brusco com a cabeça. Wallace caiu no chão, aterrissando com tudo em pé, mas conseguindo não cair. Pela primeira vez desde que dera o gancho a Cameron, sentiu-se no chão, como se tivesse peso.

Mei chegou ao patamar, ofegante e com o corpo dobrado ao meio, as mãos nos joelhos. As unhas de Apollo deslizaram pelo chão quando ele pulou os últimos degraus, rolando de ponta a ponta antes de parar de costas. O cachorro piscou para Wallace, a língua pendendo da boca, sorrindo e abanando o rabo.

Hugo chegou por último. Ele parou, boquiaberto.

— Houve uma mudança de planos — explicou o Gerente, estranhamente parecendo se divertir. — *Fiz* uma mudança nos planos. — E riu alto, balançando a cabeça. — Vai ser *divertido*. — O ar ao redor ficou denso antes de explodir em um cômico *pop*! O Gerente segurava uma pasta, franzindo a testa ao abri-la, a boca se movendo ao ler em silêncio, folheando as páginas. Wallace tentou ver o que estava lendo, mas o Gerente fechou a pasta antes que ele pudesse chegar perto o suficiente.

— Interessante. Seu currículo é muito completo. Completo demais, se quer saber, mas, como ninguém perguntou, aparentemente não importa.

Wallace sentiu os olhos se arregalarem.

— Meu o quê?

O Gerente jogou a pasta para cima. Ela ficou suspensa por um instante antes de desaparecer.

— Entrevistas de emprego — explicou. — Toda essa maldita papelada, mas a morte é um negócio, então suponho que sejam uma necessidade. Quem teria pensado que a morte se transformaria em um trabalho administrativo? — Ele estremeceu. — Não importa. Parabéns, Wallace. Você está contratado. — Ele abriu um sorriso enorme. — Em regime temporário, claro, cujos termos serão negociados caso passe para uma posição mais permanente.

— Para *o quê*?

O Gerente estendeu a mão e arrancou uma flor do cabelo, o talo estalando. As pétalas eram amarelas, rosa e laranja. Ele a estendeu para Wallace, com a palma voltada para o teto. A folha na maçaneta de cristal acima esvoaçou como se pegasse uma brisa. E flutuou acima de sua mão ao desabrochar brilhantemente.

— Trazer os Conchas aqui será um trabalho maior do que imagina. Os outros precisarão de ajuda. De acordo com o seu currículo, você certamente parece qualificado, e, embora eu preferisse alguém um pouco menos... você, um currículo como este não mente. Abra a boca, Wallace.

— O quê? — perguntou Wallace, recuando. — Por quê?

O Gerente resmungou baixinho antes de dizer:

— Aceite logo antes que eu mude de ideia. Se soubesse o que eu estou arriscando aqui, *abriria a maldita boca.*

Wallace abriu a boca.

O Gerente inflou as bochechas, soprando uma corrente de ar contra a flor acima de sua palma. Ela ficou maior à medida que flutuou em direção a Wallace. As pétalas roçaram seus lábios. Fizeram cócegas no nariz. Dobraram-se em sua boca, pousando em sua língua. Tinham um gosto doce, como mel no chá. Ele se engasgou e tossiu quando a flor encheu sua boca. Ele mordeu, tentando segurá-la sem sucesso. A flor deslizou pela garganta.

Ele caiu, com mãos e pés no chão, a cabeça baixa enquanto se engasgava.

Sentiu o momento em que a flor atingiu seu peito e desabrochou.

Pulsou uma vez.

Duas vezes.

Três vezes.

De novo, de novo, de novo.

Alguém se agachou ao seu lado.

— Wallace? — perguntou Hugo, parecendo preocupado. — O que você fez com ele?

— Hum, Hugo? — chamou Mei com voz trêmula.

— O que eu queria fazer — explicou o Gerente. — É hora de uma mudança. Eles não gostam, mas são velhos e bitolados em seus modos de agir. Posso lidar com eles.

— *Hugo*.

— *O que foi*, Mei?

Ela sussurrou:

— Você está tocando nele.

Wallace ergueu a cabeça.

Hugo estava ao lado dele de joelhos, a mão nas costas de Wallace, esfregando para cima e para baixo. A mão parou quando Mei falou, o peso daquilo como uma marca.

Hugo soltou:

— Você está...?

— Vivo? — perguntou o Gerente. — Sim. Está. Um presente para você, Hugo, e um presente a não ser menosprezado. — Ele fungou. — Pode ser tomado de volta com a mesma facilidade. E serei o primeiro aqui para fazê-lo caso haja necessidade. Não me decepcione, Wallace. Estou dando uma chance a você. Preferiria não me arrepender. Tenho certeza de que as repercussões seriam infinitas.

— Meu coração — resmungou Wallace à medida que a pulsação no peito trovejava contra sua caixa torácica. — Posso sentir meu...

Hugo o beijou. Suas mãos seguraram o rosto de Wallace, e ele o beijou como se fosse a última coisa que faria na vida. Wallace ofegou na boca de Hugo, seus lábios quentes e macios. Os dedos de Hugo se cravaram em suas bochechas, uma pressão diferente de tudo que Wallace já sentira.

Ele fez a única coisa que podia enquanto estrelas explodiam em seus olhos.

Beijou Hugo também. Suspirou no beijo, perseguindo os resquícios de hortelã na língua dele. Beijou-o com todo o seu ser, dando tudo o que podia. Estava chorando, ou Hugo estava chorando, ou os *dois* estavam chorando, mas não importava. Ele beijou Hugo Freeman com todas as suas forças.

Hugo se afastou, mas apenas um pouco, pressionando a testa na de Wallace.

— Olá.

— Olá, Hugo.

Hugo tentou sorrir, mas não conseguiu.

— É real?

— Acho que sim.

E Hugo o beijou de novo, com uma doçura brilhante, e Wallace sentiu até a ponta dos pés.

Beijou Wallace nos lábios, nas bochechas e nas pálpebras quando Wallace não aguentava mais olhá-lo tão de perto. Ele beijou as lágrimas para secá-las, dizendo:

— Você é real. Você é real. *Você é real.*

Por fim, se separaram.

Por fim, Hugo se levantou, os joelhos estalando.

Estendeu a mão para Wallace.

Wallace não hesitou.

O aperto de Hugo era forte quando ele puxou Wallace para se erguer. Olhou para as mãos unidas com admiração antes de puxar Wallace para perto. Abaixou a cabeça até o peito de Wallace e pressionou a orelha contra o lado esquerdo da caixa torácica.

— Consigo ouvir — sussurrou. — Seu coração.

Então, ele se levantou e abraçou Wallace com força. A respiração de Wallace foi arrancada do peito conforme Hugo o apertava o mais forte que podia. Ele foi erguido do chão, Hugo rindo, girando com ele.

— Hugo! — gritou Wallace, tonto com a sala girando em torno deles. — Você vai me deixar enjoado se não me colocar no chão!

Hugo abaixou-o. Ele tentou recuar, mas Wallace não o deixou ir muito longe. Entrelaçou os dedos com os de Hugo, palma com palma. Mal teve tempo de reagir antes de Mei pular em cima dele, as pernas enroladas em sua cintura, o cabelo dela em seu nariz. Ele riu quando ela começou a bater com os punhos no peito dele, exigindo que nunca mais fizesse algo tão estúpido, e como você pode ser tão burro, Wallace, como você pôde pensar que poderia dizer adeus?

Ele beijou os cabelos dela. A testa. Mei gritou quando ele fez cócegas na barriga dela, pulando para se afastar dele.

Então, Nelson e Apollo chegaram correndo.

Mas passaram direto por ele.

Nelson quase caiu no chão. Apollo caiu, batendo na parede atrás. As janelas chacoalharam na torre. Ele se levantou, balançou a cabeça, parecendo confuso.

— Ele está vivo — explicou o Gerente secamente. — Vocês não podem tocá-lo. Pelo menos não ainda. Mei vai ter que ensinar como fazer.

Eles olharam para o Gerente.

— Como assim? — perguntou Wallace, ainda atordoado. — Como posso...

Mei disse:

— Um Ceifador.

O Gerente assentiu.

— O trabalho será maior do que podem aguentar. Se forem cuidar dos Conchas, precisarão de outro Ceifador para ajudá-los. Wallace já sabe como funciona. Todo mundo sabe que é mais barato manter os funcionários que tem do que contratar alguém novo. Wallace, estenda a mão.

Wallace olhou para Hugo, que assentiu. Ele estendeu a mão.

— Mei — disse o Gerente. — Você sabe o que fazer.

— E como sei! — exclamou Mei. — Wallace, observe, ok? — Ela ergueu a própria mão, flexionando os dedos. Levantou a outra mão e bateu um padrão familiar em sua palma. Uma luz pulsou brevemente na mão dela.

Wallace soltou Hugo, embora relutante. Bateu o mesmo padrão em sua própria mão.

A princípio nada aconteceu.

Ele franziu a testa.

— Talvez eu tenha feito er...

A sala estremeceu e sacudiu. A pele dele vibrou. Arrepios percorreram a parte de trás de seu pescoço. Suas mãos tremiam. O ar ao redor dele se expandiu como se estivesse na superfície de uma bolha de sabão. A bolha estourou.

Wallace olhou para cima.

As cores do quarto andar eram mais nítidas. Ele conseguia ver os veios nas paredes, as rachaduras finitas no chão. Estendeu a mão para Hugo, e sua mão o atravessou. Ele entrou em pânico, então o Gerente falou:

— Você pode mudar de volta, como Mei. Repita o padrão e estará entre os vivos mais uma vez. Faz parte de ser um Ceifador. Isso vai permitir que você interaja com aqueles que já morreram. — Ele fez uma careta. — Com os Conchas, criaturas infelizes que são.

Apollo aproximou-se dele lentamente, as narinas dilatadas. Esticou o pescoço até que seu focinho pressionou a mão de Wallace. O rabo do cachorro começou a balançar furiosamente conforme lambia os dedos de Wallace.

— Sim — afirmou Wallace com uma careta. — Estou feliz em sentir você também.

Em seguida, Nelson estava em cima dele, abraçando-o quase tão forte quanto seu neto.

— Eu sabia — sussurrou Nelson. — Sabia que encontraríamos um caminho.

Wallace o abraçou de volta.

— Sabia?

Nelson zombou enquanto se afastava.

— Claro que sim. Nunca duvidei, nem por um segundo.

— Volte — disse o Gerente.

Wallace repetiu o mesmo padrão na palma da mão. A sala oscilou ao redor dele de novo, a nitidez desaparecendo tão rapidamente quanto tinha chegado. Para ter certeza de que tinha funcionado, estendeu a mão para Hugo mais uma vez, segurando a dele. Levou-a aos lábios, beijando as costas dela. Hugo o encarou, maravilhado.

— É real — sussurrou Wallace para ele.

— Não entendo — admitiu Hugo. — Como?

Eles se voltaram para o Gerente mais uma vez. O garoto suspirou, cruzando os braços.

— Sim, sim. Você está vivo de novo. Que maravilhoso para você. — Ele parecia sombrio. — Não é algo para ser recebido de forma leviana, Wallace. Em toda a história, houve apenas uma pessoa que foi trazida de volta à vida dessa maneira.

Wallace ficou boquiaberto.

— Puta merda. Sou igual a Jesus?

O Gerente fez uma careta.

— O quê? Claro que não. O nome dele era Pablo. Viveu na Espanha no século XV. Ele era... bem, não importa o que ele era. Tudo o que importa é que você saiba que isso é um presente e que pode ser tirado com a mesma facilidade que foi dado. — Ele balançou a cabeça. — Você não pode voltar para a vida que vivia, Wallace. Para todos os efeitos, essa vida ainda está morta. As pessoas que o conheceram, as pessoas que... aturaram você, para elas você está morto e enterrado sem nada além de uma lápide de pedra para mostrar que você existiu. Você não pode retornar. Isso criaria desordem, e eu não aceitarei. Você recebeu uma segunda chance. Não receberá outra. Sugiro que faça exames nesse coração o mais rápido possível. Melhor prevenir do que remediar. Entendeu?

Não. Ele realmente não entendia.

— E se alguém que me conhecia me reconhecer? — Ele achava que a chance era minúscula, mas as últimas semanas lhe haviam mostrado quão estranho o mundo realmente era.

— Vamos lidar com isso se acontecer — afirmou o Gerente. — Estou falando sério, Wallace. Seu lugar é...

— Aqui — completou Wallace, apertando a mão de Hugo porque podia. — Meu lugar é aqui.

— Exatamente. Você tem muito trabalho pela frente. Cabe a você provar a mim que minha fé em você não foi equivocada. Sem pressão. — O Gerente bocejou longamente, o maxilar estalando. — Acho que já foi emoção suficiente para um dia. Volto em breve para descrever o que vem a seguir. Mei vai ser sua treinadora. Ouça o que ela diz. Mei é boa no que faz. Talvez a melhor que já vi.

Mei enrubesceu, encarando o Gerente com raiva.

— Estou indo agora — disse o Gerente. — Vou ficar de olho em todos vocês. Considerem isso um período de experiência. Reorientem-se com o mundo dos vivos. — Ele olhou para Hugo antes de olhar para Wallace. — Façam o que os humanos fazem quando estão apaixonados um pelo outro. Até enjoar. Não quero voltar e pegar vocês dois *em flagrante delito*. — Ele fez um gesto obsceno com as mãos, algo que Wallace nunca quis ver uma criança fazer, mesmo que ela parecesse ser tão velha quanto o Universo.

Hugo gaguejou.

— Ai, meu Deus — murmurou Wallace, sabendo que suas bochechas estavam vermelhas.

— Sim — falou o Gerente. — Eu sei. É terrivelmente irritante. Não sei como você aguenta. O amor parece positivamente terrível. — Ele se virou para as escadas, chifres começando a crescer de sua cabeça, flores desabrochando do veludo. Fez uma pausa, olhando para trás. Sorriu, piscou e desceu as escadas. Quando chegou ao térreo, puderam ouvir o som de cascos no chão da casa de chá. Uma luz azul brilhou através da janela que apontava para a frente da casa.

Então o animal — *o menino* — foi embora.

Todos ficaram em silêncio, ouvindo os relógios da casa de chá começarem a tiquetaquear mais uma vez.

Nelson falou primeiro.

— Que dia estranho foi este. Mei, acho que preciso de uma xícara de chá. Você me acompanha?

— Sim — disse ela, já se encaminhando para as escadas. — Estou pensando em algo chique para comemorar.

— Grandes mentes pensam igual — respondeu Nelson. Ele mancou em direção às escadas, Apollo e Mei o seguindo. Como o Gerente, parou antes de descer. Quando olhou para Wallace e Hugo, seus olhos estavam marejados e ele sorria.

— Meu querido menino — disse ele. — Meu querido Hugo. É a sua vez agora. Aproveite ao máximo.

E, com isso, desceu as escadas, dizendo a Mei e Apollo que estava pensando no chá *Da Hong Pao*, algo que fez Mei suspirar de prazer. A última coisa que viram foi a ponta da cauda de Apollo balançando de um lado para o outro.

— Minha nossa — exclamou Wallace, esfregando a mão pelo rosto. — Nem posso acreditar no quanto estou cansado. Sinto que poderia dormir por um...

— Também amo você — declarou Hugo.

Wallace respirou fundo e fechou os olhos.

— O quê?

Ele sentiu Hugo de pé diante dele. A mão do outro acariciou a lateral de seu rosto e ele se inclinou ao toque. Wallace nunca saberia como havia aguentado todas aquelas semanas sem sentir aquilo.

— Também amo você — repetiu Hugo, e a frase veio com uma reverência silenciosa semelhante à oração.

Wallace abriu os olhos. Hugo preencheu o mundo até ser tudo que Wallace conseguia ver.

— Ama?

Hugo assentiu com a cabeça.

Wallace fungou.

— Mais do que você pode imaginar. Você tem muita sorte de ter...

Hugo o beijou mais uma vez.

— Acho — começou Wallace contra os lábios de Hugo — que deveríamos deixar o chá para lá, pelo menos por enquanto.

— O que você tem em mente? — perguntou Hugo, o nariz roçando o de Wallace.

Wallace deu de ombros.

— Talvez você possa me mostrar o seu quarto.

— Você já esteve lá antes.

— Sim — respondeu Wallace. — Mas foi quando eu estava vestido. Imagino que seja diferente se tirarmos as... — Ele gritou quando o mundo se inclinou assim que Hugo o levantou, jogando-o por cima do ombro. Era mais forte do que parecia. — Ai, meu Deus. Hugo, me solta! — Ele bateu as mãos nas costas de Hugo, rindo.

— Nunca — retrucou Hugo. — Nunca, nunca, nunca.

Wallace levantou a cabeça e olhou para a porta enquanto Hugo se dirigia para as escadas. Por um breve momento, viu as flores e as folhas crescendo ao longo da madeira.

— Obrigado — sussurrou.

Mas a porta era apenas isto: uma porta.

Ela não respondeu.

Responderia, um dia. Ela esperava por todos eles.

O passeio pelo quarto de Hugo foi maravilhoso. Realmente era melhor sem roupa.

EPÍLOGO

Em uma noite no meio do verão, Nelson Freeman falou:
— Acho que está na hora.

Wallace olhou para cima. Estava lavando o balcão depois de mais um dia cuidando da caixa registradora da Travessia de Caronte Chás e Comidinhas. Hugo e Mei estavam na cozinha, preparando-se para a manhã seguinte. Era um bom trabalho, trabalho pesado. Ele estava cansado mais tempo do que não estava, mas ia para a cama todas as noites com uma sensação de dever cumprido.

Certamente não fazia mal o fato de ele e Hugo trabalharem tão bem juntos. Depois que o Gerente saíra, e uma vez que o brilho ardente da vida se desvanecera um pouco, Wallace se preocupou que fosse cedo demais. Uma coisa era ter um fantasma morando em sua casa. Era algo completamente diferente o fantasma ser feito de carne e osso e compartilhar a cama com você. Ele havia pensado em se mudar para algum lugar da cidade para lhes dar algum espaço ou, no mínimo, para outro cômodo da casa.

Nancy havia decidido voltar para a região de onde vinha, e seu apartamento tinha ficado disponível. Ela viera se despedir, abraçando Hugo antes de ir embora. Parecia... mais alegre, de alguma forma. Não estava curada, e provavelmente não se curaria por muito tempo, talvez nunca, mas a vida estava lentamente voltando a Nancy. Ela disse a Hugo:
— Vou recomeçar. Não sei se algum dia vou voltar. Mas não vou esquecer o que aconteceu aqui.

E, com isso, partiu.

Hugo descartou a ideia de Wallace alugar o apartamento dela com uma expressão mal-humorada e braços cruzados.

— Você pode ficar aqui.

— Não acha que é cedo demais?

Ele balançou a cabeça.

— Já tiramos a parte difícil do caminho, Wallace. Quero você aqui. — Ele franziu a testa, parecendo inseguro. — A menos que você queira ir embora.

— Não, não — respondeu Wallace apressado. — Gosto bastante de onde estou.

Hugo sorriu.

— Gosta? E do que exatamente você gosta?

Wallace corou, murmurando baixinho como Hugo havia ficado arrogante.

E essa foi a última vez que ele mencionou a mudança.

Pouco depois de sua ressurreição (uma palavra na qual ele tentava não pensar muito), ele fez Hugo ligar para seu antigo escritório de advocacia. A princípio, ninguém quis ouvir, mas Hugo foi persistente, Wallace lhe dando as palavras certas para dizer. Wallace cometera um erro terrível, e Patricia Ryan deveria ser recontratada de imediato, a bolsa de estudos da filha restaurada. Demorou quase uma semana para Hugo conseguir um dos sócios no telefone — Worthington — e, quando Hugo lhe disse por que estava ligando, Worthington respondeu:

— Wallace queria isso? Wallace Price? Tem certeza? Foi ele quem a demitiu. E, se você conheceu Wallace, sabe que ele nunca admitia seus erros.

— Ele admitiu desta vez — explicou Hugo. — Antes de morrer, me enviou uma carta escrita à mão. Eu não havia recebido até alguns dias atrás.

— Correios — disse Worthington. — Sempre atrasados. — Silêncio. — Então, você não está me enganando, certo? Não é uma piada do além-túmulo que Wallace queria que você contasse? — Ele bufou. — Não se preocupe, não pode ser isso. Wallace não sabia fazer piada.

Wallace murmurou baixinho sobre como advogados eram ridículos.

— Posso lhe enviar a carta — afirmou Hugo. — Você pode verificar a caligrafia. Ele é muito claro sobre querer que a sra. Ryan tenha o emprego de volta.

O suor escorria pela nuca de Wallace à espera, olhando para o telefone no balcão.

Worthington suspirou.

— Nunca achei que ela merecesse o que aconteceu. Ela era boa. Mais que isso, até. Na verdade, estive pensando em ligar para ela e... — Ele fez uma pausa. — Faça o seguinte: mande-me o que você tem, vou dar uma olhada. Se ela quiser voltar a trabalhar conosco, ficaremos felizes em tê-la de volta.

— Obrigado — agradeceu Hugo enquanto Wallace comemorava em silêncio. — Fico feliz. Sei que Wallace...

— Como conheceu Wallace? — perguntou Worthington.

Wallace congelou.

Hugo não. E encarou o outro ao dizer:

— Eu o amava. Ainda o amo.

— Ah — disse Worthington. — Isso é... sinto muito por sua perda. Não sabia que ele... tinha alguém.

— Ele tem — afirmou Hugo simplesmente.

Worthington desligou e Wallace abraçou Hugo o mais forte que pôde.

— Obrigado — sussurrou no ombro de Hugo. — Obrigado.

Não era fácil. Claro que não. Wallace estava aprendendo a viver de novo, um ajuste que se mostrou mais difícil do que esperava. Ele ainda cometia erros. Mas não era como havia sido antes de seu coração parar.

Discutiam, às vezes, mas eram sempre pequenas discussões, e não deixavam nada por dizer. Estavam fazendo a relação funcionar. Wallace tinha certeza de que sempre fariam.

E não que ficassem grudados o tempo todo. Todos tinham trabalho a fazer. Mei assumiu seu papel como treinadora de Wallace com entusiasmo. Era rápida em apontar quando Wallace errava feio, mas nunca usava isso contra ele. Exigia muito, mas só porque sabia do que ele era capaz.

— Um dia — disse ela — você vai fazer isso sozinho. Tem que acreditar em si mesmo, cara. Sei que eu acredito.

Era mais do que ele esperava. Wallace nunca havia pensado na morte até morrer. E, agora que havia retornado, às vezes lutava com a realidade mais ampla, o objetivo de tudo aquilo. Mas tinha Mei, Nelson e Apollo a quem recorrer quando as coisas ficavam confusas. E Hugo, claro. Sempre Hugo.

O Gerente voltou uma semana depois de trazer Wallace de volta à vida. E com ele veio o segundo Concha, uma mulher com dentes pretos e um olhar vago. Wallace franziu a testa ao vê-la, mas não teve medo.

— Faça o que quiser — falou o Gerente, sem oferecer mais ajuda. Ele se sentou em uma cadeira, mastigando um prato de cookies que haviam sobrado.

— Você não vai ajudar? — perguntou Wallace.

O Gerente balançou a cabeça.

— Por que deveria? Um gerente de sucesso sabe delegar. Resolvam vocês.

Eles resolveram, por fim, por causa de Mei. Enquanto o Gerente olhava, ela parou na frente da Concha. Pegou a mão da mulher. Mei fez uma careta, e, se fosse algo parecido com o que acontecera com Cameron, Wallace sabia que ela estava vendo flashes da vida da mulher, todas as escolhas que fizera e que a levaram a se tornar o que era. Quando soltou a mulher, Mei estava chorando. Hugo lhe estendeu a mão, mas Mei fez que não com a cabeça.

— Está tudo bem — respondeu, baixinho. — É só... demais. Tudo de uma vez. — Ela enxugou os olhos. — Sei como ajudá-la. Assim como foi com Wallace e Cameron. Hugo, depende de você.

Hugo deu um passo à frente, e, embora Wallace não pudesse ver, sabia que Hugo estava agarrando o gancho em seu próprio peito, puxando-o com um grunhido. O ar na casa de chá ficou quente quando ele apertou o gancho na Concha. Ela se engasgou quando sua pele se encheu com as cores da vida. Ela se inclinou, segurando os quadris enquanto o preto de seus dentes embranquecia.

— O q-uuêê? — exclamou a mulher. — O q-ueee é... isso? O que está acontecendo?

— Você está segura — disse Hugo. Ele olhou para Wallace, que arqueou uma sobrancelha, um olhar atento para o peito de Hugo. Hugo assentiu, e Wallace deu um suspiro de alívio. Outro gancho apareceu no peito de Hugo, conectando-o à mulher. Tinha funcionado.

— Estou com você. Pode me dizer seu nome?

— Adriana — sussurrou.

O Gerente murmurou com a boca cheia de cookie.

Desde aquele dia, tinham ajudado mais uma dúzia de Conchas. Às vezes era Mei. Outras vezes, Wallace. Havia dias em que eles mesmos saíam para encontrar os Conchas, e outros em que eles apareciam na estrada que levava à casa de chá, cercados por pegadas de cascos na terra. Alguns eram mais difíceis que outros. Um tinha sido Concha por quase duzentos anos e não falava inglês. Quase não conseguiram ajudá-lo, mas Wallace sabia que, a partir dali, só ficaria mais fácil. Fariam o que pudessem por todos que viessem a eles.

As pessoas da cidade ficaram curiosas sobre aquela nova adição à Travessia de Caronte. Não demorou muito para que os rumores se espalhassem sobre Wallace e seu relacionamento com Hugo. Algumas pessoas entravam para espiá-lo. As mulheres mais velhas arrulhavam, as mais jovens pareciam desapontadas por Hugo estar fora do mercado (assim como alguns homens, para a alegria complicada de Wallace), e não demorou muito para que a novidade de tudo desaparecesse e Wallace se tornasse mais uma figura fixa da cidade. Acenavam para ele quando o viam na rua ou na mercearia. Ele sempre acenava de volta.

Wallace Price tornou-se Wallace Reid.[2] Pelo menos era o que dizia sua nova identidade e seu novo cartão do Seguro Social. Mei disse para não fazer muitas perguntas quando os entregou depois de voltar de uma viagem de três dias para visitar sua mãe, que ela disse ter ocorrido melhor do que esperava.

— Mamãe conhece umas pessoas — explicou ela, os lábios se retorcendo. — Escolheu o sobrenome para você. Mostrei algumas fotos suas, e ela mandou dizer a você que o sobrenome é porque você é magro como uma cana e precisa comer mais.

— Vou escrever um bilhete de agradecimento a ela — disse Wallace, distraído enquanto passava o dedo sobre seu novo nome.

— Ótimo. Ela está esperando que você faça isso mesmo.

Desdêmona Tripplethorne voltou à casa de chá, dizendo-lhes que queria ver pessoalmente o novo funcionário da Travessia de Caronte.

---

[2] Trocadilho com a palavra *reed*, que tem uma pronúncia similar a Reid e é o nome dado a plantas altas e finas, como cana e bambu. [N. E.]

O troncudo e o magrelo aglomeraram-se atrás dela, olhando para Wallace. Desdêmona estudou-o enquanto ele se mexia. Por fim, sua testa se franziu, e ela indagou:

— Nós... nos conhecemos? Juro que o conheço de algum lugar.

— Não — respondeu Wallace. — Como poderíamos? Nunca estive aqui antes.

— Suponho que esteja certo — disse ela, devagar. Então balançou a cabeça. — Meu nome é Desdêmona Tripplethorne, tenho certeza de que já ouviu falar de mim. Sou clarividente...

Mei tossiu.

Estranhamente pareceu que ela havia falado *palhaçada*.

Desdêmona a ignorou.

— ... e venho aqui de vez em quando para falar com os espíritos que assombram este lugar. Sei o que parece. Mas há mais no mundo do que você poderia saber.

— Há? — perguntou Wallace. — Como você sabe?

Ela bateu na lateral da cabeça.

— Tenho um dom.

Ela saiu uma hora depois, decepcionada quando a prancheta no tabuleiro Ouija e a pena não se moveram nem um milímetro. Ela voltaria, anunciou grandiosamente antes de deixar a casa de chá em um redemoinho autocentrado, o magrelo e o troncudo correndo logo atrás.

Continuou, a vida continuou, sempre em frente. Dias bons, dias não tão bons, dias em que se perguntava como conseguiria aguentar estar cercado pela morte por muito mais tempo. Aquilo atingia Hugo também; ainda tinha ataques de pânico, embora poucos e espaçados, dias em que sua respiração ficava presa no peito, os pulmões se contraindo. Wallace nunca tentou forçá-lo a vencer os ataques, apenas se sentava na varanda dos fundos com ele, tamborilando os dedos, toc, toc, toc, Apollo alerta aos pés de Hugo. Quando Hugo se recuperava, respirando lenta e profundamente, Wallace sussurrava:

— Tudo bem?

— Vou ficar — respondia Hugo, pegando a mão de Wallace.

Nem sempre eram Conchas. Espíritos ainda vinham até eles, espíritos que precisavam de alguém como Hugo como seu barqueiro. Muitas vezes, eram raivosos, destrutivos, amargos e frios. Alguns ficavam por semanas, reclamando e delirando sobre como não queriam estar mortos, que não queriam ficar presos ali, que *iriam* embora, e nada os deteria, puxando os cabos que iam do peito até o de Hugo, ameaçando arrancar o gancho que os mantinha no chão.

Não iam.

Sempre ficavam.

Ouviam.

Aprendiam.

E entendiam, depois de um tempo. Alguns apenas demoravam mais que outros.

E tudo bem.

Cada um encontrava seu caminho para a porta e para o que vinha depois.

Afinal, a Travessia de Caronte não passava de um lugar de travessia. Pelo menos para os mortos.

Eram os vivos que encontravam suas raízes crescendo profundamente na terra. Plantas de chá, Hugo dissera uma vez a Wallace, exigiam paciência. Era necessário dedicar tempo e ter paciência.

Foi por isso que Wallace soube o que Nelson queria dizer quando, em uma noite de verão, falou:

— Acho que está na hora.

Mas qualquer resposta secou na garganta de Wallace quando viu quem estava à sua frente.

O homem idoso apoiado em uma bengala havia desaparecido.

Em seu lugar estava um homem muito mais jovem, de costas retas, mãos cruzadas atrás do corpo e olhando pela janela, a bengala desaparecida como se nunca tivesse estado lá. Wallace o reconheceu de imediato. Tinha visto esse mesmo homem em muitas das fotografias penduradas nas paredes da casa de chá e no quarto de Hugo, principalmente em preto e branco ou em cores granuladas.

— Nelson? — sussurrou.

Nelson virou a cabeça e sorriu. As rugas tinham desaparecido, substituídas pela pele lisa de alguém muito mais jovem. Os olhos brilhavam. Estava maior, mais forte. Seus cabelos eram um black power preto muito parecido com o do neto. Décadas haviam se dissipado até Wallace estar diante de um homem que parecia tão jovem quanto Hugo. O que Nelson tinha dito?

É simples, na verdade. Gosto de ser velho.

— Você ficou como estava porque era como Hugo o conhecia quando você estava vivo — constatou Wallace com a voz rouca.

— Sim. Fiquei. E faria tudo de novo se fosse preciso, mas acho que está na hora de fazer o que eu quero. E, Wallace, eu quero isso.

Wallace enxugou as lágrimas.

— Você tem certeza.

Ele voltou a olhar pela janela.

— Tenho.

Mei fez chá para eles enquanto o restante se reunia na casa de chá escura, o luar banhando a floresta ao redor. Hugo estava sentado em uma cadeira, bandana no colo (preta com patinhos amarelos), olhando ao redor da casa com um sorriso tranquilo no rosto.

Mei levou a bandeja e a colocou sobre a mesa. O cheiro de *chai* encheu a sala, espesso e inebriante. Hugo serviu o chá para cada um, as xícaras cheias até a borda. Entregou uma xícara a cada um, colocando uma tigela no chão para Apollo, que começou a lamber o líquido freneticamente. Wallace não conseguia beber da própria xícara, preocupado que suas mãos tremessem demais.

— Isso é legal — afirmou Hugo quando Mei se sentou ao lado dele. Ainda não havia comentado sobre a aparência do avô. Parecera momentaneamente atordoado quando vira Nelson com a aparência atual, mas logo disfarçou. Wallace sabia que Hugo estava esperando que Nelson falasse sobre o assunto.

— Deveríamos fazer isso com mais frequência. Apenas nós, no fim do dia. — Ele os fitou, o sorriso desaparecendo quando seu olhar encontrou o de Wallace, que falhou miseravelmente na tentativa de controlar a expressão.

— O que foi? O que há de errado?

Wallace pigarreou e disse:

— Nada. Não é nada. Eu...

— Hugo — começou Nelson, uma linha fina de *chai* em seu lábio superior. — Meu querido Hugo.

Hugo olhou para ele.

E, assim, ele soube.

Empático quase ao extremo.
Hugo colocou a xícara na mesa.
Fechou os olhos.
E disse baixinho:
— Vovô?
— Está na hora — afirmou Nelson. — Vivi uma vida longa. Uma boa vida. Amei. Fui amado. Fiz coisas do zero. Este lugar. Esta pequena casa de chá. Minha esposa, meu coração. Meus filhos. E você, Hugo. Mesmo quando ficamos apenas nós dois, segurei o máximo que pude. Eu me preocupava que não fosse ser suficiente, que você quisesse mais do que eu poderia lhe dar.
— Eu não queria — resmungou Hugo. — Não queria mais nada.
— Talvez não — concordou Nelson com suavidade. — Mas você encontrou tudo do mesmo jeito. Encontrou em Mei e em Wallace, mas, mesmo antes deles, você já estava no caminho. Construiu esta vida, esta vida maravilhosa com suas próprias mãos. Pegou as ferramentas que lhe dei e as tornou suas. O que mais um homem poderia querer?
— Dói — declarou Hugo, levantando a cabeça. Pressionou o peito com a mão acima do coração.
Mei chorou entre as mãos, suspirando com pequenos soluços.
— Eu sei — disse Nelson. — Mas agora posso ir embora, seguro por saber que você pode andar sozinho. E, quando chegarem os dias em que achar que não vai ser capaz, terá outros para garantir que conseguirá. É isso, Hugo. Esse é o sentido de tudo.
— Luto — engasgou-se Hugo. — É luto. — Apollo tentou farejar a mão dele, sempre o cão de serviço que tinha sido em vida. Acomodou-se no chão ao lado dos pés de Hugo, o nariz a centímetros de seus dedos do pé.
— É — concordou Nelson. — Vamos nos ver novamente. Mas não por muito, muito tempo. Você tem uma vida para viver, e ela será cheia de tanta cor e alegria que vai ser de tirar o fôlego. Eu só desejo...
— Ele balançou a cabeça.
— O quê? — perguntou Hugo.
— Gostaria de poder abraçar você — declarou Nelson. — Uma última vez.
— Mei.

— Deixa comigo, chefe — falou Mei.

Ela se moveu rapidamente, batendo o dedo na palma da mão. O ar oscilou, e, em seguida, ela estava abraçando Nelson com todas as forças. Nelson abriu um sorriso brilhante, o rosto em direção ao teto, lágrimas escorrendo pelo rosto.

— Sim — disse ele. — Isso é bom. Isso, de fato, é bom.

Quando Mei se afastou, Nelson sorriu.

— Quando? — perguntou Hugo.

— Acho que ao nascer do sol.

Aqueles que foram à Travessia de Caronte Chás e Comidinhas na manhã seguinte ficaram surpresos ao encontrar a porta da frente trancada mais uma vez, uma placa na janela com um pedido de desculpas, dizendo que a casa de chá estaria fechada naquela manhã para um evento especial. Estava tudo bem. Eles voltariam.

Do lado de dentro, Hugo se levantou cambaleando. Haviam passado a noite juntos em frente à lareira, Nelson em sua cadeira, o fogo crepitando. Wallace, Mei e Apollo ouviam os dois homens contarem histórias de sua juventude, histórias de sua família que tinha ido antes deles.

Mas um rio só se move em uma direção, não importa o quanto desejemos que não seja assim.

O céu escuro começou a clarear.

Os olhos de Nelson estavam fechados. Ele sussurrou:

— Estou ouvindo. A porta. Os sussurros. A música que está cantando. Ela sabe que estou pronto.

Hugo agarrou a mão de Wallace com força.

— Vovô?

— Sim?

— Obrigado.

— Por quê?

— Por tudo.

Nelson riu.

— É muito para agradecer.

— Estou falando sério.

— Sei que sim. — Ele abriu os olhos. — Estou um pouco assustado, Hugo. Sei que não deveria estar, mas estou mesmo assim. Não é engraçado?

Hugo balançou a cabeça devagar. Endireitou os ombros e se tornou o barqueiro que era.

— Não há nada a temer. Você não conhecerá mais a dor. Não conhecerá mais o sofrimento. Haverá paz para você. Tudo que tem a fazer é subir e passar pela porta.

— Você vai me ajudar? — perguntou Nelson.

E Hugo disse:

— Sim. Vou ajudar você. Sempre.

Nelson se levantou da cadeira com vagar. Seus pés estavam instáveis, ele se balançava de um lado para o outro.

— Ah — sussurrou. — Está mais alto agora.

Hugo se ergueu. Olhou para Mei, Wallace e Apollo.

— Vocês vêm?

Mei abaixou a cabeça.

— Tem certeza?

— Sim — disse Hugo. — Tenho certeza. Vovô?

— Eu gostaria muito — declarou Nelson.

E foi o que fizeram.

Seguiram Nelson e Hugo pelas escadas até o segundo andar.

O terceiro.

O quarto.

Eles se reuniram abaixo da porta. Wallace sabia o que Nelson estava ouvindo, embora ele mesmo não pudesse mais ouvir.

Nelson virou-se para todos.

— Mei. Olhe para mim.

Ela olhou.

— Você tem um dom — falou Nelson. — Um que não pode ser negado. Mas é a imensidão do seu coração que faz de você quem é. Nunca se esqueça de onde você vem, mas não permita que isso a defina. Você conquistou seu lugar aqui, e duvido que algum dia haja uma Ceifadora melhor que você.

— Obrigada — sussurrou.

— Wallace — falou Nelson. — Você foi um babaca.

Wallace se engasgou.

— E, ainda assim, conseguiu ir além disso para se tornar o homem que está diante de mim. Um Freeman honorário. Talvez um dia você se torne um Freeman de verdade, como Mei. Não consigo pensar em nenhum homem melhor para compartilhar um nome.

Wallace assentiu em silêncio.

— Apollo — disse Nelson. — Você...

— Deve ir com ele — falou Hugo, baixinho.

Apollo inclinou a cabeça para Hugo.

Hugo se agachou diante do cachorro. Apollo tentou lamber seu rosto, mas sua língua passou direto pela bochecha de Hugo.

— Ei, garoto — disse Hugo. — Preciso que me escute, ok? Tenho um trabalho para você. Senta.

Apollo sentou-se prontamente, inclinando a cabeça ao observar Hugo.

Hugo disse:

— Você é meu melhor amigo. Fez mais por mim do que quase qualquer outra pessoa. Quando eu estava perdido e não conseguia respirar, você segurou a barra. Você me lembrou de que não havia problema em sofrer, desde que eu não deixasse isso me consumir. Você fez a sua parte, e agora preciso fazer o mesmo por você. Quero que me faça um favor. Fique de olho no vovô para mim. Não deixe que ele se meta em muitos problemas, ok? Pelo menos até que eu possa me juntar a vocês.

As orelhas de Apollo abaixaram até bem perto da cabeça e sua cabeça se inclinou para baixo. Ele gemeu baixinho, tentando dar uma cabeçada no joelho de Hugo, sem sucesso.

— Eu sei — sussurrou Hugo. — Mas juro que vamos correr juntos de novo um dia. Não vou me esquecer disso nem de você. Vai, Apollo. Vai com o vovô.

Apollo se levantou. Olhou de Hugo para Nelson e de volta como se não tivesse certeza. Por um momento, Wallace pensou que Apollo iria ignorar a ordem de Hugo e ficar exatamente onde estava.

Ele não ignorou.

Latiu para Hugo, um latido baixo, antes de se virar para Nelson. O cachorro circundou Nelson, cheirando suas pernas antes de pressionar o focinho contra a mão do avô. Nelson sorriu para ele.

— Está pronto, Apollo? Acho que vamos embarcar em uma aventura. Eu me pergunto o que veremos.

Apollo lambeu os dedos dele.

Hugo se levantou. Moveu-se até ficar na frente do avô. Wallace pensou que ele hesitaria, mesmo que apenas por um momento. Não hesitou. Levantou a mão em direção ao peito de Nelson e, assim que seus dedos se fecharam em torno do gancho que apenas ele e Nelson podiam ver, Nelson disse:

— Hugo?

Hugo o fitou.

Nelson continuou:

— Vou estar de olho em você, tá?

Hugo abriu um sorriso brilhante.

— Pode apostar que vai.

Então ele puxou o gancho. Depois se virou e fez o mesmo com Apollo, o cachorro latindo uma vez.

Hugo ficou de pé, respirando fundo enquanto levantava a mão acima da cabeça em direção à maçaneta. Seus dedos cobriram a folha e, com um giro do punho, a porta se abriu.

Luz branca se derramou, a canção da vida e da morte como uma sinfonia.

— Ah — exclamou Nelson, a voz abafada em reverência. — Eu nunca... nunca pensei... Toda essa luz. Todas essas cores. Acho... sim. Sim, estou ouvindo você. Estou vendo você, ah, meu Deus, estou *vendo* você. — Ele riu descontroladamente quando seus pés deixaram o chão, Apollo parecendo comicamente surpreso quando fez o mesmo. — Hugo! — exclamou Nelson. — Hugo, é real. Tudo isso é real. É a vida. Esta é a *vida*.

Piscando contra a luz ofuscante, Wallace viu os contornos de Nelson e Apollo subirem pelo ar. Apollo olhava em volta com a língua de fora. Quase parecia estar sorrindo.

Então, os dois atravessaram a porta.

Antes que a porta se fechasse, Wallace ouviu a voz de Nelson uma última vez enquanto Apollo latia alegremente.

Ele disse:

— *Estou em casa.*

A porta se fechou.

A luz sumiu.

Nelson e Apollo tinham ido.

O silêncio pousou como um cobertor sobre o quarto andar da casa de chá.

— O que acham que ele viu? — perguntou Mei enfim, enxugando os olhos.

Hugo olhou para a porta. Embora seu rosto estivesse molhado, ele sorria.

— Não sei. E não é assim que tem que ser? Não sabemos até que seja a nossa hora. Podem me dar um momento? Eu quero... vou descer em breve.

Wallace tocou as costas da mão dele antes de seguir Mei escada abaixo. Pensou ter ouvido Hugo falando alguma coisa baixinho, quase como uma oração.

Naquela noite, Wallace encontrou Hugo na varanda dos fundos. Mei estava na cozinha, sua música terrível tocando alto, fazendo a casa tremer. Ele balançou a cabeça ao fechar a porta dos fundos.

Hugo olhou para ele.

— Olá.

— Olá, Hugo. Você está bem? — Ele se encolheu quando se juntou a Hugo no parapeito. — Pergunta idiota.

— Não — respondeu Hugo, deitando a cabeça no ombro de Wallace. — Não acho que seja. E sinceramente? Não sei se estou bem. É estranho. Você ouviu a voz dele no fim?

— Ouvi.

— Ele parecia...

— Livre.

Wallace sentiu Hugo assentir. Passou um braço em volta da cintura de Hugo.

— Não posso nem começar a imaginar o alívio que ele deve ter sentido. Eu... — Ele hesitou. — Você está com raiva dele?

— Não — respondeu. — Como poderia? Ele cuidou de mim por tempo suficiente e ajudou a me ensinar como ser uma boa pessoa. Além disso, ele sabia que eu estava em boas mãos.

— Você está?

Hugo riu.

— Acho que sim. Você é muito bom com as suas...

Wallace gemeu.

— Estou tentando criar um clima aqui.

Hugo virou a cabeça para poder beijar o queixo de Wallace com um estalo alto. Wallace sorriu encostado em seu cabelo.

— Estou — sussurrou Hugo. — Em boas mãos. As melhores, de verdade. E ele está certo: não é um adeus. Vamos nos ver novamente. Todos nós. Mas, antes disso, ainda temos trabalho a fazer. E vamos fazer isso juntos.

— Vamos — concordou Wallace. — Eu acho...

A porta dos fundos se abriu.

Luz vinha lá de dentro.

Eles se viraram.

Mei estava na porta.

— Parem de ser nojentos, amorosos e detestáveis. Um novo arquivo apareceu.

Hugo se afastou do parapeito.

— Conte.

Mei começou a recitar o conteúdo do arquivo de memória. Hugo não interrompeu, ouvindo Mei contar fatos sobre o novo convidado.

Wallace observou as plantas de chá.

As folhas esvoaçavam na brisa quente. Estavam fortes, firmemente enraizadas no solo. Hugo havia cuidado disso.

— Wallace — chamou Hugo da porta. — Você vem?

— Sim — respondeu Wallace, afastando-se do jardim. — Vamos lá. Quem será nosso novo convidado?

Quando chegou à porta, Wallace pegou a mão estendida de Hugo sem hesitar. A porta se fechou atrás deles. Um momento depois, a luz da varanda dos fundos se apagou, o jardim de chá banhado apenas pelo luar.

Se tivessem olhado para trás uma última vez, teriam visto movimento na floresta. Na linha das árvores, ali, no escuro, um grande cervo baixou a cabeça para a terra em veneração, flores penduradas em seus chifres. Em pouco tempo, moveu-se de volta entre as árvores, deixando pétalas em seu rastro.

AGRADECIMENTOS

Além da porta sussurrante é uma história profundamente pessoal para mim; portanto, foi muito difícil escrevê-la. Demorei muito para terminar, pois me forçou a explorar minha própria dor por perder alguém que eu amava muito, mais do que havia explorado antes — fora da terapia, pelo menos. Há uma catarse no luto, embora normalmente não a vejamos em meio a ele. Não vou dizer que escrever este livro ajudou a me curar, porque seria mentira. Em vez disso, direi que me deixou um pouco mais esperançoso do que antes, de um jeito agridoce. Se você viver o suficiente para aprender a amar alguém, conhecerá o luto em um momento ou outro. É assim que o mundo funciona.

Algumas pessoas incríveis ajudaram a trazer este livro para você, então gostaria de agradecer a elas agora.

A primeira é Deidre Knight, minha agente, que defende ferozmente meus livros e acredita neles, talvez mais do que qualquer outra pessoa. Ela é a melhor agente que um autor poderia ter. Obrigado a Deidre e à equipe da The Knight Agency, incluindo Elaine Spencer, que lida com todos os direitos estrangeiros de meus livros. Ela é a razão pela qual *A casa no mar cerúleo* e *Além da porta sussurrante* estão sendo traduzidos para tantas línguas diferentes.

Ali Fisher, minha editora, me deu o melhor conselho de escrita que já recebi. Enquanto estávamos no meio das edições deste livro, ela me disse uma palavra que mudou a forma como eu olhava para a história de Wallace: *descentralizar*. Não vai significar muito para você, mas acredite em mim quando digo que foi como se o sol atravessasse as nuvens pela primeira vez em semanas, e isso me permitiu colocar o foco onde deveria estar em primeiro lugar. Essa história é tão boa quanto é por causa dela. Obrigado, Ali.

Também no lado da edição está a editora-assistente Kristin Temple. Kristin deu contribuições importantes para o personagem do Gerente (já que costumo tentar quebrar minhas próprias regras de mundo), e aquele garoto estranho que não é realmente um garoto é quem ele é por causa dela. Obrigado, Kristin.

Depois, aos leitores sensíveis. Não quero diminuir o trabalho que qualquer outra pessoa tenha feito neste livro, mas os leitores sensíveis foram, talvez, os mais importantes. Dos cinco personagens centrais — Wallace, Hugo, Nelson, Mei e Apollo —, três são personagens não brancos. Os leitores sensíveis passaram um pente-fino em várias interações e forneceram notas extremamente benéficas. Gostaria de agradecer aos leitores sensíveis da Tessera Editorial, bem como aos *moukies*, que tornaram o personagem de Hugo muito melhor.

Saraciea Fennell e Anneliese Merz são minhas relações-públicas e animadoras de torcida, e as melhores pessoas que um autor poderia pedir em sua equipe. Não sei como fazem o que fazem, mas nós somos melhores por causa delas e pelo trabalho incansável que fazem.

As pessoas do andar de cima são Devi Pillai, publisher da Tor; Fritz Foy, presidente da TDA; Eileen Lawrence, vice-presidente e diretora de marketing; Sarah Reidy, executiva de publicidade; Lucille Rettino, vice-presidente de marketing e publicidade; e Tom Doherty, presidente e fundador da TDA. Eles acreditam no poder da narrativa queer, e sou grato por me deixarem tornar o gênero de fantasia muito mais gay.

Becky Yeager é a líder de marketing, o que significa que é trabalho dela divulgar meus livros. Uma das grandes razões por que estão sendo lidos tão amplamente é o trabalho dela. Obrigado, Becky.

Rachel Taylor, a coordenadora de marketing digital, administra as contas de mídia social da Tor e garante que todos vejam meus tuítes idiotas sobre meus livros. Obrigado, Rachel.

No lado da produção, temos a editora de produção Melanie Sanders, o gerente de produção Steven Bucsok, a designer Heather Saunders e a designer de capa Katie Klimowicz. Eles fazem tudo parecer tão bom quanto parece. Além disso, gostaria de agradecer a Michelle Foytek, gerente sênior de operações de publicação, que coordena as etapas com a produção para colocar todos os materiais exclusivos nas edições certas.

E a capa, cara. A *capa*. Olhe para ela por apenas um momento. Está vendo como é louca? Isso é mérito do Red Nose Studios. Chris tem a incrível capacidade, de alguma forma, de vasculhar meu cérebro e fazer minha imaginação ganhar vida na forma da incrível arte da capa que ele fez para mim. Minha admiração pelo trabalho que ele faz é constante. Obrigado, Chris.

Também gostaria de agradecer à equipe de vendas da Macmillan por todo o apoio e o trabalho árduo para levar este livro — e todos os meus outros — às livrarias de todos os lugares. São os melhores líderes de torcida que um autor poderia pedir.

Obrigado a Lynn e Mia, minhas leitoras-beta. Elas podem ler as histórias antes de todo mundo e, até agora, não saíram correndo e gritando, então conto isso como uma vitória.

Obrigado à Barnes & Noble por selecionar *Além da porta sussurrante* para uma edição exclusiva nos Estados Unidos (se ainda não viu o pequeno extra na edição da B&N, sem dúvida deveria conferir). Além disso, aos livreiros independentes e aos bibliotecários de todo o mundo que divulgam meus livros para os leitores, obrigado. Estarei para sempre em dívida com vocês e farei qualquer coisa que me peçam, mesmo que isso signifique ajudá-los a esconder um corpo.

Por último, a você, que leu este livro. Por sua causa, posso tornar toda essa coisa de escrever meu trabalho. Obrigado por me deixar fazer o que mais amo. Mal posso esperar para você ver o que vem a seguir.

TJ Klune
11 de abril de 2021

SOBRE O AUTOR

TJ KLUNE é um autor estadunidense que escreve desde os oito anos. Ganhador dos prêmios Lambda, Alex Award e Mythopoeic Fantasy, ele acredita na importância de representar, agora mais do que nunca, personagens queer de maneira positiva, uma vez que ele é parte da comunidade LGBTQIA+. Seu outro livro, *A casa no mar cerúleo*, também publicado pela Morro Branco, tornou-se um sucesso de crítica e de público, figurando nas listas de mais vendidos do *New York Times*, do *USA Today* e do *Washington Post*.

O autor afirmou em entrevista que *Além da porta sussurrante* é seu projeto mais pessoal: lançou o romance nos Estados Unidos em setembro de 2021, quase cinco anos após perder o companheiro, e também escritor, Eric Arvin. O episódio e suas consequências — sentir-se vazio sem o parceiro, oco durante o processo de luto — conduzem muitas das reflexões presentes na obra.

ESTA OBRA FOI COMPOSTA EM CASLON PRO E IMPRESSA
EM PÓLEN NATURAL 70G COM REVESTIMENTO DE CAPA
EM COUCHÉ BRILHO 150G PELA IPSIS GRÁFICA PARA A
EDITORA MORRO BRANCO EM MAIO DE 2023